BASTEI
LÜBBE
STARS

JERRY COTTON

ICH ZERSCHLUG DAS RAUSCHGIFT-SYNDIKAT

KULT-AUSGABE BAND 5

UND ZWEI WEITERE KRIMI-KLASSIKER

BASTEI
LÜBBE
STARS

BASTEI LÜBBE TASCHENBUCH
Band 77003

1. Auflage: Oktober 2004

Vollständige Taschenbuchausgabe

Bastei Lübbe Stars
ist ein Imprint der
Verlagsgruppe Lübbe

Originalausgabe
All rights reserved
© 2004 by
Verlagsgruppe Lübbe GmbH & Co. KG,
Bergisch Gladbach
Umschlaggestaltung: Tanja Østlyngen
Satz: Fanslau, Communication / EDV, Düsseldorf
Druck und Verarbeitung:
AIT, Trondheim, Norwegen
Printed in Norway
ISBN 3-404-77003-X

Sie finden uns im Internet unter
www.bastei.de
und
www.luebbe.de

Ich zerschlug
das Rauschgift-Syndikat

Ich war neugierig auf San Francisco. Als Junge hatte ich einmal einen Film gesehen, ich glaube, mit Clark Gable in der Hauptrolle, und der Schlager war ein einziger Lobgesang auf die Stadt am Pazifik. »San Francisco, öffne dein goldenes Tor«, hieß er, oder so ähnlich. Seitdem glaubt jeder Amerikaner, San Francisco hätte irgendetwas mit Gold und Fülle und Licht zu tun, wenigstens so lange, bis er dort gewesen ist.

Auch ich glaubte es, bis ich in Frisco, wie es meistens genannt wird, ankam. Da stellte ich fest, dass es eine Stadt ist wie die anderen Großstädte unseres Kontinents auch, nicht so kompakt und gewaltig wie New York oder so rußig und laut wie Detroit, aber im Übrigen mit Geschäftsvierteln, Hochhäusern, Parks, langen Mietskasernenstraßen, dunklen Slums und einer imponierenden Hafenanlage, dem »Goldenen Tor« nach Ostasien. Und die Brücke, die die Frisco-Bucht überspannt, war wirklich ein atemberaubendes technisches Wunder.

Nun, ich war nicht nach San Francisco gekommen, um mir den Atem rauben zu lassen. Im Gegenteil – ich nahm an, dass ich alle Puste brauchen würde, wenn ich die Leute einholen wollte, hinter denen ich her war. Von diesen Leuten wusste ich bisher nichts, als dass sie ihr Geld mit einem Zeug verdienten, auf das andere Leute so verrückt waren, dass sie den letzten Anzug vom Leibe verscheuerten, um sich die kleinen Röhrchen mit Morphium, das weiße, harmlos aussehende Pulver des Kokains und die schwarzen zähen Kügelchen des Opiums kaufen zu können.

Mit einem Wort: Man hatte mich auf die Spur eines Rauschgiftrings gesetzt, und ich sollte den Herren das Geschäft ein wenig versauern.

An diesem Geschäft wird groß verdient. Kein Wunder, dass die großen Bosse unter allen Umständen versuchten, sich das Absatzgebiet zu sichern, und dass mit Kugeln und Messerstichen gezahlt wird, wenn die Syndikate sich ins Gehege kommen. Noch böser aber werden die Leute im Hintergrund, wenn Männer sich in den Handel einmischen, denen es nicht auf den großen Verdienst ankommt, sondern die nur daran denken, dass in den Vereinigten Staaten jährlich tausende von Menschen am Rauschgift zu Grunde gehen; Menschen, die einmal in einer schwachen Minute einer der Rauschgifthyänen in die Finger gefallen waren und seitdem von dem verdammten Zeug nicht mehr loskamen.

Wir kennen die Methoden, mit denen die Gangster sich immer neue Opfer und damit neuen Absatz für ihre Ware suchen. Auf Kirmesplätzen, in harmlosen Milchbars, auf den Sportfeldern schlängeln sie sich an die Menschen heran, meistens an sehr junge Leute, und sie scheuen sich auch nicht davor, Kinder zu verführen. Sie verschenken die erste Kokainprise. Sie behaupten, das Zeug mache nicht süchtig, packen die Widerstrebenden beim Ehrgeiz, dass man alles einmal ausprobiert haben müsste.

Auch die zweite Ampulle, Zigarette oder Prise geben sie dem Opfer noch umsonst, drängen sie ihm sogar noch auf, und die dritte lassen sie ihm billig.

Aber je fester die Sucht die Verführten in die Klauen nimmt, desto höher werden die Preise des Verführers, denn er weiß, das Opfer wird alles tun, um seine Rauschgiftsucht befriedigen zu können, und hohnlachend verweigert er ihm das begehrte Gift und fordert es auf, zu stehlen, zu rauben – vielleicht sogar zu morden. So kommt es, dass Rauschgifthandel und Rauschgiftsucht eine Unzahl anderer Verbrechen nach sich ziehen.

Wir Beamten der Bundespolizei hassen die Rauschgiftganoven mehr als alle anderen Verbrecher wegen ihrer heimtückischen Art, die Menschen in die Sucht zu treiben, und sie hassen uns entsprechend wieder.

In keiner Branche wird so schnell geschossen und so brutal vorgegangen wie im Rauschgiftgeschäft. Ein G-man, der gegen die »Koks«-Händler eingesetzt wird, tut gut daran, sich aufs Schlimmste gefasst zu machen.

Ich verabschiedete mich von meinem New-Yorker Chef, Mr. High, und meinem Freund Phil Decker und kletterte in die Transkontinentmaschine. Es wurde ein hübscher Flug, den ich mit Erfolg verschlief, und als ich am Morgen vom Flughafen mit dem Wagen der Luftverkehrsgesellschaft nach Frisco hineinfuhr, fühlte ich mich zu jedem Einsatz bereit.

Die Vorgeschichte des Falles, dessen ich mich annehmen sollte, hatte mir Mr. High in New York erzählt. Es dauerte genau drei Minuten, denn was wir wussten, war so dürftig wie noch nie. Es waren drei oder vier kleine Verteiler gefasst worden, die mit Opium handelten. Opium kam aus Fernost, und als die Verteiler schließlich gestanden, sie hätten das Höllenzeug über eine Deckadresse in Frisco bezogen, wusste das Rauschgiftdezernat, dass der Hafen am »Goldenen Tor« das richtige heiße Pflaster für uns war.

Bis zu diesem Zeitpunkt hatte ich mit der Geschichte noch nichts zu tun. Sie beauftragten einen G-man, Arthur Masson, mit den Nachforschungen. Masson gehörte zum Bezirk Los Angeles, denn es war eine feststehende Regel, dass in Rauschgiftaffären ortsfremde Beamte eingesetzt wurden, die völlig allein arbeiten mussten, weil die Herren im Hintergrund über ein ausgezeichnetes Netz von Beziehungen verfügten, wodurch wir zu den äußersten Vorsichtsmaßregeln gezwungen waren.

Als Masson einen zweiten Mann anforderte, schlug der Chef mich vor, und ich bekam den Job.

Meine Papiere lauteten auf den Namen Jesse W. Bather. Ich war Ingenieur, zur Zeit stellungslos und hoffte auf einen Job als Schiffsmechaniker auf einem der Kähne, die im »Goldenen Tor« anlegen. In meiner Brieftasche steckten ein Bündel Dollarscheine als Spesenvorschuss, ein Bild von Arthur Masson und ein Zettel mit einer Adresse und einer Telefonnummer.

Die Adresse lautete: James Bear, Five Bristol Hotel, Crash Street. Die Telefonnummer war der Privatanschluss des FBI-Chefs von San Francisco, und Mr. High hatte mir diese Nummer genannt mit der dringenden Anweisung, sie nur im äußersten Notfall zu benutzen. Mein Ausweis als Bundesbeamter steckte unter der Brandsohle meines rechten Schuhes, und mein vertrauter Smith and Wesson lag zwischen den Hemden im Koffer.

Gewissermaßen als erste Amtshandlung hielt ich ein Streichholz an den Zettel mit der Adresse und der Nummer, die ich mir längst eingeprägt hatte, dann ging ich zum nächsten Taxistand.

Nach einer viertelstündigen Fahrt stoppte der Chauffeur vor dem Five Bristol Hotel. Es war ein mittelgroßes Unternehmen mit schätzungsweise fünfzig Betten und sogar einem Portier vor der Tür.

Einige Leute saßen im Foyer. Ein Mann, der nahe beim Eingang saß, ließ das Zeitungsblatt sinken und sah mich aufmerksam an. Ich erkannte ihn nach dem Bild in meiner Brusttasche. Es war James Bear alias Arthur Masson, G-man aus Los Angeles und zur Zeit so etwas wie mein Vorgesetzter.

Langsam nahm er das Zeitungsblatt wieder hoch. Ich musste mich ihm zu erkennen geben, nahm meinen Koffer und ging auf die Portiersloge zu. Ich stolperte über Bears Beine, die er weit in den Gang hinausstreckte.

»Sorry«, murmelte ich.

»Granted«, antwortete er faul und vertiefte sich erneut in die Zeitung, aber für zwei Zehntelsekunden hatten wir uns in die Augen gesehen, lang genug, um über unseren gegenseitigen wahren Beruf ins Reine zu kommen.

Der Empfangschef hinter dem Pult war ein schlanker, geschmeidiger, anscheinend noch sehr junger Chinese. Er dienerte, als ich ein Zimmer verlangte, und bot mir die teuersten Räume seines Hauses an, und nur zögernd ließ er sich von mir aus dem vornehmen ersten in den meinen bescheidenen Verhältnissen als stellungsloser Schiffsingenieur angemessenen dritten Stock treiben.

Ein Seitenblick zeigte mir, dass Mr. Bear seine Zeitung inzwischen fortgelegt hatte und eifrig einen Zettel beschrieb. Ich ahnte, dass er mir etwas mitzuteilen wünschte, und nahm umständlich die Zeremonie der Eintragung ins Gästebuch vor. Ich füllte die Spalte »Beruf« aus, als Bear bereits an meiner Seite stand.

»Geben Sie mir bitte das Programmverzeichnis der Kinos in dieser Woche«, bat er den Portier, und in dem Augenblick, in dem der Chinese sich umwandte, fühlte ich seine Hand in meiner Rocktasche.

Der Portier läutete einen Pagen herbei, der mich und meinen Koffer in den dritten Stock liftete, mir mein Zimmer zeigte, nach den Wünschen fragte und nach einem Trinkgeld, seinen Dank murmelnd, verschwand.

Ich sah mich in dem Raum um, der für die nächste Zeit meine Heimat sein sollte; ein einfaches helles Zimmer mit freundlichen Nussbaummöbeln. Das Fenster ging zur Crash Street hinaus. Über den Dächern der Nachbarhäuser sah ich bunte Wimpel, die Wahrzeichen von Chinatown.

Sorgfältig verschloss ich die Tür, und dann sah ich in meiner Rocktasche nach, welches Geschenk der Kollege mir hineingezaubert hatte. Ich fand ein aus einem Notizbuch gerissenes Blatt.

Kommen Sie heute Abend, zehn Uhr, ins »Shanghai«.
Ich sitze im Hauptlokal. An meinem Tisch wird ein Stuhl
frei sein. Wir kennen uns nicht und werden uns erst im
Laufe des Abends kennen lernen. Richten Sie sich auf
Aktion ein.

A. M.

Viel war das nicht, das heißt, viel konnte es schon sein, aber deutlich war es nicht. Wenn ich den Schrieb richtig verstand, brauchte mein Kollege einen zweiten Mann, weil er etwas vorhatte.

Ich zog mich um. Dann ging ich in die Halle hinunter. Mr. Bear war nicht mehr vorhanden. Ich verwickelte den Empfangschef in der Portiersloge in eine lange Unterhaltung, in deren Verlauf ich ihm erzählte, was ich in Frisco suchte. Es ist immer gut, wenn man einen Hotelmenschen von seiner Harmlosigkeit überzeugt, damit er es gegebenenfalls weitererzählen kann. Ganz nebenbei erkundigte ich mich nach den Vergnügungsmöglichkeiten für einen einsamen Mann, und siehe da, der Jüngling empfahl mir nicht nur Chinatown, was so selbstverständlich ist wie das Montmartre in Paris oder der Broadway in New York, sondern er nannte als eines der maßgebenden Lokale auch das »Shanghai«.

»Echt wie in China, Sir«, versicherte er.

Es ist schwer, jemandem einen Begriff von San Franciscos Chinatown zu geben, der nie dort war. Auch in New York gibt es ein Chinesenviertel, aber die Chinamänner dort werden spätestens in der zweiten Generation trotz ihrer Hautfarbe zu Amerikanern. Die Friscoer Chinesen bleiben immer

Chinesen, selbst wenn die Familien seit hundert Jahren im Lande sitzen.

Das »Shanghai« lag am Ende einer Sackgasse und nahm die ganze Straßenbreite ein.

Der Portier trug eine merkwürdige altmodische Rüstung mit einem Schwert auf dem Rücken, was ihn nicht hinderte, Trinkgelder anzunehmen. Der Laden war äußerst raffiniert aufgemacht. Hinter dem großartigen Eingang folgte ein langer, schmaler, nur von trüben Lampions erhellter Gang, an dessen Ende ein bezopfter Seidenmandarin sich lächelnd meiner Garderobe bemächtigte. Er schlug einen Mattenvorhang zurück. Wieder ein Gang, aber jetzt hörte ich schon Musik, Jazzmusik natürlich. Ein zweiter Mandarin öffnete mir einen zweiten Vorhang, und ich befand mich im eigentlichen Lokal.

Der Laden war rund gebaut, mit niedriger Decke, von der Lampions baumelten. Die Wände hatten sie mit allerlei Chinesischem bepinselt und behängt. Die Kellner, alles Chinesen, huschten in weißen Leinenjacken zwischen den Tischen umher, und die Damen, die das Haus zur Unterhaltung allein stehender Herren bereithielt, waren lauter hübsche Mädchen.

Ich sah nach der Armbanduhr. Es war Punkt zehn. Ich ließ den Blick von Tisch zu Tisch gleiten. Verdammt, ich fand Bear-Masson nicht. Ich suchte unter den Tanzenden, aber ich konnte ihn nicht entdecken.

Wenn ein G-man mit einem G-man eine Verabredung trifft, dann sind sie pünktlicher und genauer im Einhalten der Zeit als die astronomischen Uhren in einem Observatorium. Und wenn einer von beiden nicht zur vereinbarten Minute am Treffpunkt ist, dann darf der andere sicher sein, dass dem Kollegen ein dickes Ding dazwischengekommen ist.

Ich suchte mir einen Tisch, von dem aus ich den Eingang im Auge behalten konnte. Ein lächelnder Kellner reichte mir eine Karte, auf der eine Menge Sachen verzeichnet standen, die alle so ähnlich wie »Li-po-po« und »Sa-tai-tai« hießen, nur die Preisbezeichnungen am Rande waren saftiges Amerika. Ich fragte ihn, wie Whisky auf Chinesisch heiße. Es stellte sich heraus, dass Whisky auch auf Chinesisch Whisky heißt, und ich ließ mir einen doppelten kommen.

Da saß ich nun, aber der Mann, der mich herbestellt hatte, kam nicht. Es wurde halb elf, elf, halb zwölf. Masson erschien nicht. Die »Shanghai Bar«, füllte sich mehr und mehr.

Um in der Masse der Vergnügten nicht unangenehm aufzufallen, angelte ich mir eines der gelben Taxigirls. Das Kind reichte mir gerade bis zur Krawattenmitte. Ich lotste sie an meinen Tisch und gab ihr zu trinken. Ihre zarte gepuderte Kehle vertrug scharfe Sachen glänzend. Sie gurrte mit mir wie eine Taube, und ich erwiderte ihre zarten Höflichkeiten, indem ich sie ein hübsches Mädchen nannte.

Um ein Uhr nachts dann hielt ich es nicht mehr aus. Ich zahlte die Zeche, warf dem Girl einen Zehndollarschein zu und schickte mich an, das Lokal zu verlassen.

Der Mandarin verbeugte sich tief und flüsterte mir fragend ins Ohr: »Eine Pfeife, Sir?«

Ich blickte überrascht hoch. Er konnte nur eine Pfeife Opium meinen, und ich fand es verdammt interessant, ausgerechnet an dem Ort Opium angeboten zu bekommen, an dem Masson seinen Kampf gegen das Rauschgiftsyndikat beginnen wollte. Ich wunderte mich zwar, dass einem Wildfremden eine so gefährliche Offerte leichtsinnig und anscheinend ohne Vorsichtsmaßregeln gemacht wurde, aber ich entschloss mich, der Sache auf den Grund zu gehen.

»Kostet?«, fragte ich.

»Nicht teuer«, lispelte er. »Zehn Dollar die Pfeife. Zehn Dollar, für Seligkeit des Himmels nicht teuer, Sir!«

Und schon öffnete er in dem Seitengang eine Tapetentür, auf deren Bespannung ein schwarzer Drache zwei Meter Zunge aus dem Hals hängen ließ, und dienerte einladend.

In Ordnung, ich betrat den Gang hinter der Tür (dieses ganze Haus schien aus schmalen, zweimannsbreiten Gängen zu bestehen), tat zwanzig Schritte, die ich automatisch mitzählte, dann kam ein schwarzseidener Vorhang, hinter dem ein lächelndes Chinesenmädchen auftauchte, knickste und mir eine tiefschwarze Halbmaske über die Augen band. Darauf zog es den Vorhang zurück und ließ mich in die »Opiumhöhle« eintreten.

Der Raum war viereckig, voller Kissen und niedriger Liegestätten und mit blauem, schwer und süß riechendem Dunst geschwängert. Ungefähr ein

Dutzend Leute, die Gesichter wie das meine durch eine Maske getarnt, lagen auf den Diwans herum und nuckelten teils kichernd, teils ernsthaft an langen Pfeifen mit kleinen Köpfen. Hübsche Chinesenmädchen in schwarzen Kimonos schlichen auf lautlosen Sohlen zwischen den Gästen umher, richteten die Pfeifen, reichten Streichhölzer und strichen Trinkgelder ein.

Ich sah auf den ersten Blick, dass die Sache Bluff und Nepp war, von den geschäftstüchtigen Himmelssöhnen eingerichtet, um Mr. Smith aus Connecticut und Mrs. Meyer aus Iowa Gelegenheit zu geben, am Stammtisch und im Frauenkränzchen geheimnisvolle Andeutungen über ihre Erfahrungen mit Rauschgift machen zu können.

Was immer die lächelnden Mädchen den abenteuerlustigen Provinzlern in die Pfeife stopften, Opium war es sicherlich nicht, sondern irgendein harmloses Zeug.

Ein Chinagirl schwebte verführerisch lächelnd heran, die lange holzgeschnitzte Pfeife wie ein Heiligtum in beiden Händen tragend. Sie setzte dem Ding ein einwandfrei hygienisches Pappmundstück auf und reichte mir die Apparatur mit einer tiefen Verbeugung.

Ich paffte tapfer drauflos. Es schmeckte wie schwerer Virginiatabak und qualmte gewaltig. Wahrscheinlich mischten sie einige Weihrauchkörnchen darunter, damit der nötige Nebel und der betäubende Geruch entstanden. Es war eine geradezu großartige Methode, den Leuten das Geld aus der Tasche zu ziehen. Mir tat es Leid um die zehn

Dollar, die ich hier auf Kosten des amerikanischen Steuerzahlers ausgab.

Dann plötzlich fand ich, dass die zehn Dollar doch gut angelegt waren, obwohl nichts weiter geschah, als dass zwei Männer, ein Chinese und ein Weißer, durch den Raum gingen. Der Chinese war ungewöhnlich groß. Er ging nach vorn gebeugt und schien recht alt zu sein. Der dünne Bocksbart an seinem Kinn verfärbte sich bereits grau. Er trug eine weite schwarzseidene Jacke und hielt die Hände in den Ärmeln. Auf seinem schmalen Schädel saß ein schwarzes Patriarchenkäppchen. Ohne Zweifel war er der Chef des »Shanghai«. Ich merkte es an der Art, wie die Mädchen die Rücken duckten und noch beflissener herumhuschten.

Der Weiße an seiner Seite war der Typ des Muskelmenschen, breit, untersetzt, Blatternarben im Gesicht. Die großen Hände an seinen langen Armen erweckten den Eindruck von Schraubstöcken.

Wenn man eine Zeit lang Verbrecher aller Sorten gesehen und gejagt hat, dann bildet sich in einem Mann, der sich mit dieser nützlichen Tätigkeit befasst, eine Art Instinkt heraus. Er wittert förmlich den Verbrecher. Ich weiß nicht, wie ich diesen Instinkt richtig erklären soll, jedenfalls ging von den beiden Männern, die da schnellen Schrittes den Raum durchquerten, ein Hauch von Gefährlichkeit aus, den ich geradezu körperlich empfand.

Ich folgte ihnen mit dem Blick, bis sie die »Opiumhöhle« durch den schwarzen Seidenvorhang verlassen hatten. Ich wartete noch fünf Minuten, und dann, fand ich, hatte ich lange genug den Dummen gespielt. Ich stellte die Pfeife weg, erhob mich von dem Diwan, ließ mir meinen Mantel geben und verließ das »Shanghai«.

In der frischen Luft atmete ich tief auf und steckte mir erst einmal eine Marlboro ins Gesicht. Die Straßen waren zu der späten Stunde leerer. Ich bummelte langsam meinem Hotel zu und machte mir Gedanken über Arthur Masson.

Er hatte mich ins »Shanghai« bestellt, um dort zusammen mit mir irgendetwas zu unternehmen. Das ging aus dem Notizzettel klar hervor. Es gab eine Menge Möglichkeiten, die sein Erscheinen verhindert haben konnten. Blieb die Frage, was ich unternehmen sollte. Kurz entschlossen drehte ich mich und ging zum »Shanghai« zurück.

Natürlich spürte ich keine Lust, die Bar noch einmal zu betreten. Ich wusste auch nicht, was ich zu entdecken hoffte. Ich umschlich den Bau einfach wie eine Katze das Mauseloch. Arthur Masson war sicherlich nicht dümmer als ich, und bestimmt war auch er nicht auf den Schwindel mit der »Opiumhöhle« hereingefallen. Wenn ihm die Bar interessant erschien, dann sicherlich aus anderen Gründen.

Das »Shanghai«-Gebäude schloss eine Sackgasse ab. Wenn ich mir das Haus von hinten ansehen wollte, musste ich einen anderen Weg finden. Ich nahm die nächste Parallelstraße und schlug dann die nächste Gasse rechts ein. Der Weg schien richtig zu sein. Die Gasse war ein trüber, schlecht gepflasterter Schlauch, in dem eine einzige Laterne brannte. Ich stieß auf eine Tür, neben der sich ein

Schild befand, gerade im Straßenlampenlicht zu lesen:

>>*Shanghai Bar*<<
Lieferanteneingang

Zwei Schritte weiter gab es ein doppelflügeliges Eisentor als Autoein- und -ausfahrt. Die Häuser auf der Gegenseite schienen unbewohnt. Jedenfalls sah ich nirgendwo Licht.

Hochinteressante Feststellungen, die du triffst, Jerry, sagte ich mir selbst und schüttelte den Kopf. Wahrscheinlich war es doch besser, sich in die Klappe zu hauen, als hier herumzukriechen. Ich warf die Zigarette fort und trat sie aus, und nur, weil ich dabei den Blick auf das Pflaster richtete, sah ich etwas, das der ganzen, bisher für mich rein akademischen Rauschgiftaffäre einen hochaktuellen Anstrich gab.

Mein Auge fing einen kleinen weißen Fleck auf, gerade noch am Rande des Lichtkreises der Straßenlaterne. Eigentlich war es kaum mehr als der Widerschein von etwas Weißem, aber ich ging darauf zu und bückte mich danach. Und als ich mich aufrichtete und den Gegenstand in der Hand hielt, fühlte ich mein Herz schneller schlagen.

Mein Fund war ein weiß-brauner Halbschuh, und ich wusste, dass ich dieses hochelegante Schuhzeug heute Morgen in der Hotelhalle an den Füßen von James Bear gesehen hatte, der in Wirklichkeit Arthur Masson hieß und ein G-man ... gewesen war.

Jawohl, gewesen war. Nicht nur, dass der Fund seines Schuhes am Hinterausgang der Bar, in der er offensichtlich ein Verbrechen aufzuklären hoffte, eindeutig war. Noch eindeutiger war die Tatsache, dass die losgerissene Sohle daran baumelte, denn Masson trug seinen G-man-Ausweis an der gleichen Stelle wie ich – unter der Brandsohle des rechten Schuhes.

Ich zog mich mit meinem Fund ins Dunkle zurück und dachte nach. Mir war ziemlich klar, wie sie den armen Arthur erledigt hatten. Wahrscheinlich hatte er sich als Interessent für ihre Ware in ihren Kreis gedrängt. Dann musste er sich durch irgendwas verraten haben. Als er heute Abend in die Bar kam, um zusammen mit mir den entscheidenden Schlag zu tun, lotsten ihn die Gegner hierhin und brachten ihn um. Den Schuh zogen sie ihm aus, um den FBI-Ausweis zu finden.

Wie immer es gewesen war, mit Arthur Masson und dem, was er von der Rauschgiftbande gewusst hatte, durfte ich nicht mehr rechnen. Und damit war wohl der Notfall gegeben, in dem ich die Nummer des Chefs der Friscoer Abteilung der Bundespolizei anrufen durfte.

Ich legte meinen Staubmantel über den Schuh und machte, dass ich aus dem dunklen Loch herauskam. Ich verzichtete darauf, eine Telefonzelle innerhalb des Chinesenviertels zu benutzen, sondern trabte bis in die Crash Street, wo ich heute Morgen eine Telefonzelle gesehen hatte.

Ich warf meinen Nickel ein, wählte und wartete.

Endlich meldete sich eine verschlafene tiefe Männerstimme.

»O'Connor!«

»Cotton aus New York, Mr. O'Connor«, sagte ich. »Ich beginne meinen Dienst mit einer sehr unerfreulichen Nachricht. Arthur Masson lebt nicht mehr.« Ich erzählte ihm von meiner Entdeckung.

Er sagte leise: »Verdammt.« Dann fügte er hinzu: »Gut. Ich glaube, Sie können es noch riskieren, zu mir zu kommen. Sie sind dem Gegner noch unbekannt. Ich wohne Trillington Street 56, aber lassen Sie das Taxi zwei Straßenecken vorher halten.«

Eine halbe Stunde später, es war drei Uhr morgens, klingelte ich an der Tür des Hauses Trillington Street 56. O'Connor öffnete mir sofort. Er war ein großer, schwerer Mann mit einem Kopf so blank wie eine Billardkugel. Er trug einen Morgenrock über dem Schlafanzug.

»Erfreut, Sie zu sehen, Cotton«, sagte er und gab mir die Hand. »Kommen Sie herein.« Er führte mich in sein Arbeitszimmer, wies auf einen Ledersessel und goss mir einen dreifingerhohen Whisky ein. Sich selbst bediente er nicht schlechter. »Also«, sagte er fast böse, »auf Arthur Massons Andenken«, und kippte das Zeug stehend hinunter. Dann ließ er sich schwer in seinen Sessel fallen.

Vor ihm auf dem Tisch lag ein dünner Schnellhefter. Er legte seine große Hand darauf.

»Ich habe alle Berichte Massons in persönlicher Verwahrung. Als er vor rund drei Wochen mit den Nachforschungen anfing, hat er zehn Tage lang ausführliche Berichte gesandt. Dann rief er mich an und sagte, er habe Kontakt mit den Leuten, die das

Rauschgift, hauptsächlich Opium, aus China über den Friscoer Hafen einführen und von hier aus weiterverteilen. Er stecke jetzt zu tief in der Sache und müsse jeden Kontakt mit mir einstellen. Danach hörte ich nichts mehr von ihm, bis auf einen kurzen Brief, in dem er um Zuteilung eines weiteren Beamten bat.« Er öffnete den Aktenordner. »Das ist Massons letzter zusammenfassender Bericht. Lesen Sie ihn selbst.«

Sonderaufgabe 6/58940 FBI-Agent J. B. A. M.

Ich gab mich als Interessent für Rauschgift aus und suchte Kontakt mit Leuten, die größere Mengen Opium beschaffen könnten. Ich machte die Bekanntschaft des Kleinverkäufers Slim Pastozzi, der mit Heroin handelt. Pastozzi zunächst nicht festnehmen. Pastozzi erzählte mir, dass Opium am besten von den Chinesen in Chinatown zu bekommen sei. Ich zog daraufhin in das Hotel Five Bristol um. Suchte Verbindung zu den Opiumverkäufern im Chinesenviertel. Machte Bekanntschaft des Chinesen Na-pai, ebenfalls Opiumkleinverteiler (Verhaftung zunächst zurückstellen). Na-pai brachte mich unter größten Vorsichtsmaßregeln an seinen Lieferanten heran, ebenfalls einen Chinesen, dessen Namen ich nicht erfahren konnte. Da ich ein großes Quantum Opium zu kaufen wünschte, versprach Na-pais Lieferant eine Verbindung zu einem Erste-Hand-Händler herzustellen. Am folgenden Tag wurde ich aufgefordert, mich abends in dem Nachtlokal »Shanghai« einzufinden. Ich folgte dieser Aufforderung, jedoch kümmerte sich dort niemand um mich. Für weitere drei Abende erhielt ich wiederum die Nachricht, ins »Shanghai« zu kommen, ebenso für heute

Abend, jedoch hat sich bisher niemand um mich gekümmert. Ich machte die Bekanntschaft eines in dem Lokal beschäftigten Chinesenmädchens namens Lao-ta-pi, jedoch konnte ich bisher von ihm nichts Näheres über das Unternehmen in Erfahrung bringen. Die in einem Nebenraum des »Shanghai« angeblich betriebene »Opiumhöhle« ist lediglich ein Touristenfang und der Revierpolizei bekannt.

O'Connor sah, dass ich zu Ende gelesen hatte. »Am Tag darauf erhielt ich Massons Anruf«, ergänzte er. »Danach nur noch schriftlich die Anforderung eines zweiten Beamten.«

»Es ist also anzunehmen, dass Masson tatsächlich das Opium erhalten hat«, sagte ich. »Oder doch zumindest Kontakt mit dem Erste-Hand-Händler bekam.«

»Es steht fest, dass er Opium erhielt«, bestätigte er. »Wir erhielten eine entsprechende Mitteilung, allerdings nicht von Masson selbst. Schlagen Sie das erste Blatt auf, Cotton.«

Ich tat es und fand ein kurzes Schreiben. Der Briefkopf lautete:

Sanatorium Dr. Lester Viscount, San Francisco, Park Lane 8–12.

Der Text:

An die Rauschgiftabteilung des Federal Bureau of Investigation.

Gemäß der Anweisung der Rauschgiftbekämpfungszentrale vom 15. 6. des vorigen Jahres melden wir Ihnen, dass heute Morgen ein Mr. James Bear aus New York, zur Zeit Five Bristol Hotel, eine Probe Opium zur Untersuchung in unser Laboratorium brachte. Das Unter-

suchungsergebnis finden Sie auf beiliegendem Analysen-
schein. Hochachtungsvoll!

O'Connor nickte mit dem Billardkugelschädel. »Sehen Sie, Masson bekam also eine Probe des Opiums und ließ es im Labor untersuchen, um sicher zu sein, dass sie ihm nicht irgendein wertloses Zeug andrehten, das bei der Aushebung nicht als Beweis dienen konnte. Da die Rauschgiftzentrale voriges Jahr eine Verfügung herausgab, dass alle Laboratorien, denen Rauschgifte zur Begutachtung vorgelegt werden, Namen und Anschrift des Besitzers den örtlichen FBI-Stellen melden müssen, erhielten wir auf diesem Umweg Gewissheit darüber.«

»Warum ließ er das Opium gerade im Labor dieses Sanatoriums untersuchen?«

»Natürlich konnte er sich in seiner Rolle als Rauschgifthändler nicht bei einer staatlichen Untersuchungsstelle oder gar beim Polizeilabor melden. Das Sanatorium von Dr. Viscount ist ein vornehmer Laden, ein piekfeines Privatkrankenhaus, in dem sich die oberen zehntausend die geschwächten Nerven aufmöbeln lassen. Außerdem hat Dr. Viscount einen großen Ruf als Fachmann für Rauschgiftentziehungskuren.«

Ich bediente mich aus der Flasche, die auf dem Tisch stand.

»Nach allem, was wir wissen«, sagte ich langsam, »ist der gute Arthur mit größter Vorsicht zu Werke gegangen. Ich möchte wissen, wo und wann er den entscheidenden Fehler begangen hat, der ihn den Rauschgiftleuten verriet.«

Der FBI-Chef von San Francisco zuckte die mächtigen Schultern.

»Haben Sie einen Vorschlag, Cotton?«

»Nur den, dass ich den Fall übernehme.«

»Und welchen Weg wollen Sie einschlagen?«

»Ich könnte versuchen, Mr. Na-pai zu finden, aber ich glaube nicht, dass die Rauschgiftbosse nach den Erfahrungen mit Masson noch einmal einen Fremden als angeblichen Käufer an sich heranlassen. Sie wittern jetzt hinter jedem unbekannten Gesicht den FBI.«

»Offen gestanden«, seufzte O'Connor, »ich sehe ziemlich schwarz. Aber die Adresse von Na-pai kann ich Ihnen geben«, sagte er.

»Ja, danke, tun Sie es. Und teilen Sie allen Behörden mit, dass ein Chinesenmädchen mit Namen Lao-ta-pi gewünscht wird.«

»In Ordnung. Werden Sie weiter unter Ihrem Tarnnamen arbeiten?«

»Zunächst jedenfalls, obwohl es nicht viel Sinn hat. Aber ich werde nicht warten, bis sie mir den FBI-Ausweis aus dem Schuh montieren. Lieber weise ich mich selbst mit dem Smith & Wesson aus.«

Ich stand auf. O'Connor wuchtete aus seinem Sessel hoch.

»Auf Wiedersehen, Mr. O'Connor. Wenn ich Sie wissen lasse, dass ich einen zweiten Mann brauche, fordern Sie bitte Phil Decker aus New York an.«

Es ging auf fünf Uhr, als ich im Five Bristol ankam. Der Nachtportier schlief hinter dem Empfangspult.

Ich ging auf mein Zimmer, rauchte ganz langsam

eine Zigarette, bis ich annehmen durfte, dass der alte Knabe unten wieder eingeschlafen war. Ich zog die Schuhe aus und ein Paar leichte Tennisschuhe an. Zwei, drei Dietriche hatte ich im Koffer. Für eine einfache Hotelzimmertür würden sie genügen. Ich steckte eine Taschenlampe ein und schlich lautlos in die erste Etage. Ich wusste, dass Bear-Masson Zimmer Nr. 14 bewohnt hatte. Als ich mich ins Gästebuch eintrug, hatte ich es gelesen.

Es wäre etwas peinlich gewesen, wenn mir einer der Gäste begegnet wäre, aber ich erreichte unangefochten Tür Nr. 14 in der ersten Etage. Ich fummelte ein wenig mit dem Dietrich im Schlüsselloch, und als er packte, drückte ich sanft die Klinke herunter.

Die Fenstervorhänge in Massons Zimmer waren vorgezogen. Ich konnte unbesorgt die Taschenlampe anknipsen. Der Raum sah nicht viel anders aus als meiner, etwas eleganter und üppiger eingerichtet. In aller Ruhe machte ich mich daran, ihn zu untersuchen. Ich guckte in den Kleiderschrank und zog die Schubladen des Schreibfaches auf. Ich hatte gehofft, vielleicht Massons Notizbuch oder das Opium zu finden, von dem mein Kollege eine Probe in dem Sanatorium hatte untersuchen lassen. Irgendwo musste das Rauschgift doch stecken, und ich begann von neuem zu suchen. Ich kroch auf dem Boden herum und leuchtete unter das Bett und sämtliche Schränke. Nichts. Aber hier neben dem Fuß des Schreibtisches lag etwas. Ich hob es auf.

Es war die Hälfte eines goldenen Manschettenknopfes, eine ovale schmale Platte mit einer schwarzen Gravierung, und diese Gravierung sah aus wie ein chinesisches Schriftzeichen. Ich wog das Ding lange in der Hand.

Es wurde Zeit, den Schauplatz zu wechseln, wenn ich nicht auffallen wollte. Ich schlüpfte aus dem Zimmer, schloss ab und huschte in meine Kemenate zurück.

Ich zog die Jacke aus und haute mich auf mein Bett. Obwohl ich hundemüde war, konnte ich nicht einschlafen. Ich fand einiges an dieser Sache so rätselhaft, dass ich unbedingt darüber nachdenken musste.

Masson besaß Opium. Aber ich fand keinen Krümel in seinem Zimmer, und ich hatte gründlich gesucht. Hatte er es woanders versteckt? Unwahrscheinlich. Dann mussten also die gleichen Leute, die ihn auf die lange Reise geschickt hatten, das Zeug nach seinem Tode aus dem Zimmer geholt haben.

Aber das Zimmer war normal verschlossen gewesen, und es gab nicht das geringste Anzeichen für einen Einbruch. Der Schlüssel hing am Brett.

Ich hatte es gesehen, als ich heimkam. Mich durchschoss ein Gedanke. Wenn es nun kein Fremder war, der das Opium aus Massons Zimmer holte?

Ich pfiff durch die Zähne und richtete mich langsam auf. Ich hatte plötzlich das Gefühl, als befände ich mich in dem Netz einer riesigen Spinne. Wie weit reichten die Fäden des Rauschgiftsyndikates?

Hatten sie ihre Leute auch hier im Five Bristol Hotel? Es war verdammt gefährlich, sich zu bewegen. Berührte man einen Faden des Netzes, so schoss die Spinne herbei. Masson hatte einen Faden berührt.

Ich schlief bis in den hohen Morgen hinein. Als ich gegen elf Uhr in die Empfangshalle herunterkam, stand wieder der junge Chinese in der Portierloge! Ich erkundigte mich bei ihm nach einem Agenten für Schiffspersonal. Er suchte mir einige Anschriften aus dem Adressbuch. Die Manschetten seines weißen Hemdes guckten weit genug aus dem Jackettärmel hervor, um die Knöpfe zu zeigen. Sie waren aus Perlmutt in einer Silberfassung.

Ich erzählte, dass ich mich gestern im »Shanghai« großartig amüsiert hatte, und dankte ihm für den Tipp. Ich fragte ihn, ob er auch so einen ulkigen chinesischen Namen habe wie die Mädchen in dem Lokal. Er lächelte und sagte, er heiße Ma-fu-lai.

Ich frühstückte flüchtig. Dann ging ich ins Chinesenviertel. Im Vergleich zum vergangenen Abend machten die Straßen und Gassen einen nüchternen und grauen Eindruck. Die großartige Buntheit des Bildes fehlte. Ich pilgerte zum »Shanghai«, dann durch die Nebengassen zur Rückfront des Baues und merkte mir die Straßennamen.

Dann ließ ich mich zum Grundstücksamt fahren.

Ein Beamter, der so verstaubt schien wie die Aktenstapel rings um ihn, schob die Brille hoch und fragte mich nach meinem Begehren. Ich nannte ihm Straße und Hausnummer des »Shanghai« und der leer stehenden Häuser in der Hintergasse. Er blätterte lange in seinen dicken Büchern, und dann erhielt ich eine Antwort, die ich halb und halb erwartet hatte. Das »Shanghai« und alle Hintergebäude gehörten dem gleichen Mann.

»Der Besitzer ist Mr. Lu Wong-Chu«, sagte der Beamte.

Ich zweifelte nicht daran, dass es sich bei Wong-Chu um den bocksbärtigen Chinesen aus der »Räucherkammer« handelte. Ich dankte und wollte schon gehen, als es mir einfiel, nach dem Inhaber des Five Bristol zu fragen. Wieder holte der Beamte ein neues Buch.

»Auch dieses Gebäude gehört Mr. Lu Wong-Chu«, kam seine trockene Stimme.

Als ich auf der Straße stand, schob ich den Hut ins Genick. Alle Achtung vor Lu Wong-Chu, der ein derartiges Vermögen zusammenschacherte!

Er musste immerhin seine Qualitäten haben.

Ich ging zur nächsten Poststelle, zog aus dem Automaten Briefpapier und Umschlag und verfasste einen langen Schrieb an Mr. O'Connor, Trillington Street. Damit hatte ich zunächst alles getan, was ich tun konnte.

In den nächsten drei Nächten wurde ich zu einem Stammkunden des »Shanghai«.

Am vierten Morgen nach meinem Eintreffen in Frisco lag ich noch im Bett und döste, als jemand unsanft an meine Tür bumste: »Bitte öffnen! Polizei.«

Vor der Tür stand ein unfreundlich aussehender Mann und hielt mir seinen Ausweis unter die Nase: »Ziehen Sie sich an, und kommen Sie in Zimmer 14. Sie werden dort verhört.«

Das Hotel summte wie ein aufgestörter Bienenstock. Der Etagenkellner flüsterte mir zu, die Polizei sei im Hause. Es handele sich offenbar um den Mister Bear von Zimmer 14, der seit drei Tagen verschwunden sei. »Er soll ermordet worden sein«, hauchte der Mann, und man konnte ihm ansehen, dass ihm ein Schauer über den Rücken lief.

Gäste und Personal mussten sich vor der Tür anstellen und wurden einzeln hereingerufen. Manche kamen sofort wieder heraus, manche wurden länger zurückbehalten. Ich hatte den Eindruck, als veranstaltete O'Connor das ganze Theater nur, um mich in Ruhe sprechen zu können, aber ich wurde nicht bevorzugt, sondern musste brav warten, bis ich an der Reihe war.

Als ich endlich Zimmer 14 betrat, glänzte mir O'Connors Billardkugel vom Fenster aus entgegen. Außer ihm war nur noch ein jüngerer Beamter im Zimmer, der an dem Schreibtisch das Protokoll führte.

Der FBI-Chef drückte mir die Pfote. »So viel Aufwand, um mich sprechen zu können?«, fragte ich.

»Teils, teils, Cotton. Wir haben Massons Leiche auf einem Schuttabladeplatz im Süden gefunden. Vielleicht wäre es ganz gut, Sie sähen ihn sich einmal an.«

Ich schwieg. Ich wusste, was O'Connor damit sagen wollte. Er starrte stumm in die Luft und paffte dicke Wolken aus einer mächtigen Zigarre.

»Ja«, sagte er dann, »Sie wollten offenbar einiges von ihm erfahren. Weil er nicht reden wollte, wurde er geschunden, und zum Schluss töteten sie ihn mit ein paar Messerstichen.«

Der Zorn zwang mir die Zähne zusammen, dass sie knirschten.

Ich schwor mir, seine Mörder unter allen Umständen aufzuspüren.

»Zur Sache«, sagte O'Connor. »Ich habe Ihren Bericht erhalten und nach Washington und New York weitergegeben. Ihr Freund Decker sitzt seit zwei Tagen im Atlantic Hotel, und von Washington haben sie uns einen echten FBI-Chinesen geschickt, einen John Lung. Ich habe ihn in Madisons Pension einquartiert. Und dann schnappten wir dieses Mädchen, das Masson in seinem Bericht erwähnte. Lao-ta-pi heißt das Kind, glaube ich. Sie wurde von zwei Chinesen an Bord eines Schiffes gebracht, das nach Indochina bestimmt war. Die Zollbeamten waren klug genug, sie ruhig an Bord gehen zu lassen, und wir ließen sie friedlich abdampfen und holten sie erst innerhalb der Dreimeilenzone durch einen Polizeikutter von dem Kahn herunter. Die Männer, die sie aufs Schiff gebracht haben, sind also der Meinung, sie schwimme auf dem Wege nach Asien.«

»Ausgezeichnet, Mr. O'Connor«, lobte ich. »Dann wollen wir den Feldzug beginnen. Bestellen Sie Phil Decker, den FBI-Chinesen und das Mädchen heute Nacht in Ihre Wohnung. Ich komme um elf Uhr.«

Er nickte. Ich stand auf.

»Ach«, erinnerte ich mich an der Tür. »Können Sie feststellen, welche Manschettenknöpfe Masson trug?«

»Haben Sie den Leichenschaubefund bei den Akten?«, wandte sich O'Connor an den Protokollbeamten. Der kramte in seinen Papieren.

»Ja, hier«, sagte er und überflog die Liste der Gegenstände, die der Tote bei sich getragen hatte. »Zwei Manschettenhalter, schwarzer Onyx in Goldfassung«, las er vor.

»Alter Junge«, sagte Phil und klopfte mir die Schulter. Ich drückte ihm die Hand. Phil Decker war mein bester Freund. Er hatte mich zum FBI gebracht.

In O'Connors Arbeitszimmer erhob sich bei unserem Eintritt ein schlanker Chinese von vielleicht dreißig Jahren aus dem Ledersessel. Er war sorgfältig, aber unauffällig gekleidet.

»Dr. John Lung von der Zentrale in Washington«, stellte O'Connor vor.

»Doktor sind Sie auch?«, staunte ich und gab ihm die Hand.

Ich hatte einen Chinaspezialisten von der Zentrale angefordert, möglichst einen Chinesen. Für Sonderaufgaben bildete der FBI Leute aller Hautfarben aus, und ich glaube, wenn ich einen Eskimo verlangt hätte, so hätten sie auch diesen vorrätig gehabt.

Wir platzierten uns um den Tisch. O'Connor versorgte uns mit Getränken. Dr. Lung lehnte höflich ab.

»Haben Sie das Girl da?«, fragte ich.

O'Connor klingelte. Der Protokollführer von heute

Morgen brachte das Mädchen Lao-ta-pi herein. Die kleine, schmale Chinesin trug ein langes Seidenkleid, das bis an die Knöchel reichte. Sie machte einen grässlich verschüchterten Eindruck.

O'Connor dämpfte seine dröhnende Stimme, so gut es ging.

»Sie arbeiten in der ›Shanghai-Bar‹, Miss?«

Sie nickte.

»Der Besitzer heißt Wong-Chu?« Sie nickte.

»Erzählen Sie, wie Sie in die Bar kamen!«, forderte ich sie auf.

Mit einer dünnen, zwitschernden Stimme und in nicht ganz einwandfreiem Englisch begann sie zu berichten. Sie war als Kind mit einem Onkel aus Indochina in die Staaten gekommen. Ihre Eltern lebten noch dort. Der gute Onkel hatte sie auf nicht ganz einwandfreie Weise in Wong-Chus Dienste gegeben. Verkauft schien mir das richtige Wort für diese Art von Vertragsverhältnis zu sein. Damit war Lao-ta-pis kurzer Lebenslauf schon an seinem Ende angelangt.

»Sie haben vor ungefähr zwei Wochen die Bekanntschaft eines Mr. Bear gemacht?«, fragte ich.

»Ja«, gestand sie.

»Was wollte Bear von Ihnen?«

Sie schwieg. »Ich glaube, Sie sollten ihr sagen, dass James Bear tot ist«, kam Dr. Lungs Stimme aus dem Hintergrund. »Sie nimmt an, wir seien hinter Bear her, und will ihn schützen, weil sie ihn liebt.«

Lao-ta-pi riss die Augen auf. »Ist das wahr?«, fragte sie mit einer Stimme wie ein verwundetes Vögelchen. »Ist er tot?«

»Ja, es ist wahr«, sagte ich. »Und wir alle sind Freunde von ihm, und wenn Sie uns alles über ihn sagen, helfen Sie uns, seine Mörder zu fassen.«

Sie weinte nicht. Sie schwieg und sah gerade vor sich hin. Wir störten sie nicht. Schließlich sagte sie: »Aber Sie sind Polizisten, und er war ein ...«

»Er gab sich als Opiumhändler aus. In Wahrheit war er Polizist wie wir.«

Ohne Übergang berichtete sie uns: »Ich bediente in dem Raum, in dem Wong-Chu angeblich Opium verkauft. James Bear war anders zu mir als die meisten Gäste. Er lachte über das Zeug, das ich ihm in die Pfeife stopfte, und statt zu rauchen, unterhielt er sich mit mir. Er kam an mehreren Abenden, und immer war er freundlich zu mir. Er sagte mir, dass er hergekommen sei, um echtes Opium zu kaufen, und fragte mich, wer hier Rauschgift zu verkaufen habe. Ich sagte ihm, dass viele der Kellner an die Gäste verkaufen, aber er interessierte sich nicht für kleine Mengen. Erst wollte ich nicht sprechen, weil ich mich vor Mr. Wong-Chu fürchtete, aber dann erklärte ich ihm, dass die Kellner das Rauschgift im Auftrage von Mr. Wong-Chu verkauften und den Erlös an ihn abführten. Ich weiß, dass er auf eine besondere Art durch die Zähne pfiff, und er wollte wissen, was für ein Mann Wong-Chu sei. Ich erzählte ihm, er sei ein sehr mächtiger und sehr reicher Mann, aber man munkelte auch, dass ein noch viel mächtigerer und reicherer Herr hinter ihm stünde.«

»Woher wissen Sie das?«, unterbrach ich.

»Wir wissen es nicht«, antwortete sie. »Es wird nur unter den Leuten des Hauses erzählt. Manchmal kommt ein weißer Mann zu Mr. Wong-Chu. Und wenn dieser weiße Mann da war, pflegte Mr. Wong-Chu immer besonders schlechte Laune zu haben. Wir nehmen daher an, dass er ihm Befehle überbringt.«

»Was geschah weiter?«, fragte ich.

»Mr. Bear kam nicht wieder. Am Tage nach dem ersten Abend, an dem er nicht mehr kam, wurde ich zu Mr. Wong-Chu gerufen. Er fragte mich, ob ich nähere Beziehungen zu Mr. Bear gehabt hätte. Ich fürchtete mich sehr und sagte Nein. Er sei zwar besonders freundlich zu mir gewesen. Ob er mich ausgefragt hätte. Wieder sagte ich Nein. Darauf erklärte mir Mr. Wong-Chu, ich müsse mit dem nächsten Schiff zu meinen Eltern nach Indochina zurückkehren und bis zur Abfahrt des Schiffes dürfte ich das Haus nicht mehr verlassen. So geschah es. Dann wurde ich durch das Polizeiboot vom Schiff geholt.«

Ich drückte meine Zigarette aus. »In Ordnung, Miss. Ich danke Ihnen. Sie werden für einige Zeit im Untersuchungsgefängnis bleiben müssen. Wong-Chu darf nicht erfahren, dass Sie sich noch in den Staaten befinden.«

Lao-ta-pi erhob sich und verneigte sich tief und schweigend. Der junge Beamte führte sie hinaus. Wenig später hörten wir einen Wagen abfahren.

»Also«, fasste O'Connor zusammen, »dieser Mr. Wong-Chu handelt mit Rauschgift. Ich nehme an, es ist der Bocksbärtige, von dem Sie mir erzählt haben.

Fahren wir hin und stülpen seinen Kellnern die Taschen um.«

»Und dann?«

»Dann stellen wir sie ihrem Chef gegenüber, und sie werden gestehen, dass sie das Zeug auf seine Rechnung verscheuern.«

»Sie werden nichts gestehen«, sagte Dr. Lung mit seiner sanften Stimme. »Ich fürchte, Mr. O'Connor, Sie machen sich kein rechtes Bild von dem Verhältnis zwischen Diener und Herr, wie es unter Chinesen üblich ist. Der verehrte Wong-Chu ist für seine Angestellten etwas wie ein Gott. Außerdem zahlt er ihnen nicht nur Gehälter, sondern er dürfte auch Herr über ihr Leben und vor allen Dingen über ihren Tod sein. Wer immer Mr. Wong-Chu verrät, der darf gewiss sein, dass sich ein bezahlter Arm findet, der ihm ein Messer durch die Kehle zieht. Darum wird kein Chinese Wong-Chu verraten. Wenn Opium oder anderes Gift bei ihnen gefunden wird, werden sie schweigen, werden den Kopf senken und werden stumm und lächelnd ins Gefängnis gehen. Sie werden das nicht glauben wollen, Mr. O'Connor, aber es entspricht ihrer Mentalität.«

»Sehr richtig. Bin ganz der Meinung von Dr. Lung«, bestätigte ich. »Wir brauchen andere Beweise, um den Bocksbart zu fassen. Und vergesst nicht, dass noch ein Mann hinter ihm stehen soll.«

»Vielleicht Angestelltengeschwätz«, mischte sich Phil ein.

»Ich glaube nicht. Ich habe den Mann gesehen, von dem das Mädchen sprach.«

»Verdammt, was wollen Sie also machen, wenn Sie

gegen ein Vorgehen mit Paukenschlag sind?«, erhitzte sich O'Connor. »Sie wissen so gut wie ich Cotton, dass die Rauschgiftleute nach dem Pech von Masson in den nächsten Monaten keinen Fremden als angeblichen Käufer an sich heranlassen. Wie wollen Sie also die Leute fassen und überführen, wenn Sie Razzia und Verhör nicht für die richtigen Methoden halten?«

»Sicherlich lassen sie keinen Großkäufer an sich heran, zumal wenn er eine weiße Haut hat, aber vielleicht sind sie nicht misstrauisch gegen einen kleinen Händler, besonders, wenn er eine gelbe Haut hat.« Ich wandte mich an Dr. Lung. »Ich dachte mir, Doktor, Sie ziehen sich Ihren eleganten Maßanzug aus und verpassen sich eine schicke Chinesentracht. Dann gehen Sie nach Chinatown, nehmen sich ein Zimmer und versuchen, mit Opium Geld zu verdienen, im Straßenhandel. Je näher Sie dabei an das ›Shanghai‹ herankommen, desto besser. – Können Sie überhaupt Chinesisch?«

Er lächelte. »Zwölf Dialekte.«

Ich fischte den Manschettenknopf aus meiner Jackentasche und reichte ihn ihm. »Haben die Zeichen eine Bedeutung?«

»Ja«, sagte er. »Es ist ein Name. Der Träger hat die Schriftzeichen für seinen Namen eingravieren lassen. Ähnlich wie man bei Ihnen das Monogramm auf einem Siegelring trägt.«

»Und wie lautet der Name?«, fragte ich gespannt.

»Ma-fu-lai.«

Ich wusste sofort, ich hatte den Namen schon gehört, aber in den letzten sechsunddreißig Stunden waren so viele chinesische Namen um meine Ohren geschwirrt, dass ich nicht sofort wusste, welchen Mann ich damit verknüpfen sollte. Doch dann fiel es mir ein. Ma-fu-lai hieß der Empfangsjüngling im Five Bristol. Wie vom Blitze erhellt sah ich klar, auf welch einfachem Wege das Opium aus Massons Zimmer verschwunden war. Der Empfangschef war einfach auf Anweisung seines Chefs hinaufgegangen und hatte es fortgeschafft. Dass er dabei einen Teil seines Manschettenknopfes verlor, waren sein Pech und mein Glück.

Ich klärte die anderen kurz über Ma-fu-lais Identität auf. O'Connor plädierte wieder für sofortige Verhaftung, aber wir redeten es ihm aus.

»Wir treffen uns jeden zweiten Abend um elf Uhr hier in diesem Hause«, schloss ich.

Wir verließen einzeln und ziemlich hoffnungsfroh das Haus.

Sechs trostlose, gänzlich ergebnisleere Tage vergingen. Ich trieb mich so intensiv in Chinatown herum, dass ich mich morgens beim Rasieren wunderte, noch keine Schlitzaugen zu haben.

Bei der vierten Zusammenkunft in O'Connors Haus gab es eine schlechte und eine gute Nachricht.

Der FBI-Chef las uns einen Bericht der Rauschgiftbekämpfungszentrale vor. Danach wurden in den letzten vier Wochen im gesamten Gebiet der Vereinigten Staaten acht Opiumkleinverteiler und drei Lokale, in denen Opium geraucht wurde, ausgehoben. Die Zentrale wies darauf hin, dass dies eine Steigerung von fast vierhundert Prozent gegenüber dem Vorjahr bedeute. Opium war als Rauschgift im letzten Jahrzehnt gewissermaßen aus der Mode gekommen, verdrängt vom Kokain und dem Marihuana. Jetzt schien eine neue Opiumsuchtwelle über die Vereinigten Staaten zu fegen. Die Zentrale gab bekannt, dass ein Syndikat für die Auslösung dieser Welle verantwortlich zu machen sei, zumal alle gefassten Händler zugaben, ihren Stoff über eine Deckadresse in Frisco bezogen zu haben.

Diese Deckadresse war eine ebenso einfache wie geschickte Hürde, über die keine Nachforschung hinwegkam. Die erste lautete auf den Namen Mr. G. Harrison, postlagernd, Hauptpost San Francisco. Die Besteller schickten einen Brief mit Angabe der benötigten Menge. Prompt kam ein Postpaket unter Nachnahme als Antwort. Die Post verwahrte das Geld, bis Mr. G. Harrison es abholte. Sie hatte keine Ahnung, was sie beförderte. Die Beamten konnten nicht einmal eine Beschreibung von G. Harrison liefern, denn täglich erkundigten sich an der Hauptpost tausende von Leuten nach Briefen, Telegrammen und Geld.

Seitdem die ersten Händler aufgefallen waren, erschien niemand mehr auf der Post, um sich nach Briefen und Geld für Harrison zu erkundigen. Wir vermuteten, dass das Syndikat seinen Kunden inzwischen längst eine andere Adresse angegeben hatte.

Das war die unerfreuliche Nachricht, und die

Zentrale forderte uns im Tone eines unzufriedenen Verkaufsleiters, der von seinen Vertretern höhere Umsätze verlangt, auf, endlich Erfolg zu haben.

Die gute Nachricht brachte Dr. Lung. »Ich fürchte, ich werde nicht mehr zu unseren Zusammenkünften kommen können«, sagte er sanft. »Ich bin ab morgen als Kellner im ›Shanghai‹ engagiert.«

Seine Worte bedeuteten eine glatte Sensation. Wir wollten von ihm wissen, wie er das geschafft habe.

»Es geschah fast ohne mein Zutun«, sagte er bescheiden. »Ich wandte mich an diesen Na-pai, den auch Masson gekannt hat und dessen Adresse mir Mr. O'Connor nannte. Er ließ mir einige Unzen Opium auf Provision ab. Unmittelbar darauf trat ein chinesischer Herr auf mich zu. Er fragte mich, ob ich eine ungefährlichere und einträglichere Arbeit in der ›Shanghai-Bar‹ annehmen wolle. Natürlich wollte ich. Heute Abend, kurz bevor ich zu Ihnen kam, hatte ich die Ehre, Mr. Wong-Chu vorgestellt zu werden. Er fragte sehr ausführlich nach meiner Herkunft, schien aber mit der Geschichte, die ich erzählte, zufrieden und befahl mir, ab morgen als Kellner bei ihm anzufangen.«

Sowenig ich mir Hoffnung machte, Massons Tod anders als durch mühselige Kleinarbeit aufklären zu können, so wollte ich doch nichts versäumen, um den Fehler zu finden, der ihn seinen Feinden ausgeliefert hatte. Darum pilgerte ich am anderen Morgen zur Park Lane zu dem Sanatorium Dr. Viscounts, in dessen Labor Masson die Opiumprobe hatte untersuchen lassen.

Das Sanatorium war ein lang gestrecktes weißes Gebäude, von gepflegten Rasenflächen umgeben und sah verdammt vornehm aus. Mich nahm eine Schwester in Empfang, die glatt einem Hollywoodfilm entsprungen sein konnte.

»Ich hätte gerne eine Auskunft, Schwester«, sagte ich.

»Oh, wir geben keine Auskünfte über unsere Patienten«, lächelte sie. Sie schien mich für einen Journalisten zu halten, und mir schien es keine schlechte Idee, den Reporter zu spielen.

»Es geht nicht um einen Ihrer Kranken. Ich brauche nur fünf Minuten den Chef Ihres Laboratoriums.«

»Einen Augenblick«, sagte sie und telefonierte ein wenig in der Gegend herum. Dann führte sie mich in ein sonnendurchflutetes Wartezimmer, das ungeheuer hygienisch aussah. Ich lümmelte mich in einen Stahlsessel. Etwas später erschienen zwei weiß bekittelte Herren. Der eine war dicklich und hatte ein rosiges Kindergesicht, der andere sah wesentlich imponierender aus. Er zeigte ein scharffaltiges, energisches Gesicht, trug die leicht dünnen grauen Haare straff zurückgebürstet und sah äußerst elegant aus. Ich konnte mir vorstellen, dass die Millionärsfrauen und -töchter auf ihn flogen.

»Ich bin Dr. Viscount«, sagte er. »Dies ist mein Chemiker, Mr. Balong. Sie wünschen?«

»Luis Strong vom ›Chronicle‹«, sagte ich rasch.

»Doktor, ich wollte etwas von Ihnen wissen über einen Mr. James Bear, der vor zwei Wochen eine Probe Opium in Ihrem Laboratorium untersuchen ließ.«

»Sind Sie von der Polizei?«, fragte er.

»Nein, Presse, ich sagte es doch.«

»Woher wissen Sie, dass ein Mr. Bear Opium bei mir untersuchen ließ?«

Ich grinste breit.

»Beziehungen, Doktor, und eine gute Spürnase. Dieser Bear ist vor einigen Tagen so gründlich gestolpert, dass er das Aufstehen vergaß. Und die Polizei sucht intensiv nach einem Mann, der ihm ein Bein stellte. Irgendetwas ist dunkel an der Geschichte. Meine Nase wittert eine Sensation. Die Polizei will nicht sagen, wer Bear war. Erst hieß es, er sei ein Rauschgiftganove, aber ich bekam einen Tipp, dass er ein FBI-Agent gewesen sein soll. Jedenfalls hat er Rauschgift bei Ihnen untersuchen lassen, nicht wahr, Doktor?«

Viscount betrachtete seine Fingernägel.

»Warum verlangen Sie eine Bestätigung? Sie wissen es doch.«

»Können Sie mir nicht einiges über den Mann erzählen? Wie sah er aus? Hielten Sie ihn auch für einen G-man? Oder war er doch ein Gifthändler?«

»Ich weiß es nicht. Ich habe ihn nicht gesprochen. Mr. Balong nahm die Probe entgegen. Können Sie dem Herrn etwas für seine Zeitung erzählen, Balong?«

»Viel nicht«, sagte der Rosige, »aber er sah sehr

gefährlich aus. Wissen Sie, er war über mittelgroß und ...«

Ich bekam rasch heraus, dass der Chemiker zu den geschwätzigen Typen gehörte. Er redete zehn Minuten lang wie ein Wasserfall, und er hätte dann noch nicht aufgehört, wenn der Chef ihn nicht gestoppt hätte.

»Ich denke, das genügt dem Herrn, Balong.«

Ich spielte den Begeisterten und machte mir mit wütendem Eifer Notizen.

»Großartig«, jubelte ich, »das gibt einen ersten fetten Bericht.« Ich haute mir den Hut auf den Schädel, drückte dem Weißbekittelten die Hand, plinkerte der hübschen Schwester zu und raste im Reporterstil davon.

Allerdings nur bis zur nächsten Ecke, dann ließ ich die Begeisterung fahren und fluchte sanft und kräftig vor mich hin. Auch dieser Besuch hatte nicht den geringsten Anhaltspunkt ergeben.

Ich ahnte nicht, dass ich mich benahm wie das blinde Huhn aus dem Sprichwort, nur dass ich im Gegensatz zu diesem intelligenten Tier hartnäckig neben das Korn hieb.

Nach Einbruch der Dunkelheit machte ich meinen schon traditionellen Bummel durch Chinatown. Es herrschte der übliche Trubel.

Plötzlich schimpfte ganz in meiner Nähe eine Stimme in einer völlig unverständlichen Sprache los. Es hörte sich an wie das Aufschäumen von Sprudelwasser. Irgendetwas blitzte in meiner Nähe durch die Luft. Einige Ladys schrien schrill. Männer fluchten, und die ganze fröhliche Menge spritzte auseinander wie ein Schwarm Tauben, in die der Habicht stößt.

Ich will für gewöhnlich wissen, wovor ich weglaufe. Darum blieb ich stehen, und ich glaube, ich tat gut daran, dass ich stehen blieb. Drei oder vier Chinesen waren unmittelbar neben mir aneinander geraten. Sie bildeten ein sich wälzendes Knäuel, aus dem es hin und wieder wie Messerklingen funkelte. Das Seltsame aber war, dass ein fünfter Chinamann unmittelbar neben mir stand und im Begriffe war, mir seinen dünnen Dolch in die Rippen zu rennen. Hätte ich mich von der ausbrechenden Panik mitreißen lassen, ich hätte ihm schutzlos meinen Rücken zu einem tödlichen Stich geboten, und er wäre im Gewühl untergetaucht, bevor jemand überhaupt gemerkt hätte, dass etwas mehr als nur ein Stolpern mich von den Beinen geholt hatte. – Na, so weit kam es nun nicht.

Ich erzähle hier gewissermaßen im Zeitlupentempo. Tatsächlich dauerte die Begegnung keine zwei Sekunden. Der Chinamann stieß zu. Ich fing den Hieb, wie ich es gelernt hatte, mit dem linken Unterarm ab und schlug mit der rechten Faust zu. Der Kerl überschlug sich rückwärts, stand jedoch sofort wieder auf den Beinen, das Messer noch fest in der Faust.

Wie durch einen Zauberschlag hörte das Chinesenknäuel im Straßenstaub auf, sich zu raufen. Sie fuhren wie Kobras in die Höhe und starrten mich an. Einen Augenblick lang schienen sie sich auf mich stürzen zu wollen. Ich griff in die Brusttasche. Da wandten sie sich um, und wie geschmeidige Katzen glitten sie davon. Ich lief hinterher. Sie stürzten sich in die Menschenmenge, die entsetzt vor ihnen zurückwich, tauchten unter, zerstreuten sich nach allen Seiten und waren verschwunden wie verzaubert. Ich stand da wie der Bauernjunge, der ein Dutzend Hasen hüten sollte. Die Leute wollten sich um mich drängen. Einige klopften mir auf den Rücken, aber ich fühlte mich im Augenblick innerhalb einer Menschenmenge nicht besonders wohl. Ich hatte das dringende Bedürfnis, freies Schussfeld um mich zu haben. So schnell ich konnte, schlug ich den Weg zum »Shanghai« ein. Der Türritter und die beiden Seidenmandarine begrüßten mich dienernd und lächelnd. Obwohl ich jetzt zum siebten oder achten Mal hier war, gaben sie nie ein Zeichen des Erkennens von sich.

Ich setzte mich ins Hauptlokal und ließ mir einen recht kräftigen Whisky kommen. Ich hatte ihn nötig, und ich fand, ich hatte allerhand Schwein gehabt.

Ausgezeichneter Gedanke, eine Prügelei zu inszenieren, um mir im allgemeinen Gerenne eins zu verpassen. Augenblick mal, warum sollte ich überhaupt eins versetzt bekommen? Ich war ein relativ harmloser Schiffsingenieur. Dass ein Chinese mit einem Dolch auf mich losging, nur weil ihm vielleicht mein Gesicht nicht gleich gefiel, schien mir reichlich unwahrscheinlich. Ich nahm eher an, dass ihn jemand geschickt hatte, und natürlich tippte ich auf Mr. Wong-Chu.

Schön, aber warum sollte er einen fröhlichen und gut zahlenden Gast seines Etablissements aus der Welt schaffen lassen? Wusste er, dass ich ein G-man war? Und wenn er es wusste, woher hatte er es erfahren?

Dort drüben kellnerte unser Freund Dr. Lung. Er machte es großartig, als hätte er sein Leben lang nichts anderes getan. Der Mann dort an der Säule war der Oberkellner und Vertraute Wong-Chus. Lung hatte ihn uns beschrieben. Der Mahn hatte eine kleine Narbe über dem linken Auge, an der er leicht zu erkennen war.

Ich ging an diesem Abend ungewöhnlich früh und vor allen Dingen ungewöhnlich vorsichtig nach Hause.

Es klopfte. Der Etagenkellner balancierte ein Tablett herein, auf dem ein Glas stand. »Eine kleine Aufmerksamkeit der Hotelleitung für die Gäste«, flüsterte er und deponierte den Sherry Brandy auf meinen Nachttisch.

Ich traute dem Braten nicht. Sobald der Kellner verschwunden war, ging ich zum Bad und goss den Sherry langsam aus. Auf dem Glasboden hafteten winzige weiße Teile – nicht aufgelöste Teile von Schlaftabletten, vermutete ich.

Mithilfe von ein Paar Schuhen und einem zusammengeknüllten Hut baute ich einen erstklassig schlafenden Mann unter die Bettdecke. Ich löschte das Licht und schloss die Tür ab. Den Schlüssel ließ ich stecken.

Warum sollte ich es ihnen zu leicht machen? Sie würden schon eine Methode haben, die Tür aufzubekommen. Ich stellte mich aufrecht neben die Wand.

Die Stunden schlichen. Ein paar Mal nickte ich ein, auch ohne Schlaftabletten.

Kurz nach Mitternacht – ein Blick auf das nach innen gedrehte Leuchtzifferblatt der Armbanduhr verriet mir die Zeit – klopfte es an meine Tür; erst leise, dann lauter. Dann flüsterte jemand: »Mr. Cotton! Hallo, Mr. Cotton!«

Ich rührte mich nicht. Ich spannte nur mit dem Daumen den Hahn des Revolvers.

Draußen klirrte es leise wie von einem Schlüsselbund. Der steckende Schlüssel wurde herausgedrückt und fiel mit wenig Lärm auf den Teppich. Das Schloss schnappte zurück. Langsam wurde die Tür aufgedrückt. Wenn der ungebetene Besucher jetzt das Licht anmachte, musste ich über ihn herfallen, aber er tastete nicht nach dem Lichtschalter. Stattdessen blitzte der Schein einer Taschenlampe auf, glitt kurz über das Bett und erlosch wieder. Meine Bildhauerarbeit unter der Decke schien der flüchtigen Prüfung standgehalten zu haben, glaubte ich. Ich war daher überrascht, als der Eindringling die Tür wieder zuzog.

Bevor ich mich von dieser Überraschung erholt hatte, ging die Tür wieder auf. Im spärlichen Licht der Nachtbeleuchtung, die vom Flur ins Zimmer fiel, sah ich drei Gestalten ins Zimmer schleichen. Ich sah sie nur zwei Sekunden lang, dann wurde die Tür zugedrückt.

Ich presste mich gegen die Wand und hielt den Atem an. Ganz in meiner Nähe hörte ich das Rauschen von Stoff. Irgendwer flüsterte einige unverständliche Laute. Wieder blitzte eine Taschenlampe auf. Der Schein wurde auf das Bett gerichtet. Ich sah gegen das Licht eine schmale Gestalt gebückt auf das Bett zuschleichen.

Eng an der Wand bewegte ich mich auf den Lichtschalter zu. Ich fühlte das Holz der Tür und streckte schon den linken Arm aus, als ich an jemanden stieß.

Alles geschah gleichzeitig. Sein halber Warnungsruf, mein Schlag mit dem Pistolenlauf, ein leiser, enttäuschter Schrei des Mannes, der sich in dieser Sekunde mit einem wuchtigen Hieb auf mein leeres Bett stürzte, und das Erlöschen der Taschenlampe. Im nächsten Augenblick aber hatte ich den Lichtschalter gefasst und drehte ihn. Das Licht flammte auf, und damit wurde die Situation klar und übersichtlich.

Auf meinem Bett lag ein Chinese, hielt ein Stück Bleirohr in der Hand und starrte verständnislos auf meinen Hut, dem er durch seinen Hieb den letzten Rest von Form geraubt hatte, den meine Behandlung ihm noch gelassen hatte.

Ein zweiter Chinese stand nicht weit von mir, in der linken Hand eine Taschenlampe, in der rechten Hand ein Messer.

Am Boden aber hockte Mr. Ma-fu-lai und hielt sich die Schulter. In seinem Gesicht war nicht mehr die Spur eines verbindlichen Lächelns.

»So«, sagte ich. »Freunde und Himmelssöhne. Heute habt ihr euch noch gründlicher verrechnet als vor einigen Stunden, und ich empfehle euch dringend, alles aus der Hand zu legen, was zum Stechen und Schlagen geeignet ist.«

Ma-fu-lais Gesicht verzerrte sich. Er heulte einige Sätze in seiner Sprache heraus, und die beiden anderen gingen mich tatsächlich trotz des Revolvers in meiner Hand an. Sie kamen mit der Geschmeidigkeit einer Katze und der Schnelligkeit einer zuschlagenden Kobra. Ich musste schießen. Den Ersten riss meine Kugel nach hinten, der Zweite stoppte unentschlossen. Ma-fu-lai aber schnellte sich auf dem Boden entlang und griff nach meinen Beinen. Ich hob den Fuß und trat. Er brüllte auf.

Ich ging auf den allein noch stehenden Chinesen zu und herrschte ihn an:

»Lass das Rohr fallen!«

Das Bleirohr polterte auf die Erde. Ich gab ihm einen Stoß vor die Brust. Er taumelte gegen die Bettkante, fiel hin und blieb liegen.

Der andere Chinese lag lang auf dem Rücken. Ich hatte ihn nicht töten wollen, aber ich schien ihn unglücklich mit einem Herzschuss erwischt zu haben. Er war tot.

Vor meiner Tür hörte ich eine Menge aufgeregter Stimmen. Der Krach hatte das ganze Hotel geweckt, aber niemand traute sich herein. Als ich die Tür aufriss, erblickte ich viele mehr oder weniger mangelhaft bekleidete Ladys und Gentlemen, die beim Anblick meines Revolvers erschreckt zurückwichen.

»Keine Angst«, beruhigte ich. »Bitte, rufe jemand von Ihnen die örtliche Mordkommission an!«

Ich knallte die Tür wieder ins Schloss und wandte mich Ma-fu-lai zu, der zwar noch auf dem Boden hockte und die Hände vor das Gesicht hielt, aber nicht mehr schrie.

»Hände herunter!«, schnauzte ich ihn an. Er gehorchte zögernd. Er blutete leicht.

»Pech, Ma-fu-lai«, sagte ich. »Ich kann keine Schlaftabletten ausstehen. Das gibt eine saftige Anklage wegen Anstiftung zum Mord und aktiver Beteiligung am Mordversuch. Warst du auch an der Erledigung Arthur Massons beteiligt?«

»Nein, Sir«, sagte er, und – mich rührte fast der Schlag – der Kerl lächelte schon wieder.

»Aber mich wolltest du doch umbringen, nicht wahr?«

»Nein, Sir«, antwortete er, »ich wollte Ihnen nur eine Nachricht überbringen.«

»Und dazu brauchst du zwei Helfer? Ich nehme an, die Nachricht war eine Einladung vom Tod persönlich, endlich seine Bekanntschaft zu machen. Gib dir keine Mühe, Ma-fu-lai, solchen Unsinn glaubt dir niemand.«

»Ich erwarte nicht, dass man mir glaubt«, lächelte er.

»Nett von dir, aber ich möchte dich fragen, wer dich geschickt hat.«

»Mich schickt niemand«, antwortete er. Sein Lächeln erlosch.

»Ich dachte mir, dass du nicht antworten willst. Also werden wir deinen Kumpanen fragen, der dort so ängstlich zu uns herüberschielt. Er sieht nicht sehr widerstandsfähig aus.«

»Er weiß nichts«, entgegnete Ma-fu-lai höhnisch. »Er ist ein Werkzeug. Er wohnt irgendwo und nimmt das Geld, das der ›Große Herr‹ ihm sendet. Er geht, wohin der ›Große Herr‹ ihn schickt, und er tut, was der ›Große Herr‹ ihm befiehlt, aber er hat den ›Großen Herrn‹ nie gesehen.«

»Ich bin sicher, dein ›Großer Herr‹ hört im bürgerlichen Leben auf den Namen Wong-Chu.«

Er antwortete nicht, sondern presste den Handrücken unter die blutende Nase. Ich holte ein Taschentuch aus dem Nachttischchen und warf es ihm zu. Er fing es nicht auf. Es fiel neben ihm nieder. Er ließ es liegen.

Auf der Straße heulten Polizeisirenen. Eine Minute später trieb O'Connors dröhnender Bass die Leute vor der Tür auseinander.

Der FBI-Chef sah noch etwas verschlafen aus.

»Der Umgang mit Ihnen ist anstrengend, Cotton«, polterte er. »Ständig bringen Sie einen armen Mann um seinen wohlverdienten Schlaf.« Er musterte die drei Chinesen, die lebendigen und den toten, aus engen Augen. »Was ist geschehen?«

Ich berichtete in wenigen Sätzen. »Also ist Ihre Tarnung zum Teufel«, stellte er sachlich fest.

»Sieht so aus«, gab ich zu.

Ich ließ O'Connor die Abwicklung und legte mich zehn Minuten später ins Bett.

Ich wurde davon wach, dass jemand an meiner Schulter rüttelte und mir beharrlich »Cotton! Cotton!«, ins Ohr rief.

Schlaftrunken blinzelte ich und knurrte: »Lassen Sie einen todmüden Mann gefälligst schlafen.«

Aber O'Connor ließ sich nicht rühren. Er rüttelte mich beharrlich weiter und grinste: »Warum soll es Ihnen besser gehen als mir? Los, werden Sie wach!«

Ich ermannte mich. Das Licht der Stehlampe war gelöscht, und der Morgen erfüllte den Raum mit grauer Helle.

»Wo ist der Chinese?«, fragte ich.

»Im Untersuchungsgefängnis. Während Sie wie ein Dachs schliefen, habe ich gearbeitet, habe Ma-fu-lai und den anderen Kerl vernommen.«

»Ergebnis?«

»Null! Absolut Null! Der eine weiß nichts, und der andere sagt nichts. Wir können Ma-fu-lai und seinen Komplizen ins Zuchthaus schicken, aber wir können nichts von ihnen erfahren. Übrigens war schon ein Anwalt hier, der sich als mit der Verteidigung der beiden beauftragt auswies.«

»Von wem beauftragt?«

»Von Wong-Chu natürlich, obwohl er sich weigerte, seinen Auftraggeber zu nennen. Nach dem Gesetz können wir ihn nicht dazu zwingen.«

Ich steckte mir eine Zigarette ins Gesicht.

»Wie stehen unsere Aktien?«, fragte ich.

»Nach wie vor schlecht. Wir haben nichts als die Tatsache eines Mordversuchs an Ihnen, Cotton. Zwei von den Tätern befinden sich in unserer Gewalt, der dritte ist tot. Wir können sie vor Gericht stellen, aber damit ist es auch aus. Es führen keine nachweisbaren Fäden zu Wong-Chu, aber ich bekomme jederzeit auf Grund des Verdachtes, dass im ›Shanghai‹ Rauschgift gehandelt wird, eine Razziaerlaubnis.«

Ich fuhr mir durch das Haar.

»Was hilft sie Ihnen? Selbst wenn Sie den Laden schließen, geht der Opiumhandel von einer anderen Stelle aus weiter. Gründlichen Erfolg haben wir nur, wenn wir das Haupt des Unternehmens, eben den Bocksbart Wong-Chu, fassen und überführen können. Und möglichst auch den Mann, der hinter ihm steckt. Geben Sie mir einen Wagen. Ich möchte ins Atlantic Hotel zu meinem Freund Phil.«

»Können Sie haben. Am besten ziehen Sie gleich in das Hotel um und warten dort Ihre Abberufung ab, Cotton.«

Ich fuhr herum. »Abberufung? Wollen Sie mich abberufen lassen, O'Connor.«

Er schüttelte den Schädel. »Ich nicht, Cotton. Aber ich bin verpflichtet, einen Bericht an die Rauschgiftzentrale nach Washington zu geben, und ohne Zweifel wird man dort Ihre Zurückziehung von diesem Posten veranlassen. Ihre Tarnung ist zum Teufel, und Sie wissen doch, dass es als feststehende Regel gilt, gegen einen Rauschgifthändler niemals einen G-man einzusetzen, der dem Gegner als G-man bekannt ist.«

»Hören Sie, O'Connor«, sagte ich und nahm ihn beim obersten Westenknopf. »Ich gebe höchst ungern eine Arbeit auf, die ich einmal angefangen habe. Verständigen wir uns über den Fall!«

»Wollen Sie mich von meinen Dienstpflichten abhalten? Einen Bericht muss ich schicken.«

»Schicken Sie Ihren Bericht, in Teufels Namen, aber warten Sie damit! Warten Sie fünf Tage!«

»Sie sind verrückt. Wenn Sie in dieser Zeit umgelegt werden, bin ich schuld.«

»Ich spreche Sie feierlich von der Schuld an meinem Tode frei. Wenn Sie wollen, gebe ich es Ihnen schriftlich.«

Der Portier im Atlantic Hotel sah mich misstrauisch an, als ich nach Phils Zimmernummer fragte.

Mein Anzug war von dem nächtlichen Abenteuer leicht zerknittert.

Ich stiefelte die Treppe hoch und drang kurzerhand bei Phil ein. Er lag noch im Bett, fuhr hoch und sah ausgeschlafen aus, was mich mit bitterem Neid erfüllte.

»Hör zu«, sagte ich und hockte mich auf die Kante, »während du heute Nacht schnarchtest, hat man versucht, deinen lieben Freund Jerry in eine bessere Welt zu schaffen. Man – das ist der böse Wong-Chu, aber ich kann es ihm nicht beweisen. Jedenfalls sind unsere Freunde über meinen wahren Beruf informiert, wie sie es auch bei Masson waren. Ferner werde ich in höchstens sechs bis sieben Tagen von diesem Platz abberufen. Daher werde ich heute Abend um acht Uhr Mr. Wong-Chu höchstpersönlich aufsuchen, um ihm bittere Vorwürfe über seine Gemeinheit zu machen. Auch werde ich es an dunklen Drohungen nicht fehlen lassen. Ich hoffe, das verführt den Bocksbart dazu, neue Anstrengungen zu machen, um mich lästigen Zeitgenossen von seinen krummen Wegen zu entfernen, und ich hoffe weiter, dabei wird er sich eine Blöße geben, an der ich ihn packen kann.«

»Und wenn du dir eine Blöße gibst, Jerry?«

»Ich möchte dich bitten, ständig in meiner Nähe zu bleiben. Sei bitte heute Abend um acht im ›Shanghai‹, falls Wong-Chu gleich im Anschluss an unsere Unterredung auf die Idee kommen sollte, seine Künste an mir auszuprobieren. Setz dich an einen Tisch, an dem Lung bedient. Wenn du ihn unauffällig informieren kannst, so tu das!«

Ich schlug ihm auf die Schulter und nahm die Kurve, bevor er Einwendungen machen konnte. Ich fuhr zum Five Bristol Hotel zurück. Mir verschlug es die Sprache, als mir von der Empfangsloge ein Chinajüngling entgegeneilte, der glatt ein Bruder von Ma-fu-lai sein konnte.

»He, wer sind Sie denn?«, fragte ich.

»Ich bin der Nachfolger von Mr. Ma-fu-lai«, lächelte er und verbeugte sich. Alle Achtung vor der großartigen Organisation Wong-Chus.

Ich nahm den Jüngling bei der Wäsche und zog ihn halb über die Theke. Sein Lächeln erlosch wie weggewischt.

»Höre«, sagte ich, »ich bin der G-man Jerry Cotton und der Nachfolger des G-man Arthur Masson. Ich rate dir dringend ab, mit mir so dumme Späße zu versuchen wie dein Vorgänger.«

»Ich verstehe nicht, Sir«, lispelte er und war leichenblass.

Ich ließ ihn los.

»Du verstehst«, sagte ich. »Jetzt gib mir ein anderes Zimmer und besorg mir ein Frühstück, aber ohne Gift, Schlafmittel oder Abführpräparate im Kaffee. Hast du kapiert?«

Er wackelte zitternd mit dem Kopf und reichte mir den Schlüssel von Nummer 22.

Der Jerry Cotton, der um acht Uhr das »Shanghai« betrat, war ein anderer Mensch. Ausgeschlafen und ausgeruht und wutgeladen, wie ich war, hätte ich auch mit dem Riesen Goliath angebunden.

Der Kellner, der mich schon kannte, spritzte herbei und fragte: »Whisky wie immer, Sir?«

»No«, sagte ich, »heute einmal nicht wie immer. Geh zu Mr. Wong-Chu und sage ihm, ich ersuche ihn um eine Unterredung in seinen Privatgemächern.«

Er sah mich an wie ein Weltwunder.

»Aber Mr. Wong-Chu lässt sich nicht sprechen«, stotterte er.

»Troll dich!«, schnauzte ich ihn an, und er wischte davon wie ein geprügelter Hund. Ich sah, dass er zu dem Oberkellner mit der Narbe über dem Auge ging. Der Mann sah zu mir herüber, dann kam er auf mich zu.

»Sie wünschen Mr. Wong-Chu zu sprechen?«, fragte er höflich.

»Ich bitte darum!«, bestätigte ich.

»Mr. Wong-Chu ist leidend. Er kann zu seinem Bedauern keine Besuche empfangen. Vielleicht begnügen Sie sich mit mir, Sir. Haben Sie eine Beschwerde? Sprechen Sie bitte mit mir. Ich bin befugt, Mr. Wong-Chu zu vertreten.«

»Allerdings habe ich eine Beschwerde. Ich möchte mich bei eurem Chef darüber beschweren, dass er mich zu einem Objekt für Beerdigungsinstitute zu machen versucht. Ich will mit ihm sprechen, nicht mit dir. Mit dir unterhalte ich mich vielleicht einmal später in eigener Sache, und ich fürchte, du wirst dabei nicht gut wegkommen.«

Er krümmte die Lippen zu einem verächtlichen Lächeln, aber seine Stimme blieb höflich, glatt und geschmeidig.

»Ich sehe, der Herr hat bereits einiges getrunken. Ich werde dem Herrn einen starken Mokka servieren lassen.«

Ich konnte mir nicht helfen, ich musste über seine Frechheit laut lachen.

»Höre, Freund«, sagte ich, »du bist ein harter Bursche, aber ich bin härter. Entweder du meldest mich bei deinem Oberteufel, oder ich gehe selbst, ihn zu suchen, und ich teile dir hierdurch offiziell mit, was du inoffiziell schon längst weißt, dass ich G-man Jerry Cotton bin. Meinen Ausweis trage ich ebenso wie Arthur Masson im rechten Schuh. Du kannst dich bei Gelegenheit selbst davon überzeugen, falls es dir gelingt, mich mit einem Messer zu töten.«

Obwohl er sich bemühte, sein Gesicht zu beherrschen, sah ich ein Flackern in seinen schmalen Augen.

Der Oberkellner zog sich wortlos zurück und verschwand durch den Haupteingang. Er blieb lange fort, über eine halbe Stunde.

Schließlich erschien er wieder, verbeugte sich und richtete mir aus: »Mr. Wong-Chu lässt Sie bitten, Sir. Wollen Sie mir bitte folgen.«

Er führte mich zum Ausgang, dann durch die Tapetentür und den schmalen Gang zu der »Opium-höhle«, in der die schmalen Chinesenmädchen eifrig damit beschäftigt waren, durch Verbrennen von Räucherstäbchen und verlockendes Drapieren der Kissen für die geschäftsnotwendige Atmosphäre zu sorgen.

An der Hinterfront des Hauses gab es einen Sei-denvorhang, durch den man einen kleinen leeren Raum betrat. Es folgte noch ein Vorhang, hinter dem einige Sitzgelegenheiten herumstanden. Daran schloss sich eine feste Tür, die der Oberkellner mir offen hielt, und jetzt stand ich von Angesicht zu Angesicht Mr. Wong-Chu gegenüber.

Der Chinese, größer als die meisten Leute seiner Rasse, war dennoch einen halben Kopf kleiner als ich, zumal er sich leicht krumm hielt.

»Guten Abend, Sir«, begrüßte mich Wong-Chu mit einer überraschend tiefen und kräftigen Stimme. »Chan-Chai, mein Oberkellner, sagte mir, dass Sie zu der Polizei dieses Landes gehören. Bitte, setzen Sie sich! Womit kann ich Ihnen dienen?«

Er wies mit der dürren Hand auf einen Stuhl vor dem Schreibtisch und setzte sich selbst dahinter.

»Ich bin der Meinung, dass Sie mit Opium han-deln, Wong-Chu«, sagte ich geradeheraus.

»Ich handele nicht mit Opium«, sagte er und senkte den Blick. »Was in dem Rauchzimmer ver-kauft wird, ist harmlos.«

»Das weiß ich selbst, aber was Sie außerhalb des Zimmers verkaufen, ist gefährlich. Alle Ihre Kellner handeln mit Opium.«

»Wenn Sie mir das nachweisen können, G-man, entlasse ich jeden meiner Angestellten, der nur einmal Rauschgift verkauft hat, sofort.«

»Ich kann es nachweisen, Wong-Chu, aber mir liegt nichts an kleinen Leuten. Ich will den ›Großen Herrn‹ haben, und dieser Mann sind Sie.«

Er schien seine Unsicherheit überwunden zu haben.

»Darf ich Sie bitten, Mr. Cotton«, lächelte er, »mich sofort zu verhaften und mich der ausgezeichneten Gerechtigkeit dieses Landes zu überstellen.«

Ich steckte mir eine Zigarette an und schob die Hände in die Hosentaschen.

»Ich will Sie nicht verhaften, Wong-Chu, ich habe einiges mit Ihnen vor. Ihr ausgezeichneter Diener Ma-fu-lai aber schweigt wie das Grab, obwohl er seine Lage entschieden durch Sprechen verbessern könnte.«

»Ich hörte von dem Unglück, das einen Gast meines Hauses getroffen hat, das heißt, um ein Haar getroffen hätte.«

»Trotzdem haben Sie dem jungen Chinesen schon einen Anwalt bestellt.«

»Der treue Diener verdient die Dankbarkeit seines Herrn, auch wenn er gefehlt hat«, antwortete er dunkel.

»Das heißt, Sie unterstützen ihn, obwohl ihm meine Beseitigung nicht gelungen ist?«

Er ließ sich nicht fassen. »Nein, Mr. G-man, ich unterstützte ihn, weil er mir mehrere Jahre als Empfangschef des Five Bristol treu gedient hat und obwohl er versuchte, Sie zu beseitigen.«

»Und wie war das mit Masson?«

»Ich bedauere«, entgegnete er, »ich hörte den Namen noch nie.«

»Er nannte sich Bear.«

»Einer meiner Gäste? Sie verstehen, dass ich nicht die Namen aller Leute wissen kann, die mein Etablissement mit ihrem Besuch beehren.«

»James Bear oder Arthur Masson, wie er richtig hieß, wurde ermordet. Ich fand seinen Schuh, einwandfrei seinen Schuh. Wissen Sie, wo, Wong-Chu?«

»Ich höre, Sir.«

»Hier auf Ihrem Grundstück. Im Hinterhof des ›Shanghai‹.«

Das saß, wenn es auch etwas geschwindelt war. Seine schauderhaften Hände zuckten aus den Ärmeln hervor und griffen nervös in den Bart.

»Ich verstehe nicht«, sagte er stockend und hastig zugleich, »warum die Polizei keine Untersuchung gegen mich einleitet, wenn das so ist?«

»Auf meinen Wunsch hin nicht«, antwortete ich leichthin.

Sein Blick tastete mein Gesicht ab. Ich wusste genau, er überlegte in diesem Augenblick, ob ich bestechlich sei, aber es hatte keinen Sinn, den Geldgierigen zu spielen.

»Ich wünschte die vorläufige Zurückstellung Ihrer Verhaftung«, fuhr ich fort, »um auch den Mann zu entdecken, der hinter Ihnen steht, den Mann, der der Herr des ›Großen Herrn‹ ist.«

Hallo, ich sah sofort, dass ich mitten in den wunden Punkt des ehrenwerten Wong-Chu getroffen hatte. Es ist ein Segen für uns Kriminalbeamte, dass auch die Verbrecher mit allen menschlichen Schwächen wie Eifersucht, Neid und Eitelkeit ausgestattet sind. Mein Satz traf Wong-Ohu mitten in das Herz seiner Herrschsucht und Eitelkeit. Er ballte die Fäuste und stieß zwischen zusammengebissenen Zähnen hervor: »Es gibt niemanden, der mir etwas zu sagen hätte.«

Ich erinnerte mich, dass das Mädchen Lao-ta-pi von der schlechten Laune seines Chefs gesprochen hatte, die sich immer dann bemerkbar machte, wenn er den Besuch eines bestimmten weißen Mannes empfangen hatte. Ich lachte ihn an. Er merkte, dass er einen Fehler gemacht hatte, und versuchte, die Wirkung seines Ausbruches abzuschwächen.

»Ich meine, mein Besitz gehört mir, meine Steuern und Abgaben sind bezahlt, und niemand hat das Recht, mir mein Eigentum streitig zu machen.«

»Sie lügen, Wong-Chu«, sagte ich gelassen. »Sie haben zwar während unserer ganzen Unterredung gelogen, aber jetzt lügen Sie besonders dick. Es gibt den Mann, der Ihnen zu befehlen hat, und ich kenne sein Gesicht oder zumindest das Gesicht seines Boten.«

Er zuckte die schmalen Schultern.

»Ich saß in der ›Räucherkammer‹ Ihres Unternehmens an dem Abend, an dem James Bear ermordet wurde. Sie kamen durch den Raum, und neben Ihnen ging ein Mann, ein weißer Mann.«

Ich fühlte seine Unsicherheit wie eine Welle bis zu mir schlagen.

»Ich erinnere mich nicht«, antwortete er. »Sicherlich ein Gast meines Hauses.«

Ich holte zum zweiten Schlag aus. »Kennen Sie das Mädchen Lao-ta-pi?«

»Ich glaube, den Namen gehört zu haben«, sagte er. »Eine Angestellte, wenn ich mich recht entsinne. Sie verließ ihre Stelle, um zu ihren Eltern zurückzukehren. Eine sehr lobenswerte Absicht.«

»Sie wurde zu ihren Eltern zurückgeschickt. Zwei Ihrer Leute brachten sie an Bord eines nach Indochina bestimmten Schiffes.«

»Ich habe niemand damit beauftragt«, erklärte er, »aber ich hoffe, sie hat das Ziel ihrer Reise erreicht.«

»Ich muss Sie enttäuschen, Wong-Chu«, lachte ich. »Sie ist nicht in Indochina angekommen. Sie befindet sich hier in San Francisco – im Polizeigefängnis.«

Jetzt verlor er glatt die Nerven.

»Sie weiß nichts!«, rief er rasch und ängstlich.

Er hatte sich in seinem Sessel zurückgelehnt und japste nach Luft. Plötzlich drehte er mir sein Gesicht zu und blinzelte mich an.

»Warum, wenn Sie so viel Beweise gegen mich haben, verhaften Sie mich nicht?«, fragte er listig und vergnügt.

»Weil ich keine Beweise gegen den Mann im Hintergrund habe, Wong-Chu. Und darum gebe ich Ihnen jetzt eine Chance. Belasten Sie den Mann, der Ihnen zu befehlen hat, und ich werde mich dafür verwenden, dass Sie glimpflich davonkommen.«

Er überlegte einige Minuten. Ich störte ihn nicht, sondern steckte mir in Ruhe eine Zigarette an.

»Ich fürchte, ich kann Ihnen die gewünschten Auskünfte nicht geben«, sagte er dann langsam, und jetzt lag klarer Hass auf seinem Gesicht.

Ich ging langsam zur Tür. »Ich werde Sie bald wieder besuchen.«

Ich verließ das »Shanghai« und ging aus dem Chinesenviertel hinaus. Ich ging langsam, bis ich merkte, dass Phil in Sichtweite hinter mir war.

Den Wagen hatte ich an einer Ecke der Crash Street stehen. Auf dem Wege dorthin überlegte ich mir, was ich erreicht hatte. Schön, ich hatte ein wenig den wilden Mann gespielt, und es sah so aus, als hätte Wong-Chu eine Menge Angst vor mir bekommen. Fragte sich nur, welche Auswirkungen diese Angst haben würde. Als kluge Leute würden sie ihren Opiumverkauf vorübergehend stilllegen, bis alle unsere Aktionen im Sande verlaufen waren.

Dennoch hoffte ich, sie würden sich bei aller Raffinesse nicht wie kluge Leute benehmen, und ich hoffte es nicht ohne Grund. Der Rauschgifthandel duldet keine Unterbrechung des Geschäfts. Die Süchtigen verlangen ihr Opiat ständig und mit ungeduldiger Gier. Ein Händler, der nicht immer und prompt liefern kann, verliert mit einem Schlage seine gesamte Kundschaft, sobald er ohne Ware ist. Der kleine Straßenhändler aber kauft nicht mehr bei dem großen Schmuggler, der ihn einmal im Stich gelassen hat.

Es mag sich zynisch anhören, in dem Ton über ein Geschäft mit dem Unglück anderer Menschen zu sprechen, aber auch dieses Geschäft unterliegt gewissen Regeln. So durfte ich doch einige Hoffnun-

gen haben, dass Wong-Chu seine schleichende Totschlägergarde auf mich losließ und dass es dabei
eine Gelegenheit geben würde, nicht nur seine
Leute, sondern auch ihn zu fassen.

Ich erreichte den Wagen, schloss auf und setzte
mich hinter das Steuer. Fünf Minuten später erschien
Phil und warf sich auf den Beifahrersitz. Ich ließ den
Motor anspringen. Der Mercury rollte langsam der
Innenstadt zu.

»Sind sie mir gefolgt?«, fragte ich.

»Nein, ich passte sehr gut auf. Niemand war hinter uns.«

»Konntest du Dr. Lung informieren?«

»Nicht nur das. Er servierte mir einen Drink, an
dem ich mich um ein Haar verschluckt hätte. – Hier,
ich hatte noch keine Gelegenheit, das Ding auseinander zu spulen.« Er hielt mir mit spitzen Fingern ein
Papierkügelchen, nicht viel größer als eine Kopf-
schmerztablette, hin.

»Er brachte es mir in einem Glas Whisky-Soda«,
lachte Phil.

Ich schaltete den Gang ein. »Wir fahren zum
Hauptquartier. Sie haben bessere Möglichkeiten als
wir.«

Zehn Minuten später standen wir im Labor zusammen mit dem Chemiker über eine Glasplatte
gebeugt. Der Chemiker faltete das feuchte Papierkügelchen mithilfe von spitzen Pinzetten auseinander und leimte es mit einem Spezialklebstoff auf
der Platte fest. Dann schob er eine Lampe hinter
das Glas, und nun konnten wir bequem lesen, was
Dr. Lung uns zu sagen hatte. Was er uns zu sagen

hatte, war ein dicker Hund. Hier der Wortlaut des Kügelchens, das auseinander gefaltet immerhin ein Papier von Handtellergröße ergab:

Der Weiße heißt Dan Webster. Opiumvorräte vermutlich in unbewohnten Hinterhäusern. Vorsicht vor Chan-Chai!

»Großartig«, freute ich mich. »Ich glaube, wir bekommen Grund in die Sache. Jetzt wollen wir einmal sehen, ob Dan Webster ein alter Bekannter unserer Friscoer Freunde ist.«

Wir flitzten zum Polizeipräsidium und statteten dem Archiv einen Besuch ab, in dem schon die übliche ruhige Nachtdienststimmung herrschte.

»Dan Webster?«, sagte der Dienst tuende Cop auf unsere Frage. »Natürlich kennen wir Dan Webster.«

Er brauchte nicht lange in den Karteien zu wühlen. Auf Anhieb fand er die Unterlagen über unseren Mann.

»Da haben Sie«, schob er uns die Papiere herüber, »eine nette Liste, die der Junge auf dem Kerbholz hat.«

Ich blätterte flüchtig durch. Sofort erkannte ich das Bild. Dan Webster hieß also der bullenstarke Ganove, den ich an meinem ersten Abend in San Francisco an Wong-Chus Seite gesehen hatte.

Wir fuhren zu O'Connors Privatwohnung. Phil lenkte den Wagen, und ich las ihm unterdessen Websters Lebensgeschichte vor.

»... *gehörte als Achtzehnjähriger einer Alkoholschmugglerbande an. Verbüßte wegen Widerstands eine Strafe von drei Jahren. Nach Aufhebung der Prohibition begnadigt. Zu zwei Jahren Zuchthaus wegen Bandenein-*

bruchs verurteilt. Sechs Jahre Zuchthaus wegen Rausch-
gifthandels.«

»Hier, das ist besonders interessant«, unterbrach ich mich.

»Webster war selbst rauschgiftsüchtig und wurde einer
Entziehungskur unterworfen.«

Wir störten O'Connor beim Abendessen. Ich fiel gleich mit der Tür ins Haus.

»Chef, wir brauchen Dan Webster.«

Er legte ärgerlich das Hühnerbein, an dem er gerade kaute, auf den Teller zurück.

»Webster?«, fragte er. »Glauben Sie vielleicht, Webster sei der sagenhafte weiße Mann unter dem gelben Volk?«

Und er schüttelte sich vor Hohngelächter.

»Warum nicht?«, fragte Phil aggressiv.

»Weil Webster ein hirnloser Muskelberg ist, der bei jedem Ding, das er drehen will, sofort auffällt. Das ganze Kunststück ist immer nur, ihn festzunehmen. Das geht nie ohne schwere Prügelei ab. Aber Organisationstalente dürfen Sie von Dan Webster nicht erwarten.«

»Um den Boten eines anderen Mannes zu spielen, dazu dürfte er doch intelligent genug sein, nicht wahr, O'Connor?«, fragte ich sanft.

Sein Lachen brach jäh ab. Er sah mich verblüfft an. »Daran habe ich noch gar nicht gedacht«, sagte er nachdenklich.

»Auch späte Einsicht verdient belohnt zu werden«, grinste ich. »Also hetzen Sie Ihre Leute auf Websters Spuren, und verhaften Sie ihn unter irgendeinem Vorwand.«

Obwohl es schon auf elf Uhr ging, hängte sich der FBI-Chef ans Telefon und rief dem Bereitschaftsdienst seine Anweisungen zu.

Als er zurückkam, legte er mir seine schwere Pranke auf die Schulter. »Sie sehen, ich tue alles für Sie, Cotton«, knurrte er, »aber ich gebe nicht eine Minute zu den fünf versprochenen Tagen. Ein Tag ist vorbei. Ob Sie am Abend des vierten Tages das Syndikat zerschlagen haben, halte ich nicht für unbedingt notwendig, aber sehen Sie zu, dass Sie dann noch am Leben sind.«

Ich ging mit Phil in eine kleine ruhige Kneipe. Wir verlöteten uns in Gemütsruhe einige scharfe Sachen.

»Pass auf, Knabe«, erklärte ich ihm. »Wir haben jetzt einige Eisen im Feuer. Ich hoffe, die Friscoer G-man fangen in kurzer Frist Dan Webster. Ich hoffe, Wong-Chu lässt ein wenig auf mich schießen oder stechen. Kurz und gut, ich hoffe, die leitenden Herren des Rauschgiftsyndikats verlieren ein wenig den Kopf.«

»Hoffentlich«, sagte Phil und trank aus. »Und wenn sie das nicht tun?«

»Dann müssen wir unser Köpfchen ein wenig mehr anstrengen, mein Bester. Du glaubst doch auch, dass Masson Opium besaß, nicht wahr?«

Er nickte.

»Dr. Lung teilt uns mit, dass die Opiumvorräte des alten Gauners vermutlich in den Ruinenhäusern liegen. Wenn sich unter diesem Zeug auch die Packung befindet, die Masson besaß, und wenn wir dieses Paket anhand von Fingerabdrücken oder dergleichen identifizieren können, dann haben wir den alten Fuchs endlich gefangen.«

»Eine Razzia?«

»Ich werde mich bremsen. Weiß der Teufel, welche Verstecke und Schlupfwinkel die Chinesen ausgeknobelt haben. Wenn wir mit lautem Getöse angebraust kommen, finden wir vielleicht nicht ein Gramm Opium. Nein, Phil, wenn die Ruinenhäuser auf Opium inspiziert werden sollen, dann geht dein Freund Jerry allein, doch brauchst du dich noch nicht zu sorgen. Vorläufig bleibe ich brav an Mutters Schürze und vertraue darauf, dass unsere Kollegen Mr. Webster fangen, dass wir mit ihm einen handfesten Zeugen bekommen, der die Hauptfiguren des Syndikats entscheidend belastet, und dass wir uns somit alle gefährlichen Bubenstreiche sparen können. Ich bin nicht verrückt darauf, Heldentaten aus Spaß an der Sache zu vollbringen, denn ich bekomme sie nicht extra bezahlt.«

Um ehrlich zu sein, wir sorgten dafür, dass der Wirt dieser kleinen hübschen Kneipe noch einigen Umsatz machte, und vielleicht waren wir um Mitternacht zwar nicht besäuselt, aber, sagen wir, ein wenig offenherziger als sonst.

»Phil«, sagte ich in solcher Stimmung, »eines noch quält mich geradezu. Ich gäbe ein Jahresgehalt, wenn mir ein Mensch sagen könnte, wer oder was den Rauschgiftbonzen die Gewissheit verschafft hat, dass Masson ein G-man war, und ... dass ich ein G-man bin.«

Phil versuchte durch angestrengtes Massieren der Stirn seinen Denkapparat auf Touren zu bringen.

»Ich weiß es nicht«, gestand er ehrlich, »aber ich werde mich bemühen, mein Einkommen zu verbessern.«

Mit einigem Unbehagen hatte ich mich lange nach Mitternacht in mein Bett im Five Bristol gelegt, aber am anderen Morgen lag ich noch völlig intakt darin.

Ich beeilte mich nicht sonderlich mit dem Anziehen, denn Besonderes hatte ich für diesen Tag nicht vor. Zwei Tage von den verbleibenden vier wollte ich O'Connors Leuten zugestehen, um Webster zu fassen. Und die gleichen zwei Tage billigte ich Wong-Chu zu, seine Krieger in Frontstellung zu bringen. Wenn nach Ablauf dieser Zeit nichts geschehen sein sollte, würde ich zum Frontalangriff übergehen.

Ich trieb mich den ganzen Tag in der Chinesenstadt herum. Ich aß dort, ich ging in ein Kino, ich hockte stundenlang in einer Teestube. Ich tat es mit Absicht, und ich lungerte auch viel beim »Shanghai« herum. Ich war sicher, dass jede meiner Bewegungen innerhalb Chinatowns dem Bocksbart gemeldet wurde, und ich wollte ihn beunruhigen. Meine Person sollte ihm auf die Nerven gehen.

Zwischendurch rief ich bei O'Connor an, aber es lag noch keine Nachricht seiner Leute vor.

Als das »Shanghai« seine Tore öffnete, ging ich hin. Ich setzte mich ins Hauptlokal, flirtete mit einem der Girls, trank zur Vorsicht nur Bier aus Flaschen, die noch das Siegel der Brauerei über dem

Verschluss trugen, und grinste den Oberkellner Chan-Chai wohlgefällig an. Er lächelte zurück und verneigte sich.

Bis Mitternacht blieb ich in der Bar, aber es ereignete sich nichts. Ich hatte damit gerechnet, dass sie wenigstens einen angeblich betrunkenen Chinesen auf mich losließen, aber nicht einmal das taten sie.

Auch auf meinem Nachhauseweg belästigte mich niemand.

Der Nachfolger Ma-fu-lais stand noch in der Loge.

»Es ist angerufen worden, Mr. G-man«, dienerte er. »Mr. O'Connor wünscht Ihren Anruf, gleichgültig, zu welcher Zeit.«

Hoppla, sie hatten Dan Webster, freute ich mich innerlich und ließ mir den Telefonhörer reichen. Ich wählte die Nummer. O'Connor hob sofort ab. Er musste auf meinen Anruf gewartet haben.

»Kommen Sie sofort, Cotton«, brüllte er, kaum dass ich mich gemeldet hatte. »Es ist eine erhebliche Schweinerei passiert.«

Ich spurtete zu dem Mercury und veranstaltete eine kleine Wettfahrt zur Trillington Street.

»Trinken Sie einen«, sagte O'Connor, als ich in seinem Arbeitszimmer stand. »Sie werden es nötig haben.«

»Schießen Sie los«, forderte ich ihn auf und hatte schlechte Ahnungen.

Der mächtige FBI-Chef druckste ein wenig herum, bevor er endlich gestand: »Cotton, uns ist Dan Webster durch die Lappen gegangen.«

»So«, grinste ich, »ich denke, es ist eine Kleinigkeit, ihn zu erwischen.«

»Lachen Sie nicht«, brummte er. »Ich hätte um ein Haar einen meiner besten Männer dabei verloren. Lockhead, einer meiner Beamten, hörte heute Morgen, dass nach Dan Webster gefahndet würde. Er hatte ihn noch gestern Nacht in einer Kneipe im Hafenviertel gesehen. Also stiefelt Lockhead hin und wartet. Um acht Uhr abends erscheint Webster tatsächlich. Lockhead ist selbst ein Hüne und macht sich daher keine Sorgen wegen Websters Rauflust. Er geht an seinen Tisch, klopft ihm ein wenig auf die Schulter und sagt, er solle ein wenig mitkommen. Und wissen Sie, was Webster tut? Er zieht seine Kanone und knallt mir Lockhead über den Haufen. Jetzt liegt der arme Bursche mit einem Durchschuss im Hospital und Webster ist über alle Berge.«

»Musste Ihr Mann nicht damit rechnen, dass der Gangster schießt?«

Er schüttelte den Kopf. »Webster war bisher dafür bekannt, dass er nie eine Kanone bei sich trug. Schießeisen waren nichts für seine Fäuste Ein Totschläger oder eine Eisenstange, das waren die richtigen Werkzeuge für ihn. Lockhead konnte nicht ahnen, dass ihm in der Zwischenzeit irgendwer das Schießen beigebracht hatte.«

Ich war nahe daran, mir die Haare zu raufen. Nicht dass Webster uns durch die Lappen gegangen war, war tragisch. Schlimmer war, dass er nun wusste, dass wir ihn suchten, und natürlich wusste nun der Chef des Rauschgiftsyndikats, dass wir die schwächste Figur in seinem Ring kannten.

Auf keinen Fall durfte ich mehr damit rechnen, dass der Gangster während der restlichen drei Tage gefasst wurde.

Am liebsten hätte ich mich gleich heute Abend noch ins Zeug gelegt, aber es war zu spät, um Phil und Dr. Lung zu informieren, und ohne die beiden konnte ich nichts machen.

Mir blieb einfach nichts anderes übrig, als die nächsten acht Stunden zu verschlafen, und acht Stunden sind eine verdammt lange Zeit, wenn man nur noch drei Tage zur Verfügung hat.

Am anderen Morgen störte ich Phil wieder einmal sehr früh aus seinem gesunden Schlummer.

»Auf Webster dürfen wir nicht mehr rechnen«, erklärte ich ihm. »Ich untersuche heute Nacht die Ruinen nach den Opiumvorräten, Phil. Gewiss haben sie ihr Lager gründlich gesichert, und mit höchster Wahrscheinlichkeit werden sie über mich herfallen, wenn ich in die Nähe ihrer Schätze komme. Ich glaube, ich habe keine Chance, unbemerkt bis an das Lager zu kommen, wenn es überhaupt eines gibt und Dr. Lung sich nicht geirrt hat. Ich lege auch keinen unbedingten Wert darauf, unbemerkt das Versteck zu finden, falls ihr, du und Lung, rechtzeitig genug auftaucht, um alles hochzunehmen, was sich um Jerry Cotton versammelt hat. Ich hoffe sehr, dass sich Wong-Chu darunter befindet. Dann können wir ihn wegen Mordverdachts und Opiumbesitzes dem Richter überstellen.«

»Vielleicht auch wegen vollendeten Mordes«, sagte Phil mit Bedeutung.

Ich reagierte nicht. »Kannst du es riskieren, noch einmal ins ›Shanghai‹ zu gehen, um Lung eine Nachricht über mein Vorhaben zuzuschmuggeln, ohne Verdacht zu erwecken?«

»Natürlich«, lachte er. »Ich bin furchtbar verschossen in eines der Taxigirls. Ihretwegen bin ich so häufig in der Bar. Das weiß, glaube ich, selbst der Portier schon.«

»In Ordnung. Geh heute Abend ziemlich früh hin und schieb Lung die Nachricht zu, falls er Vorbereitungen treffen muss. Nimm einen zweiten Revolver mit. Ich weiß nicht, ob er einen bei sich trägt. Punkt elf Uhr abends betrete ich die Bar und trinke einen Whisky. Das gilt für euch als Zeichen, dass die Sache steigt. Sobald ich das Lokal verlassen habe, wartest du genau eine halbe Stunde. Dann kommen Dr. Lung und du mir nach. Wahrscheinlich weiß Lung inzwischen in den Gebäuden genügend Bescheid, dass er den Weg durch den Hinterhof wählen kann. Du musst auf jeden Fall außen herum kommen. Wie und wo ihr mich findet, bleibt eurer Geschicklichkeit überlassen. Ob die ganze Sache überhaupt einen Erfolg haben wird, hängt wohl in erster Linie von unserem Glück ab.«

»Allerdings«, meinte Phil, »das hängt wirklich vom Glück ab.«

Ich ärgerte mich mordsmäßig, dass ich mir wieder einen ganzen Tag, den dritten, um die Ohren schlagen musste, aber was sollte ich machen? Schließlich konnte ich meinen Plan nicht bei voller Beleuchtung ausführen. Ich war heilfroh, als es endlich auf neun

Uhr zuging und ich mich langsam für das Unternehmen rüsten konnte.

Kurz vor zehn war ich fertig. Ich prüfte noch einmal das Magazin des Revolvers und schob die Waffe eben in die Schulterhalfter zurück, als mein Zimmertelefon schrillte.

»Sie werden von auswärts verlangt, Sir«, sagte die Stimme von Ma-fu-lais Nachfolger. »Ich schalte um.«

Es knackte. »Hallo!«, rief ich.

»Wer ist dort?«, fragte eine Männerstimme, die mir bekannt vorkam.

»Cotton!«

»Kommen Sie bitte in fünf Minuten auf die Straße. Gehen Sie sofort hinunter und hindern Sie den Portier am Telefonieren«, sagte der Anrufer.

»Was soll ich?«, rief ich, aber es war schon abgehängt worden.

Ich überlegte nicht lange. Ich flitzte aus der Tür die Treppe hinunter. In der Halle war niemand, aber mein unbekannter Gesprächspartner schien ein Hellseher zu sein, denn der Chinesenjüngling in der Portiersloge hatte den Hörer am Ohr und drehte die Wählerscheibe. Ich nahm ihm kurzerhand den ganzen Apparat weg.

»Sir . . .«, stammelte er. Mit einem kurzen Ruck riss ich die Telefonschnur durch.

»Ich weiß zwar noch nicht genau, was gespielt wird«, sagte ich, »aber mit wem wolltest du telefonieren?«

»Mit . . .«, stotterte er und verstummte.

»Siehst du, nicht einmal eine Lüge fällt dir ein. Und jetzt verhalte dich ruhig.«

Ich ging zur Tür. Der Eingangsportier war um diese Stunde schon fort, das wusste ich. Ganz vorsichtig und langsam steckte ich die Nase um die Wand. Es war eine beliebte Methode, jemanden zu erschießen, wenn er aus der Haustür trat, und ich hatte nicht die Absicht, es meinen Freunden leicht zu machen.

Die Crash Street lag menschenleer, aber gut beleuchtet da. Es hatte geregnet. Der Asphalt glänzte. Mein Wagen stand einige Schritte weiter am Bordstein. Hin und wieder glitt ein Auto mit rauschenden Reifen über die Straße, aber beim besten Willen war nichts Verdächtiges zu entdecken.

Ich trat auf die Straße und löste mich vom Eingang. Wenn es gleich knallen sollte, war es besser, völlig frei zu stehen, um schleunigst parterre gehen zu können.

Es knallte nicht, und ich überlegte, ob ich vielleicht zum Narren gehalten worden war, als ein Mann schnellen, fast lautlosen Schrittes auf mich zukam. Er ging auf der gleichen Straßenseite, auf der ich stand.

Ich drehte mich ihm zu und nahm die Waffe in die Hand. Mochte er, wenn er harmlos war, denken, was er wollte. Jetzt war er fast bei mir. Ich erkannte sein Gesicht und spannte den Hahn, denn vor mir stand der Oberkellner Chan-Chai. Er trug einen hellen Staubmantel und hielt nichts in den Händen.

»Ich begreife Ihre Vorsicht, Sir«, sagte er, »aber es ist unnötig. Haben Sie den Portier am Telefonieren gehindert?«

»Auftragsgemäß erledigt, Sir«, antwortete ich.

»Und darf ich nun fragen, was Sie von mir sonst noch wollen?«

Er sprach jetzt hastiger. »Er darf auch nicht telefonieren, wenn ich mit Ihnen fortgefahren bin. Wir müssen ihn unschädlich machen.«

Er sagte tatsächlich »wir«. Ich schüttelte den Kopf. »Du scheinst mir ein etwas merkwürdiger Bundesgenosse zu sein, Freund. Raus mit der Sprache! Was willst du?«

Er reagierte nicht, sondern drängte. »Bitte beeilen Sie sich, Sir. Er darf unter keinen Umständen telefonieren.«

Selbstverständlich glaubte ich an Fallen und Tricks, aber selbst mein kluges Köpfchen konnte keine Chance für Mr. Chan-Chai entdecken. Ich hielt den Revolver in der Hand, und seine Hände waren nackt. Selbst wenn er wirklich eine Kanone in der Tasche hatte, war ihm nicht zu raten, sie zu ziehen. Ich schoss in jedem Falle schneller als er. Also gut, sahen wir uns an, wohin sich der Scherz entwickelte.

»Vorgehen!«, sagte ich und winkte mit dem Kopf.

Er gehorchte. Wir betraten die Hotelhalle, wo der Portier immer noch ziemlich verblüfft in seiner Loge stand.

»Bitte erledigen Sie ihn«, sagte Chan-Chai mit einladender Handbewegung. »Oder erlauben Sie Ihrem Diener, dass er es in Ihrem Auftrag tut.«

Ich begann, den Fall komisch zu finden, und musste lachen. »Also schön, reiß die Telefonschnur ab und binde ihm die Hände und Füße zusammen, sein eigenes Taschentuch in den Mund als Knebel, das deine darüber, damit er ihn nicht ausspuckt, und dann stecke ihn in die Garderobenkammer des Personals. Sie ist gleich hinter der Loge. Ich schreib einen Zettel, dass er vor meiner Rückkehr nicht freigelassen werden darf. Den legen wir ihm auf die Brust.«

Chan-Chai ging tatsächlich auf den Chinesenjüngling los. Offen gestanden, bis jetzt hatte ich alles für Unsinn gehalten, aber Wong-Chus Oberkellner machte ernst. Der Empfangsjüngling versuchte nämlich zu türmen. Mit einem wahren Pantersatz hechtete Chan-Chai über die Theke, riss den Portier am Kragen zurück und schlug mit der Rechten zweimal hart und trocken zu, wie ich es nicht besser gekonnt hätte. Der schmale Chinese sackte ohne einen Laut zusammen.

Chan-Chai riss die Telefonschnur ab, verschnürte seinen Gegner zu einem Bündel, verpasste ihm einen kunstgerechten Knebel und schleifte ihn mühelos in die Kammer, die ich ihm bezeichnet hatte.

»Den Zettel, Sir«, sagte er und streckte mir die Hand entgegen. »Bitte, aber schnell!«

»Schluss mit dem Unsinn«, entgegnete ich. »Komm her!«

Gehorsam kam er zurück, nicht ohne vorher die Tür der Garderobenkammer geschlossen zu haben.

»Wollen wir jetzt, bitte, fahren, Sir!« flüsterte er.

»Nein«, antwortete ich schlicht. »Entweder du redest, oder du kannst nach Hause gehen.«

»Sir, ich möchte Sie über die Vorgänge aufklären,

die im Hause meines Herrn, des ehrenwerten Wong-Chu, geschehen sind. Ich hoffe sehr, dass die weisen Richter Ihres Landes mir meine Schuld, die ohnedies schwer ist, nachsehen. Aber ich bitte dringend, mit mir diesen Ort zu verlassen.«

»Warum? Wir können uns hier in aller Ruhe unterhalten.«

In sein Gesicht kam geradezu ein Ausdruck der Verzweiflung. »Sir, ich bin nicht sicher, dass Mr. Wong-Chu oder sein Diener mein Fortgehen nicht bemerkt hat.«

»Keine Angst, Chan-Chai«, tröstete ich ihn. »Mit Wong-Chu und seinen Knechten werden wir schon fertig.« Und ich wog meine Kanone in der Hand.

»Sie irren sich, Sir«, blieb er hartnäckig. »Wenn Mr. Wong-Chu festgestellt hat, dass ich zu Ihnen gegangen bin, wird es ihm nicht darauf ankommen, eine Bombe in dieses Haus werfen zu lassen. – Haben Sie zum Beispiel eine Maske, die Sie gegen Tränengas schützt?«

»Allerdings nicht«, gab ich zu. »Gut, dann fahren wir. Und weil du solche Angst hast, fahren wir am besten gleich ins FBI-Hauptquartier. Dort wirst du dich doch sicher fühlen.«

»Gewiss, Sir. Ich danke Ihnen.«

»Die Arme hoch!«, befahl ich.

Er gehorchte. Ich tastete ihn ab und fischte aus seiner Manteltasche eine 65er Pistole.

»Na ...?«, sagte ich. »Kein passendes Besuchsgeschenk.«

Er verbeugte sich. »Die Kugeln dieser Waffe waren

nicht für Sie bestimmt, Sir. Sie dient nur meiner eigenen Verteidigung.«

Ich warf die Kanone in den nächsten Sessel. Natürlich misstraute ich dem Chinesen, den ich für den Vertrauensmann Wong-Chus hielt, immer noch, aber ich sah in seinen Absichten nicht klar, und da er waffenlos war, glaubte ich nicht, dass er mir noch gefährlich werden könnte.

»Gehen wir«, sagte ich und ließ ihn vorgehen.

Chan-Chai betrat einen halben Schritt vor mir die Straße. Im Eingang begegnete uns ein Gast, der uns höchst erstaunt ansah, denn ich hielt immer noch den Revolver in der Hand.

»Guten Abend«, grüßte ich höflich. Er bekam keine Antwort heraus. Der Oberkellner und ich taten zwei Schritte über das Pflaster, als es knallte, drei- oder viermal. Chan-Chai raste sofort zum Wagen. Ich spurtete gleichzeitig los. Der Chinese erreichte den Beifahrersitz vor mir, riss den Schlag auf und sprang in den Wagen. Ich musste um den Kühler herum und ging erst einmal dahinter in Deckung. Dort hinten im Schein der Straßenlaternen liefen zwei Gestalten, schon zu weit, um mit Aussicht auf Erfolg auf sie zu schießen.

Ich beeilte mich, hinter das Steuer zu kommen. Wer konnte wissen, wo noch welche von den Brüdern standen?

»Sehen Sie, Sir«, sagte Chan-Chai, der heftig keuchte.

Ich startete und ließ den Wagen rasch anfahren. Erst als ich ihn im dritten Gang hatte, steckte ich die Kanone in die Halfter zurück.

»Sozusagen ein Beweis deiner Ehrlichkeit«, sagte ich.

»Ein Beweis der Ehrlichkeit und Treue aller Diener meines Herren«, antwortete Chan-Chai höflich, und ich fühlte einen kalten Gegenstand in der Gegend meiner Rippen.

Mein Kopf zuckte herum.

»Nehmen Sie nicht den Fuß vom Gashebel, G-man«, lächelte der Chinese. »Ich würde dann sofort abdrücken müssen.«

Es gab einen Menschen auf der Erde, den ich in diesem Augenblick überhaupt nicht leiden konnte. Der Mann hieß Jerry Cotton, und er war der größte Idiot, der auf Gottes Erdboden herumlief. Die Burschen hatten mich über den Löffel barbiert, dass es nur so eine Art war.

Es sah verdammt so aus, als bliebe mir nur zu überlegen, ob mein Beerdigungsorchester mehr Posaunen oder Trompeten haben würde.

»Gute Arbeit«, sagte ich resigniert. »Kannst du mir wenigstens noch verraten, wie du an die Kanone kommst?«

»Sehr einfach«, grinste er und griff an mir vorbei in meine Jacke, holte den Revolver heraus und warf ihn in den Fond auf den Rücksitz, »der Portier, der auf den Namen Tang-lu hört, legte sie, kurz bevor ich Sie anrief, auf den Boden des Wagens. Sie pflegen die Türen Ihres Autos nur selten abzuschließen. So konnte ich die Waffe aufnehmen.«

»Tang-lu war also auch mit von der Partie?«

»Selbstverständlich, Sir.«

»Und er wusste, dass er heute Abend k.o. geschlagen wurde?«

»Der Herr wird ihm ein großes Pflaster aus Dollars auf die Wunde legen. Außerdem entlastet ihn der Niederschlag in den Augen der Polizei.«

»Über die Schießerei warst du ebenfalls informiert?«

»Gewiss. Sie sollte erreichen, dass Sie den Wagen nicht untersuchen. Sie hat es erreicht.«

»Gewiss«, ahmte ich ihn nach, »aber was hast du erreicht?«

»Die Gelegenheit, Sie von den Wegen meines Herrn zu entfernen.«

Ich lachte. Tatsächlich, ich bekam es noch fertig zu lachen, obwohl ich fror.

»Das dürfte teuer für dich werden, lieber Chan-Chai. Sieh her, ich habe die Hände am Steuer, den Fuß auf dem Gashebel. Wenn ich ihn durchtrete, bringt es der Wagen auf fast hundert Meilen. Selbst wenn du dann abdrückst, kracht die Karre noch gegen eine Mauer oder einen Laternenpfahl, und einen Unfall bei hundert Meilen überlebt kein Mensch. Dann sehen wir uns also nach unserem gemeinsamen Tod sofort wieder. Allerdings müssen wir uns gleich trennen, weil du für die Hölle bestimmt bist.«

»Mit einer solchen Drohung habe ich gerechnet«, sagte er, jetzt ohne Lächeln, »als ich den Auftrag meines Herrn übernahm. Sie werden dadurch nichts an Ihrem Geschick ändern. Mr. G-man.«

Ich hörte seiner Sprache an, dass er die Wahrheit sprach. Natürlich würde ich versuchen, ihn auf diese Weise mitzunehmen, wenn es keinen anderen Aus-

82

weg gab, aber noch war ich nicht bereit, mich verloren zu geben. Chan-Chai schien die Absicht zu haben, mich an einen bestimmten Ort zu bringen, obwohl er mich bisher hatte fahren lassen, wie ich wollte. Bis dahin konnte noch viel passieren.

Wir fuhren jetzt durch die Innenstadt von San Francisco. Bisher hatte ich immer noch den Weg zum FBI-Hauptquartier eingehalten. Ich musste die nächste Querstraße rechts einbiegen, wenn ich hinkommen wollte, aber Chan-Chai mischte sich ein.

»Fahren Sie geradeaus«, sagte er und drückte den Revolverlauf um ein kleines mehr gegen meine Rippen.

Ich musste gehorchen. Wenig später bekamen wir an einer Kreuzung rotes Licht. Ich bremste. Die Fußgänger strömten vor uns über die Gehbahnen. Noch nie in meinem Leben habe ich einen Fußgänger so beneidet. Ich hätte jedem das ganze Auto samt Inhalt geschenkt.

Der Wagen stand direkt am Bordstein. Am Seitenfenster bummelte knüppelschwingend ein Cop vorbei.

Ich überlegte, ob ich brüllen sollte. Eine Kugel bekam ich sicher verpasst, aber bei einigem Glück konnte ich sie vielleicht nach drei Monaten Krankenhausaufenthalt verdaut haben. Nur – die Zeitspanne, die ein Finger zum Abziehen braucht, ist verflucht kurz, und bevor der Cop aus seiner guten Laune erwachte, hatte Chan-Chai mir das ganze Magazin in den Leib gejagt.

Wir bekamen grünes Licht. »Bitte fahren«, sagte

Chan-Chai. Ich fuhr an. Die Gelegenheit war vorbei.

Von diesem Augenblick an bestimmte der Chinese die Richtung. Er gab einsilbige Weisungen: »Links! Rechts! Rechts!« Wir fuhren fast eine Stunde. Ich dachte daran, dass Phil längst unruhig nach der Uhr sah. Ihm passierte das Gleiche wie mir mit Masson, und – ja – mir passierte ja auch das gleiche wie Masson. Die Umstände ähnelten sich ungeheuer, nur dass sie nicht mehr wagten, mich im Gebäude abzutun.

Die Gegend wurde immer leerer, geradezu öde. Es wurde wohl Zeit, mir zu überlegen, ob ich versuchen wollte davonzukommen oder meinen Henker mitzunehmen.

»Dass ich zu meinem Begräbnis fahre, ist mir klar«, sagte ich zu Chan-Chai, der in den letzten zehn Minuten kein Wort mehr gesprochen hatte. »Ich wüsste nur gern, wo mein Grab liegt.«

»Wir erreichen gleich die Schuttabladeplätze von San Francisco«, antwortete er.

Es konnte mir eigentlich gleichgültig sein, in welchem Bett ich zu liegen kam, wenn ich nichts mehr fühlte, aber, hol's der Teufel, mir lief ein kalter Schauer den Rücken hinunter.

Die Straße wurde schmaler. Der Scheinwerfer erfasste ein Schild: »Schuttabladeplätze! Vorsicht! Schwerwagenverkehr!

Na also, Cotton, alter Junge, auf Wiedersehen in einer besseren Welt. Eigentlich war es ein schönes Leben und eine feine Aufgabe, diese Erde durch die Unschädlichmachung ihrer übelsten Bewohner etwas besser zu machen, und eigentlich ist es auch ein anständiger und sauberer Tod, bei solcher Aufgabe hopszugehen, auch wenn es auf einem Schuttabladeplatz stattfindet.

Ich stellte den Fuß auf den Gashebel. Ich stellte ihn so fest darauf, als wäre er angeschmiedet. Der Motor ging hoch wie eine Rakete. Der Mercury schoss nach vorn. Da war auch schon die Abzweigung nach den Plätzen. Ich drehte das Steuer. Die Räder radierten über den Asphalt.

Warum schoss der Kerl an meiner Seite nicht? Los, schieß, dachte ich! Und ich lachte, wirklich. Ja, ich lachte voller Befriedigung und voller Grimm. Das hast du nicht gedacht, Freund Chan-Chai, dass ich meine Drohung wahr machen würde.

Sekunden waren seit meinem Entschluss vergangen. Die Tachometernadel war noch nicht über sechzig Meilen hinausgeklettert, als der Wagen wie wild zu bocken anfing. Wir hatten die Straße verlassen und rasten über den schlecht gestampften Schutt. Dann plötzlich schlugen die Vorderräder des Mercury in eine Vertiefung. Das Auto tat einen Riesensatz wie ein wahnsinnig gewordener Floh. Ich wurde hochgeworfen und stieß meinen Schädel am Verdeck, doch hielt ich krampfhaft das Steuer. Chan-Chai aber wurde hin und her geschleudert wie eine Erbse in der Schachtel. In einer Zeitspanne, die nicht zu messen ist, erkannte ich meine Chance. Ich trat in die Bremse; ein reines Wunder, dass mein Fuß sie überhaupt fand, aber ich trat mit voller Wucht hinein.

Der Mercury spielte glatt verrückt. Er schlitterte

mit blockierten Rädern durch den Schutt, und es blieb völlig ungeklärt, warum er sich nicht überschlug. Ich ließ das Steuer fahren und warf mich mit allem, was ich noch drin hatte, über Chan-Chai.

Noch fuhr der Wagen. Ich fühlte den Körper des Mannes unter mir und schlug einfach drauf. Dann krachte es. Die Türen des Autos flogen wie durch Zauberhand auf. Glas zersplitterte. Mit lautem Knall zerplatzte einer der Reifen. Irgendetwas zerbarst mit dem Geräusch eines brechenden Schiffsmastes.

Ich fand mich im Freien wieder, in irgendeiner Brühe liegend. Ich wollte mich hochstemmen, aber meine Beine knickten weg.

In meinem Kopf brummten zwei Dutzend Bienenschwärme, und pressende Übelkeit stieg mir in die Kehle. Ich war im Begriff, das Bewusstsein zu verlieren, aber wenn ich jetzt nicht mit mir selber fertig wurde, war ich verloren.

Ich drückte die Nägel in die Handballen und biss mir auf die Lippen, bis sie bluteten. Der Schmerz machte mich einigermaßen klar, und ich kam auf die Füße. Schwankend stand ich und versuchte mich zu erinnern, was geschehen war.

Hoffentlich war Chan-Chai noch um einiges erledigter als ich.

In diesem Augenblick kam ein Auto aus der Kurve der Fernverkehrsstraße, die in der Nähe vorbeilief (aber das erfuhr ich erst später). Jedenfalls glitt für zwei Sekunden ein Scheinwerfer wie ein Leuchtturmlicht über den Schuttplatz. Und in diesem Licht sah ich vier Schritte vor mir Chan-Chai stehen, ein dünnes blitzendes Messer in der Hand.

Die nächste Sekunde schon schlug wieder pechschwarze Dunkelheit um mich. Der Automotor verbrummte in der Ferne.

Ich fühlte mich durchaus nicht in der Lage zu einem Fight. Der Sturz hatte mich ein wenig mitgenommen, und ich hatte im Hotel gesehen, dass der Chinese geschmeidig und stark wie ein Panter war. Vorsichtig setzte ich einen Fuß rückwärts. Der Schutt knirschte laut unter meinem Schritt, und schon griff Chan-Chai an. Ich hörte seinen Atem und ließ mich fallen. Er sprang ins Leere und landete auf dem Bauch. Ich rollte mich dreimal um mich selbst und stand auf. Mein Kopf stach, als wolle er zerspringen.

Ich tastete meine Taschen ab. Wenn ich nur etwas fände, das mir als Waffe dienen könnte. Ich erwischte die Taschenlampe. Natürlich war sie zerbrochen und funktionierte nicht mehr, aber vielleicht konnte sie mir zu einem Trick dienen. Ich warf sie fort, nicht weit, sondern mit sanftem Schwung zwei Schritte seitwärts. Sofort hörte ich die Schritte des Chinesen. Ich wartete einen Augenblick, dann griff ich an. Ich schlug wild um mich, links, rechts, links, zweimal vorbei, aber dann traf ich.

Der Teufel mag wissen, wo ich ihn erwischte. Jedenfalls kam er von den Füßen. Ich hechtete hinterher ins Dunkel hinein, aber er wischte zur Seite weg. Ich landete mit dem Gesicht im Dreck und hatte gerade noch Zeit, mich auf den Rücken zu drehen, da war er über mir.

Er war etwas zu hoch gesprungen. Seine Brust lag auf meinem Gesicht, und seine zwei ersten Dolchstiche gingen an meiner Schulter vorbei in die Erde. Ich bekam einen seiner Füße zu fassen und wollte ihn mit einem Ruck aus dem Gelenk drehen, aber er war geschmeidig genug, der Drehung mit seinem ganzen Körper nachzugeben.

Noch in der Wendung stach er zu. Anzug- und Hemdsärmel meines linken Oberarms zerratschten, und der Oberarm brannte, als hätte jemand eine glühende Zigarre darauf spazieren geführt.

Er glaubte wohl, mich schwerer erwischt zu haben, denn er stürzte sich sofort wieder auf mich, aber ich hatte die Knie schon angezogen und trat zu. Er gurgelte und schnappte hörbar nach Luft. Für den Augenblick war ich ihn los und konnte aufstehen.

Der Sache musste ein Ende gemacht werden. Ich fühlte, ich konnte nicht mehr lange durchhalten. Er schien viel weniger bei dem Unfall abbekommen zu haben als ich. Wenn ich ihn nicht beim nächsten Angriff überwand, dann schaffte er mich beim übernächsten.

Ich riss mir die Jacke herunter. Gott sei Dank, der Messerstich hatte mich nur geschrammt. Ich konnte den Arm bewegen.

Chan-Chai griff mit einem schrillen Ruf an. Ich glaube, er war sinnlos vor Wut. Die Jacke fest in beiden Fäusten, warf ich mich in seinen Schwung. Wir prallten gegeneinander. Der Stoff zerriss kreischend unter seinem Messer. Da ich größer und schwerer war, warf ihn der Anprall zu Boden, und ich fiel über ihn. Die Jacke ließ ich fahren. Ich griff zu, und ich hatte Glück. Ich bekam sein rechtes Handgelenk zu fassen.

Mit beiden Fäusten, fasste ich zu, hob seinen rechten Arm hoch und schmetterte ihn mit aller Kraft auf den Boden. Er schlug mir unterdessen die linke Faust in den Magen und dann ins Gesicht. Es tat wahnsinnig weh, aber ich hielt durch. Seine Hand mit dem Messer krachte auf die Erde, anscheinend auf einen Stein.

Er schrie auf, seine Finger öffneten sich, er verlor das Messer. Im nächsten Augenblick aber griff er mit beiden Händen nach meinem Hals. Er bekam ihn zu fassen, zog mir den Kopf herunter, drehte sich in der Hüfte, und ehe ich zu einer Gegenbewegung fähig war, lag ich auf dem Rücken unter ihm. Er krallte alle zehn Finger in meine Kehle und drückte mir die Luft ab.

Es schien aus zu sein. Schon tanzten mir Sterne vor den Augen. Der Luftmangel umnebelte mein Hirn mit der nahen schwarzen Ohnmacht. Schon fuhren meine Hände krampfhaft zuckend über die Erde.

Ich glaube, ich hatte dann sehr viel Glück, so viel Glück, dass man vielleicht besser von etwas anderem spricht, vielleicht vom Schicksal, Fügung oder wie man es nennen will. Jedenfalls fasste meine zuckende Rechte in das Messer, das ich Chan-Chai aus der Hand geschlagen hatte. Ich fasste in die Schneide und verletzte mich, aber ich besaß noch Verstand genug, den Griff zu packen.

Als er sich erneut auf mich warf, fiel er in sein eigenes Messer. Da erst lockerte sich der Griff um meinen Hals.

Der Mann über mir gab einen schrillen Laut von sich. Er warf die Arme hoch und fiel schwer und leblos in sich zusammen. Noch lag er auf mir. Ich schob ihn zur Seite und wälzte mich fort. Keuchend lag ich auf dem Rücken. Ich weiß nicht, wie lange, aber ich glaube, es war eine ziemliche Spanne Zeit. Dann stand ich auf.

Wieder fuhr ein Auto über die Fernverkehrsstraße und wischte seine Scheinwerfer über den Platz hinweg. Das Licht riss jäh das leblose Kleiderbündel und das Wrack des Wagens aus der Dunkelheit.

Ich wankte zu dem Wagen hin, kroch in den Fond und tastete in der absoluten Finsternis nach meinem Revolver, den Chan-Chai auf den Rücksitz geworfen hatte. Ich entdeckte ihn nach einigem Suchen auf dem Boden, und als ich ihn in der Hand hielt, fand ich, dass sich meine Situation entscheidend gebessert hatte.

Mit gutem Spürsinn fand ich den Weg zu Chan-Chai zurück, allerdings stolperte ich über ihn, als ich bei ihm war. Ich tastete sein Gesicht ab, fühlte die offenen Augen und griff in seine Kleider, als ich nach seinem Herzschlag fühlen wollte. Er war tot!

Ich stolperte vorwärts und suchte von dem Schuttplatz herunterzukommen. Ein paar Mal fiel ich in Löcher und Gräben, aber ich fand schließlich trotz der Dunkelheit die Einfahrtschneise. Von da an ging es etwas besser, und endlich stand ich auf der Fernverkehrsstraße.

Ich winkte dem ersten vorbeikommenden Wagen, aber er hielt nicht. Als die nächsten Lichter auftauchten, stellte ich mich mitten auf die Straße und wedelte mit den Armen.

Es war ein schwerer Lastwagen. Zischend schlugen seine Luftdruckbremsen an. Der Fahrer sprang aus dem Führerhaus und kam auf mich zu, der ich noch im Scheinwerferlicht stand.

»Na«, sagte er gemütlich, »anständigen Unfall gebaut?«

Dann sah er den Revolver in meiner Faust, starrte mich an und hob langsam die Arme hoch, wobei er kräftig fluchte.

»Keine Sorge«, beruhigte ich ihn. »Bundespolizei. Los, klettern Sie auf Ihre Karre und zischen Sie ab. Fahren Sie zum FBI-Hauptquartier.«

Er atmete erleichtert auf. Er hatte schon gefürchtet, einem Gangster in die Finger gefallen zu sein. Die Uhr auf dem erleuchteten Armaturenbrett zeigte eine Viertelstunde nach Mitternacht. Hoffentlich hatten sich Phil und O'Connor nicht schon auf die Suche nach mir begeben. Die Gefahr bestand durchaus.

Ich hatte Sehnsucht nach einer Zigarette, aber die Packung war in meiner Jacke gewesen.

»Haben Sie einen Glimmstängel?« fragte ich den Fahrer. Er gab mir sein Etui, und ich bediente mich.

»Sie scheinen einiges abbekommen zu haben«, sagte er. »Sind Sie unter die Räuber gefallen?«

»Ja«, brummte ich einsilbig und rauchte mit tiefen Zügen. »Können Sie nicht schneller fahren?«

Er zuckte die Schultern und brachte den Fünftonner auf Touren. Wir donnerten durch San Francisco, dass sämtliche Schutzleute weit und breit ihre Notizbücher zückten. Zum Glück waren die Straßen in dieser Stunde schon ziemlich leer.

Wenige Minuten nach ein Uhr hielt der Karren fauchend vor dem Hauptquartier. Ich jumpte heraus und ging hinein. Zwei Männer vom Bereitschaftsdienst, die im Flur standen, griffen unwillkürlich in die Brusttaschen, als sie mich sahen.

»O'Connor noch im Hause?«, fragte ich.

»In seinem Büro.«

»Wer ist bei ihm?«

»Nur der G-man aus New York. Aber wir haben Alarmstufe eins bekommen. Ich glaube, der Chef will einen Zauber steigen lassen.«

Ich fuhr mit dem Fahrstuhl in den zweiten Stock.

»Jerry!«, rief Phil, als ich ins Büro trat. Er ging wie eine Rakete in die Höhe.

»Haben Sie Whisky?«, fragte ich O'Connor.

Er hatte, und beide waren taktvoll genug, mich erst zwei stramme Gläser vertilgen zu lassen, bevor sie zu fragen begannen.

»Du siehst aus, als hätten zwei Bulldoggen mit dir Fangball gespielt«, sagte Phil.

»Ich glaube, es war eher ein chinesischer Drache«, antwortete ich und nahm die Zigarette, die er mir anbot.

»Danach riechst du auch«, grinste er.

»So nach Schwefel und sonstigem Unrat.«

Tatsächlich, wenn ich Zeit gehabt hätte, ich hätte mich vor mir selbst geekelt. Meine Sachen waren über und über mit dem Dreck des Schuttplatzes besudelt. Ich roch wie ein alter Mülleimer. Mein Hemd hing in Fetzen. Auf meinem linken Arm gerann das Blut. Am Kopf hatte ich ein halbes

Dutzend Schrammen und Risse, und meine rechte Hand und meine Hemdbrust waren rot von Blut.

O'Connor nahm den Telefonhörer ab.

»Einen Arzt, warmes Wasser, saubere Klamotten«, brummte er.

»Habt ihr etwas unternommen?« fragte ich.

»Wir waren eben im Begriff«, antwortete Phil. »Ich habe bis Mitternacht im ›Shanghai‹ gehockt. Dann schob mir Dr. Lung einen Zettel zu, auf dem stand: ›Chan-Chai nicht da!‹ Mir schwante Böses. Ich fuhr in dein Hotel. Du warst nicht dort. Also holte ich O'Connor aus seiner Wohnung. Wir palaverten hin und her, und schließlich kamen wir zu dem Schluss, dass du tot sein müsstest, und wollten Wong-Chus Laden auffliegen lassen.«

»Abblasen!«, sagte ich. »Passt auf, Wong-Chu schickte Chan-Chai, um mich zu erledigen. Sie machten es ungeheuer geschickt. Ich ging in die Falle und kam nur durch Glück wieder heraus. Einzelheiten später. Chan-Chai liegt jetzt auf einem Schuttabladeplatz. – O'Connor, schicken Sie ein Kommando hin und lassen Sie den Platz sichern. Machen Sie ruhig großes Theater, so mit Mordkommission und so weiter. Geben Sie der Presse morgen Abend eine Notiz, dass ein Beamter des Bundeskriminalamts bei einem Autounfall ums Leben gekommen sei. Sein Begleiter ebenfalls. Die Notiz muss in den Abendausgaben noch erscheinen. Schicken Sie auch ruhig einen Ihrer Leute zu Wong-Chu. Er soll sich nach dem Oberkellner erkundigen und durchblicken lassen, dass wir den Bocksbart in Verdacht haben. Interessieren Sie sich auch für den

Empfangsjüngling im Five Bristol, aber nehmen Sie ihn nicht fest.«

»Der Bursche hat sich schon bei der Ortspolizei gemeldet«, knurrte O'Connor. »Er erzählte eine konfuse Geschichte von Niederschlag und Fesselung.«

»Die Geschichte ist in Ordnung, nur war sie vorher verabredet.«

»Und was bezwecken Sie mit allem, Cotton?«

Ich genehmigte mir noch einen Whisky. »Einfach, dass Wong-Chu in maßlose Überraschung gerät, wenn ich als Leiche morgen Abend seine Opiumvorräte inspiziere, so in Überraschung, dass er seine Vorsicht vergisst und sich kopfschüttelnd zu dem gefesselten Jerry Cotton und den Opiumbehältern stellt, und wenn er dann in diesem Augenblick hochgenommen wird, dann soll er ruhig dem Richter erzählen, er habe von dem Opiumschmuggel seiner Angestellten und Diener keine Ahnung gehabt. Dann glaubt es ihm nämlich kein Geschworener mehr.«

»Und wegen Massons Tod können wir ihn nicht anklagen?«

»Anklagen schon, aber nicht beweisen. Die eigentliche Arbeit dürfte Chan-Chai besorgt haben, und der ist tot.«

Der Arzt kam mit dem Heftpflasterkasten, der Jodflasche und warmem Wasser. Er beschäftigte sich gründlich mit meiner lädierten Figur. Phil ging mit in die Duschräume und behandelte mich wie eine Mutter ihr Baby, bis seine besorgte Miene mir zu dumm wurde und ich ihm androhte, ihn im Anzug unter die Brause zu schieben. Von irgendwoher wurde mir ein Bademantel besorgt. Ein G-man führte uns zu einem kleinen Zimmer in der dritten Etage, wo eine Couch mit Decken für mich bereitstand.

Vor Wonne stöhnend, ließ ich mich darauf fallen.

»Phil«, sagte ich, »gib mir noch 'ne Zigarette und dann geh mal in O'Connors Büro und sieh nach, wie fest er die Whiskyflasche verschlossen hat.«

Er kam nach fünf Minuten grinsend zurück, die Pulle in der Hand.

Ich trank den restlichen Inhalt ziemlich schnell hintereinander weg. Phil bekam nicht allzu viel davon mit, aber ich hatte einen bestimmten Grund, warum ich gegen meine Gewohnheit soviel trank. Ich wollte schlafen, tief und traumlos schlafen, und ich hatte keine, aber auch gar keine Lust, den Kampf auf dem Schuttplatz noch einmal zu erleben.

Als ich erwachte, war es heller Mittag, der Mittag meines vierten Tages. Ich hatte rasende Kopfschmerzen und verschluckte zwei Tabletten, die ich mir aus der Hausapotheke holen ließ.

Um zwei Uhr nachmittags erschien Phil mit zwei anderen G-men. Sie brachten meine Sachen aus dem Five Bristol. Ich wusch mich und zog mich an. Phil besorgte unterdessen ein Essen aus der Kantine.

Wir machten uns gemeinsam darüber her. Langsam fühlte ich, kam ich wieder in Form. Ein Arzt tauchte auch auf und bestand darauf, mich neu zu verpflastern.

Dann verleibten Phil und ich uns einige Tassen starken Kaffees ein. Er berichtete über die Ereignisse.

»Ich glaube, Wong-Chu ist inzwischen über dein seliges Ende schon informiert. Der Jüngling in der Empfangsloge wird ihm berichtet haben, dass die Friscoer Polizei deine Klamotten abgeholt hat, um sie deinen Angehörigen zuzustellen. O'Connor spielt ganz den wütenden FBI-Chef, dem sie die Leute abgeknallt haben. Er ist persönlich zu Wong-Chu gefahren und wird dort den wilden, aber machtlosen Mann spielen. Ich denke, dass er in Kürze hier erscheinen wird.«

Er kam um vier Uhr und ließ sich keuchend und schnaufend auf die Couch fallen.

»Sie verlangen viel von einem Mann, Cotton«, fauchte er. »Es ist kein Vergnügen, sich von einem alten Chinesen auslachen zu lassen. Wissen Sie, was der Verbrecher sagte, als ich ihn der Beteiligung an dem Mord verdächtigte? Er bat um seine Verhaftung! Und ich musste kneifen! Dann machte er mich noch darauf aufmerksam, dass Sie, Cotton, seinen Diener Chan-Chai schwer beleidigt hätten, und so sehr er es bedauere, so halte er es doch für möglich, dass Chan-Chai sich an Ihnen habe rächen wollen.« Er fuhr mit dem Taschentuch über den Schädel. »Na ja«, schloss er, »wenigstens weiß er jetzt, dass Sie tot sind. Die Mitteilung an die Presse können wir uns sparen.«

»Danke, Chef«, sagte ich. »Wir kriegen den Burschen schon noch. – Phil, unser Plan bleibt fast unverändert, nur starte ich schon um zehn Uhr, und natürlich nehme ich vorher keinen Drink in der Bar. Vergleichen wir die Uhren. O'Connor, stellen Sie bitte ein Kommando bereit. Sobald Phil und Lung diesen Wong-Chu an meiner Seite geschnappt haben, rufen wir Sie an. Dann räumen wir den ganzen Laden aus.«

»Und Ihren weißen Mann im Hintergrund?«, grinste er.

»Den bekommen wir über Dan Webster. Früher oder später werden Ihre Leute ihn schon fassen. Leider kann ich nicht anders handeln, denn ich habe noch einen und einen halben Tag. Wenn Sie freilich Ihren Bericht . . .«

»Nein, Cotton«, wehrte er energisch ab, »der Bericht geht morgen Abend um zwölf Uhr ab. Keine Minute Zugabe bekommen Sie von mir.«

Ich sah ein, dass da nichts zu erreichen war.

Eine Viertelstunde vor zehn Uhr fuhr ich mit einem getarnten Polizei-Ford, der eine Funksprechanlage hatte, in die Chinesenstadt hinein. In dem Gewühle musste ich Schritt fahren. Sieben Minuten vor zehn Uhr parkte ich den Wagen in der stillen Nebengasse, von der aus es nur wenige Schritte bis zur Rückfront des »Shanghai« waren. Ich steckte mir eine Zigarette an und rauchte einige Züge, bis es genau zehn Uhr war. Ich warf den Stummel fort und stieg aus.

Im Schein der erbärmlichen Straßenlaterne lag die Gasse so still wie an dem Abend, an dem ich Massons Schuh gefunden hatte.

Heute interessierte ich mich nicht für die Rück-front des »Shanghai«. Ich wandte mich den dunklen Ruinenhäusern zu.

Ich ließ den Schein der Taschenlampe über das erste der drei Gebäude wandern. Der Eingang war mit einem schweren Bretterverschlag zugemacht, auch die Parterrefenster waren mit Holz verschalt. Beim mittleren Haus, das genau dem Gebäude-komplex des Nachtlokals gegenüberlag, war es nicht anders, nur die Öffnung eines der vier Fenster gähnte hohl und leer.

Ich überlegte nicht lange. Ich fasste den Sims und zog mich hinauf. Ich leuchtete in das Innere und ließ mich hinabfallen. Eine Wolke von Mörtelstaub wallte hoch. Ich musste lächeln. Anscheinend war ich dazu verdammt, mich in dieser Sache ständig einzusauen. Alles schien sich an Orten abzuspielen, an denen es mehr oder weniger dreckig war, auf Schuttplätzen und in Ruinenhäusern.

Ich nahm den Revolver in die Linke, die Taschen-lampe in die Rechte und ging langsam vorwärts. Von der Decke fiel ein Stück Gips und klatschte auf den Boden. Ich fand eine windschiefe Tür, die so aussah, als wäre sie seit einem Jahrzehnt nicht mehr bewegt worden, aber als ich an ihr rüttelte, ging sie lautlos auf.

Meine Taschenlampe zeigte mir, dass ich im Haus-flur stand, und ich suchte nach dem Kellereingang, aber ich fand ihn nicht. Schon dachte ich daran, auf dem Hof nachzusehen, als ich ein Geräusch hörte. Sofort knipste ich die Taschenlampe aus und wartete mit angespanntem Atem.

Siehe da, auf dem Boden, fast unmittelbar zu meinen Füßen, erschien ein Lichtstreifen, der sich rasch verbreiterte. Vier von den Steinplatten, die den Fußboden bildeten, hoben sich. Darunter erschien ein Arm, ein kugeliger, geschorener Chinesenkopf, Schulter, Körper, Beine. Eine gut getarnte Falltür hatten die Brüder angelegt.

Ich wartete, bis der Mann auf dem Boden stand, und ließ ihn auch die Falltür zurücklegen. Dann trat ich mit einem Schritt hinter ihn, legte ihm einen Arm um den Hals und presste den Revolverlauf gegen sein Kreuz. »Keinen Laut«, zischte ich.

Er zappelte ein wenig vor Schreck, dann hielt er still. Ich knipste die Taschenlampe wieder an und leuchtete ihm in das verängstigte Gesicht. Gleichzeitig ließ ich ihn los.

»Mach den Laden wieder auf!«, flüsterte ich.

»Geht nicht, Sir«, jammerte er. »Kann nur von innen geöffnet werden.«

»Gut, dann gib das Zeichen, damit sie ihn aufmachen. Aber wenn du mich betrügst, schicke ich dich zu deinen Vätern.«

Ich glaube, ich hatte den richtigen Mann erwischt. Er zitterte vor Angst. Er ließ sich auf die Knie nieder und klopfte drei schnelle kurze Schläge und einen langen gegen den Fußboden. Dann stand er auf.

Wenig später erschien der Lichtstreifen wieder. Ein anderer Chinese tauchte in der Öffnung auf und fragte irgendetwas in seiner Sprache. Ich gab meinem Gefangenen einen Stoß ins Kreuz. Er fiel auf seinen Kumpan und riss ihn von der kurzen Leiter. Ich sprang in das Knäuel hinein, landete gesund auf den Füßen und beförderte die beiden mit zwei Stößen auseinander.

»So«, sagte ich, »jetzt wieder hinauf und die Falltür aus den Scharnieren gehängt.«

Sie sahen mich verständnislos an.

»Schnell, Freunde!«, ermahnte ich sie. Sie krochen auf die Leiter und machten sich daran, die Tür aus den Scharnieren zu schieben. Ich stand unten mit der Kanone in der Hand.

So, jetzt würden Phil und Dr. Lung den Weg auf jeden Fall finden. Ich ließ die Kulis wieder absteigen und zwang sie, vor mir herzugehen.

»Und jetzt zeigt ihr mir, wo ihr das Opium versteckt haltet«, sagte ich sanft.

Sie führten mich durch einen langen erleuchteten Kellergang. Ich sah nach der Uhr. Fast zwanzig Minuten nach zehn Uhr. Ich musste mich beeilen, wenn ich mein Ziel noch erreichen wollte.

Meine Gefangenen bogen in einen Seitengang ein. Einer bückte sich. Ich stieß ihn an. »He, vorwärts!« Er gehorchte.

Dann standen wir vor einem Mauerdurchbruch, den ein großer Mann nur auf Händen und Füßen durchqueren konnte. Die Chinesen standen rechts und links des Loches und sahen mich zweifelnd an.

Ich schob mir den Hut ins Genick. Den Kopf da durchzustecken war wirklich alles andere als verlockend. Ich bückte mich und sah hindurch. Der Raum dahinter war dunkel. Ich leuchtete mit der Taschenlampe. Er schien leer zu sein.

Die beiden Chinesen wollte ich bei diesem Unternehmen weder vor mir noch hinter mir haben. Beides war riskant, wenn ich in dem Loch steckte.

»Kommt mal her, ihr beiden«, winkte ich.

Überraschend griffen sie mich an. In Notwehr schlug ich ihnen den Pistolenlauf über den Schädel, nicht so fest, dass sie dabei ernsthaft Schaden nahmen, aber kräftig genug, um sie schlafen zu schicken. Sie plumpsten wie zwei Säcke auf den Boden.

Ich machte mich an meine Tunneldurchquerung. Ich war sehr vorsichtig. Ich steckte nur die Nase hindurch und leuchtete den ganzen Raum ab. Da war ein Kistenstapel, aber sonst schien er wirklich leer zu sein. Also kroch ich weiter, und als ich mit dem halben Oberkörper hindurch war, sprang mir jemand mit Wucht ins Genick. Gleichzeitig schwirrten hinter dem Kistenstapel drei Chinesen hervor und griffen nach meinen Armen.

Freilich hätte ich mich ein wenig wehren können. Ich hatte den Finger noch am Abzug, und wenn ich ihn durchgedrückt hätte, so wäre das den drei Chinesen trotz des vierten in meinem Nacken schlecht bekommen, aber ich wollte kein unnützes Blut. Ich rechnete fest damit, dass sie mich nicht umlegen würden, ohne ihren »Großen Herrn« vorher zu benachrichtigen. Es war fünfundzwanzig Minuten nach zehn. Wenn ich mich gemütlich überwältigen ließ, konnten noch rund zehn Minuten vergehen, bis Wong-Chu auftauchte, und ungefähr gleichzeitig mit ihm würden Dr. Lung und Phil auf der Bühne erscheinen.

Also zappelte ich ein wenig zum Schein, und tatsächlich war auch nicht viel zu machen, wenn ich nicht schießen wollte. Sie drehten mir die Kanone und die Taschenlampe aus den Fingern, zogen mich ganz in den Raum, verknäuelten mir die Arme und Beine und verwickelten mich in Stricke wie eine Spinne ihr Opfer.

Irgendwer drehte einen Lichtschalter an. Es wurde hell im Saal. Ich sah, wo der Genickspringer hergekommen war. Oberhalb des Durchbruchs gab es eine Nische, in der er gehockt hatte. Meine Gefangenen hatten ihre Leute gewarnt. Wahrscheinlich hatte der eine, als er sich bückte, eine Warnanlage ausgelöst. Anders hatte ich es ja auch nicht erwartet.

Übrigens kannte ich einen von den Burschen.

»Hallo«, sagte ich, »hast du mir nicht schon einmal einen Whisky serviert? Du bist doch nebenberuflich Kellner, nicht wahr?«

Sie beachteten mich nicht, sondern schnatterten aufgeregt in ihrer Sprache miteinander. Der nebenberufliche Whiskyservierer schickte einen Mann fort. Ich warf einen befriedigten Blick auf die Uhr. Halb elf. In dieser Sekunde verließen Phil und Dr. Lung das Lokal. In spätestens zehn Minuten mussten sie hier sein.

Die Zeit tröpfelte hin. Nach fünf Minuten hörte ich Schritte. Ich spitzte die Ohren. Jetzt, jetzt musste Wong-Chu kommen.

Ich biss mir auf die Lippen vor Enttäuschung. Im Durchbruch erschien nur der Kopf des Fortgeschickten. Er redete auf den Kellner ein und machte dabei eine ganz eindeutige Handbewegung einmal mit der Kante am Hals entlang. Ich erriet, dass er den Befehl überbrachte, mich zu erledigen, und ich fluchte innerlich schauderhaft, dass Wong-Chu keinen Wert darauf legte, meinem Ende beizuwohnen.

Übrigens schien dem Kellner der Befehl nicht sonderlich zu gefallen.

Er schnatterte sehr heftig. Man schien sich nicht einigen zu können. Im Durchbruch erschien ein weiterer Chinese, einer von den beiden, die ich niedergeschlagen hatte. Er schien sehr wütend zu sein, denn er rollte mit den Augen und schüttelte die Faust gegen mich.

Der Kellner produzierte ein Messer aus seinem Hosenbund. Der Wütende riss es ihm aus der Hand und grinste erfreut.

Mir wurde ein wenig heiß. Naaa..., dachte ich, aber ich brauchte mir keine Sorgen zu machen. Denn aus dem Durchbruch sagte eine höfliche Stimme: »Sie werden gebeten, die Arme hochzunehmen!« Dr. Lungs gepflegter Kopf tauchte auf.

Alle hoben sie gehorsam die Hände hoch, nur mein spezieller Freund schien blind vor Wut zu sein. Er wollte sich auf mich stürzen. Dr. Lung zog den Finger durch. Der Mann erstarrte in der Bewegung, das Messer klirrte zu Boden, dann fiel er um wie ein gefällter Baum.

Der FBI-Chinese kroch ganz durch den Gang und richtete sich auf. »Ich musste leider die Schusswaffe gebrauchen, Mr. Cotton. Er hätte Sie sonst am Ende doch noch verletzt.« Er hob das Messer auf und befreite mich mit einigen schnellen Schritten.

»Ist Ihr Plan gelungen?«, fragte er.

»Zum größten Teil leider nicht«, knurrte ich. »Wong-Chu ist nicht gekommen.«

»Hallo!«, rief draußen Phils Stimme. »Hallo, Jerry!«

»Alles in Ordnung!«, rief ich zurück. »Du brauchst nicht hereinzukommen. Rufe über Sprechfunk O'Connor an und lass den ganzen ›Shanghai‹-Laden hochnehmen.« Ich hörte seine sich entfernenden Schritte.

»Nun zu uns«, wandte ich mich den Gefangenen zu und nahm dem Kellner meinen Revolver wieder ab. »Wo sind die Opiumvorräte?«

Er senkte den Kopf.

»Wir finden sie auf jeden Fall, und wenn wir das ganze Gebäude in die Luft jagen müssen. Aber vielleicht wähle ich den bequemeren Weg und drehe dich ein wenig durch die Mangel.«

Er keuchte schwer. Seine Brust hob sich stoßweise, aber er schwieg. Diese chinesische Mauer des Schweigens, die die Knechte um ihren Boss aufrichteten, macht mich nahezu rasend. Ich war drauf und dran, die Geduld zu verlieren. Dr. Lung berührte meinen Arm.

»Gestatten Sie, dass ich mit dem Mann spreche?« Er palaverte auf den Kellner ein, aber auch er hatte keinen Erfolg.

Draußen heulten die Polizeisirenen. Stiefel trampelten heran, und im Nu wimmelte es von Polizisten jeder Ausgabe, allen voran O'Connor. Er hatte seinem Bedürfnis nach Razzia freien Lauf gelassen. Die aufgebotene Streitmacht hätte zur Aushebung ganz Chinatowns gelangt.

Von diesem Augenblick an wurde die Sache fachmännisch. Sie klopften die Wände ab, sie betasteten den Fußboden, sie rückten die Kisten zur Seite. Und unter den Kisten fanden wir dann eine Falltür, ähnlich der ersten. Wir fanden auch den Betätigungsknopf in der Mauer hinter einem lose eingefügten Ziegelstein. O'Connor erkannte mir die Ehre zu, ihn zu drücken.

Ein Motörchen summte in der atemlosen Stille auf, obwohl sich mehr als zwei Dutzend Männer in dem Kellerraum befanden. Lautlos hob sich die Falltür. Ich leuchtete in den Raum darunter. O'Connor beugte sich neben mir so weit vor, dass er fast das Gleichgewicht verlor.

Der Raum war nicht groß und nicht tief, vielleicht drei oder vier Yard im Quadrat, aber er war voll gestapelt mit großen und kleinen Ballen, beschriftet mit klobigen chinesischen Zeichen.

Ich sprang hinunter. Lung reichte mir ein Messer, und ich schlitzte die Juteverpackung auf. Eine schwarze, zähe, klebrige Masse quoll mir entgegen: Opium.

In Ordnung, wir hatten das Lager, wir hatten die Helfershelfer, und nun wollten wir sehen, was Mr. Wong-Chu zu alledem zu sagen hatte.

Während die Polizisten sich damit befassten, den Kulis stählernen Armschmuck zu verpassen, gingen O'Connor, Phil, Dr. Lung und ich zur »Shanghai-Bar« hinüber.

Auch hier wimmelte es von Hütern der staatlichen Ordnung. Die Gäste ließen etwas bleich ihre Papiere prüfen, dem chinesischen Personal wurden die Taschen umgedreht, und die hübschen Taxigirls sahen vor lauter Angst gar nicht mehr hübsch aus.

Wong-Chu fanden wir in dem Büro, in dem ich die erste Unterredung mit ihm hatte, bewacht von zwei stämmigen Cops. Er trug seine übliche »Sohn-des-Himmels-Tracht« und zupfte nervös an seinen Bartfäden. Vier Spezialisten durchsuchten sein Büro.

Als er mich sah, wurden seine schmalen Augen ganz weit vor Hass.

»Sie haben Pech, Wong-Chu«, sagte ich. »Es gelingt Ihren Leuten einfach nicht, mich zu erledigen.«

Er öffnete seinen Mund, und ich erwartete, dass er etwas Ähnliches wie »Zur Hölle mit Ihnen« fluchen würde, aber er sagte: »Ich freue mich, Sie wiederzusehen, wenn es auch unter etwas merkwürdigen Umständen geschieht.«

Hinter mir knurrte O'Connor vor Wut: »Ich verhafte Sie wegen illegalen Handels mit Opium«, schnaufte er, »wegen Beteiligung am Mord an dem Beamten der Bundespolizei, Arthur Masson, und wegen Mordversuchs.«

»Ich bestreite die Beteiligung an diesen Verbrechen«, schrie Wong-Chu schrill.

»Wir werden sehen«, antwortete der FBI-Chef. Er gab den Cops einen Wink. Wong-Chu wurde abgeführt. Er wehrte sich nicht.

Eine Stunde nach Mitternacht hockten wir in O'Connors Büro. Die Razzia war beendet. Wir hatten das gesamte chinesische Personal verhaftet und sechs Beamte für die Verhöre eingesetzt. Ein Protokoll nach dem anderen flatterte auf unseren Tisch, und nicht in einem einzigen fanden wir die Spur einer Belastung Wong-Chus.

Die Leute leugneten die Beteiligung am Opium-handel. Soweit Rauschgift in ihren Taschen gefunden worden war, bei fünf Kellner war dies der Fall, schwiegen sie einfach, nur einer gab an, das Zeug auf eigene Rechnung verscheuert zu haben. Auch die Leute aus dem Ruinenhaus schwiegen. Sie benahmen sich, als wären ihnen die Zungen ausgerissen worden.

O'Connor hätte sich die Haare gerauft, wenn er welche gehabt hätte. So schimpfte er nur ungeheuerlich vor sich hin und schlug nach der Lektüre jeden Protokolls mit der Faust auf den Tisch.

Um zwei Uhr morgens ließen wir uns Wong-Chu vorführen. Aufrecht, uns aus flinken Augen beobachtend, saß er im Vernehmungsstuhl.

O'Connor ging ohne Umschweife auf sein Ziel los. Er hoffte wohl, den Chinesen durch brutale Tatsachen niederschmettern zu können.

»Folgendes wurde festgestellt, Wong-Chu«, sagte er. »Fünf Ihrer Angestellten handelten mit Rauschgift. In einem Haus, das Ihnen gehört, lagerten schätzungsweise sechshundert Pfund Opium. Ihr Angestellter Chan-Chai versuchte, unseren Beamten Jerry Cotton zu töten. Vor einigen Stunden versuchten es Ihre Leute noch einmal, und vor einigen Tagen war es der Portier des Five Bristol, der ebenfalls den Versuch unternahm. Ich rate Ihnen gut. Legen Sie ein Geständnis ab. Das ist das Einzige, was Ihre Lage noch verbessern kann.«

Er spielte an den Barthaaren. »Ich bin untröstlich,

Sir«, antwortete er höflich, »dass in meinem Hause und in meiner Umgebung tatsächlich ungesetzliche Dinge geschehen zu sein scheinen. Aber ich bin ein alter und kranker Mann. Ich konnte meine schwachen Augen nicht mehr überall haben. Ich fürchte, ich bin von meinen Angestellten hintergangen worden.«

O'Connor brach in donnerndes Hohngelächter aus, durch das doch die Wut klang.

»Wollen Sie behaupten, Sie hätten von nichts gewusst?«

»Sie sagen es, Sir. Es scheint, als hätten gerade die Leute, denen ich am meisten vertraute, mein Vertrauen missbraucht.«

»Worauf wollen Sie hinaus?«

Er senkte den Kopf mit der Patriarchenkappe.

»Es schmerzt mich, einen Menschen belasten zu müssen, aber da ich zu alt und schwach geworden war, um meine Geschäfte selbst zu führen, beauftragte ich meinen Angestellten Chan-Chai. Er durfte selbstständig handeln. Ich fürchte, er ist der Urheber und Organisator aller Verbrechen, die Sie mir zur Last legen. Schon als Mr. Cotton mich zum ersten Mal besuchte und mich auf die Umtriebe in meiner Nähe hinwies, stellte ich Chan-Chai zur Rede, aber er verstand es, meine Sorgen zu beschwichtigen.«

»Chan-Chai ist tot!«, sagte Phil.

»Finden Sie nicht, dass der Tod die richtige Strafe für seine mannigfaltigen Verbrechen war?«, fragte Wong-Chu, und jetzt lächelte er dünn.

»Glauben Sie nur nicht, dass Sie sich auf diese Art aus der Schlinge ziehen!« polterte O'Connor los.

»Ihr Laden ist geplatzt, und Sie werden mit in die Höhe gehen.«

Er nickte mit dem dünnen Kopf. »Sehr richtig, Sir. Ich bin ein ruinierter Mann. Die ›Shanghai-Betriebe‹ werden einen schlechten Ruf behalten. – Darf ich Sie übrigens bitten, meinen Anwalt zu benachrichtigen.«

Er nannte den Namen eines Notars, von dem bekannt war, dass er für Geld den Teufel vor Gericht verteidigt hätte.

»Ich werde ihn morgen früh informieren«, stieß der FBI-Chef zwischen zusammengebissenen Zähnen hervor.

»Wie es Ihnen passt«, antwortete Wong-Chu höflich, »aber erlauben Sie mir dann, auf Ihre weiteren Fragen zu schweigen. Wie Sie wissen, kann ich nach den Gesetzen des Landes schon beim Verhör einen Rechtsbeistand verlangen.«

O'Connor lief rot an. »Raus!«, schrie er und winkte den Beamten, die Wong-Chu hereingeführt hatten. Der Chinese stand auf, verbeugte sich und ließ sich abführen.

Kaum war er draußen, sprang O'Connor auf und rannte mit Riesenschritten im Zimmer auf und ab.

»Da seht ihr es!«, schrie er. »Er geht uns durch die Lappen. Ich wette, er geht uns durch die Lappen.«

»Langsam, Chef!«, warf Phil ein. »Ich denke, wir haben eine Menge Dinge gegen ihn vorzubringen. Rauschgifthandel, Mordverdacht ...«

»Einen Dreck haben wir. Verdacht haben wir, ja, aber haben wir den kleinsten Beweis? – Aha, da schweigt ihr. In seinem Haus wurde Opium gefunden, schön, aber er weiß von nichts. Er ist ein alter Mann. Chan-Chai hat alles gemacht. Cotton fand Massons Schuh in der Nähe des Hauses. Ja, aber was weiß Wong-Chu davon? Nichts, denn Chan-Chai hat alles tun dürfen. – Ich sage euch, wenn nicht wenigstens einer seiner Leute ihn belastet, oder wenn wir nicht ein handfestes Indiz finden, sprechen die Geschworenen ihn frei.«

»Vielleicht«, sagte ich, »aber bis zur Gerichtsverhandlung bleibt uns noch eine Menge Zeit. Wir können die Anklage dann vielleicht besser untermauern.«

O'Connor sah mich geradezu höhnisch an. »Morgen Abend, mein lieber, kluger Cotton, muss ich Wong-Chu aus der Haft entlassen, wenn ich bis dahin nicht eine richterliche Verlängerung des Haftbefehls erwirkt habe. Nach dem, was ich vorlegen kann, erhalte ich die Verlängerung vielleicht für den Verdacht des Rauschgifthandels, nicht aber für Mord und Mordversuch. Bei Rauschgifthandel aber kann nach den Gesetzen unseres lieben Landes der Verdächtige gegen Gestellung einer Kaution freigelassen werden, und ich wette hundert zu eins, dass Wong-Chu die Kaution anbietet. Mit einem Wort, ich muss ihn so oder so morgen gegen Mitternacht laufen lassen.«

Wir schwiegen alle. Wir wussten, O'Connor hatte Recht.

Schließlich sagte Phil zögernd: »Na ja, wenn er wirklich die Kurve nehmen kann, sein Rauschgiftladen ist pleite. Wir haben die Opiumvorräte. Wir können die Leute seiner Garde hinter die Gardinen schicken. Ich denke, das ist auch immerhin etwas.«

»Ich denke, es ist nicht mehr als ein Haufen feuchten Kehrichts«, sagte ich wütend. »Erinnere dich an den armen Masson, und dann sage mir, was du von unserem strahlenden Erfolg hältst.«

Phil antwortete nicht. »Was ist mit dem weißen Mann im Hintergrund?«, meldete sich Dr. Lung.

Wir sahen uns überrascht an. Ich glaube, wir hatten alle unsere Vermutungen in dieser Richtung über dem Trubel der Ereignisse ein wenig vergessen. O'Connor hatte ja nie recht daran geglaubt. Umso überraschter war ich, als er sagte: »Ja, wenn wir den bekommen könnten, wären wir sicherlich ein Stück weiter. – Wir haben Wong-Chus Bau um- und umgekrempelt. Es fand sich nicht das geringste Schriftstück über den Opiumhandel, und dennoch muss es solche Unterlagen geben, Abrechnungen, Adressen von Abnehmern, von Zwischenhändlern und so weiter – Vielleicht fänden wir sie bei dem sagenhaften weißen Mann, beim Chef von Dan Webster.« Er pflanzte sich breit vor mich hin.

»Von ihrem letzten und fünften Tag sind mehr als drei Stunden schon um, Cotton. – Strengen Sie sich an. Vielleicht schaffen Sie es noch.«

Er hatte leicht reden. Ich lag den Rest der Nacht auf der Couch in dem kleinen Raum des Hauptquartiers, die Arme unter dem Kopf verschränkt, und dachte nach. Ich dachte so angestrengt nach, dass, hätte ich meine Gehirntätigkeit auf etwas anderes gerichtet, sicher eine prima Erfindung dabei herausgekommen wäre, vielleicht ein Idealbüchsenöffner oder eine Butterbroteinwickelmaschine. Aber weil ich meine Kraft an Überlegungen verschwendete, wie ich Wong-Chu fassen könnte, schaute nichts dabei heraus, und vor lauter Nachdenken schlief ich schließlich ein. Trotz meiner Sorgen und meines Zornes, dass ich aller Wahrscheinlichkeit nach mit einem halben Erfolg nach New York zurückkehren sollte, schlief ich lange und fest, und als ich erwachte, hatte ich höchstens noch vierzehn Stunden, um meine Sache rund und voll zu machen.

Ich glaube, es war die traurigste Ausgabe meines Ichs, die da durch San Francisco strolchte, in irgendeiner Kneipe sich ein paar Happen hinter die Zähne schob und einige Whiskys darauf setzte. Wirklich, ich wusste nichts Besseres zu tun, als durch die Gegend zu schleichen wie ein Dichter, der die Einsamkeit sucht, um sich von seiner Muse küssen zu lassen. Ich hoffte, mein Verstand würde einen Gedankenblitz gebären, aber es geschah einfach nichts.

Am späten Nachmittag rief ich O'Connor an. An seiner Stimme schon merkte ich, dass alles Unfreundliche eingetreten war, was nur eben eintreten konnte.

»Ich verhörte ihn den ganzen Vormittag, den Mittag und den Nachmittag«, berichtete er. »Er bleibt bei seiner Behauptung, er habe von nichts gewusst. Ich habe seine Leute erneut verhören lassen. Nichts, Cotton, gar nichts. Ich habe einfach keine Handhabe gegen ihn. Sein Anwalt hat schon dem Untersu-

chungsrichter eine Kaution in jeder Höhe angeboten.«

»Haben Sie mit dem Richter gesprochen?«

»Ja, er rief mich an. Ich schickte ihm die Unterlagen hinüber. Er ließ mich wissen, dass er die Haft-
befehle für Wong-Chu nicht verlängern könne,
wenn ich ihm nicht bis heute Abend elf Uhr, vierundzwanzig Stunden nach der Verhaftung, neues
Beweismaterial vorlegen könne, da der Anwalt
bereits einen Kautionsscheck über fünfundzwanzigtausend Dollar beim Untersuchungsgericht depo-
niert hat.«

Ich gab einige Ausdrücke von mir, die besser
ungeschrieben bleiben.

»Ich kann es nicht ändern«, sagte O'Connor resigniert. »Die Vorschriften des Gesetzes muss ich einhalten, selbst wenn ich glaube, einen Massenmörder
in den Fingern zu halten, denn nichts anderes ist ein
Opiumhändler. – Übrigens macht sich Ihr Freund
Phil Sorgen um Sie. Er sitzt im Atlantic und wartet
auf Ihren Anruf.«

»Auch als erfolgloser G-man begehe ich keinen
Selbstmord«, sagte ich und hängte ein.

Ich ging zu Fuß nach Chinatown. Es dämmerte, als
ich vor dem »Shanghai« stand. Das Gebäude lag
dunkel und verlassen. Die Tür war verschlossen und
polizeilich versiegelt, aber O'Connor hatte mir die
richterliche Genehmigung erwirkt, das Siegel zu
erbrechen und das Schloss mithilfe eines Dietrichs
zu öffnen. Ich kannte mich inzwischen gut in dem
Bau aus und fand mit der Taschenlampe leicht zu
Wong-Chus Büro.

Ich schaltete das Licht ein und machte mich an die Arbeit, und ich schuftete bis gegen zehn Uhr. Es war leicht verrückt, was ich tat. Vier zuverlässige Leute hatten vor mir die Bude auf den Kopf gestellt und nichts gefunden. Trotzdem untersuchte ich das Zimmer förmlich Zentimeter um Zentimeter. Ich kroch über den Fußboden und klopfte die Dielen ab. Ich beschäftigte mich mit den Wänden und interessierte mich sogar für die Decke. Wie ein Besessener arbeitete ich, um ein Beweisstück zu finden, aber die Leute vor mir waren nicht dümmer gewesen als ich. Ich fand nichts.

Um zehn Uhr gab ich es auf, setzte mich hinter Wong-Chus Schreibtisch und genehmigte mir eine Zigarette. Noch eine Stunde, dann wurde der Chinese freigelassen. In zwei Stunden ging O'Connors Bericht ab, und noch ein paar Stunden später würde von der Zentrale ein Fernschreiben einlaufen, das den G-man Jerry Cotton sang- und klanglos aus San Francisco abberief. Na ja, mochte ein anderer sich mit dem Rest der Geschichte herumschlagen. Man muss auch Niederlagen vertragen, aber es wurmte mich doch.

Wenn ich mir alles genau überlegte, stand ich im Grunde genommen dort, wo ich bei meiner Ankunft gestanden hatte. Obwohl wir den ganzen Rauschgiftladen hochgenommen hatten, blieb immer noch ungelöst, durch was Arthur Masson sich ihnen als G-man verraten hatte.

Ich führte die Zigarette zum Munde, aber ich stockte mitten in der Bewegung. Ich hatte mich ja auch verraten, und ich hatte schon einmal darüber nachgedacht und war nahe daran gewesen, es herauszubekommen, als sie mir den Schlaftrunk schickten.

Mir wurde plötzlich ganz heiß. Augenblick mal, ich hatte die ersten Schwierigkeiten, nachdem ich bei diesem Dr. Viscount gewesen war, und auch Masson hatte das Sanatorium des Doktors aufgesucht, um die Opiumprobe untersuchen zu lassen.

Ich stöhnte auf. Ich verstand überhaupt nicht, wieso ich nicht früher darauf gekommen war, und wenn mich jetzt einer zum größten Idioten des Jahrhunderts erklärt hätte, ich hätte es ihm nicht übel genommen.

Masson hatte eine Probe des Opiums unter dem angenommenen Namen Bear im Laboratorium untersuchen lassen. Eine Mitteilung darüber ging ordnungsgemäß an das FBI-Hauptquartier. O'Connor aber, da er wusste, dass Bear ein G-man war, ließ die Sache nicht untersuchen.

Viscount teilte Wong-Chu mit, dass nun ordnungsgemäß Polizeibeamte im Five Bristol sich nach Mr. Bear erkundigen mussten. Für Wong-Chu war es eine Kleinigkeit, durch den Portier Ma-fu-lai festzustellen, dass diese Beamten nicht erschienen, und damit war erwiesen, dass Bear von der Polizei nicht verdächtigt wurde, wahrscheinlich ein Beamter war. Daraufhin knöpften sie sich ihn vor und machten ihn fertig.

Und ich? Nun, ich hatte es ihnen noch leichter gemacht. Ich hatte mich als Reporter vorgestellt. Ein Anruf genügte, um zu erfahren, dass ich geschwindelt hatte, worauf sie sich alle Mühe gaben, auch mich aus dem Weg zu räumen.

Ich sprang auf, warf den Zigarettenrest weg und verließ im Höchsttempo das »Shanghai«.

Meine Vermutung passte zusammen wie die zwei Hälften eines Reißverschlusses, aber es gab eine Möglichkeit, sie durch die Tatsachen zu erhärten.

Ich fischte mir ein Taxi und ließ mich zum Polizeipräsidium fahren. Ich rannte in das Archiv und hatte das Glück, dort den gleichen Beamten zu treffen, der mir schon einmal so prompte Auskunft gegeben hatte.

»Hören Sie, Freund«, sagte ich etwas atemlos. »Sie haben mir eine Menge hübscher Sachen über Dan Webster erzählt, unter anderem, dass er rauschgiftsüchtig war und einer Entziehungskur unterworfen wurde. Können Sie feststellen, wo diese Kur stattfand? In den Akten stand nichts darüber.«

»Ich nehme an, in der staatlichen Entwöhnungsanstalt, aber ich werde mich erkundigen.«

Er nahm den Telefonhörer und begann ziemlich ausführlich zu telefonieren. Er bekam auch die Anstalt an den Apparat, aber dann sagte er zu mir: »In den Büros ist niemand mehr. Hat es nicht bis morgen Zeit, Sir?«

Ich nahm ihm den Hörer weg. »Ich habe keine Minute Zeit«, brüllte ich. »Irgendwer im Hause wird sich doch in den verdammten Akten auskennen.«

»Einen Augenblick«, piepste eine verschüchterte Mädchenstimme. »Ich hole den Dienst habenden Arzt.«

Es dauerte einige Zeit, dann meldete sich der Arzt.

»Doktor«, sagte ich, »wenn Sie heute noch nichts Gutes getan haben, dann biete ich Ihnen zur späten Stunde die Gelegenheit, einen armen Beamten der Bundespolizei glücklich zu machen. Gehen Sie in Ihr Büro, und versuchen Sie festzustellen, ob Dan Webster jemals eine Entziehungskur in Ihrer Anstalt gemacht hat.«

»Ich werde es versuchen«, sagte er knapp.

Ich wartete und wartete und rauchte eine Zigarette nach der anderen. Eine Viertelstunde verging, dann meldete sich der Doktor wieder. Ich fürchtete, vor Spannung zu platzen, als er sagte: »Ich habe ihn gefunden.«

»War er bei Ihnen?«

»Ja!«

Ich knirschte vor Wut mit den Zähnen, aber ich tat es zu früh, denn der Arzt fuhr fort. »Er war zwei Monate bei uns, dann wurde er auf Anweisung des Gesundheitsamts in das Sanatorium von Dr. Viscount überstellt, da Dr. Viscount heue Entziehungsmethoden auf eigene Kosten ausprobieren wollte.«

»Danke, Doktor, danke«, jubelte ich. »Hängen Sie sofort ein.«

Ich drückte die Gabel nieder, ließ los und wählte die Hauptquartiernummer. »O'Connor, schnell«, verlangte ich.

Er meldete sich sofort.

»Hier Cotton!«, sagte ich hastig. »Halten Sie Wong-Chu unter allen Umständen fest, auch wenn Sie dadurch die längste Zeit FBI-Chef von San Francisco gewesen sind.«

»Zu spät«, antwortete er. »Er ist schon weg. Sein Anwalt hat ihn geholt.«

Ich sah nach der Uhr. Es war zehn Minuten nach elf. Ich fluchte eine Serie herunter.

»Haben Sie etwas entdeckt?«, fragte O'Connor. »Soll ich hinter ihm herjagen lassen?«

Ich überlegte eine Sekunde lang.

»Nein«, sagte ich dann, »dazu langt es nicht. Es hat auch bis morgen Zeit.« Bevor er weiterfragen konnte, hängte ich ein. Mir schien es besser, O'Connor aus der Sache herauszulassen, denn wenn nun etwas schief ging, brauchte er es nicht auszubaden. Ich steckte mir eine neue Zigarette an. Dann wählte ich die Nummer des Atlantic Hotel und ließ mir Phils Zimmer geben.

»Liegst du im Bett?«, fragte ich.

»Nein, aber ich wollte eben hineinsteigen.«

»Bleib draußen. Pass auf! Ich habe einige wichtige Dinge vor, und ich erwarte, dass du mitmachst. Ich mache mich jetzt auf die Socken und suche Wong-Chu. Während ich solcher erfreulichen Tätigkeiten nachgehe, hast du dich vor das Sanatorium Dr. Lester Viscounts in der Park Lane zu stellen und dem Doktor, falls er herauskommt, auf Schritt und Tritt zu folgen. Wie er aussieht, beschreibe ich dir.« Ich rasselte die äußeren Merkmale des Arztes in aller Eile herunter. »Kapiert?«, fragte ich. »Bleibt er zu Hause, so ist es gut. Ich komme dann, sobald ich Wong-Chu erwischt habe. Geht er fort, so wirst du sicherlich eine Gelegenheit finden, uns zu verständigen, wo er sich aufhält. Gib in diesem Fall Nachricht an O'Connors Privatwohnung. Alles klar?«

»Klar!«, sagte Phil. »Hals- und Beinbruch!«

Er war ein feiner Kerl. Ich wusste, er würde meine Wünsche mit der Geschwindigkeit eines D-Zuges erfüllen.

Ich war ziemlich sicher, wo ich Wong-Chu zu finden hoffen durfte. Es bestand kein Grund für ihn, Frisco zu verlassen. Er war frisch von der Polizei in Freiheit gesetzt worden und durfte erhobenen Hauptes unter seinen Mitbürgern umhergehen. Also war er mit mehr als neunzigprozentiger Wahrscheinlichkeit in seinen Gemächern im »Shanghai«.

Ich nahm das Taxi, das mich zum Präsidium gefahren hatte, und setzte mich neben dem Fahrer. Ich zeigte ihm meinen Ausweis und gab ihm gleichzeitig eine Zwanzigdollarnote.

»Nun fahren Sie, bitte, mit höchster Geschwindigkeit nach Chinatown«, sagte ich.

Er tat, was er konnte. Ich ließ ihn am Eingang der Sackgasse halten, an deren Ende das »Shanghai« lag. Von außen war nicht zu erkennen, ob Wong-Chu zu Hause war. Jedenfalls sah ich kein Licht. Ich war etwas erstaunt, als ich die Tür offen fand. Ich erinnerte mich genau, sie nicht verschlossen zu haben, und es war anzunehmen, dass Wong-Chu sie verschlossen hätte, wenn er nach Hause gekommen wäre. Mich beschlichen erhebliche Zweifel. Vielleicht hatte er es vorgezogen, in einem Hotel zu übernachten.

Ich ging den bekannten Weg zu seinem Büro durch die Gänge, dann durch die »Opiumhöhle« und den ersten Nebenraum. Ich stockte und löschte rasch meine Taschenlampe, denn ich sah unter der angelehnten Tür des Büros Licht schimmern. Ich freute mich. Er war also doch in seinen Bau zurückgekehrt, und da sonst niemand im Hause war, würde ich leichtes Spiel mit ihm haben. Schon wollte ich die Tür aufstoßen, als ich eine fremde, unbekannte Stimme hörte. Ich lauschte mit angehaltenem Atem.

Der Mann sprach grobes, fehlerhaftes Amerikanisch und hatte einen rauen, barschen Ton.

»Der Chef sagt, du sollst noch heute verschwinden. Es ist ihm zu gefährlich, wenn du dich weiter hier herumtreibst. Die Polizei weiß mehr von dir, als sie dir beweisen kann, und sie wird nicht ruhen, bis sie auch die Beweise gefunden hat. Hau nach China ab, wo du hergekommen bist!«

»Damit er die Früchte meiner Arbeit allein ernten kann«, antwortete Wong-Chu. Seine Stimme war ganz schrill und nahezu unkenntlich vor Erbitterung. »Ich denke nicht daran. Die Polizei ist machtlos gegen mich.«

»Der Chef hat es sich gedacht«, sagte der Fremde wieder, »aber er lässt dir keine Wahl. Du gehst sofort mit mir. Ich habe ein Boot gechartert, das dich fürs Erste aus der Dreimeilenzone bringt.«

»Ich werde das nicht tun. – Ich werde mit ihm telefonieren oder zu ihm gehen.«

»Beides ist verboten, wie du weißt. Los, geh mit!«

Zu der Wut mischte sich die Angst in Wong-Chus Stimme. »Ich gehe nicht mit dir. Ich weiß, was du mit mir vorhast. Du wirst mich unterwegs töten. Das ist dein wirklicher Auftrag.«

Einen Augenblick lang schwiegen beide. Dann

sagte die raue Stimme: »Vielleicht hast du Recht, und ich verschwende nur unnütz Zeit, wenn ich mit dir palavere. – Ich kann es auch hier besorgen.«

Hoppla, es wurde Zeit für mich, in diese freundliche Unterredung einzugreifen. Ich nahm den Revolver in die Hand. Mit dem Fuß stieß ich die Tür auf.

Wong-Chu stand hinter seinem Schreibtisch und sah reichlich kläglich aus, denn vor ihm stand das breite, untersetzte Muskelpaket, das ich schon am ersten Abend an seiner Seite gesehen hatte und von dem ich inzwischen wusste, dass es auf den Namen Dan Webster hörte und schießen gelernt hatte.

»Hallo, Danny«, sagte ich. »Willst du deine Künste an Mr. Wong-Chu erproben? Ich dachte, es genügt, wenn du auf Kriminalbeamte schießt.« Er war schon beim Auffliegen der Tür herumgefahren. Er hielt eine Pistole in der Hand. Ich sah sein abstoßendes und brutales Gesicht, und ich sah die charakteristischen flackernden Augen mit den geweiteten Pupillen: die Augen eines Rauschgiftsüchtigen.

Er erwiderte meine freundlichen Worte damit, dass er schoss. Es war absoluter Wahnsinn von ihm, denn er stand frei im Licht, während ich im halben Dunkeln des Vorzimmers stand, aber ich war nett genug, nicht zurückzuschießen, denn ich wollte ihn, das wichtigste Verbindungsglied zwischen Viscount und Wong-Chu, lebendig und als Zeugen haben. Also sprang ich hinter die Mauer und steckte nur so viel Nase durch die Türöffnung, dass selbst ein Kunstschütze dann vorbeigeschossen hätte.

»Nimm Vernunft an, Webster«, sagte ich. »Die vier Kugeln tragen dir vier Jahre extra ein. Lass den Revolver fallen!«

Er gehorchte nicht. Nein, er drehte sich um, und ehe ich es verhindern konnte, feuerte er zwei Schüsse auf Wong-Chu ab. Der Chinese stieß einen schrillen Schrei aus. Er fiel in seinen Schreibtischsessel und stürzte mit dem Sessel hintenüber.

Aber das sah ich schon im Sprung. Ich hechtete in drei oder vier Sätzen durch den Raum und erreichte Webster gerade in der Sekunde, in der er sich wieder zurückdrehte. Die Waffe, die ich ihm auf den Schädel schlagen wollte, verfehlte ihn, aber ich traf ihn auf seine rechte Hand, und der Schuss ging in den Fußboden. Ich schlug ihm die Kanone aus den Fingern, aber auch ich konnte meine Waffe nicht halten. Sie rutschte mir aus der Hand.

Dan Webster schien der stärkste Bursche zu sein, den ich je vor den Fäusten gehabt hatte, und wenn ich mir eines von den Dingern einfing, die er losschickte, konnte ich mir unter Umständen gratulieren.

Sehr bange war ich noch nicht. Schließlich besaß ich auch leidliche Muskeln und außerdem wahrscheinlich eine Kleinigkeit mehr Gehirn als er.

Er ging wie ein gereizter Stier auf mich los, beide Fäuste vor der Brust. Ich schlug zweimal links und einmal rechts zu, aber er blieb nicht einmal stehen. Ich musste wegspringen.

Jeder andere wäre damit zunächst erledigt gewesen. Dan Webster nicht. Er stand auf, als käme er aus seinem Bett.

Es entwickelte sich in der Mitte des Raumes ein Boxkampf, in dem es keinen Gong gab. Webster ging wie ein plumper Bär auf mich los, ich ging von ihm weg und schlug im Zurückweichen linke und rechte Geraden. Ich traf ihn auch hin und wieder, aber ich musste zu sehr aufpassen, keinen von seinen Baumfällerhieben einzufangen, um selbst hart genug treffen zu können.

So taten wir uns beide nicht allzu weh. Jedenfalls war von diesem Geplänkel keine Entscheidung zu erwarten, und ich überlegte, wie ich ihn überlisten könnte. Wir tanzten umeinander. Ich nahm als sicher an, dass Wong-Chu tot war oder sehr schwer verletzt, und behielt nur Webster im Auge ...

Darum geschah es mir ganz recht, dass mir plötzlich irgendetwas an den Schädel gehauen wurde. Es tat nicht allzu weh, und es lag keine Kraft in dem Schlag, aber er verwirrte mich für eine Sekunde, und diese Sekunde nutzte Dan Webster aus. Ich bekam einen Treffer vor die Brust und einen auf das Ohr, dass ich wie eine Granate gegen den Schreibtisch prallte, aber ich hatte viel mehr Fahrt als vorhin. Ich purzelte über den Tisch und riss ihn um. Das war noch mein Glück, denn Webster war so verrückt darauf, mich zu erledigen, dass er zu schnell hinterherkam und selbst über den umgerissenen Schreibtisch fiel.

Ich zog mich an der Mauer in die Höhe und schüttelte den Kopf. Dort drüben stand Wong-Chu, krumm und gebeugt, den Kaftan voll Blut, und sah ausdruckslos auf mich und Dan, der sich eben aus den Schreibtischtrümmern hochrappelte.

Ohne Zweifel war ich ein wenig groggy, und Webster hatte es nicht schwer, mich an der Kehle zu bekommen. Er umschlang mich mit seinen Gorilla-armen und riss mich zu Boden. Wir rollten uns umeinander, mal war er oben, mal ich und jeder versuchte, den anderen zu treffen.

Aus den Augenwinkeln sah ich Wong-Chu zu uns heranschleichen. Seine dürre Faust umklammerte den dolchähnlichen Brieföffner, den Webster vorhin zu fassen versucht hatte.

Das Gesicht des alten Chinesen zeigte jetzt ein irrsinniges, geradezu lüsternes Lächeln. So schwankend sein Schritt war, er erinnerte an den Gang eines alten Tigers, der sich mit triefenden Lefzen an eine schwache und wehrlose Beute anschleicht.

Ich dachte, dass es Zeit würde, die Sache zu beenden, wenn ich nicht Unannehmlichkeiten haben wollte. Webster kollerte sich eben wieder über mich, und dieses Mal verzichtete ich darauf, mich in den Schwung zu werfen, um meinerseits wieder nach oben zu kommen. Ich zog nur die Knie an und ließ mich ruhig auf den Rücken werfen.

Dadurch lag er kurze Zeit frei, und ich schlug mit aller Kraft zu. Er japste nach Luft.

Sein Griff lockerte sich. Ich zog die Knie noch mehr an, sodass ich die Füße auf den Boden bekam. Dann warf ich mich herum, gleichzeitig Webster loslassend. Ich stand den Bruchteil einer Sekunde vor ihm und wollte schon zuschlagen, als mich ein instinktives Gefühl davon zurückhielt und mir riet, mich umzuwenden.

Genau hinter mir stand Wong-Chu, und nur dadurch, dass ich mich zurückfallen ließ, konnte ich seinem Messerstich ausweichen. Der Dolch pfiff nahe an mir vorbei.

Die Sekunde hatte Webster genügt, um auf die Beine zu kommen. Er drang auf mich ein, und es gelang ihm, mich an der Wand festzunageln. Ich blockte seine Schläge ab, stellte die Beine breit, um ihn bei der nächsten Gelegenheit durch einen Hüftschwung zu überrumpeln, als ich hinter seinem Rücken wieder Wong-Chu auftauchen sah, den Dolch in hocherhobener Faust.

Instinktiv schrie ich: »Achtung, Webster!« Aber er glaubte, ich wollte ihn bluffen. Ich sah die Faust mit dem Dolch niedersausen, hörte Wong-Chu einen schrillen Ruf ausstoßen. Dan Webster erstarrte mitten in der Bewegung.

Wong-Chu hob das Messer zum zweiten Mal. Er lächelte nicht mehr, er grinste teuflisch. Ich tat das Einzige, was ich tun konnte. Ich stieß Webster mit aller Kraft mit den flachen Händen vor die Brust. Er taumelte rückwärts, riss Wong-Chu mit um und stürzte mit ihm zu Boden, sodass der Chinese unter ihm lag.

Ich war es leid, mich mit irgendwem zu prügeln. Ich ging hin und hob meinen Revolver auf, bevor ich mich um die beiden kümmerte.

Webster war schon im Begriff, wieder aufzustehen.

»Liegen blieben!«, schnauzte ich ihn an.

Seine Widerstandsfähigkeit schien gebrochen. Ich befahl ihm, sich auf den Bauch zu drehen. Er gehorchte. Ich riss ihm Jacke und Hemd herunter.

Als ich die Muskeln seines Oberkörpers sah, war ich froh, nicht noch einmal mit ihm anfangen zu müssen. Der Stich schien ihn nicht allzu gefährlich verletzt zu haben, obwohl die Wunde stark blutete.

Wong-Chu lag auf der Brust, das Gesicht zur Seite gedreht. Sein Mund stand halb offen. Ich wusste, dass seine Chancen tausend zu eins standen. Webster musste aufstehen. Ich drückte ihm die Kanone ins Kreuz und zwang ihn, vor mir zu gehen. Natürlich gab es trotz der späten Stunde sofort einen Zusammenlauf auf der Straße, aber ich bekam ihn bis ins Taxi.

»Ich dachte, Sie bringen einen Chinesen«, sagte der Fahrer und ließ den Motor anspringen.

»Dieser ist noch wertvoller!«, antwortete ich. »Nächstes Polizeirevier.«

Die nächste Polizeistation befand sich nur wenige Ecken weiter. Die Leute vom Nachtdienst sahen mich erstaunt an, als ich mit dem blutenden Webster anmarschierte, zumal ich auch nicht gerade wie frisch aus einem Schönheitssalon aussah.

»Dies ist Dan Webster«, erklärte ich, »gegen den eine Fahndung läuft. Sperrt ihn ein, bis er vom Hauptquartier abgeholt wird. Schickt einen Arzt und einen Krankenwagen ins ›Shanghai‹. Dort liegt der alte Wong-Chu, und ich fürchte, es geht ihm schlecht. Telefoniert mit dem Chef O'Connor und sagt ihm, dass Jerry Cotton ihm heute Nacht noch 'ne Menge Arbeit machen wird. So long, Jungens.«

Der Taxifahrer schien Spaß an der Sache bekommen zu haben.

»Ich glaube, ich gehe zur Polizei«, sagte er, als ich

mich neben ihn fallen ließ. »Geht es da immer so lebendig zu? Wohin jetzt, Sir?«

»Park Lane«, sagte ich, »aber halten Sie frühzeitig an der Ecke.«

»Was wollen Sie in der vornehmen Gegend?«, wunderte er sich, während er anfuhr. »Hätte nie gedacht, dass in solch feinen Häusern, wie sie dort stehen, Verbrecher wohnen könnten.«

Ich zündete mir eine Zigarette an. »Dort wohnt einer der übelsten Kerle, der je auf zwei Beinen herumgelaufen ist«, sagte ich, und ich meinte genau, was ich sagte.

Die Park Lane war leer und verlassen im Schmucke ihrer prächtigen Vorgärten und gepflegten Bäume. Die zahlreichen Bogenlampen gaben ausreichendes Licht, aber in fast allen Häusern waren die Fenster dunkel.

Ich pfiff leise. Aus dem Schatten einer dicken Ulme wurde mir geantwortet. Ich ging hin und traf Phil.

»Ist er da?«, fragte ich.

»Alles in Ordnung«, antwortete er. »Ich habe selbst mit ihm telefoniert.«

»Wieso?«

Ich fühlte mehr als ich sah, dass er grinste. »Dort drüben ist eine Telefonzelle. Ich ließ mich mit ihm verbinden, nannte einen Namen und meldete meine hysterische Frau für morgen zu einer Untersuchung an.« Er lachte leise. »Ich muss sagen, er war sehr höflich zu mir.«

»Dann also los zur letzten Szene des letzten Aktes«, sagte ich.

Das Vorgartentor zum Sanatorium war nicht geschlossen. Wir sahen Licht im Fenster der Pförtnerloge. Ich drückte auf den Knopf der Nachtklingel. Kurze Zeit später wurde eine Luke geöffnet, der Kopf einer hübschen Schwester erschien. Sie fragte uns, was wir wünschten.

»Öffnen Sie bitte, Schwester«, antwortete ich. »Ein Verkehrsunfall!« Sie schloss die Luke, und kurz darauf knarrte die Tür auf. Ich tat einen raschen Schritt auf sie zu.

»Entschuldigen Sie, Schwester, wenn ich geschwindelt habe«, sagte ich leise und sah ihr in die erschrockenen Augen. »Ich glaube Ihnen zwar, dass Sie ein harmloses Mädchen sind, auch ohne, dass Sie es mir versichern, aber ich möchte keine unangenehmen Überraschungen erleben. Wo ist Ihr Chef?«

»Dr. Viscount?«, fragte sie stotternd.

»Richtig, genau diesen Herrn möchte ich sprechen.«

»Ich nehme an, in seiner Wohnung.«

»Schwester, ich war noch nie Gast bei ihm. Wo ist seine Wohnung?«

»Wenn Sie um das Haus herumgehen«, gab sie zögernd Auskunft, »das weiße Gebäude im hinteren Park.«

»Danke, ich werde es finden. Und nun wollen wir einmal sehen, wo ich Sie einsperren kann, ohne Ihnen wehzutun.«

Wir verfrachteten sie in dem hygienischen Empfangsraum, in dem ich mit dem Doktor und seinem Chemiker gesprochen hatte. Die Rollladen waren herabgelassen. Ich schnitt die Zugseile durch, damit das Mädchen nicht aus dem Fenster türmen konnte. Bevor ich die Tür abschloss, bat ich die Schwester, keinen Lärm zu machen, und sagte ihr, dass wir von der Polizei seien. Sie gab keinen Ton mehr von sich.

Wir fanden das Haus hinter dem Hauptgebäude sofort. Es sah aus wie ein sauberes kleines Landhaus, einstöckig und lang gestreckt. In einem der Fenster brannte noch Licht.

»Ich nehme an, er wartet auf Dan Webster«, flüsterte ich Phil zu. »Lassen wir ihn der Meinung. – Klopf an das Fenster!«

Während Phil leise an die Scheiben pochte, ging ich zur Tür, und ich hatte kaum dort Posten gefasst, als sie schon aufgerissen wurde.

»Hat alles geklappt?«, zischte der Mann im Schlafrock, der sie öffnete. Dann erkannte er, dass ein anderer als der Erwartete vor ihm stand, und er wurde erschreckend bleich im Gesicht.

»Was … wollen Sie?«, stotterte er. Ich sah ihm nur ruhig ins Gesicht, in dieses scharfe und nicht einmal unschöne Gesicht, in dem nichts von den Gemeinheiten stand, zu denen der Mann fähig war.

Er versuchte mit einer jähen Bewegung, die Tür zuzuknallen. Ich stellte den Fuß dazwischen und drückte sie wieder auf. Phil hatte sich inzwischen an meine Seite gestellt, und er hielt für alle Fälle seine Waffe in der Hand.

Hinter dem langsam zurückweichenden Dr. Viscount betraten wir die Diele. Phil schloss die Tür.

»Seien Sie vorsichtig«, keuchte Viscount. »Ich kenne Sie. Sie sind der Reporter, der neulich bei mir war.«

»Nein«, sagte ich, »ich bin kein Reporter, ich bin der G-man Jerry Cotton. Das wissen Sie doch, Doc. Und ich komme frisch von der Festnahme ihres Freundes Dan Webster. – Lester Viscount, ich verhafte Sie wegen Rauschgifthandels, Mordanstiftung, Mordbeihilfe und einiger anderer Sachen.«

Er lachte laut, aber krampfhaft. »Sie sind verrückt. Ich bin einer der angesehendsten Bürger dieser Stadt und lasse mich nicht von einem hergelaufenen New-Yorker Kriminalen verhaften.«

»Wie gut Sie über meine Herkunft Bescheid wissen«, freute ich mich. Er biss sich auf die Lippen vor Ärger über seinen Fehler, aber er beharrte auf seiner Taktik.

»Ihre Beschuldigungen sind lächerlich. Sie können mir nichts nachweisen.«

Ich fischte mir eine Zigarette aus dem Päckchen.

»Ja«, sagte ich, »es wäre schwer für mich, wenn Dan Webster tot wäre, aber er lebt, und er wird reden. Er wird alles sagen, sobald die Sucht nach dem Rauschgift ihn packt und er hofft, dass er etwas bekommt, wenn er uns alles erzählt. Das müssen Sie am besten wissen, Doktor. Sie sind doch Rauschgiftspezialist.«

Ich hatte ins Schwarze getroffen. Er verlor seine höhnische Sicherheit und versuchte es mit Gewalt. Ich sah, wie seine Hand in die Tasche zuckte, aber ich hatte ihn an der Krawatte, bevor er die Pistole aus seinem eleganten Schlafrock bekam. Ich schlug sie ihm aus der Hand.

Ich sah ihn mir an, wie er in seinem seidenen Schlafrock auf dem Boden lag. Er war bei aller Heimtücke ein Jammerlappen.

Phil ging an mir vorbei ins Wohnzimmer und nahm den Hörer von dem Telefon. Er rief O'Connor an und sagte ihm in knappen Worten, was wir angestellt hatten. Der FBI-Boss wurde zunächst ganz wild und wollte uns verdammte New-Yorker in die Hölle geschickt wissen, aber als ich den Hörer nahm und ihm auseinander setzte, wie die Dinge lagen, wurde er still und dann betriebsam.

»Wir kommen sofort, Cotton!«, schrie er mir zu.

Ich schleifte den Arzt zu einem Sessel, setzte ihn hinein und rückte mir einen Stuhl zurecht.

»Freund«, sagte ich, »in zehn Minuten beginnt hier der übliche kriminalistische Zauber. Wir werden deine Bude auf den Kopf stellen, um Material zu finden. Dass wir es finden, steht fest. Also, mache es einfach und sage, wo es steckt.«

Er sah es meinem Gesicht an, dass ich es ernst meinte.

»In dem Wandschrank hinter jenem Bild«, flüsterte er und gab mir den Schlüssel.

Ich feuerte das Bild von der Wand und schloss auf. Es war nur ein kleiner Safe, aber er war voll gestopft mit Papieren. Noch bevor O'Connor und seine Leute eintrafen, hatte ich genug gelesen, um sicher zu sein, dass Lester Viscount für den Rest seines Lebens hinter den Gittern eines Zuchthauses landete.

Draußen heulten die Sirenen. Etwas später wuchtete O'Connor herein.

»Cotton«, sagte er. »Cotton!« Es klang geradezu zärtlich. Dann wandte er sich Viscount zu und stieß voller Ekel zwischen den Zähnen hervor: »Du Biest!«

Am Morgen gegen sechs Uhr saßen wir in O'Connors Büro und tranken Whisky und Kaffee durcheinander. Der Schreibtisch des FBI-Chefs floss über von Papieren. Die Papiere waren alles, was von dem Fall des San Franciscoer Rauschgiftsyndikats übrig geblieben war, aber sie bedeuteten Zuchthaus für eine Menge Chinesen und lebenslängliche Einkerkerung für zwei weiße Männer.

Obenauf lag ein Totenschein, vor zwei Stunden ausgestellt vom Polizeiarzt für den Chinesen Lu Wong-Chu, einstmals Besitzer des »Shanghai« und ein »Großer Herr« in den Augen seiner Landsleute. Daneben lag das Protokoll, das der Sterbende mit flüsternder, aber hassvoller Stimme zu Papier gegeben hatte, und das Dr. Lester Viscount schwer belastete. Diese beiden Dokumente waren die Enderzeugnisse einer Zusammenarbeit, an deren Anfang das ärztliche Verhör eines opiumsüchtigen Patienten stand, der vor sechs Jahren niedergelegt hatte, dass er Opium von dem Chinesen Wong-Chu empfangen habe.

Zwischen diesen Papieren gab es in großer Menge Unterlagen, die von der Ausdehnung eines erst kleinen Opiumhandels zu einer die Vereinigten Staaten umspannenden Organisation Zeugnis ablegten: Kundenlisten, Abrechnungsbogen, Anschrif-

ten bestechlicher Zollbeamter, Adressen von Opi-
umpflanzern in Indochina und auf den Malaiischen
Inseln.

»Wir sehen klar«, sagte O'Connor und schob den
ganzen Papierwust zur Seite. »Ich fasse zusammen.
Vor sechs Jahren betrieb Wong-Chu einen relativ
kleinen Opiumhandel, der wahrscheinlich schon
einige Zeit bestand. In Viscounts Finger geriet zu
dieser Zeit ein süchtiger Patient, der von dem Chinesen selbst, wahrscheinlich in seinen Anfängen, zum
Opiumrauchen verführt worden war. Durch die
Aussage des Patienten hatte Viscount den Chinesen
in den Fingern. Er konnte ihn jederzeit hinter Gitter
bringen, aber er tat es nicht, sondern drängte sich in
die Geschäfte Wong-Chus ein. Er wurde sein Teilha-
ber, und er sorgte für die Ausdehnung des Unternehmens. Er tat es auf mannigfaltige Weise, aber die
scheußlichste war, dass er seine Patienten, die bei
ihm Heilung suchten, auf Opium umgewöhnte,
anstatt sie wirklich von ihrer Sucht zu befreien. Er
unternahm das so geschickt, dass die Patienten es
selbst nicht merkten. Er sorgte dafür, dass sie zur
gegebenen Zeit einem von Wong-Chus Chinesen in
die Finger liefen, die ihnen das Opium verkauften,
an dem Viscount verdiente. Er verstand es, sich zum
Herrn des Unternehmens zu machen. Trotzdem
sicherte er sich nach allen Seiten. Er machte Dan
Webster zu seinem willenlosen Knecht, indem er ihn
zwar entwöhnte, ihn aber dann nach seiner Entlassung erneut in die Sucht trieb. Webster wurde sein
Bote und der einzige Mann, der außer Wong-Chu
um Viscounts Beteiligung am Geschäft wusste, aber

Webster tat alles für den Arzt, denn Viscount befriedigte immer wieder seine Rauschgiftsucht und gab ihm so viel Mittel, wie er nur wollte.

Als Masson dann auf Wong-Chu stieß und seine Stellung durch die unglückliche Prüfung des Opiums in Viscounts Laboratorium verriet, wurde er zwar noch getötet, aber allmählich begann der Boden für Wong-Chu heiß zu werden. Wie wir von Webster wissen, wollte Viscount schon damals, dass der Chinese sich aus dem Geschäft zurückzog, aber Wong-Chu weigerte sich. Er hetzte seine Leute auf Cotton, aber sie hatten kein Glück.

Die Sache endete zunächst mit der Aushebung des Unternehmens, und jetzt fürchtete auch Viscount, hineingezogen zu werden, denn es war sicher, dass Wong-Chu ihn verriet, wenn der Chinese für sich selbst keinen Ausweg mehr sah. Er schickte Webster mit dem Auftrag, ihn zu töten. Und ich bin sicher, Viscount hätte selbst nach Erledigung des Auftrags Webster seinerseits getötet. Es war ja so einfach für ihn. Eine mit etwas zu viel Morphium gefüllte Spritze, und der Polizei wäre nach Auffindung der Leiche nur übrig geblieben festzustellen, dass der rauschgiftsüchtige Dan Webster sich durch unvorsichtige Dosierung eines Suchtmittels selbst getötet hatte.

Na ja, es kam nicht dazu, und so vorsichtig Lester Viscount war, blieb er doch gerade an dem Menschen hängen, dessen eigenen Willen er durch teuflische Gemeinheit vernichtet hat. – Unten in seiner Zelle liegt Dan Webster. Er sagt alles, was er weiß, ja, er heult sein Wissen geradezu heraus, denn das Gift hat jeden eigenen Willen jede eigene Meinung in ihm zerbrochen.«

Er füllte uns die Gläser neu. »Na, Jerry«, sagte er, und es war das erste Mal, dass er mich mit meinem Vornamen anredete, »ich denke, Sie können zufrieden sein.«

»In Ordnung«, sagte ich, »ich bin's.« Ein Beamter trat ein und übergab dem Chef ein Schreiben.

»Fernschreiben von der Zentrale«, meldete er. O'Connor las. Dann lachte er, lachte, dass die Fensterscheiben klirrten. Er gab mir den Wisch herüber: »Die Antwort auf meinen Bericht, der pünktlich um Mitternacht per Fernschreiber hinausgegangen ist«, keuchte er, und die Lachtränen kullerten ihm über die Wangen.

Ich las: »Zentrale an FBI-Hauptquartier, San Francisco. Betrifft Angelegenheit 6/58940. Agent Jerry Cotton sofort Abreise New York. Unternehmen einstellen, bis neuer Untersuchungsbeamter bestimmt ist. Sofortige Bestätigung.

Ich reckte mich und gähnte.

»Gut, Mr. O'Connor«, lachte ich. »Ich fliege heute Mittag. Ich habe ohnedies die Nase von dem schönen, goldenen San Francisco voll.«

ENDE

Ich zahlte mit Falschgeld

Der Arzt verordnete meinem Freunde Phil Decker einen Erholungsurlaub von vierzehn Tagen, um sich die Löcher auszukurieren, die er sich bei der Erledigung Roger Costlers, des Mannes, der Morde im Auftrage übernahm, geholt hatte. Phil entschied sich für Miami in Florida. Er teilte uns das mit, als Mr. High, unser Chef, und ich ihm einen Krankenbesuch machten. Er war inzwischen aus dem Krankenhaus entlassen worden und hinkte eifrig in seiner kleinen Wohnung umher, um uns mit Cocktails und Zigaretten zu versorgen. Auch mich behandelte er wie einen Gast, obwohl ich lange mit ihm zusammengewohnt und erst vor vierzehn Tagen eine eigene Wohnung bezogen hatte.

»Also nach Miami wollen Sie, Phil«, sagte Mr. High und nippte an seinem Getränk. »Jerry, waren Sie schon einmal in Florida?«, wandte er sich an mich. Ich verneinte.

»Schöne Gegend, die Sie eigentlich kennen lernen müssten«, sagte er. »Was halten Sie von vierzehn Tagen Urlaub?«

So kam es, dass Phil und ich gemeinsam nach Miami fuhren. Wir kamen Anfang Oktober dort an. Durch New Yorks Straßen pfiff um diese Zeit schon ein unfreundlicher Herbstwind, aber in Florida brannte die Sonne, als wären wir mitten im Hochsommer. Phil stellte tiefsinnige Betrachtungen darüber an, was wohl aus der amerikanischen Textilwirtschaft würde, wenn alle Leute so wenig anzögen wie die Mädchen hier. Im Übrigen kamen wir uns ungefähr vor wie der Bauer im Königsschloss. Was hier über die Strandpromenade spazierte, gab Summen, die unserem Monatsgehalt entsprachen, an einem Tag aus.

Wir mieteten uns in einer kleinen Pension ein, die uns für einen nur leicht überhöhten Preis voll verpflegte, und wenn wir einen Zwei-Zentner-Millionär ächzend in seine Cadillac-Sonderanfertigung wuchten sahen, freuten wir uns unseres Berufes und unseres bescheidenen Einkommens, die uns gesund und schlank erhielten.

Phil, der noch ein wenig mager und blass aussah, lag viel in der Sonne im Liegestuhl, und wenn wir spazieren gingen, stützte er sich auf einen Stock. Am Morgen begleitete er mich regelmäßig in einem Mietauto zu einer Strandstelle, die weit außerhalb des offiziellen Badeplatzes lag, wo mehr die Badeanzüge zur Schau gestellt als geschwommen wurde.

Am neunten Tage unseres Aufenthalts war unser Bargeld zu Ende. Als ich mich nach dem Schwimmen anzog, und in den Taschen wühlte, fand ich zwei Dollar und sechzig Cent. Ich hielt sie Phil auf der flachen Hand hin.

»Wie viel hast du noch?«

Er sah nach und stellte fest, dass er Besitzer von acht Dollar und einigen Cent war.

»Macht nichts«, sagte er und klopfte gegen seine Brusttasche. »Wir haben noch Reiseschecks für fünfhundert Dollar.«

Mit unserem Mietauto fuhren wir in die Stadt hinein zur »South-Bank«, die zum Merville-Konzern gehört, Phil blieb im Wagen, während ich in der

Schalterhalle einem Kassierer zwei von den Reiseschecks präsentierte.

»Wie wünschen Sie es, Sir?«, fragte er.

»Geben Sie es mir möglichst klein, sonst muss ich häufig wechseln.«

Er zählte mir mit flinken Fingern dreihundert Dollar in Zehn-Dollar-Scheinen vor. Aus irgendeiner Laune sah ich ihm dabei ins Gesicht. Er war ein älterer, vertrockneter Mann um die fünfzig. Wahrscheinlich hatte er sein Leben lang nichts anderes getan, als Geld gezählt und ausgegeben. Hunderttausende, wenn nicht Millionen liefen jeden Monat durch seine Hände, und er selbst ging friedlich mit einem Lohn von hundert oder hundertfünfzig Dollar in der Woche nach Hause.

Ich war so in die Betrachtungen über das Leben eines Kassierers verloren, dass ich für einen Augenblick vergaß, mein Geld einzustecken. Er blickte mich erstaunt an, und ich erwachte aus meinen Gedanken. »Vielen Dank«, murmelte ich, knüllte den Mammon zusammen und ging hinaus.

»Phil«, sagte ich, während ich unseren bescheidenen Ford durch das Gewühl der Luxuskabrioletts der Millionäre steuerte, »wenn ich Kassierer in einer Bank wäre, ich glaube, ich könnte der Verlockung, einen Griff ins Volle zu tun, nicht widerstehen.«

»Was redest du für einen Unsinn?«, fragte er und sah mich erstaunt an. »Wie kommst du überhaupt darauf?«

»Ich bin eben eine philosophische Natur«, sagte ich beleidigt.

Er lehnte sich zurück und stemmte einen Fuß gegen das Armaturenbrett. »Es ist lange her«, sagte er träumerisch, »dass ich ein gutes Glas guten Whiskys trank.«

»In Ordnung, ich kaufe eine Flasche.«

Wir fuhren über die Main-Street, und ich erspähte einen Laden, in dem Getränke, die eines Mannes Kehle und Herz erfreuen können, feilgehalten wurden. In einem eleganten Bogen zwängte ich den Ford in eine Lücke zwischen zwei parkende Wagen und stieg aus. Auf dem Bürgersteig stand ein Cop, ein uniformierter Polizist, und sah mich gelangweilt an.

Der Besitzer des Spirituosengeschäfts war allein im Laden und baute eine hochprozentige Galerie vor mir auf. Ich nahm eine Flasche echten, englischen »Black and White«, die sechzehn Dollar kostete. Der Verkäufer lobte meinen Geschmack, wickelte mir den Whisky liebevoll ein und legte ihn zärtlich wie ein Baby in meinen Arm. Ich schob ihm zwei Zehn-Dollar-Scheine über den Ladentisch. Er nahm sie, tat zwei Schritte zur Kasse, drehte die Kurbel und griff nach dem Wechselgeld. Dann sah er hoch, blickte noch einmal auf die Banknoten, sein bisher honigsüßes Gesicht verfinsterte sich. Er stelzte zu mir heran, feuerte die beiden Scheine auf den Ladentisch, riss mir die Flasche aus dem Arm und zischte: »Das Geld ist falsch, Sir!« Er sagte »Sir« in einem Tonfall, als sagte er »dreckiger Bastard«.

»Sie machen Witze«, antwortete ich. »Ich habe das Geld vor zehn Minuten von der ›South-Bank‹ geholt.«

Er kicherte, als hätte ich einen ausgezeichneten Witz gemacht.

»Die Bank möchte ich sehen, die Zehn-Dollar-Noten mit den gleichen Nummern ausgibt.«

»Kaufen Sie sich eine neue Brille«, sagte ich und nahm die Geldscheine. Ich traute meinen Augen nicht. Beide Noten trugen die Nummer FB 357805 – A.

»Aber ich habe Sie wirklich von der Bank bekommen«, stotterte ich wie ein Schuljunge.

Der Spritbesitzer war schon an der Tür.

»Wachtmeister!«, hörte ich ihn rufen. »Bitte, kommen Sie einmal.«

Der gelangweilte Cop betrat den Laden.

»Dieser Herr hat versucht, mir zwei falsche Geldscheine anzudrehen«, wurde er aufgeklärt. »Hier sind sie.« Er riss mir die Noten aus der Hand und übergab sie dem Polizisten. »Gleiche Nummern«, erklärte er stolz, »ganz plumpe Fälschung.«

»Woher haben Sie die Scheine?«, fragte der Cop streng.

»Seit zehn Minuten«, stöhnte ich, »versuche ich diesem Flaschenbändiger zu erklären, dass ich das Geld von der Bank geholt habe. Hier ist der Rest.« Ich reichte ihm das andere Geld.

Er blätterte das Päckchen durch.

»Kleiner Irrtum, Sir«, grinste er mich an. »Diese Scheine sind alle echt und stammen aus ganz verschiedenen Serien. Und jetzt kommen Sie am besten ein wenig mit.«

Ich lachte. »Wachtmeister, wollen Sie wirklich einen Beamten des FBI verhaften?«

Sein Gesicht zeigte einen Ausdruck von Unsicherheit. Die uniformierten Polizisten der einzelnen Staaten mögen uns Beamte vom Bundeskriminalamt nicht besonders. Sie schätzen es nicht, wenn wir mit einer Sondervollmacht bewaffnet auftauchen und unsere Nasen in Angelegenheiten stecken, die sie für ihre eigenen halten.

»Darf ich um Ihren Ausweis bitten?«, fragte mein Cop überhöflich.

Ich griff in meine Brusttasche, erst in die linke, dann in die rechte, aber ich fand meine Brieftasche nicht. Ich musste sie im Hotel oder im Wagen gelassen haben.

»Ich habe ihn nicht bei mir, aber ein Freund wartet draußen im Wagen. Er wird mich identifizieren.« Ich wollte an dem Cop vorbei, aber er hielt mich am Ärmel fest.

»O nein, Süßer«, sagte er milde, »ich lasse dich nicht auf die Straße. Du könntest in die Versuchung geraten, einen neuen Rekord über eine Meile aufzustellen. Gehen wir lieber zusammen.«

Er fasste mich unter, und dabei stieß er mit der Hand gegen den Griff meines Revolvers, den ich im Schulterhalfter trug. Er sprang zwei Schritte zurück, riss seine eigene Kanone heraus und richtete sie auf mich. »So einer bist du also«, stieß er zwischen den Zähnen hervor, griff mit der Linken in meinen Rock und zog meine Waffe heraus. Der Ladenbesitzer lehnte an der Theke und sah aus, als wäre er selbst dringend eines Schnapses bedürftig.

Der eifrige Polizist pfiff auf seiner Trillerpfeife. Ich versuchte noch einmal, ihm zu erklären, aber er bedeutete mir freundlich, meinen Mund zu halten.

Das Pfeifen veranlasste eine Anzahl Leute, sich vor dem Geschäft zu versammeln. Ganz vorn an der Schaufensterscheibe stand mein Freund Phil und grinste mich vergnügt an. Offenbar machte es ihm einen Heidenspaß, mich unter der Drohung eines behördlichen Revolvers zu sehen.

Im Laufschritt stürmte ein zweiter Polizist, herbeigelockt vom Geflöte meines Bewachers, den Laden.

»Rufe das Revier an!«, befahl der erste Polizist. »Der Bursche versuchte, Falschgeld an den Mann zu bringen. Ganz schwerer Junge mit Kanone im Frack.«

Ich hatte es längst aufgegeben, ihnen klar zu machen, wie der Fall lag. Sollten sie sich meinethalben in ihrem Übereifer blamieren. Ich war bereit, mich verhaften zu lassen.

Fünf Minuten später fuhr ein geschlossenes Polizeiauto vor dem Laden vor. Ein dritter Beamter trat ein. Mein Verhafter steckte seinen Revolver fort, und zu zweit drehten sie mir die Arme auf den Rücken, um mich abzuführen.

Vor der Tür stand Phil, leicht auf seinen Stock gestützt, sah mich schaudernd an und fragte den Polizisten. »Was hat der Bursche verbrochen, Wachtmeister?«

»Falschgeld.«

»Unglaublich«, entrüstete sich Phil. »Werden diese Kerle nie ausgerottet werden, die einem ehrlichen Mann die sauer verdienten Scheine aus der Tasche locken und selbst bedrucktes Papier dafür hineinstopfen.«

Beifallheischend sah er sich nach den anderen Zuschauern um, und sie nickten mit den Köpfen. Ich hätte ihn gern ins Kreuz getreten, aber meine beiden Vergewaltiger führten mich weiter, stopften mich in den Fond des Polizeiwagens, setzten sich rechts und links neben mich und gaben dem Chauffeur das Zeichen zur Abfahrt.

Ich drehte den Kopf, erblickte durch das Rückfenster unseren Ford hinter dem Polizeiwagen. Phil fuhr hinter uns her. Er sah, dass ich mich umdrehte und lachte. Ich warf ihm einen Blick zu, der ihn von rechtswegen mitsamt dem Wagen in die Luft hätte sprengen müssen.

Die Fahrt zum Revier dauerte wenige Minuten. Sie luden mich aus und brachten mich gleich zu ihrem Inspektor. Ich las auf dem Schild an der Tür, dass er Crowfield hieß, und er entpuppte sich als ein noch recht junger Mann, dessen Gesicht eine Menge Intelligenz und eine ganze Portion Ironie ausdrückte.

Die Cops standen stramm, und der Urheber meiner Verhaftung meldete.

»Dieser Mann wurde festgenommen, als er versuchte, mit zwei falschen Zehn-Dollar-Noten zu bezahlen. Er besitzt keine Ausweise, aber diese Pistole.« Er legte sie auf den Tisch. »Außerdem noch zweihundertundneunzig Dollar in Zehner-Scheinen, die jedoch echt zu sein scheinen.« Er legte sie neben den Revolver.

»Und zwei Dollar und vierzig Cent in der rechten Rocktasche. Sie haben sie übersehen«, sagte ich.

»Wie heißen Sie? Wer sind Sie?«, fragte Inspektor Crowfield.

»Sie werden es mir so wenig glauben wie ihre Beamten, Inspektor. Mein Name ist Jerry Cotton, und ich bin Beamter der Bundespolizei, zur Zeit auf Urlaub in Miami, das ich aber sicherlich nie mehr besuchen werde, wenn die Polizisten hier nicht einen Kursus in Höflichkeit nehmen.«

Inspektor Crowfield lächelte. »Einen Ausweis haben Sie natürlich nicht?«

»Sie raten großartig, Inspektor.«

»Woher haben Sie das Geld?«

»Auch das werden Sie nicht glauben. Vor einer Stunde zahlte es mir der Kassierer der South-Bank aus.«

Crowfield bot mir eine Zigarette an. »Sie lügen so unverschämt, dass Sie wahrscheinlich die Wahrheit sagen, Mr. Cotton. Trotzdem muss ich Sie einsperren, bis ich Antwort auf eine Anfrage in New York habe. Haben Sie bestimmte Wünsche für das Mittagessen?«

Es wurde an die Tür geklopft. Hereinkam, seinen Stock schwingend, der gute Phil.

»Verzeihen Sie, Inspektor, aber dieser Herr hat vermutlich keine Ausweispapiere bei sich. Hier sind sie.« Er schob Crowfield meine Brieftasche über den Schreibtisch, stellte sich neben mich und sah unbeteiligt geradeaus. Ich nahm die Zigarette aus dem Mund, näherte sie heimlich Phils Hand und drückte die Glut dagegen.

»Au!«, schrie er wie ein kleiner Junge und pustete auf die verbrannte Stelle. »Du hinterlistiger Schuft!«

»Gleiches mit Gleichem«, grinste ich. Wirklich,

wir benahmen uns wie Lausejungen, obwohl wir uns schon seit mehr als zehn Jahren rasieren mussten.

Inspektor Crowfield lehnte sich in seinen Sessel zurück und lachte aus vollem Hals. Mit einer Handbewegung schickte er seine Polizisten hinaus. Uns bot er Stühle an.

»Erfreut Sie zu sehen, Gentlemen«, sagte er. »Darf ich wissen, was der hohe FBI bei uns will? Oder benutzen Sie uns arme Stadtpolizisten, um sich einen Spaß zu machen?«

»Die Hälfte von beiden stimmt, Inspektor. Wir befinden uns wirklich nur auf Urlaub hier, aber tatsächlich haben wir die falschen Banknoten von der ›South-Bank‹ bekommen.«

Er wurde ernst und sah sich die beiden Scheine an. »Gut gemacht, soviel ich davon verstehe. Wenn die Nummern nicht die gleichen wären, hätte kein Mensch Bedenken, den Zaster anzunehmen.« Er nahm das Bündel der echten Scheine in die Hand und gab sie mir zurück. »Die zwanzig Dollar muss ich beschlagnahmen, Cotton, um sie zur Untersuchung an das Schatzamt einzuschicken.«

Aus einer Eingebung heraus gab ich ihm einen dritten Schein aus dem Päckchen dazu. »Lassen Sie diesen auch untersuchen.«

»Meinen Sie etwa . . .«, fragte er. Ich unterbrach ihn mit einem Achselzucken.

»Reine Vorsicht Das Wohl unseres Staates ist mir zehn Dollar wert.«

Er drückte uns die Hand und wünschte uns noch viel Vergnügen in Miami.

Am Abend hatte Phil die Idee, eines dieser superfeinen Lokale aufzusuchen, von denen das Millionärsbad wimmelte. Wir wählten den »Strandclub«, bestellten uns einen Tisch und warfen uns in die Smokings.

Der Manager vom »Strandclub« hatte einen Privaturwald in seinem Laden aufgebaut, Palmen, Lianen, Orchideen bevölkerten das Lokal, und die Gäste wurden von dementsprechenden Urwaldmädchen bedient, die alle Schwestern von Dorothy Lamour zu sein schienen. Phil bekam unbändige Sehnsucht nach Hawaii.

Auf der Spiegelglastanzfläche wurde fleißig getanzt. Wir tranken uns erst einigen Mut an, dann produzierten auch wir uns mit irgendwelchen Mädchen, die in Massen herumsaßen und sich beim Tango so eng an einen schmiegten, dass man das halbe Make-up auf den Revers hatte.

Auf diese Weise vergnügten wir uns an die drei Stunden, und ich bestellte eben eine neue Lage Whisky mit Soda, als mir ein Tisch schräg gegenüber auf der anderen Seite der Tanzfläche auffiel. Im Grunde bot dieser Tisch kein ungewöhnliches Bild. Die üblichen Damen saßen gleich in dreifacher Ausfertigung daran, tranken teuren französischen Sekt wie Wasser, waren entsprechend laut und heiter und zwischen ihnen saß der übliche Herr, der zahlte. Daran war hier nichts Besonderes, und richtiger gesagt, fiel mir nicht der Tisch, sondern der Mann auf, denn diesen Mann kannte ich. Es war der Kassierer der »South-Bank«, der mir heute Morgen die Dollar gezahlt und mich zu tiefsinnigen Betrachtungen über seinen Beruf verleitet hatte. Nun saß er hier in einem der teuersten Lokale Miamis, lang, hager, dürr, in einem Smoking, der noch aus der guten alten Zeit stammte, und tat genau das, was ich nicht von ihm erwartet hätte: Er haute das Geld in rauen Mengen auf den Kopf. Außerdem war er schon gründlich betrunken und drohte ständig, mit dem Gesicht in den Sektkühler zu fallen.

Ich winkte unseren Kellner herbei. »Wie viel Millionen hat der Mann, der da seine Girls in Sekt badet?«, fragte ich.

Er bedauerte. »Keine Ahnung, Sir. Nach den Zechen zu urteilen, die er bei uns jeden zweiten Abend macht, kommt es ihm auf zehn Dollar mehr oder weniger nicht an.«

Es war sicherlich Zufall, dass der Kellner zehn Dollar sagte, aber mich brachte diese Zahl auf eine Idee, und das Gefühl, mich im Urlaub zu befinden, verflog wie zerblasen. Phil sah meine veränderte Stimmung meinem Gesicht an und trat mich vor das Schienbein. »Was ist los?«, fragte er.

»Ich denke darüber nach, wie ein Mann mit drei- oder vierhundert Dollar Monatseinkommen es anfängt, jeden zweiten Tag oder noch öfter die gleiche Summe auszugeben.«

»Raub, Einbruch, Erpressung oder Lotteriegewinn«, sagte Phil gleichgültig, sah einer glutäugigen Schönheit nach, die vorüberschaukelte, und schlug den Takt des Boogies mit den Füßen. Er befand sich noch im Urlaub.

Für mich war der Urlaub am anderen Morgen endgültig vorbei. Ich ging zu Inspektor Crowfield.

»Was haben Sie mit den Dollarnoten gemacht, Inspektor?«

»Sind gestern Mittag mit der Flugpost zum Schatzamt nach Washington gegangen, waren also in den ersten Nachmittagsstunden da. Ich denke, dass ich mit der zweiten Dienstpost das Untersuchungsergebnis vorliegen habe.«

Ich stand auf. »Ich komme heute Nachmittag noch einmal vorbei.« Er winkte mir zu, denn das Telefon läutete, und er nahm den Hörer ab. Ich war schon in der Tür, als er »Einen Augenblick« sagte und mir zurief: »Washington, Cotton. Das Schatzamt.«

Er reichte mir den zweiten Hörer. »Ja«, sagte er dann, »ich schreibe mit.«

Irgendeine Beamtenstimme aus Washington diktierte:

»Eingesandte Banknoten zu zehn Dollar alle drei falsch. Fälschungen ausgezeichnet gelungen. Nur mittels Mikroskops an der Faserung des Papiers zu erkennen. Erwarten umgehend Bericht. Beamter des Schatzamts George Webbs heute nach Miami abgeflogen. – Ende.«

Crowfield und ich legten gleichzeitig die Hörer auf. Der gute Inspektor sah mich nachgerade entgeistert an.

»Cotton«, stöhnte er, »ich habe noch nie gehört, dass eine Bank falsche Noten ausgibt.«

»Ich glaube, ich weiß schon, wie das passiert ist«, antwortete ich. »Können Sie für mich ein Blitz-

gespräch mit dem FBI-Hauptquartier New York herstellen?«

Zwei Minuten später hatte ich Mr. High an der
Strippe. Ich setzte ihm auseinander, was hier geschehen war, und bat ihn, mich mit dem Fall zu beauf-
tragen.

»Ich muss erst mit Washington sprechen, Jerry«,
sagte er. »Ich rufe Sie wieder an.«

In der nächsten halben Stunde zischten eine Anzahl
Telefongespräche über die Staaten. Mr. High sprach
mit dem obersten FBI-Chef Hoover in Washington.
Hoover sprach mit dem Schatzamt. Dann rief er High
wieder an und eine knappe Stunde nach der ersten Verbindung rief mein Chef mich bei Crowfield an.

»In Ordnung, Jerry«, sagte er, »Sie sind mit dem
Fall beauftragt, aber Phil bleibt draußen. Er ist noch
nicht wieder intakt. – Vom Schatzamt wird Ihnen ein
gewisser George Webbs als Fachmann zugeteilt. Er
trifft mit dem Mittagsflugzeug in Miami ein! Holen
Sie ihn ab.«

Crowfield fuhr mit mir im Dienstwagen zum
Flugplatz.

Schließlich landete die Maschine, und die Lautsprecher brüllten, wie wir es bestellt hatten: »Mr.
Webbs wird im Restaurant an Tisch sechzehn erwartet.« Der Knabe, der sich fünf Minuten später an
unseren Tisch schob, sah allerdings nicht so aus, wie
ich ihn mir vorgestellt hatte. Ein langer, überschlan-
ker, junger Mann mit einer großen Hornbrille und
einem schüchternen Lächeln im Gesicht und Bewegungen, die so linkisch und tapsig waren wie die
eines jungen Hundes.

»Webbs«, stellte er sich vor, »von der Notenüberwachungsabteilung des Schatzamts.«

»Die Jäger sind zusammen«, lachte Crowfield. »Also, auf zur Jagd.« Natürlich fuhren wir zu dem Ort, von dem aus die ganze Sache ihren Anfang genommen hatte, zur »South-Bank«. Wir verlangten den Direktor zu sprechen. Während wir in der Schalterhalle warteten, sah ich mich nach meinem Kassiererfreund um, aber siehe, er war nicht da. Der Direktor hieß Leon Jeffer und sah aus, wie Direktoren eben auszusehen haben, breit und dick, mit einem Kinn wie aus Eisen und einer Perle in der Krawatte.

Als ich ihm auseinander setzte, warum wir bei ihm erschienen, wurde er blass, und das Fett seiner Wangen wabbelte entsetzt. »Unmöglich«, keuchte er, »absolut unmöglich.«

»Wollen Sie, bitte, die Bank für eine Stunde sperren«, verlangte Webbs. »Sie sind verrückt«, brüllte Direktor Jeffer. »Wenn der Aufsichtsrat das erfährt, bin ich meinen Posten los.«

»Bitte, schließen Sie die Bank«, beharrte mein neuer Kollege, und ich wunderte mich. Ich hätte ihm so viel Energie nicht zugetraut.

Der Laden wurde geschlossen und Direktor Jeffer führte uns höchstpersönlich zu den Tresorräumen im Keller. Ein hübscher Haufen Geld lag da herum. George Webbs baute sein Mikroskop auf, langte sich die Päckchen mit Zehn-Dollar-Scheinen und gab sich seiner Prüfungstätigkeit hin. Es dauerte über zwei Stunden. Die untersuchten Scheine tat er nach links oder rechts.

Ich atmete auf, als er endlich fertig war. Er verpackte sein Mikroskop, rückte an seiner Brille und sagte: »Im Auftrag des Schatzamts der Vereinigten Staaten erkläre ich dieses Geld für beschlagnahmt.« Seine Hand zeigte auf den rechten Haufen. Es klang, als hätte er das Geld verhaftet.

Jetzt trat ich in Aktion. »Haben Sie eine Ahnung, wie die Blüten in Ihr feines Stahlgewölbe kommen, Mr. Jeffer?«

Er saß auf einem Stuhl und sah ziemlich gebrochen aus. »Keine Ahnung. Einfach unerklärlich. Kaum zu glauben. Solche Sachen«, murmelte er vor sich hin.

»Erzählen Sie uns den technischen Vorgang, Direktor. Ich meine, wer holt das Geld hier heraus und wer bringt es herein?«

»Das ist Aufgabe unseres Hauptkassierers Craydon. Er bringt am Abend die eingenommenen Gelder hinunter und holt sie am Morgen für die Auszahlungen wieder herauf.«

»Dann kann es nur er gewesen sein. Das ist doch logisch«, stellte ich fest.

»Craydon? Unmöglich. Der Mann ist seit dreißig Jahren bei uns«, fuhr Jeffer auf.

Craydon wohnte weit außerhalb der Stadt in einer Gegend, die noch kaum besiedelt war. In großen Abständen standen hier Fertighäuser aus Holz, wie man sie bei uns auf Abzahlung kaufen kann. Ich quetschte den Direktor während der Fahrt über die Verhältnisse seines Angestellten aus, und ich erfuhr, dass Craydon ein allein stehender Junggeselle war, dessen Verwandtschaft irgendwo im Osten der Staaten lebte.

»Das Haus ist es«, sagte Jeffer schließlich und deutete auf einen der üblichen Holzbauten. Crowfield, der am Steuer saß, bremste. Ich deutete ihm mit einem Augenwink, den Direktor nicht aus dem Blickfeld zu lassen. Webbs stiefelte brav hinter mir her.

Ich betrat das Haus. Es war dunkel darin, denn die Fensterläden waren noch geschlossen. Ich tastete nach dem Lichtschalter und öffnete die Türen rechts und links. Die Küche und das Schlafzimmer waren leer, aber als ich das Licht im Wohnraum anknipste, stieß Webbs hinter mir einen kleinen Schrei aus, denn er sah zuerst die Lackschuhe, die hinter dem Tisch hervorragten. Ich ging um den Tisch herum. Halb verdeckt von der tief herabhängenden Decke lag dort der Kassierer Craydon, und als ich die Decke fortzog, sah ich zwei Löcher in seinem altmodischen Frackhemd, die tiefer gingen als bis zur Haut. Irgendwer hatte ihm zwei Kugeln in die Brust gejagt.

»Kommen Sie«, sagte ich zu Webbs, der bleich am Türpfosten lehnte und nach Fassung rang, »das ist kein Anblick für eine zarte Seele.« Ich zog ihn am Arm ins Freie.

Crowfield sah mich erwartungsvoll an. »Alarmieren Sie Ihren Verein«, sagte ich. »Der Kassierer ist tot. Erschossen.«

Mein Blick fiel auf Direktor Jeffer, und ich war bereit, mich hängen zu lassen, wenn der Kerl nicht erleichtert aufatmete.

Die nächsten dreimal vierundzwanzig Stunden erfuhr ich kaum, wie ein Bett aussah. Crowfield und seine Leute nahmen sich den Mordfall vor, verhörten die ganze Gegend, untersuchten das gesamte Gelände und rückten jedes Möbelstück von der Wand, aber sie erfuhren nichts von Bedeutung. Sie machten die drei Damen ausfindig, mit denen der Kassierer seine letzten Stunden verbracht hatte. Sie waren mit ihm im »Strandclub« zusammen gewesen, bis er vor lauter Champagner einschlief. Dann hatten sie ihn in ein Taxi verfrachtet und ihn damit nach Hause geschickt. Der eifrige Inspektor fand den Taxichauffeur, aber auch die Aussage des Mannes half uns nichts weiter. Er hatte den völlig betrunkenen Craydon bis vor sein Haus gefahren, hatte ihm noch geholfen, die Tür zu öffnen, und war dann wieder fortgefahren.

Webbs und ich nahmen uns die Angestellten der Bank vor. Wir jagten eine Menge Telegramme in die Gegend und führten zwei Dutzend Telefongespräche, und in der Nacht des dritten Tages holten wir Direktor Jeffer aus seiner feudalen Wohnung, hielten ihm einen Haftbefehl unter die Nase und verfrachteten ihn in Crowfields Büro.

Er machte einen ziemlich erledigten Eindruck, als er fett, unrasiert und mit gedunsenem Gesicht auf dem Vernehmungsstuhl hockte, und ich glaubte nicht, dass wir viel Schwierigkeiten mit ihm haben würden. »Sie sind wegen Beihilfe zum Falschgeldvertrieb verhaftet, Jeffer«, sagte ich. »Wollen Sie gestehen?«

»Das ist alles Unsinn«, wehrte er sich schwach.

Ich hielt ihm in einer kurzen Zusammenfassung die Tatsachen vor Augen, die wir in den drei Tagen festgestellt hatten.

»Sie sind ein ruinierter Mann, Jeffer. Ich hätte es nie für möglich gehalten, dass ein Bankdirektor Pleite gehen kann, aber Sie waren vor zwei Wochen noch völlig bankrott. Sie haben spekuliert und dabei auf das falsche Pferd gesetzt. Dann trat ein Mann an Sie heran und verlangte von Ihnen eine kleine Gefälligkeit, für die er eine Menge Geld bot. Sie brauchten nichts anderes zu tun, als Ihrem Hauptkassierer Craydon die Erlaubnis zu geben, von einem bestimmten Tag an, der jetzt zehn Tage zurückliegt, alleine den Transport der Gelder von dem Kassenschalter in den Tresor vorzunehmen. Sie haben uns nämlich bei unserer ersten Unterhaltung belogen, ungeschickt belogen, denn es war durchaus nicht so, dass Craydon alleine die Gelder transportieren durfte. Der Buchhaltungsvorsteher musste immer dabei sein, bis Sie, Jeffer, diese Regelung änderten, damit der Kassierer Gelegenheit fand, die falschen Zehn-Dollar-Noten gegen echte Scheine umzutauschen. Wir wissen genau, wie Craydon es gemacht hat. Das Geld wurde in eine große Ledertasche gepackt. Er kam mit einer genau gleichen Tasche, in der für über zweihunderttausend Dollar Falschgeld war, in die Bank, packte das eingenommene Geld bis zur Übereinstimmung mit dem Kassenbestand dazu, den Rest bei passender Gelegenheit in die andere Tasche und nahm es mit nach Hause. Sie schufen ihm durch Ihre Anordnung erst die Gelegenheit – Sie sehen, wir sind informiert. Rücken Sie mit Ihrem Geständnis heraus.«

Er atmete schwer, aber er widersprach nicht.

»Ich bekam zwanzigtausend Dollar dafür«, sagte er langsam, als wäre das eine ausreichende Entschuldigung.

Wir schwiegen und sahen auf ihn, der allein im Kreis des scharfen Lichtes der Tischlampe saß. Minuten verstrichen, dann sprach er plötzlich und ohne jede Einleitung.

»Mir wurde ein Schein des falschen Geldes gezeigt. Ich nahm es für echt an. Dann rückte man mit dem Vorschlag heraus. Es war nicht viel, was ich für das Geld zu tun hatte, und ich tat es schließlich.«

»Wer ist ›man‹?«, fragte ich.

Nicht eine Sekunde deckte Jeffer seinen Komplizen. »Doktor Means, mein Arzt, Beachstreet 54.«

Es dauerte genau zehn Minuten, bis wir den sauberen Herrn Doktor neben dem ebenso sauberen Herrn Direktor sitzen hatten, aber Means war aus wesentlich härterem Holz. Er tobte erst ein Viertelstündchen, bevor er sich zu einem Geständnis bequemte.

»In Ordnung«, zischte er schließlich wütend, »da dieser Haufen Mist den Mund nicht halten konnte, bleibt mir nichts anderes übrig, als alles zuzugeben. Stimmt, ich habe Jeffer für die ganze Sache geworben, aber verdammt sei der Tag, an dem ich es tat. Craydon, der auch mein Patient war, deutete bei einem Besuch in meiner Praxis an, er habe die Möglichkeit zu einem großen risikolosen Geschäft. Erst wollte er nicht mit der Sprache heraus, aber schließlich zeigte er mir eine Zehn-Dollar-Note, die ich für echt hielt. Er sagte, sie sei falsch und er könne so viel von dem Zeug haben, wie er wolle, aber er halte es für richtig, wenn das Geld von einer Bank aus in den Verkehr gebracht würde. Damit sei jede Gefahr behoben. Ich müsse nur Jeffer auch dafür gewinnen, damit er, der Kassierer, allein in den Tresorraum komme. Zehntausend Dollar bot er mir, und ich schlug ein.«

Schade, ich hatte gehofft, wir würden von dem Doktor den Namen des nächsten Mannes erfahren und könnten das ganze Unternehmen aufrollen. Jetzt biss sich die Schlange in den Schwanz. Der Mann, der mit den Fälschern in direkter Verbindung gestanden hatte, war Craydon, und Craydon war tot.

Ich sah mir Doktor Means genauer an. Im Vergleich zu Jeffer wirkte er wie ein Bündel Energie. Seine Gestalt war mittelgroß, sein Gesicht schmal und knochig, der Mund eine harte Kerbe. Er trug eine randlose Goldbrille. Der Mann sah nicht aus wie jemand, der sich verführen ließ.

»Jeffer, wer gab Ihnen die zwanzigtausend Dollar Belohnung?«

»Doktor Means«, flüsterte er.

»Sie hatten das Geld natürlich von Craydon?«

Er verzog spöttisch den Mund. »Natürlich.«

Ich wandte mich an den Inspektor. »Crowfield, schaffen Sie mir diese beiden Musterexemplare aus dem Sehkreis, bevor mir das Abendessen hochkommt.«

Er drückte einen Klingelknopf und vier Cops brachten die Herren in kühle Pension.

Ich steckte mir eine Zigarette an, und die anderen folgten meinem Beispiel. Wir hielten einen kleinen Kriegsrat.

»Gentlemen«, sagte ich, »die Sache, die sich so schön angelassen hatte, ist zunächst aus. Nach unseren Feststellungen haben drei Männer das Geschäft hier geschaukelt, davon ist einer tot. Leider war gerade dieser eine das Verbindungsglied zu den Fälschern. Wir haben also die Miami-Vertriebstelle ausgehoben, aber wir sind der Bande selbst nicht einen Schritt näher gekommen.«

»Immerhin war es ein Erfolg«, brummte Crowfield.

»Höchstens ein halber. Morgen schon können sie in irgendeiner anderen Stadt der Vereinigten Staaten einen neuen korrupten Bankdirektor und einen Kassierer gefunden haben, oder sie vertreiben das Geld direkt. Sie wissen, wie ausgezeichnet die Fälschungen sind.«

»Das Schatzamt informierte mich«, sagte Webbs mit seiner hohen Stimme, »dass es höchstens drei Wochen zur Aufklärung des Falles bewilligen kann. Dann müssen währungstechnische Maßnahmen, eventuell die Einziehung der Noten zu zehn Dollar in Erwägung gezogen werden.«

»Drei Wochen«, knurrte Crowfield und schüttelte den Kopf.

Ich rieb mir die Stirn. »Wenn wir die Geschichte glauben, die Doktor Means uns vorsetzte, sind wir hier wirklich am Ende, aber ich glaube sie nicht. Means behauptet, Craydon wäre der erste Mann in der Reihe, aber es scheint mir logischer, dass er selbst der Mann mit den Verbindungen zur Bande ist. Craydon und Jeffer waren beide Means Patienten. Er wusste, dass den alten und treuen Kassierer die Torschlusspanik gepackt hatte, dass er Angst hatte, nichts mehr vom Leben mitzubekommen, und in dieser Stimmung leicht zu bewegen war, ungesetzliche Dinge zu tun. Means aber wusste auch um Jeffers miserable finanzielle Lage. – Stellt euch vor, wie schwer es für einen Fremden sein musste, all dies zu erfahren.«

Ich stand auf. »Inspektor, ich möchte Means noch einmal sprechen. Nein, Sie brauchen ihn nicht zu holen. Ich bemühe mich in seine Zelle. Danke, Sie brauchen auch nicht mitzugehen. Und ich hoffe, ich bleibe ungestört?«

Crowfield rutschte unruhig auf seinem Stuhl. »Ich gerate nicht gern in Schwierigkeiten, Cotton«, warnte er.

»Drei Wochen haben wir nur Zeit«, erinnerte ich ihn freundlich.

Ein Polizist zeigte mir den Weg zur Zelle des Doktors und schloss auf. Means lag lang auf der Pritsche, die Arme hinter dem Kopf und sah mich an, ohne sich zu rühren. Hinter mir klirrte der Riegel vor.

Ich setzte mich auf den Schemel. »Wie heißen Sie mit Vornamen, Means?«

»Solange ich nicht rechtskräftig verurteilt bin, habe ich Anspruch auf meinen Titel, aber wenn es Sie interessiert: Ich heiße William.«

»Hör zu, William«, fuhr ich liebenswürdig fort, »ich glaube, dass du uns vorhin ein Märchen als

Geständnis vorgesetzt hast. Nicht Craydon hat dich, sondern du hast den Kassierer und Jeffer für die Einschmuggelung des Falschgeldes in die Bestände der Bank gewonnen.«

»Glauben Sie, was Sie wollen, aber hören Sie auf, mich zu duzen«, antwortete er frech.

»Was hältst du von einer hübschen Mordanklage?«, fragte ich ruhig. »Irgendjemand erschoss Craydon, und ich halte es nicht für ausgeschlossen, dass du es warst.«

Der Satz schien zu wirken. Er richtete sich auf und setzte die Beine auf die Erde. »Das dürfte schwer zu beweisen sein«, sagte er langsam.

»Stimmt«, antwortete ich, »aber bei Mordverdacht kommt eine Entlassung gegen Kaution nicht in Frage, denn darauf rechnest du doch, nicht wahr?«

Ich hatte ins Schwarze getroffen. Sein Gesicht verzerrte sich vor Wut. Er sprang auf und stürzte sich auf mich, aber ich war noch schneller. Während er ausholte, schlug ich zu, zwei kurze, trockene Schläge, einen auf die Rippen und den anderen aufs Kinn. Er flog zurück, krachte gegen die Pritsche und rutschte auf den Fußboden.

»Angriffe auf Beamte werden mit Haftverschärfung geahndet, William«, sagte ich.

Means schüttelte den Kopf und tastete nach seiner Brille, die er verloren hatte. Er rappelte sich hoch, hielt sein Kinn und setzte sich auf die Pritsche.

»Wer ist an dich herangetreten, um dich für die Falschgeldsache zu werben?«

Er antwortete nicht.

Ich lachte. »Du denkst, die Brüder werden etwas für dich tun. Du hältst ihre Scheine für ausgezeichnet und glaubst, sie haben so viel Geld, wie ihre Druckmaschinen nur hergeben, aber du irrst. Von zwanzig Noten haben fünf die gleichen Nummern, und jedes Kind kann sie als Fälschungen erkennen.« Ich hatte mir von Webbs die beiden Noten mit den gleichen Nummern zurückgeben lassen, nahm sie jetzt aus der Brieftasche und hielt sie ihm hin. Er riss sie mir mit einer wütenden Bewegung aus der Hand, starrte lange darauf und warf sie dann auf den Erdboden.

Er sank in sich zusammen, und ich muss gestehen, er spielte den Zusammengebrochenen nicht einmal schlecht.

»Ich habe hin und wieder in New York zu tun«, begann er sein Geständnis. »Vor acht Wochen war ich zum letzten Mal dort, und ich kam in einem Lokal ins Gespräch mit einem Mann. Irgendwann im Laufe der Unterhaltung sagte ich, es sei so verdammt schwer, seine Dollars zu verdienen. Man müsse sie selbst drucken können. Der Mann antwortete, es sei leicht, Dollars zu drucken, schwieriger, sie zu vertreiben. Ich sagte, ich hätte unter meinen Patienten einen bankrotten Bankdirektor und einen lebenshungrigen Kassierer. Für Geld seien beide zu jeder Schandtat zu bewegen. Darauf zeigte der Mann mir eine Note und fragte, ob ich sie gut fände. Im Handumdrehen waren wir handelseinig. Ich brachte die Angelegenheit mit Craydon und Jeffer in Ordnung. Der Mann lieferte die falschen Dollars hier ab, die ich an den Kassierer weitergab, und gab mir das Geld für die Belohnungen an den Direktor und Craydon. Wir hofften, das Geschäft noch einmal zu machen, und ich sollte zwanzig Prozent vom Ertrag bekommen.«

»Und wer erschoss Craydon? Und warum?«

»Ich tat es nicht«, sagte er kalt, »aber ich kann mir denken, warum sie es taten. Er benahm sich zu auffällig. Er warf das Geld mit beiden Händen zum Fenster hinaus.«

»Wie sah der Mann aus?«

Er lieferte mir eine farblose Beschreibung.

»Wann sahen Sie ihn zum letzten Mal?«

»Vor vier oder fünf Tagen hier in Miami.«

»Wie heißt er?«

Means grinste. »Er nennt sich Smith.«

Ich hatte das Gefühl, saftig die Hucke voll gelogen zu bekommen, aber was sollte ich tun? Means hatte Kontakt zur Bande, dessen war ich sicher, und nur über ihn kam ich weiter. Wenn er mich an der Nase herumführte, würde ich es bald merken.

»Sie erhalten eine Chance, Doktor«, sagte ich. »Ich nehme Sie mit nach New York, und Sie werden uns helfen, den Mann zu finden, der sich Smith nennt. Vielleicht kommen Sie dann mit einem blauen Auge davon.«

»Gut, dass Sie davon reden, sonst hätte ich Ihnen den Vorschlag gemacht«, antwortete er. Doktor Means war der hartgesottenste Bursche, den ich je gesehen hatte.

Am anderen Morgen hatte die »Intercontinent Airway« vier Passagiere auf Regierungsfreiflugschein in ihrer Frühmaschine: Webbs, Phil, mich und einen handschellengeschmückten Doktor Means. Am frühen Nachmittag waren wir in New York. Eine Stunde später hockte der Arzt über der Kartei und schüttelte bei jedem vorgelegten Blatt den Kopf. Das dauerte vier Stunden. Bei manchen Bildern zögerte Means zweiflerisch. »Das könnte ... er sein«, sagte er, um gleich darauf fortzufahren: »Nein, er ist es doch nicht. Der Mann hat eine ganz andere Nase.« Am Ende der vier Stunden waren wir alle nahe daran, einzuschlafen.

Mr. High, der der ganzen Prozedur vorsaß, klappte den letzten Karteiband zu.

»Tja, Jerry«, resignierte er, »dann müssen wir auf andere Weise versuchen, zum Erfolg zu kommen. – Wo haben Sie den Mann getroffen, Doktor Means, der Ihnen das Falschgeld gab?«

»In der Nähe der 54. Straße in einem Restaurant«, erklärte der Doktor. Er machte einen völlig frischen Eindruck. Der Bursche war zäh wie Sohlenleder.

»54. Straße ist eine merkwürdige Gegend für einen Badearzt aus Miami, um sich dort herumzutreiben. Was wollten Sie dort?«

Means grinste so unverschämt, dass ich ihm am liebsten den Gesichtsausdruck durch einen Faustschlag korrigiert hätte.

»Nehmen Sie an, ich suchte Vergnügungen besonderer Art«, antwortete er.

Mein Chef ging nicht näher darauf ein. Er wandte sich an mich.

»Sie werden mit Means als Lockvogel in dieser Gegend spazieren gehen, Jerry. Wenn der Mann dort wirklich wohnt, und wahrscheinlich ist es so, haben Sie eine Chance, ihn zu treffen. Und vielleicht überlegt es sich der Doktor, arbeitet mit uns zusammen und zeigt Ihnen den Mann. Das dürfte sich mildernd auf sein Strafmaß auswirken.«

Nach diesem Plan handelten wir. Ich holte William Means am anderen Morgen aus seiner Staatspension im Untersuchungsgefängnis, ließ ihm die Handschellen abnehmen, in denen er vorgeführt wurde, und hielt ihm eine kleine Rede, deren Kernsatz lautete, dass ich ihm eine Kugel genau in den Schädel verpassen würde, wenn er versuchen wollte, mir durchzubrennen. Dann fuhren wir wie alte Freunde mit der Untergrundbahn zur 54. Straße.

Die 54. Straße, und was so in der Nähe liegt, ist ein Ortsteil von New York, den ein Mann, der auf die Stadt stolz ist, seinen Verwandten aus der Provinz besser nicht zeigt. Abgesehen vom Dreck und der Armut der meisten Bewohner, finden hier die Leute Unterschlupf, die die Polizei notwendig machen.

In dieser freundlichen Gegend ging ich also mit Doktor Means spazieren. Wir latschten durch die Straßen, saßen stundenlang am Fenster einer Wirtschaft, standen an den Ecken herum. Ich hatte dafür gesorgt, dass der Doktor einen Anzug erhielt, der in dieser Gegend nicht auffiel, und auch ich machte mich vorteilhaft in blauem Hemd mit gelber Krawatte, auf der ein Bikini-Mädchen Hula-Hula tanzte.

Wenn man sich den ganzen Tag mit einem Gauner herumtreibt, fängt man an, sich für ihn zu interessieren. Schließlich haben auch wir G-men ein Verhältnis zu den Leuten, die wir jagen, aber, offen gestanden, aus Doktor Means wurde ich nicht schlau. – Jim Pickford, mein erster Fall, war ein harter, verschlagener, brutaler Gangsterchef gewesen; Roger Costler, der Mordunternehmer, verbarg hinter der Maske eines Gentleman den Charakter eines geldgierigen Schweinehunds, aber William Means war anders als diese beiden. Ohne Zweifel besaß er einen scharfen, eiskalten Verstand, aber ich wusste nichts über seinen Charakter. Ein Arzt, durch Willensschwäche, Geldnot oder sonst ein Motiv in einen Kriminalfall verwickelt, hätte zusammenbrechen müssen. Means verriet nach dem ersten Tobsuchtsanfall nicht die geringste Bewegung über sein Schicksal.

Mit diesem undurchsichtigen Mann zog ich also durch New Yorks verrufenstes Stadtviertel, einen Tag, zwei Tage, eine Nacht und noch einen Tag lang. Es passierte nichts, und ich bekam allmählich die Laune eines Eisbären, der bei der Fütterung vergessen worden ist.

Überraschenderweise schien auch Doktor Means mit dem negativen Ablauf unseres Unternehmens durchaus nicht zufrieden zu sein. Ich glaubte eine gewisse Unruhe an ihm feststellen zu können, und als ich ihn darauf ansprach, fauchte er: »Natürlich ärgere ich mich, dass mir der Kerl nicht über den Weg läuft. Glauben Sie, ich habe Lust, drei Jahre abzubrummen, wenn ich mit einem davonkommen kann?«

Wie alle zu lange erwarteten Dinge geschah unsere Begegnung mit dem Gesuchten völlig überraschend. In der Mittagsstunde des dritten Tages packte in einem schäbigen Esslokal Means meinen Arm und flüsterte: »Da ist er.«

In der überfüllten Kneipe stand ein Mann, der so ähnlich angezogen war wie ich. Sein Gesicht hatte irgendwie etwas Rattenähnliches. Seine Oberzähne ragten über die Unterlippe vor und der ganze Kopf lief spitz zu. Im Gegensatz zu dem schmalen Schädel besaß er breite Schultern und sah durchaus so aus, als verstünde er, kräftig hinzuschlagen. Es war eine glatte Unverschämtheit von Means, uns von dieser Type eine so farblose Beschreibung zu liefern.

Ich erhob mich, aber auch der Doktor stand auf und legte eine Hand auf meinen Arm. »Lassen Sie mich machen, Cotton«, sagte er. »Wenn Sie ihn gleich vor den Kopf stoßen, wird er stutzig, und wir kommen nicht weiter.« Er sagte wirklich »wir«.

Means schob sich durch die Tische auf den Mann zu. Ich folgte ihm auf dem Fuße.

»Hallo, Mr. Smith«, begrüßte ihn der Doktor laut. Der Fremde blickte auf. Ich sah es seinem Gesicht an, dass er den Arzt erkannte.

»Hallo . . .«, sagte er, aber Means unterbrach ihn sofort.

»Wir suchen Sie schon seit Tagen, Mr. Smith. Kommen Sie an unseren Tisch!«

Unser Freund warf mir einen Blick zu. In seinen Augen lag eine Mischung von Misstrauen und Verwirrung.

Means schob ihn am Arm vor sich her. »Ja, aber ...«, protestierte Mr. Smith vergeblich. Der Doktor rückte ihm einfach einen Stuhl in die Kniekehlen und drückte ihn nieder.

»Also, Mr. Smith, wir können das Geschäft noch einmal machen. Es hat so großartig geklappt, dass die Summe verdoppelt werden kann.«

Wieder wanderten die Augen der »Ratte« unruhig zu mir.

»Keine Sorge«, beruhigte Means, der den Blick auffing, »mein Freund ist in Ordnung. Er hängt mit in dem Unternehmen. Wann können wir die Blüten haben?«

»Ja, ich weiß nicht«, zögerte Smith und fuhr dann fließender fort: »Ich bin nicht sicher, ob ich noch »etwas« beschaffen kann. Ich befasse mich eigentlich nie mit diesen Dingen. Ich ...«

»Reden Sie nicht, als stünden Sie vor dem Untersuchungsrichter, Smith«, unterbrach Means. »Besorgen Sie mir noch einmal Zehn-Dollar-Noten, aber von der gleichen Qualität, wenn ich bitten darf.«

»Ich werde es versuchen«, entschloss sich die »Ratte« und schien nicht wenig Lust zu haben, sich zu empfehlen.

Means sah mich mit einem dünnen Lächeln um die Lippen an. Dieses Lächeln hieß: »Entscheide dich! Willst du ihn verhaften, oder was sonst willst du tun?«

Ich entschloss mich, weiter mitzuspielen.

»Wann können wir Sie wiedertreffen?«, wandte ich mich an Smith.

»Vielleicht ... heute Abend gegen zehn Uhr hier!«

»Werden Sie dann Geld bei sich haben?«

»Vielleicht ...«

Ich überlegte eine Sekunde, sah Means an, und der Doktor sagte:

»Also in Ordnung, Mr. Smith, treffen wir uns um zehn Uhr, aber bringen Sie uns gute Nachrichten.«

Smith kam tatsächlich wieder. Wir hatten die Stunden bis zur Verabredung in einem Kino totgeschlagen, denn ich hielt es für gefährlich, zum Hauptquartier zu fahren. Ab neun Uhr saßen wir in der Kneipe, und schon eine halbe Stunde vor der festgesetzten Zeit tauchte Smith auf.

Er steuerte auf unseren Tisch zu und ließ sich nieder.

»Ich kann die Blüten bekommen«, eröffnete er uns. Seine Stimme und seine Haltung waren viel sicherer als bei der ersten Begegnung, »aber ich kann sie nicht herschaffen. Sie müssen sie holen. Kommen Sie mit!«

Wie selbstverständlich stand er auf und wartete darauf, dass wir ihm folgten. Ich beachtete nicht ihn, sondern sah Means an. Hätte der Doktor jetzt eine Bewegung oder einen Vorschlag gemacht, um Smith zu folgen, ich hätte die Falle gewittert und die

»Ratte« vom Fleck weg verhaftet. Aber Means hatte das gleiche Lächeln wie heute Mittag im Gesicht. Langsam drehte er den Kopf Smith zu.

»Ruhig, mein Lieber, setzen Sie sich wieder,« sagte er. »Sie können nicht von uns verlangen, dass wir Ihnen mitten in der Nacht an einen finsteren Ort folgen, wo uns unangenehme Dinge geschehen können; klare Geschäfte bei klaren Verhältnissen. Nennen Sie uns einen Ort, an dem wir am Tage das Geld abholen können. Auf andere Bedingungen gehen wir nicht ein.«

Der Doktor entpuppte sich als immer größeres Rätsel. Er nahm meine Bedenken vorweg und gab mir so keinen Anlass einzugreifen.

Die »Ratte« schob die Unterlippe vor und zeigte sich misslaunig.

»Verrückt«, brummte er, »aber wie Sie wollen. Ich werde mit dem Mann sprechen. Wenn er einverstanden ist, weiß ich einen Treffpunkt. Fahren Sie die Autobahn 17 bis zum Abzweig nach Clesburgh. Fünfhundert Yard weiter führt eine Schotterstraße zu einem alten Haus. Dort haben wir schon einmal ein Geschäft abgewickelt. Kommen Sie morgen um neun Uhr vormittags.«

»Einverstanden?«, fragte mich Means.

»Einverstanden«, sagte ich, obwohl ich auf einmal das sichere Gefühl hatte, scheußlich hochgenommen zu werden.

Mr. Smith hatte es nicht eilig und lud uns zu einer Runde ein, aber der Doktor gähnte, lehnte ab und wünschte nach Hause zu gehen. Wir nahmen eine Taxe, ich nannte eine unverfängliche Adresse, und erst, als ich sicher war, dass niemand uns folgte, ließ ich zum Hauptquartier fahren.

»Habe ich nicht gut gearbeitet?«, fragte Means unterwegs. »Loben Sie mich ruhig, Cotton. Ich habe das gern.«

»Zu gut, Doktor. Zwei Jahre Sing-Sing scheinen mir für einen Mann wie Sie kein angemessenes Entgelt zu sein.«

»Welche Belohnung würden Sie vorschlagen. Cotton?«, fragte er spöttisch.

»Den elektrischen Stuhl«, antwortete ich, aber im Übrigen hatte ich das verdammte Gefühl, dass William Means in unserem Kampf ganz hübsch nach Punkten führte.

Im Hauptquartier ließ ich ihn in eine Zwischenzelle bringen und ging dann in Mr. Highs Büro. Der Chef war wie häufig zu dieser Stunde noch im Hause. Ich berichtete.

»Das ist doch eine Falle, Jerry!«, rief er sofort.

Ich rieb mir den Schädel. »Zuerst dachte ich das natürlich auch, aber ich bin nicht ganz sicher. Woher soll dieser Smith wissen, dass ich nicht ein Kumpan von Means, sondern ein G-man bin? In der ganzen Unterhaltung ist kein zweideutiges Wort gefallen.«

»Sie können durch einen uns unbekannten Mittelsmann in Miami erfahren haben, dass der Doktor verhaftet wurde.«

»Möglich, aber dann wäre Smith sicherlich nicht zur zweiten Verabredung gekommen, sondern hätte das Weite gesucht. Sie sehen, es spricht einiges dafür, dass Smith ein Geschäft mit uns machen will und

Means mich nicht an der Nase herumführt.« Ich sagte das halb gegen meine eigene Überzeugung.

Der Chef zuckte die Achseln. »Wie Sie meinen, Jerry. Dann wollen wir dem Nagel einen Kopf machen.«

Er rief die Gendarmeriestation von Clesburgh an und ließ sich eine genaue Beschreibung der Gegend geben. Noch während er sprach, entwarf er eine Skizze.

»So sieht die Sache aus, Jerry. Hier ist die Autobahn, hier der Abzweig und dort der Schotterweg. Weit und breit nur das eine Haus, dazu keinerlei Deckung. Wir haben zwei Möglichkeiten. Entweder wir kommen mit einem Dutzend Leuten angebraust und heben den ganzen Verein aus, oder Sie fahren allein und sehen zu, wie es sich entwickelt.«

»Wir müssen den zweiten Weg wählen«, antwortete ich ohne Bedenken, »denn wenn Mr. Smith und seine eventuellen Gehilfen mir eins auswischen wollen, dann haben sie sicherlich nicht einen Cent in der Tasche, der falsch ist, und was wollen Sie ihnen dann beweisen, Mr. High? Ich fahre allein mit Means.«

Er schüttelte den Kopf. »Ganz allein lasse ich Sie in diese Sache nicht stolpern, Jerry. Zwei Wagen mit G-men fahren auf Hörweite hinter Ihnen her. Wenn es zum Krach kommt, werden Sie hoffentlich Gelegenheit finden, einen Schuss abzufeuern, und das wird für uns das Zeichen zum Eingreifen sein.«

Am Morgen um sechs Uhr früh machten wir uns auf dem Hof des Hauptquartiers fertig zur Fahrt. Drei als Privatwagen getarnte Fahrzeuge standen bereit, eins für mich und Means, die beiden anderen für die G-men des Folgetrupps, unter denen ich Phil entdeckte. Er kam zu mir.

»Wo hast du deinen Stock gelassen?«, fragte ich.

»Zu Hause«, antwortete er. »Zu deiner Beerdigung gehe ich ohne Hilfe. Ich fahre mit den anderen Jungens, um nötigenfalls deine Leiche zu bergen.«

»Am liebsten nähme ich dich mit. Du hast so eine ausgezeichnete Art, dich in die Schusslinie zu begeben. In deiner Gesellschaft kann man im dicksten Bleiregen ruhig sein. Du fängst alles auf.«

Das war so unsere Art zu reden, aber dann machte Phil ein ernstes Gesicht, schlug mir auf die Schulter und wünschte: »Hals- und Beinbruch, Jerry. Ist eine haarige Sache, in die du einsteigst.«

Ich war im Begriffe, mich hinter das Steuer zu setzen, als George Webbs auftauchte. Ich hatte den schmalen, gelehrten Hornbrillenjüngling vom Schatzamt halb vergessen, seitdem er eigene Wege ging.

»Ich habe eine Entdeckung gemacht, Mr. Cotton«, überfiel er mich. »Ich versuchte schon gestern, Sie zu erreichen. Es handelt sich darum, dass ...«

»Leider habe ich im Augenblick keine Zeit, Webbs. Erzählen Sie es mir später.«

»Es hat doch mit der Falschgeldsache zu tun!«, rief er.

Ich sah, wie Means, der schon auf dem Beifahrersitz saß, aufblickte.

»Wir verfolgen bereits eine Spur, Webbs. Wir sind eben dabei, eine Anzahl von Leuten auszuheben.«

»So?«, fragte er spitz. »Davon ist mir nichts bekannt. Als Beauftragter des Schatzamts beanspruche ich, über alle Maßnahmen informiert zu werden.« Um Gottes willen, jetzt kam dieser Webbs mit Kompetenzstreitigkeiten. In mir stieg eine Granatenwut hoch. Ich war ohnedies ziemlich geladen, weil ich meiner Sache nicht sicher war und nicht wusste, ob ich in einigen Stunden noch Appetit auf ein Mittagessen haben würde.

»Steigen Sie doch ein!«, fauchte ich ihn an. »Wenn Sie lebensüberdrüssig sind, fahren Sie in Dreiteufelsnamen mit.« Erst zuckte er zurück, dann schnitt er ein trotziges Gesicht und schickte sich an, einzusteigen.

»Das geht nicht«, protestierte Means. »Wenn ein Fremder mitkommt, schöpfen sie Verdacht.«

Ich ließ den Motor anspringen. »Kümmern Sie sich nicht um die Maßnahmen der Polizei. Wir werden Webbs als den Kassierer der Bank vorstellen, mit der wir das Geschäft machen wollen. Er sieht so aus.«

Während der Fahrt informierte ich Webbs über das, was uns bevorstand.

Bis nach Clesburgh waren es über hundert Meilen. Wir fuhren ein zügiges Tempo und erreichten die Autobahnabzweigung zu früh. Ich parkte und rauchte schweigend zwei Zigaretten hintereinander.

Eine Viertelstunde später bremsten die beiden Begleitwagen neben uns. Phil beugte sich aus dem Fenster und schrie:

»Scher dich an deine Arbeit, Faulpelz!«

»Schert euch in eine Deckung!«, schrie ich zurück. Sie gehorchten und setzten die Wagen rückwärts hinter die Büsche des Mittelstreifens. Die Deckung war unvollkommen, aber mangels Besseren musste sie genügen.

Ich sah auf die Armbanduhr. Noch zehn Minuten bis neun, gerade Zeit genug, um rechtzeitig am Treffpunkt zu sein. Zweihundert Yard weiter war der Abzweig nach Clesburgh, und dann kam auch gleich der Schotterweg. Ich schaltete herunter und ließ den Wagen im zweiten Gang über die schlechte Straße holpern, die einen sanften Bogen um ein einziges Waldstück beschrieb. Gleich dahinter, durch die Bäume gut gegen Sicht von der Autobahn her gedeckt, tauchte das Haus auf, eine halb verfallene Wochenendhütte, die irgendein Verrückter sich einmal gebaut haben musste.

Unsere Geschäftspartner waren schon anwesend, denn vor der Hütte stand ein schwerer, funkelnagelneuer Ford, auf dessen Kotflügel Mr. Smith saß und eine Zigarette rauchte.

Ich stoppte neben ihm. Er erhob sich und schob den Hut ins Genick. Wir stiegen aus unserem Auto.

»Wer ist das?«, fragte Smith unfreundlich und zeigte auf Webbs.

»Ein Kassierer«, antwortete ich kurz.

Er gab sich damit zufrieden. »Gehen wir ins Haus«, schlug er vor. Bis zur Tür der Hütte waren es nur wenige Schritte.

Ich brachte vorsichtig die rechte Hand in Brusthöhe. »Warum ins Haus? Das Geschäft können wir hier erledigen.«

Was ich noch sah, war, dass der Mann mit dem Rattengesicht ausholte und Webbs einen furchtbaren Schlag mitten ins Gesicht knallte. Die Brille zersplitterte. Der arme Falschgeldexperte fiel um wie ein nasser Mehlsack. Bevor ich die Hand in der Brusttasche hatte, fielen sie über mich her. Ich wusste nicht, wie viele es waren. Nur eine halbe, instinktive Drehung rettete mich davor, gleich in das Traumreich einzugehen. Der Schlag mit der kurzen Eisenstange traf statt meines Kopfes nur den Oberarm und lähmte ihn. Die Horde, die aus der Hütte hervorgebrochen war, riss mich zu Boden. »Nicht schießen«, hörte ich Means rufen. »Zwei Wagen mit Cops lauern in Hörweite.«

Aus. Erledigt. Ich gab nicht mehr viel für meine Laufbahn als G-man. Es war eine Falle, aber was nutzte mir das Wissen? Ich lag platt auf dem Bauch, mit dem Gesicht im Dreck. Mindestens zwei Kerle knieten auf meinem Rücken und zwei weitere verdrehten mir die Arme zu Brezeln. Ich war so fertig wie noch nie.

»Hebt ihn auf!«, befahl der Doktor wieder. Sie rissen mich hoch und lehnten mich gegen die halb zerfallene Tür der Hütte. Meine Arme wurden festgehalten.

Jetzt sah ich wieder etwas von der Welt, aber der Anblick, den die Welt mir bot, war alles andere als erfreulich. Der gute Webbs lag immer noch lang auf dem Rücken und war so absolut k.o., dass sich niemand um ihn kümmerte. Um mich herum aber standen insgesamt vier Gestalten, von denen jede einzelne den Ansprüchen eines Hollywood-Regisseurs von Gangsterfilmen vollauf genügt hätte. Zwei hielten meine Arme, einer wog die Eisenstange in der Hand und als Oberhaupt des Ganzen rieb sich die Ratte Smith befriedigt die Hände. In den Kreis dieser seiner Knappen trat nun William Means, und obwohl er ein Doktor war und eine Goldrandbrille trug, fand ich, dass er zu ihnen passte.

»Na, Cotton«, höhnte er, »kleiner Rollentausch. Du bist ein schauderhaft schlechter Gesellschafter. Darum möchte ich mich jetzt empfehlen. Schönen Gruß an Mr. High, deinen freundlichen Chef. Aber vorher habe ich noch eine kleine Abrechnung mit dir.«

Sein sonst so glattes und hochmütiges Gesicht verzog sich zu einer Fratze des Hasses. Er holte aus und schlug mir zweimal mit aller Kraft ins Gesicht. Mein Kopf knallte nach hinten gegen das Holz der Tür. Meine Lippen platzten auf, und das Blut floss mir in einem warmen Bach über das Kinn.

»Du Held«, sagte ich verächtlich, »aber du kommst doch auf den elektrischen Stuhl, wenn du Craydon getötet hast.«

Er grinste. »Ich habe ihn getötet, aber du wirst es dem Richter nicht mehr sagen können.« Sein Gesicht wurde wieder glatt und ausdruckslos. »Erledige ihn, Roy«, sagte er, »aber lautlos.«

Das Rattengesicht, das ich als Mr. Smith kennen gelernt hatte, nahm den anderen Ganoven die Eisenstange aus der Hand. Er lachte und zeigte sein ganzes verrottetes Gebiss, und ich wusste, dass er mir jetzt mit der Stange den Schädel einschlagen würde. In diesem Augenblick noch einen Cent für mein Leben zu bieten, wäre reine Verschwendung gewesen.

Und doch geschah ein Wunder, wenn es sich hinterher auch als durchaus irdischer Vorgang entpuppte. Es krachte ein Schuss, der fast wie der Knall einer Böllerkanone dröhnte. Die Kugel pfiff irgendwo durch die Gegend. Die Brüder fuhren auseinander und gaben das Blickfeld frei. Vor unserem Wagen stand aufrecht George Webbs, brillenlos, einen dicken Trommelrevolver in der Hand, und schrie mit überkippender Stimme: »Hände hoch! Alles Hände hoch!« Er musste wieder zu sich gekommen sein, während sich die Gangster mit mir befassten, und griff nun auf seine Art in die Angelegenheit ein.

»Hinter den Wagen, Webbs!«, brüllte ich. »Hinter den Wagen!« Er zwinkerte mit seinen kurzsichtigen Augen. Ich benutzte diesen Augenblick der Verwirrung und riss beide Arme aus den Fäusten meiner Bewacher. Ich warf mich gegen die Holztür. Sie schlug nach innen auf, ich fiel lang auf den Rücken in den Flur.

Draußen bellten Schüsse. Ich wusste, was sie bedeuteten. Fünf Sekunden noch, dann kam ich an die Reihe. Ein Sirenenton in der Ferne, sich rasch nähernd. Irgendwer von den Gangstern schrie: »Die Polente! Weg!« Die Tür des Hauses, die zurückgependelt war, wurde aufgestoßen. Fünf-, sechs Mal bellte ein Colt. Ich rollte mich in eines der Zimmer. Die Kugeln klatschten gegen die Wände des Flures, dann fiel die Tür wieder zu. Ein Automotor heulte auf. Reifen quietschten auf dem Schotter. Auf dem Bauch schob ich mich an das windschiefe, halb zerbrochene Fenster. Dort hinten fuhr der Wagen der Gangster mit hoher Geschwindigkeit. Ich stieß die Flügel auf und sprang hinaus.

George Webbs lag auf dem Rücken, den ulkigen, altmodischen Trommelrevolver noch in der mageren Hand. Ich brauchte nicht zu zählen, wie viel Kugeln er abbekommen hatte, mehr jedenfalls, als ein Mensch vertragen kann. Ich sah lange auf den armen Jungen, mir wenigstens kam es lange vor. Mutig hatte er sich den Gangstern gestellt, aber er wusste nichts von ihnen und glaubte, er könnte sie zwingen, die Hände hochzunehmen, wie er es in Wildwestfilmen gesehen haben mochte. Woher sollte er wissen, dass man das bestenfalls mit einer Maschinenpistole unter dem Arm versuchen durfte?

Unsere Wagen kamen herangesaust, dass der Schotter wie ein Funkenregen hinter ihnen sprühte. Phil sprang heraus, während der Wagen noch fuhr.

»Ein schwarzer Ford, neuestes Modell!«, rief ich den G-men zu. »Nummer XBA 3698!« Beide Wagen rasten sofort weiter.

Phil kniete neben mir bei Webbs nieder. Er knöpfte sein Hemd auf und schob die Hand auf seine Brust. Als er sie zurückzog, war die Hand blutig. »Er lebt noch«, sagte er leise, »aber ...«

Wir betteten den Jungen in den Fond unseres Wagens und fuhren so vorsichtig wie möglich, und als wir die Autobahn erreichten, wie die Teufel nach

Clesburgh. Im Krankenhaus bemühten sich die Ärzte um ihn. Er erhielt mehrere Bluttransfusionen. Wir warteten erst in der Halle und dann an seinem Bett.

In der zweiten Nachmittagsstunde starb George Webbs, ohne das Bewusstsein wiedererlangt zu haben.

Über New York war längst die Sonne unter- und die Lichtreklame aufgegangen, als wir immer noch in Mr. Highs Zimmer im FBI-Hauptquartier hockten. »Wir«, das waren Mr. High, Phil, Al Wolcott, mein Lehrer bei den G-men, und ich. Der Chef hatte dafür gesorgt, dass wir etwas zu trinken bekamen, und ich hatte es nötig. Ich sah heiter aus. Meine Lippen waren dick geschwollen und mit Heftpflaster verklebt, dessen widerwärtigen Geschmack ich ständig auf der Zunge hatte. Auch die Beulen und Schrammen im Rest meines Gesichts machten mich augenblicklich für einen Schönheitswettbewerb ungeeignet.

High ging im Zimmer auf und ab und fasste das Ergebnis unserer Unterredung zusammen:

»Means ist nicht nur ein Zwischenhändler, sondern er scheint eine maßgebende Persönlichkeit in der Fälscherbande zu sein. Er ist ein gefährlicher Bursche, vielleicht der gefährlichste, mit dem wir es je zu tun hatten, weil er nicht nur brutal und rücksichtslos, sondern auch außerordentlich intelligent ist. Er diente uns nur als Lockspitzel, weil er damit auf eine Gelegenheit hoffte, durch die Bande befreit zu werden. Der Mann, den er Jerry als Mr. Smith vorsetzte, schöpfte natürlich sofort Verdacht und knobelte mit seinen Leuten eine Gelegenheit aus, Means zu befreien.«

»Einen Augenblick«, meldete ich mich zu Wort. »›Die Ratte‹« ist vielleicht der Führer der Totschlägergarde des Vereins, aber niemals ein Means gleichwertiger Führer. Es muss einen zweiten Führer geben. Von ihm holte sich Smith zwischen unserer ersten und zweiten Begegnung die notwendigen Anweisungen.«

»Möglich«, räumte High ein, »aber im Augenblick ohne Bedeutung. Von den Leuten, die an dem Überfall beteiligt waren, hat Jerry zwei als alte Kunden identifiziert: Sol Crasher und Peddy Whoole. Beide saßen zweimal wegen Bandenverbrechens. Sie sind die üblichen Typen mit Eisenfäusten und Strohgehirnen. Die Nummer des Fords war natürlich gefälscht. Der Wagen wurde in New Jersey gefunden. Sie haben ihn einfach stehen lassen und sind wahrscheinlich getrennt mit Taxen oder der Bahn weitergefahren. Ich habe interne Steckbriefe veranlasst. Die Öffentlichkeit von dem Falschgeld zu informieren, dürfen wir nicht wagen, da die Blüten zu gut sind. Es könnte zu einer Panik kommen. Schließlich können wir nicht jedem kleinen Ladenbesitzer ein Mikroskop hinstellen. Wir müssen warten, bis einer der Bande von unseren Streifen gefasst wird. Immerhin haben wir von sechs Burschen teils gute Beschreibungen, teils sogar Fotografien.«

»Es kann Wochen dauern«, brummte Wolcott. »Sie werden sich nicht gerade auf dem Jahrmarkt zur Schau stellen.«

High zuckte die Achseln, ich glaube, zum ersten Mal, seit ich ihn kannte.

Ich spielte gedankenverloren mit den paar Dingen, die auf dem Schreibtisch lagen und alles darstellten, was von dem eifrigen, unglücklichen George Webbs übrig war: seine Armbanduhr, die noch tickte, der Füller, die Brieftasche, das Notizbuch und das Etui mit dem Taschenmikroskop. In mir zuckte ein Gedanke hoch.

»Webbs kam heute Morgen zu uns, da er glaubte, eine wichtige Entdeckung gemacht zu haben. Leider konnte er nichts erzählen, weil Means dabei war. Vielleicht hat er sich Notizen gemacht.«

»Ich habe sein Buch durchgesehen«, antwortete High. »Es enthält die Anschriften der Geschäfte, die er in den letzten Tagen kontrolliert hat.«

Ich schlug das Büchlein auf. Unter dem Datum des gestrigen Tages standen vierzehn Geschäfte verzeichnet. Bei zwei Adressen war ein Vermerk angebracht, dass er dort falsche Noten gefunden hatte. Die letzte Anschrift war die Adresse einer Wirtschaft »Meckys Imbissstube«. Vier Zehn-Dollar-Scheine hatte Webbs dort beschlagnahmt.

»Nur dort kann er seine Entdeckung gemacht haben«, meinte ich, »denn er hat noch am Abend versucht, mich zu erreichen.« Ich sah nach der Uhr. Es ging auf zehn, also musste »Meckys Imbissstube« noch geöffnet sein. Der Laden lag in der Nähe der Saltbridge Avenue im New-Yorker Künstlerviertel. Ich fuhr in einem unserer Wagen hin, und Phil fuhr mit mir, wie es bisher immer gewesen war, und es war ein gutes Gefühl, ihn an der Seite zu haben.

In der Imbissstube saßen eine Menge junger Leute herum, die allein an ihrem Äußeren als »Künstler« zu erkennen waren. Was die Jungens an Hemden und Jacken trugen, spottete jeder Beschreibung. Die Mädchen waren, nicht weniger auffällig gekleidet.

Der Inhaber der Imbissstube stellte sich als kleiner, dicker Italiener heraus, dessen Gutmütigkeit ein schweres Handikap im Umgang mit seiner halbverrückten, bargeldlosen Kundschaft war.

Wir bestellten zwei Whiskys, und ich fragte ihn, ob er gestern Besuch von einem jungen Mann gehabt hätte, der ihn um vier Zehn-Dollar-Scheine erleichterte.

»Si, Si«, jammerte »Mecky«, »vierzig Dollar nahm er mit, achtzig Prozent der Einnahme der letzten zehn Tage. Sehen Sie sich meine Gäste an, Signori. Nicht einen Cent haben sie in der Tasche. Mit Bildern und Gedichten bezahlen sie ihre Zechen. Bis hierhin stehen sie in der Kreide.« Er zeigte mit der Hand in Halshöhe. »Und dann kommt endlich mal einer. Kauft groß. Zahlt bar. Prompt kommt ein anderer, nimmt die Dollar, beschaut sie, sagt, sie seien falsch, steckt sie in die Tasche. Wer hat den Schaden? – Ich!«

»Wer ist der Mann, der mit den Zehnernoten bezahlt?«

»Weiß ich, wie er heißt?«, fuchtelte »Mecky« mit den Armen. »Alle haben sie hier verrückte, unchristliche Namen, Dionysos, Aristoteles, was weiß ich. Kommt jeden zweiten Abend, der Verbrecher, und kauft kalte Koteletts, heiße Würstchen, Flaschenbier, Zigaretten, auch eine Flasche Whisky und schleppt es fort. Und gibt mir Falschgeld dafür.« Voller ohnmächtiger Wut hämmerte »Mecky« auf seinem Schanktisch herum. »Aber bitte«, fing er sich wieder, »wenn die Signori warten wollen, bitte, nehmen Sie Platz. Er ist immer sehr pünktlich. In einer halben Stunde wird er kommen, und ich werde ihm eine Bierflasche auf den Schädel schmettern.« Er fletschte die Zähne und versuchte grimmig auszusehen.

»In Ordnung«, sagte ich, »wir warten.«

Ziemlich genau nach einer halben Stunde betrat ein junger Mann von vielleicht zwanzig Jahren die Imbissstube, und »Mecky« nickte uns heftig zu. Der lange, aber schmächtige Bursche unterschied sich nicht viel von den Anwesenden. Auch er trug die Haare lang bis in den Nacken, und unter seinem abgeschabten Wettermantel sah ein buntes, grellfarbiges Hemd hervor, jedoch schien er im Gegensatz zu seinen Kunstkollegen mit Schüchternheit oder Furcht behaftet zu sein. Rasch und linkisch schob er sich durch die Tische an die Theke und bat »Mecky«, ihm einiges einzupacken.

Der kleine Italiener sah mehrfach zu uns herüber, Phil wollte aufspringen, aber ich hielt ihn am Arm fest. »Mecky« packte achselzuckend das Gewünschte zusammen. Eine Flasche Gin war auch dabei. Der Fremde zog die Hand aus der Tasche seines Mantels und reichte dem Wirt das Geld. Es waren Zehn-Dollar-Scheine.

Mit zwei Schritten war ich bei ihm und nahm ihm den Mammon aus der Hand. Er fuhr herum und starrte mich erschreckt aus großen Augen an. »Dieses Geld ist falsch«, sagte ich. »Kommen Sie mit!«

Der Bursche machte tatsächlich einen Fluchtversuch, aber Phil stand hinter ihm, fing ihn elegant ab und drehte ihm die Arme auf den Rücken. Mehr vor Schrecken als Schmerzen stieß er einen Schrei aus.

Phil stieß den Schmächtigen in den Wagen, ich setzte mich ans Steuer und fuhr zu einer Stelle, die mir einsam genug schien. Dort stoppte ich und schaltete das Innenlicht ein.

»So, Freund«, sagte ich zu unserem Opfer, »jetzt nenne uns hübsch deinen Namen, deine Adresse und woher du die Blüten hast.«

Er schüttelte den Kopf. »Ich sage nichts«, gab er mit überkippender Stimme von sich.

Phil tastete ihn ab und brachte eine dünne Brieftasche zum Vorschein, die er untersuchte.

»Das Herzchen heißt Edgar Esher«, meldete er und reichte mir einen Ausweis. »Von den Blüten hat er nur noch zwanzig Dollar bei sich.«

»Hör zu, Edgar«, fuhr ich fort, »dass du kein Professional bist, sieht man auf den ersten Blick. Also sag schon, woher du das Falschgeld hast.«

Der dünne Edgar entwickelte so etwas wie Tapferkeit. »Ihr könnt mich nicht auf den Leim führen«, sagte er, obwohl er vor Angst schlucken musste. »Ich verrate euch niemals, wo Albert sich aufhält.«

»Wer ist Albert?«

»Lasst das alberne Spiel. Macht mit mir, was ihr wollt, aber Alberts Versteck verrate ich euch niemals.«

»Du, Phil«, wandte ich mich an meinen Freund,

»Albert scheint eine Berühmtheit zu sein, die man kennen muss. – Edgar, wir sind ungebildet. Erkläre uns, wer Albert ist.«

Er antwortete nicht und blickte geradeaus. Ich glaube, er hatte sich aufgegeben.

»Ich wette«, antwortete Phil, »Edgar glaubt, wir wollten ihm und seinem Albert ans Leder.«

»Seine Meinung ist sogar richtig. Ich will allen ans Leder, die mit diesem verdammten Falschgeld zu tun haben.«

»Aber Edgar glaubt, wir wollten ihm sein Spatzengehirn ausblasen. Er hält uns für Gangster.«

»Stimmt das?«, fragte ich unseren Gefangenen.

»Was denn sonst?«, antwortete er frech. »Macht schnell. Ihr bekommt nichts aus mir heraus.« Langsam begann er mir zu imponieren.

»Steck dir mal 'ne Zigarette an, Kleiner«, sagte ich, und gab ihm eine. »Und dann sieh dir das in aller Ruhe an.« Ich hielt ihm meinen FBI-Ausweis unter die spitze Nase.

»Sind Sie wirklich von der Polizei?«, fragte er. Statt einer Antwort zeigte ihm Phil auch seinen Ausweis. Esher atmete erleichtert auf. Er sank in sich zusammen und wischte sich den Schweiß von der Stirn. Gleich darauf richtete er sich wieder hoch und erklärte würdevoll: »Ich kann Ihnen trotzdem nichts sagen, Gentlemen. Ich leugne nicht, dass ich Falschgeld in Umlauf gesetzt habe, aber ich werde nicht verraten, woher ich es habe und wer es mir gegeben hat.«

Mir platzte der Kragen. Ich zog den edlen Edgar am Schlips zu mir heran. »Hör zu, du Ritter«, fauchte ich ihn an, »ich habe dein dummes Gerede satt. Du bist kein Berufsgangster, das sehe ich. Vielleicht bist du ein kleiner Gauner, vielleicht einfach ein Idiot, aber ich höre mir dein Edelgequatsche nicht länger an. Wir haben einen Mann verloren, einen feinen Jungen, den sie zusammenknallten wie ein Stück Vieh, und ich werde auf deine Zähne keine Rücksicht nehmen, wenn du uns eine Auskunft verweigerst, die uns auf die Spur der Bande setzen könnte.« Ich ließ ihn los. Er rieb sich seinen Hals. »Wurde wirklich ein Beamter im Kampf mit den Fälschern erschossen«, fragte er unsicher. »Wir erzählen keine Märchen«, antwortete ihm Phil.

Edgars Gesicht war es anzusehen, dass es in ihm arbeitete. Zwei Minuten überließen wir ihn schweigend seinen Seelenkämpfen, dann fragte ich vorsichtig: »Wer ist Albert?«

Er schluckte, als hätte er einen Knödel in der Kehle, dann stieß er hervor: »Mein Freund, … der Mann, der die Platten zu dem Falschgeld gestochen hat.«

Phil und ich sahen uns an. Das war eine echte Sensation, viel mehr als wir erwartet hatten. Im besten Falle konnten wir annehmen, dass Esher uns als kleiner Verteiler zu einem größeren Zwischenhändler führen würde.

»Wie heißt denn dein Freund Albert mit Hausnamen, und wo wohnt er?«, fragte ich sanft.

Er sah mich flehend an. »Albert Levingstone«, sagte er leise. »Albert ist Maler und Zeichner, einer von denen, die wirklich etwas können.«

»Das haben wir gesehen«, brummte Phil. »Die Fälschungen sind prima.«

Eshers Stimme klang beschwörend: »Albert ist ein feiner Junge, aber verstehen Sie, wie das ist, wenn man jahrelang keinen Erfolg hat, kein Geld, hungert und friert, von Kunsthändler zu Kunsthändler läuft und doch nichts verkaufen kann? Da übernahm Albert eines Tages den Auftrag, die Druckplatten für das Falschgeld zu stechen. Er erhielt seine Belohnung, aber dann wurde eines Abends aus einem Wagen auf ihn geschossen. Nur durch einen Zufall verfehlte die Kugel ihr Ziel. Die Bande wollte den mitwissenden Außenseiter erledigen. Seitdem hält sich Albert verborgen, wechselt ständig die Wohnung und traut sich nicht mehr auf die Straße. Ich versorge ihn mit Lebensmitteln – und Alkohol, denn er ist völlig verzweifelt. Niemand schützt ihn. Zur Polizei kann er nicht gehen ...« Esher brach ab. Ihm fiel ein, dass jetzt die Polizei zu Albert kommen würde.

Ich bot ihm eine neue Zigarette an. »Klingt fast rührselig, deine Geschichte, aber wir wollen sie glauben. – Phil, fahren wir zu »Meckys« Laden zurück und holen das Zeug, das Edgar einkaufen wollte, damit wir nicht mit leeren Händen zu Albert kommen.«

Gesagt, getan. Nach dem Einkauf wies uns Esher den Weg. Er war nicht weit, nur um ein paar Ecken herum und dann in eine winklige, dunkle Gasse hinein. Vor dem letzten Haus, einer engbrüstigen, schmutzigen Mietskaserne hielten wir auf seine Anweisung.

Das Treppenhaus war nicht beleuchtet. Wir stiegen eine endlose Anzahl Stufen hinauf bis zum

Dachboden, den wir überqueren mussten. Aus den Spalten einer schiefen Tür schimmerte Licht. Esher klopfte an und rief: »Albert?«

Wir hörten schwere Schritte. Die Tür wurde geöffnet. Im Licht einer Petroleumlampe stand ein verwildert aussehender Mann Mitte der vierzig.

Er erblickte uns hinter seinem Freund, riss die Augen auf und wollte die Tür zuschlagen. Ich stellte den Fuß dazwischen. Er sprang zurück in das Zimmer, riss aus der Schublade einer wackligen Kommode einen Revolver und richtete ihn auf uns.

»Lassen Sie das, Levingstone«, sagte ich ruhig. »Wenn wir Gangster wären, hätten wir längst ein Sieb aus Ihnen gemacht. Wir sind Beamte der Bundespolizei. Ich heiße Cotton.«

Ich ging auf ihn zu. Immer noch hielt er den Revolver auf mich gerichtet, aber seine Hand wackelte wie im Fieber. Plötzlich ließ er die Waffe fallen und schlug die Hände vor das Gesicht. Seine Schultern zuckten konvulsivisch. Esher eilte zu ihm und beteuerte: »Ich konnte nicht anders, Albert. Sie haben einen Mann erschossen. Wir können nicht länger schweigen.«

Ich schob ihn zur Seite. »Kriegen Sie sich ein, Levingstone. Wenn Sie nicht zu viel auf dem Kerbholz haben, kommen Sie mit ein paar Jahren davon, und am Ende wird's noch eine ausgezeichnete Reklame für Sie. In unserem ulkigen Land ist alles möglich. – Phil, mache die Tür zu und sieh nach, ob du in diesem Appartement einige Gläser auftreiben kannst.« Esher besorgte die Gläser. Ich schob Levingstone auf einen Stuhl und hielt ihm ein Glas hin. Er nahm es, ohne mich anzublicken, und kippte es auf einen Hieb hinunter. Dann erst sah er mir in die Augen. Ich lachte ihn an. Er lächelte dünn zurück.

»Na also«, freute ich mich und zog mir eine Kiste als Sitzgelegenheit heran. »Jetzt packen Sie den Schmutz von Ihrer Seele!«

»Ich bin über fünfundvierzig«, sagte er mit einer überraschend tiefen Stimme. »Ich hatte nie in meinem Leben Geld. Vor drei Monaten kam ein Mann zu mir und bestellte die Anfertigung einer Druckplatte der Vorderseite einer Zehn-Dollar-Note für Reklamezwecke. Ich hatte natürlich keine Bedenken. Ich führte die Arbeit aus, nicht einmal besonders sorgfältig. Zehn Tage nach der Ablieferung kam der Mann wieder, und er rückte ohne Umschweife mit seinem wahren Anliegen heraus. Die Platte sei gut, aber noch nicht gut genug. Außerdem brauche er auch die Rückseite. Er bot mir fünfundzwanzigtausend Dollar in echten Dollars und so viel Falschgeld, wie ich wünschte. Als Anzahlung legte er mir tausend Dollar auf den Tisch. Um es kurz zu machen, Mr. Cotton, ich fiel um und machte die Arbeit.«

Ich schüttete sein Glas neu voll. »Langsam, Levingstone. Sie müssen ausführlicher erzählen.«

»Mein Auftraggeber, der sich Dexter nannte, kam mehrmals in der Woche, um sich nach meinen Fortschritten zu erkundigen. Als ich fertig war, nahm er mich eines Abends mit zu seiner Druckerei.«

»Sie kennen den Ort, wo die Blüten gedruckt werden?«, fragte Phil.

»Den Ort kenne ich, aber ich kann Ihnen nicht sagen, wo er liegt. Sie verbanden mir die Augen und nahmen mir die Binde erst in der Druckerei ab. Es war ein Kellergewölbe, und die Druckerei war großartig eingerichtet. Wir machten mehrere Probedrucke, die gut ausfielen. Mir wurden die Augen wieder verbunden, und man fuhr mich zurück. Als ich später noch einmal mitkommen sollte, weigerte ich mich. Ich fürchtete, sie würden mich umlegen. Ich verlangte von Dexter die Belohnung. Erst lachte er nur, aber ich drohte ihm, trotz meiner Beteiligung zur Polizei zu gehen. Er versprach, das Geld zu bringen und kam am anderen Abend mit einer Aktentasche voller Geldbündel, aber nur die obersten Scheine jedes Bündels waren echtes Geld. Darunter waren nur Falschnoten. Ich merkte es erst, als er schon fort war. Ich rannte auf die Straße, um ihn zu stellen. Kaum hatte ich den Kopf aus der Tür, wurde auf mich geschossen.« Er trank sein Glas aus und stellte es zurück. »Ich verlor den Mut«, schloss er leise. »Ich wechselte die Wohnung, versteckte mich, traute mich nicht mehr auf die Straße. Edgar versorgte mich.« Er zeigte auf die Flasche. »Hauptsächlich damit.«

In Ordnung, wir hatten das Geständnis Albert Levingstones. Er war kein schlechter Kerl, nur ein armer Hund, der der Versuchung nicht widerstehen konnte und von den Gangstern hereingelegt wurde.

Ich legte ihm ein Bild von Means vor, das ich bei mir trug. »Ist das Dexter?«

»Nein«, sagte er, ». . . oder . . . Ist es eine schlechte Aufnahme?«

»Nein, es ist ein einwandfreies Bild. Der Kerl sieht genau so aus.«

»Dann ist er nicht Dexter, obwohl auf den ersten Blick eine gewisse Ähnlichkeit vorhanden ist.«

»Haben Sie keine Ahnung, wo die Druckerei sein könnte, Levingstone?«

»Nur eine ganz schwache Vermutung. Als ich dort war, hörte ich ein oder zwei Mal eine Schiffssirene. Ich nehme daher an, dass es in der Nähe des Hafens ist, aber ich bin nicht sicher.«

Ich zeigte ihm die beiden Noten mit der gleichen Nummer. »Diese Scheine haben uns auf die Spur gebracht. Können Sie sich erklären, wieso die Nummern gleich sind?«

Er lachte laut auf. »Da haben die Fälscher Pech gehabt. Die Nummern werden automatisch durch ein Zählwerk aufgedruckt. Das Ding muss eine Hemmung gehabt haben und hat zwei Scheine mit den gleichen Nummern bedruckt. Bei der Überprüfung wurde es übersehen, verständlich, sie haben keine geschulten Fachleute.« Er lachte wieder. »Dann nützen allerdings auch meine guten Platten nichts.«

»Und warum fürchteten Sie sich immer noch vor der Bande? Sie haben sie nicht angezeigt. Sie wissen fast nichts. Es besteht kein Grund, Sie zu beseitigen.«

Er fuhr sich nervös durch seinen Haarschopf. »Sie kennen Dexter nicht, Mr. Cotton. Ich weiß, wie er aussieht. Ich kann als Zeuge gegen ihn auftreten. Dexter wird niemals einen Mann am Leben lassen, von dem er Verrat befürchten muss.«

Kein Wunder, dass mir bei diesen Worten William Means einfiel, aber sie konnten nicht identisch sein. Levingstone hatte das bei der Fotografie behauptet. Sicherlich war die Ähnlichkeit ein Zufall.

Ich stand auf. »Wir werden Sie an einen Ort bringen, an dem Sie vor Dexter und seinen Leuten nichts zu befürchten haben. Und den guten Edgar nehmen wir auch mit. Daran lässt sich leider nichts ändern.«

»Ja«, sagte er, »das sehe ich ein.« Er nahm seinen Hut vom Haken, zog einen Mantel an, und wir gingen durch das dunkle Treppenhaus hinunter. In unserem Wagen fuhren wir zum Hauptquartier und brachten sie in eine Zelle. Es war übrigens die gleiche Zelle, die Means beherbergt hatte, bevor er uns seinen Streich spielte.

Den ganzen nächsten Tag nahm sich Mr. High Levingstone und Esher vor ... Es war bald klar, dass beide die Wahrheit sagten. Der Maler erkannte an den Bildern aus der Verbrecherkartei Peddy Whoole als einen der Männer, die er in der Druckerei gesehen hatte. Auch die »Ratte« erkannte er nach meinen Beschreibungen.

»Immerhin ein Fang, der uns weiterführen wird«, sagte der Chef, nachdem beide abgeführt worden waren. »Albert Levingstone wird der Angelhaken sein, an dem der große Fisch sich festbeißt.«

Mehr sagte er nicht, und wir waren entlassen; wie wir später feststellten, nicht nur für einige Stunden, sondern für volle drei Tage. Endlich rief uns High.

»Setzt euch, Jungens«, sagte er und stand auf, um im Zimmer auf und ab zu gehen, wie er es immer tat, wenn er uns einen Plan erläuterte. »Albert Levingstone ist der Meinung, dass Dexter ihm nach dem Leben trachtet, um einen unerwünschten Mitwisser zu beseitigen. Ich teile seine Ansicht. Wenn wir die Fälscher wissen lassen, wo der Maler sich aufhält, werden sie versuchen, ihn abzuknallen.«

»Schicken Sie ihnen eine Postkarte«, sagte Phil vorlaut.

»Leider weiß ich die Adresse nicht, sonst ließe ich die Einladung durch eine Hundertschaft Cops überbringen«, lächelte der Chef. »Aber auch so ist die Geschichte einfach genug. Wodurch wird ein Maler bekannt? Durch seine Bilder. Veranstalten wir also eine öffentliche Ausstellung seiner Bilder, und geben wir es in allen Zeitungen bekannt. Ich nehme an, auch Mr. Dexter und Means lesen hin und wieder eine Zeitung. «

Er nahm ein Blatt vom Tisch und reichte es uns. Es war offensichtlich das Manuskript zu einem Zeitungsartikel. Die Überschrift lautete: »Später Erfolg eines unbekannten Malers. – Lyonel Morton veranstaltet eine Ausstellung der Werke des Malers Albert Levingstone.«

Obwohl ich mich nicht gerade viel für Kunstdinge interessierte, wusste ich doch, dass Morton als der führende Kunsthändler New Yorks galt. Der Maler, dessen Bilder er in seinen Räumen aus der 5. Avenue ausstellte, war ein gemachter Mann.

Unter der Überschrift folgte eine recht rührende Lebensgeschichte des guten Alberts. Der Kardinalsatz stand am Schluss. »Lyonel Morton stellte dem völlig mittellosen Maler ein Weekend-Haus in der 86. Straße im Randbezirk von Brooklyn zur Verfügung.«

Ich gab das Blatt an Phil weiter. »Wenn die Bande erst nachsieht, ob die Bilder wirklich bei Morton hängen, platzt der Trick.«

»Sie werden lachen, Jerry, aber Levingstones Bilder hängen dort. Ich habe mit Morton gesprochen. Seine Wagen haben die Gemälde und Zeichnungen aus der alten Wohnung des Malers abgeholt. Morgen wird die Ausstellung eröffnet, und morgen erscheint auch dieser Artikel in drei der größten Zeitungen. Außer den Chefredakteuren weiß niemand, dass es sich um eine Falle der Polizei handelt.«

»Und Levingstone selbst? Er riskiert den Kragen bei dem Spiel.«

»Ich habe mit ihm gesprochen. Levingstone hat eingesehen, dass man sich gegen die Gesetze der menschlichen Gesellschaft auch dann nicht vergehen darf, wenn es schlecht steht. Er möchte alles tun, um seinen Fehler ungeschehen zu machen, nicht nur, um eine milde Strafe zu bekommen, sondern es ist echte Reue. Außerdem werden wir alles tun, um ihn zu schützen.«

Er breitete eine Karte auf dem Schreibtisch aus und winkte uns zu sich. »Das ist die 86. Straße. Hier ist das Wochenendhaus, das wirklich Morton gehört. Es ist allein von der ehemaligen Gartensiedlung übrig geblieben. Auf den anderen Grundstücken wurden inzwischen große Häuser errichtet. In den drei Tagen habe ich die Straße sichern lassen.

In Nummer 114, 116, 118, dem Wochenendhaus gegenüber, liegt in der Parterre je ein Kommando mit Sprechfunk ausgerüstet. Auf den Höfen von Nummer 112 und 120 stehen getarnte Lastwagen zur eventuellen Sperrung der Straße. In dem Haus selbst hält sich in der Rolle eines Dieners unser Mann Fred Baxter auf, und heute Nacht werden Sie, Phil und Levingstone dort Quartier beziehen. Meinetwegen kann er seinen Freund Esher auch mitnehmen.«

»Sehr schön, Chef, aber wenn sie nicht zur Wohnung kommen, sondern auf eine Gelegenheit lauern, ihn auf der Straße umzulegen?«

»Diese Gelegenheit wird ihnen nicht geboten. Levingstone verlässt sein Haus nicht, Künstler haben eben ihre Eigenheiten. Er empfängt auch niemanden. Da sie sein Geheimnis kennen, werden sich die Fälscher nicht darüber wundern. Sie müssen also zu ihm kommen, wenn sie ihn erledigen wollen. Und da es sich um einen Überfall handelt, hoffe ich, dass sie nicht nur einen Mann schicken, sondern einen ganzen Wagen voll, von dessen Besatzung wir einen Burschen lebendig haben müssen, damit er uns das Versteck der Druckerei verrät.«

Der Plan unseres Chefs war so rund, dass auch Means kaum eine Falle wittern würde. Blieb lediglich die Frage offen, ob unsere Gegner überhaupt noch an Albert Levingstone interessiert waren. Diese Frage konnten nur sie selbst uns beantworten.

Um Mitternacht fuhr uns ein Wagen zur 86. Straße. Fred Baxter öffnete uns die Tür des bescheidenen Holzhauses, das verloren inmitten seines kleinen

Gartens zwischen den hohen Mietshäusern lag. Baxter grinste uns an. Er trug tatsächlich die Kluft eines herrschaftlichen Dieners. »Bitte, hier entlang, die Herrschaften«, sagte er würdevoll. »Darf ich vorgehen.« Daraufhin boxte Phil ihn ins Kreuz, dass er nicht nur über die Schwelle zum Wohnzimmer, sondern auch aus seiner Rolle fiel.

»Spare deine Kräfte, bis es ernst wird«, fluchte er und rieb sich den Rücken.

Wir bezogen unser Standquartier im Wohnzimmer. Mitten auf dem Tisch stand die Funksprechanlage mit Lautsprecher und Mikrofon.

Da für heute Nacht noch nichts zu erwarten war, machten wir die Flasche leer und hauten uns hin, Levingstone und Esher kamen ins Schlafzimmer in der ersten Etage, Phil, Baxter und ich wechselten uns zwischen der Wache und den beiden Couchs ab.

Am Morgen ging Baxter in seinem Dienerkostüm zum Einkaufen. Er kam mit der »New York Times« wieder. Auf der zweiten Seite fanden wir in ziemlich großer Aufmachung den Bericht über die Levingstone-Ausstellung. Keine zehn Minuten später läutete zum ersten Mal das Telefon. »Bei Mr. Levingstone«, meldete sich Baxter. »Nein, ich bedauere, Mr. Levingstone ist für niemanden zu sprechen.« Er legte auf. »Das war der ›Daily Chronicle‹«, informierte er uns. Von diesem Augenblick an klingelte das Telefon ununterbrochen. Reporter, Kunstkritiker, Bildersammler wollten den Maler sprechen. Baxter geriet bei den ständigen Ablehnungen in Schweiß.

Noch während wir beim Frühstück saßen, erschienen die ersten Reporter vor unserer Tür. Unser »Diener« musste seine Tätigkeit verdoppeln. Während er zwischen Telefon und Tür hin- und herpendelte, saßen wir in der Küche, frühstückten in aller Gemütsruhe und sparten nicht mit aufstachelnden Redensarten, bis Baxter der Kragen platzte und er die Türklingel kurzerhand abstellte.

Aufatmend ließ er sich auf seinen Stuhl fallen. »Jetzt trinke ich erst Kaffee«, wütete er und hob die Tasse.

Es läutete auf der Diele. »Telefon!«, riefen wir wie aus einem Mund.

Er sah uns der Reihe nach an, als überlege er, wem er den Kaffee ins Gesicht schütten solle. Dann sagte er mit gewaltsamer Ruhe: »Ich gehe einfach nicht an den Apparat.«

»Tu's lieber doch, Fred«, antwortete ich. »Es könnte der Chef sein.«

Fluchend stellte er die Tasse zurück und raste in die Diele.

Es war der Chef. Er verlangte mich und fragte, ob alles in Ordnung sei. »Und sagen Sie Baxter, er solle jedem die Tür öffnen, der läutet. Ich halte es für möglich, dass unsere Freunde zunächst einen Spion schicken.«

Was Fred sagte, als ich ihm diese Anordnung ausrichtete, steht in keinem Lexikon.

Den Tag über saßen wir im Wohnzimmer, spielten Bridge miteinander und grinsten über den geplagten Baxter. Wir fanden die Sache recht vergnüglich, bis uns am Nachmittag 116 anrief:

»Heh, ihr Schlafmützen, zum vierten Mal kommt eben ein grauer Mercury an eurer Höhle vorbei. Der Karren fährt auffallend langsam.« Mit zwei Sätzen war ich am Fenster und spähte durch die Gardine. Ich sah nur noch die Rückfront des Fahrzeugs, das wirklich sehr langsam dahinkroch, obwohl in der 86. Straße kaum Verkehr war.

Ich nahm das Mikrofon. »In Ordnung«, antwortete ich 116, »wir passen jetzt selbst auf den Wagen auf.« Phil und ich zogen uns zwei Stühle ans Fenster. Es dauerte kaum zehn Minuten, bis das Auto zurückkam. Im gleichen Augenblick, in dem wir ihn sahen, meldete 118: »Grauer Mercury kommt zurück.« Wieder rollte der Wagen langsam durch die Straße, so langsam, dass ich den Mann am Steuer erkannte, obwohl er den Hut tief im Gesicht hatte. Es war Sol Crasher, und sein Begleiter auf dem Beifahrersitz war einer der Leute, die bei Clesburgh über mich hergefallen waren.

»In grauem Mercury sitzen zwei Mitglieder der Bande. Trotzdem kein Angriff auf Fahrzeug, aber höchste Bereitschaftsstufe«, gab ich durch. »Verstanden«, antworteten alle Stationen und 116 fügte hinzu: »Lasst euch keine Bombe ins Fenster werfen!« Das war eine Möglichkeit, an die ich noch nicht gedacht hatte, aber mit so gewichtigen Kriegsmitteln würden sie wohl nicht anrollen.

Abermals vergingen zehn Minuten. Dieses Mal meldete 114 den Wagen zuerst und gleich darauf sagte 116 erregt: »Der Mercury hält vor eurem Haus.«

Sol Crasher und sein Begleiter kletterten aus dem

Wagen, sahen nach links und rechts die einsame, aber nicht gänzlich unbelebte Straße hinunter, öffneten dann das kleine Gartentor und kamen auf das Haus zu. Kurz darauf schrillte die Klingel.

»Das ist der erste Besuch von Bedeutung, Fred«, sagte ich zu Baxter. »Lass dir kein Ornament verpassen. Die Möglichkeit ist drin, dass sie dich zur Fußmatte machen, wenn du ihnen den Eintritt verweigerst.«

Er kratzte sich am Kopf, sah uns zweifelnd an und ging, um zu öffnen. Phil und ich standen hinter der offenen Wohnzimmertür, und wir hielten die Kanonen in den Händen.

»Mr. Levingstone zu sprechen?«, hörten wir die heisere Stimme von Crasher.

»Nein, für niemanden«, bedauerte Fred.

»Wir sind alte Freunde. Uns empfängt er bestimmt. Lassen Sie uns ein!«

»Bedauere, er empfängt niemanden.«

»Geh zur Seite, Bastard«, knurrte Sol. Es hörte sich ganz so an, als hätte er die Kanone schon in der Hand, aber wie wir später von Fred erfuhren, stieß er ihn nur vor die Brust. Damit kam er bei Baxter allerdings an den Falschen, denn er war einer unserer härtesten Schläger. Wir hörten ein trockenes Klatschen, ein halb ersticktes Gurgeln und dann ein Poltern. Vielleicht wären wir vorgesprungen, wenn Fred nicht in diesem Moment gesagt hätte: »Benehmen Sie sich gebührlich, Gentlemen. Mr. Levingstone ist für niemanden zu sprechen.«

Ich huschte auf den Zehenspitzen zum Fenster und kam noch rechtzeitig, um zu sehen, wie Sol und sein Begleiter sich wieder auf die Füße stellten. Crasher hielt sich sein Kinn. Schleunigst zogen sie sich zurück.

»Sollen wir nicht eingreifen?«, fragte Phil.

»Zu spät, sie sind schon am Wagen. Lass sie laufen. Du kannst sicher sein, dass sie wiederkommen, und dann mit mehr Leuten.«

Der Abend verlief ruhig. Fred besorgte uns die Spätzeitungen. In fast allen waren Berichte über die Ausstellung zu finden. Levingstone und Esher stürzten sich darauf. Der Maler sagte zwischen Lachen und Trauer: »Es sieht ganz so aus, als ob Sie mit Ihrer Prophezeiung recht behielten, Mr. Cotton. Ich bin auf dem besten Wege zu einer Berühmtheit.«

Ich lachte. »Was glauben Sie, Levingstone, welche Sensation Sie erst werden, wenn der Richter Sie wegen Ihrer Kunstfertigkeit ins Kittchen schickt, und die Zeitungen die Hintergründe der Ausstellung aufrollen. Den fetten Brocken lässt sich die Presse nicht entgehen.«

Levingstone wurde sehr nachdenklich und verschwand an diesem Abend früh auf sein Zimmer. Esher folgte bald nach, und wir richteten uns auf eine lange und vielleicht aufregende Nacht ein. Das Licht wurde ausgeschaltet. Einer bezog Posten am Fenster, ein zweiter am Mikrofon und der dritte legte sich auf die Couch bis zur Ablösung.

114 beziehungsweise 118 meldeten uns jedes Fahrzeug, das sich unserem Haus näherte. In den ersten Abendstunden geschah das noch ziemlich häufig, je weiter die Nacht fortschritt, desto seltener. Die

ganze Sache war herzlich eintönig. Wir atmeten alle auf, als der Himmel sich allmählich grau färbte, und der Tag anbrach.

Auch während des Tages geschah wenig Aufregendes. Der Sturm der Reporter auf Türklingel und Telefon ließ nach. Fred kam zu seinem Frühstück. Um Mittag teilte uns 116 mit, dass sich ein Mann ständig vor unserem Hause herumtrieb. Ich sah hinaus. Ein schmächtiger, schlecht angezogener Bursche mit einer Schlägermütze stand auf der anderen Straßenseite und starrte zu uns herüber. Nach einer Viertelstunde schlenderte er weiter, kam aber gleich darauf zurück und lehnte wieder einige Zeit, die Hände in den Hosentaschen, an einem Laternenpfahl.

»Sie lassen uns beobachten«, sagte ich zu Phil, »und gehängt will ich werden, wenn sie uns heute Nacht nicht einen Besuch abstatten.«

Bis Mitternacht spielten Fred und ich eine Pokerpartie, während Phil den Posten am Fenster übernommen hatte. Baxter verlor vier Dollar. Immer wieder meldeten uns 114 und 118 anfahrende Wagen. Jedes Mal legten wir die Karten hin und warteten, die Hand am Lichtschalter, auf das Knirschen der Bremsen. Um Mitternacht löschten wir endgültig das Licht. Ich trat zu Phil ans Fenster. Der Mond stand hoch und voll am Himmel und tauchte die Straße in ein milchiges Licht.

»Gutes Zielwetter«, sagte Phil zwischen den Zähnen.

Um zwei Uhr fünfunddreißig Minuten knackte es im Lautsprecher und 114 meldete. »Wagen mit hoher

Geschwindigkeit. Achtung!« Er hatte noch nicht ausgesprochen, als das Auto weich und lautlos vor unserem Haus bremste. Zwei, drei, vier Männer stiegen aus. Ich glaubte zu erkennen, dass einer am Steuer sitzen blieb. Die Scheinwerfer erloschen. Ich sprang ans Mikrofon. Unwillkürlich flüsterte ich. »Einsatz! Achtung! Einsatz! Lastwagen aus 112 und 120 bei erstem Schuss Straße sperren.«

Ich wusste, dass in dieser Sekunde mehr als ein Dutzend Männer die Revolver entsicherten, zwei Lastwagenmotoren angeworfen wurden, aber die Straße blieb still und friedlich wie zuvor.

Die vier Männer kamen auf das Haus zu. Ein unbefangener Beobachter hätte sie für eine Gesellschaft gehalten, die bei einem Freund noch einen Drink nehmen wollte. Kurz darauf hörten wir leise Füße über die Steintreppe scharren. Es klirrte wie ein Schlüsselbund.

Einen wenigstens brauchten wir lebendig. Lautlos schob ich Fred zur Küche. Phil blieb in der Wohnzimmertür stehen. Ich selbst stellte mich vor die Haustür, gerade so weit entfernt, dass sie mich beim Öffnen nicht berührte.

Ich hörte, wie der Dietrich im Schloss herumstocherte. Dann fasste er. Mit einem leisen Schnalzen sprang die Lasche zurück. Die Klinke bewegte sich vorsichtig nach unten.

In diesem Augenblick packte ich zu. Ich riss die Tür auf, stürzte mich auf den ersten Mann, riss ihn an mich heran, so eng, dass er mir als Schild diente und sprang vier, fünf Schritte zurück. Das dauerte nur eine Sekunde, vielleicht noch nicht einmal. Ich kam bis auf die ersten Stufen der Treppe nach oben, bevor die Gangster begriffen, was geschehen war. Es blitzte und krachte von allen Ecken und Kanten, von der Haustür, von Phil aus dem Wohnzimmer und Fred aus der Küche. Ich fühlte, wie der Bursche in meinen Armen, der bisher keine Bewegung der Abwehr gemacht hatte, zwei-, dreimal aufzuckte und dann schlaff wurde.

Irgendwer brüllte: »Eine Falle! Zurück, Jungens, schnell weg!«

Sie stolperten die Stufen herunter, rannten sich gegenseitig hindernd zum Wagen, aber es war längst zu spät für sie. Mit heulenden Motoren hatten sich unsere beiden Lastwagen quer über die Straße gestellt. Der Fluchtweg war ihnen abgeschnitten.

Ich ließ den Burschen los, den ich mitgezerrt hatte. Er fiel zusammen wie ein Tuch und rutschte die Treppe hinunter. Es war nicht mehr viel los mit ihm. Die Kugeln seiner eigenen Kumpane hatten ihn in den Rücken getroffen.

Wir liefen zum Fenster. Die drei Gangster standen bei ihrem Wagen, das heißt, sie hockten mit ge- krümmtem Rücken hinter ihm in Deckung. Die Nacht war hell genug, um die Lastwagen quer über der Straße zu sehen.

Ich schob das Fenster hoch. Baxter trug den Tisch mit der Funksprechanlage heran. Er reichte mir das Mikrofon.

»Nach Möglichkeit nicht auf den Mann schießen. Wenn erforderlich, nur verwunden.«

Nach dem kurzen Feuergefecht war es wieder totenstill auf der Straße. Sicherlich waren alle Leute durch das Schießen geweckt worden, aber niemand wagte, Licht zu machen.

Der Fahrer des Wagens kam vom Steuer und kroch zu den anderen. Ich hörte, wie sie miteinander tuschelten.

»116«, sagte ich, »setzt ihnen eine Garbe vor die Füße, damit sie einsehen, dass es keinen Zweck hat, in einem der Häuser verschwinden zu wollen.«

Von drüben ratterte eine Maschinenpistole. Die Kugeln ratschten unmittelbar vor der Front des Wagens entlang über das Pflaster und schlugen lange Funken aus dem Asphalt. Die Gangster zogen die Köpfe ein wie geprügelte Hunde.

»Macht Schluss!«, rief ich ihnen zu. »Ihr seid umstellt. Ergebt euch!«

Statt einer Antwort blitzte es bei ihnen auf. Unsere Fensterscheibe zerklirrte. Ich ließ mich dadurch nicht beirren.

»Nehmt Vernunft an. Sollen wir euch wie tolle Füchse zusammenschießen?

»Bist du das, Cotton?«, rief einer von ihnen. Ich erkannte die Stimme.

»Ach, der liebe Mr. Smith. Hast du deinen Chef nicht bei dir? Bedanke dich bei ihm für diese Situation.«

Er fluchte schauderhaft, und dann schoss er. Seine Kugeln pfiffen ins Zimmer. Irgendeine Vase zerplatzte. Wir zogen die Köpfe ein und ließen ihn gewähren. Von unserer Seite fiel kein Schuss zur Antwort.

Als er sich ausgetobt hatte, rief ich ihn wieder an: »Es ist alles sinnlos. Gib's auf, Smith.«

»Ich ergebe mich!«, rief jemand, aber es war nicht die »Ratte«.

»Wenigstens ein Vernünftiger. Wirf deine Kanone fort, nimm die Hände hoch und komm ins Haus!«

Aus dem Schatten des Autos löste sich eine Gestalt. Ich hörte einen Revolver auf das Pflaster scheppern. Der Mann nahm beide Arme hoch und kam zögernden Schrittes auf unser Haus zu.

Er erreichte eben das Gartentor. Bei den Verbrechern lachte jemand hässlich auf. Ein Schuss krachte. Der Mann am Gartentor schrie gellend, sackte langsam in die Knie und fiel dann flach vornüber auf das Gesicht. Die »Ratte« hatte den eigenen Mann erschossen.

Mich schüttelte der Ekel vor diesem Kerl. Gleichzeitig packte mich die Wut.

»Treibt sie vom Wagen weg!«, befahl ich ins Mikrofon.

Drei Maschinenpistolen ballerten aus 116 los. Die Scheiben zersplitterten an dem Wagen. Gellend klatschten die Kugeln auf das Blech. Mit lautem Knall zerplatzten die beiden Vorderreifen. Näher und näher tasteten sich die Garben an die Gangster heran. Sie mussten weg vom Wagen, ob sie wollten oder nicht. Schon zerknallte der rechte Hinterreifen. Zu allem Überfluss schoss plötzlich eine Stichflamme aus dem Auto hoch. Ein Funke hatte das auslaufende Benzin entzündet. Im Handumdrehen stand die Karre in lodernden Flammen. Hitze und Kugeln zwangen die Verbrecher, sich zurückzuziehen. Hilflos standen sie mitten auf der Straße. Der Mondschein und das flackernde Licht des brennenden Autos machten sie geradezu zu Zielscheiben. Drei waren noch übrig. Die Nacht war so hell, dass ich erkannte, wie die »Ratte« ein neues Magazin in den Colt stieß.

Ich stoppte das Schießen aus 116.

»Noch nicht genug, Smith?«, brüllte ich.

»Du musst schon selbst kommen, mich zu holen!«, schrie er zurück.

»Wenn ich ein Gewehr hätte, traute ich mir zu, ihn abzuschießen«, sagte Baxter hinter mir, »aber mit der Maschinenpistole zersiebst du auch die beiden anderen. Sie stehen zu eng bei ihm. Ich glaube, sie möchten ganz gern die Arme hochnehmen, aber sie haben Angst vor ihm.«

»Na, wie ist es, Cotton«, schrie er wieder. »Holst du mich! Oder schießt uns zusammen! Aber dann erfahrt ihr nie, wo die Werkstatt ist.«

Mit einem Satz sprang ich aus dem Fenster. Hinter mir schrie Phil: »Um Gottes willen, Jerry, bist du verrückt?«

Ich öffnete das Gartentor mit der Linken, das durch irgendeinen Zufall ins Schloss gefallen war. In der Rechten hielt ich den Colt. Am brennenden Wagen vorbei ging ich langsamen Schrittes auf die drei Gangster zu. Die »Ratte« sah mir entgegen mit einem Gesichtsausdruck, als traue er seinen Augen nicht. Die beiden anderen Gangster wichen langsam Schritt um Schritt zurück. Auch sie starrten mich mit diesem ungläubigen Ausdruck an. Ich beachtete sie nicht. Ich wusste, sie würden nicht auf mich schießen, ich wusste das mit absoluter Sicherheit. Diese Sache ging nur die »Ratte« und mich an.

Immer näher kamen wir uns. Beide hatten wir den Finger am Abzug. Ich sah ihm gerade in die schiefen, tückischen Augen. Zwanzig Schritte noch, fünfzehn, zwölf, zehn ... Sein Gesichtsausdruck wechselte. Der hässliche Mund entfaltete sich zu einem Grinsen. Seine Augen funkelten auf. Wir schossen gleichzeitig, aber ich schoss, während ich mich fallen ließ. Ich lag kaum auf der Erde, da war schon alles vorbei. Die »Ratte« stand steif wie ein Pfahl, dann krümmte er sich langsam wie in Zeitlupe zusammen, seine Knie knickten ein, die Pistole entfiel seiner Hand, er schwankte, fiel dann nach rechts, rollte auf den Rücken. Seine Arme schlugen auseinander.

Ich stand auf. Die beiden Gangster standen wie die Strohpuppen.

»Hände hoch!«, befahl ich. Sie ließen die Waffen fallen und hielten die Arme in die Höhe. Als sie herankamen, erkannte ich in dem einen Peddy Whoole. Vor mir her marschierten sie zum Haus. Ich beugte mich kurz über die »Ratte«. Mit weit offenen Augen, die nichts mehr sahen, starrte er in den Himmel.

In den nächsten drei Sekunden wimmelte die Straße von Polizisten. Der Mann am Gartentor und der andere, den ich hereingezerrt hatte, waren ebenfalls tot. Ohne die Erledigung der »Ratte« wäre unsere Aufgabe wahrscheinlich gescheitert.

Wir setzten die verstörten Gangster in die Küche und begannen sofort mit dem Verhör. Ich steckte Peddy Whoole und dem anderen eine Zigarette zwischen die bebenden Lippen.

»Sei vernünftig, Peddy«, sagte ich ihm, »Ich will wissen, wo die Falschgeldwerkstatt ist. Zwing uns nicht, dich durch die Mangel zu drehen.« Er war so völlig fertig, dass er nicht einen Hauch von Widerstand versuchte. »Internationale Lagerhaus-Gesellschaft im Hafen«, japste er.

»Deutlicher, Peddy, bitte deutlicher.«

Er fraß die Zigarette in langen Zügen auf.

»Ein Lagerhaus am Pier 43. Dexter ist der Besitzer. Die Druckerei ist im Keller untergebracht, den man nur durch eine Falltür erreichen kann.«

»Gibt es einen zweiten Ausgang?«

»Kein zweiter Ausgang.«

Ich lachte ihm in sein verhauenes Boxergesicht. »Peddy, mit deiner Visage kann man nicht lügen. Natürlich gibt es einen zweiten Ausgang, Füchse wie Dexter und Means setzen sich nicht in die Falle.« Ich wandte mich an den Chef. »Ich glaube, ein Großeinsatz wäre hier angebracht.«

Er nickte und ging zum Telefon. Was er in den nächsten drei Minuten an Cops und G-men auf die Beine brachte, stellte eine hübsche Streitmacht dar. Alle schickte er in den Hafen, und er gab ihnen genaue Anweisungen, wo sie sich zu postieren hätten.

Ich ging zu ihm auf den Flur hinaus und teilte ihm flüsternd meinen Plan mit. Er war einverstanden. »Versuchen Sie es, Jerry, obwohl sie längst Verdacht geschöpft haben müssen. Ihr Totschlägerkommando ist zu lange ausgeblieben.«

Peddy Whoole wurde blass um die Nase, als Phil und ich ihn in unseren Wagen packten.

»Wohin werde ich gebracht?«, stotterte er.

Phil drückte ihm liebevoll die Null-Acht zwischen die Rippen.

»Nicht wir bringen dich, sondern du bringst uns zu deinen Freunden. Wir nehmen an, dass ihr eure vortreffliche Fabrik durch einige Maßnahmen gesichert habt, und wir möchten euch gern durch einen überraschenden Besuch erfreuen.«

Wir brausten im achtzig Meilen Tempo durch das nächtliche New York zum Hafen, und hinter uns, allerdings in einigem Abstand, brausten sämtliche G-men, die an der Sache in der 86. Straße beteiligt gewesen waren. Wenn man hinzurechnete, was der Chef per Telefon in den Hafen geschickt hatte, dann konnte man den Fälschern nur empfehlen, eiligst die Hände hochzunehmen.

Meiner Meinung nach mussten sich, als wir ins Hafengelände einfuhren, an die fünfhundert Cops und G-men dort herumtreiben, aber nicht ein Pistolenlauf war von ihnen zu sehen. Allerdings war es eine Kleinigkeit, sich in dem unübersichtlichen Gewirr von aufgestapelten Waren, kreuz und quer stehenden Lagerschuppen, Kränen, Verladerampen, angelegten Kähnen und so weiter zu verbergen.

Wir steuerten Pier 43 an. Die anderen Wagen blieben an der Einfahrt. Ihre Besatzung kam uns zu Fuß nach, wie es vereinbart war.

Phil puffte Peddy ein wenig mit der Pistole und forderte ihn auf, uns auf dem kürzesten Weg zum Schuppen der »Internationalen Lagerhaus-Gesellschaft« zu führen, und versprach ihm einen angenehmen Tod, falls er Mätzchen versuchen sollte.

Nach Whooles Anweisungen steuerte ich unseren Wagen an den riesigen Schuppen vorbei, bog um einen der großen Kräne und bremste, als er »Stopp« flüsterte.

Der Schuppen, vor dem wir hielten, war klein im Vergleich zu den anderen, aber immer noch groß genug. Er machte einen völlig zerfallenen und verrotteten Eindruck, lediglich das Transparent mit der Firmenaufschrift »Internationale Lagerhaus-Gesellschaft« über dem großen Holztor schien neu zu sein.

»Fahren Sie in den Schuppen«, sagte Whoole heiser. »Die Tür ist nicht verschlossen.«

»Zeig uns den Weg zum Paradies!«, befahl ich Whoole. Er ging voran bis in die äußerste rechte Ecke des Schuppens, in der ein Stapel von zwei Dutzend Kisten stand. Zwischen zwei Kisten zwängten wir uns durch und sahen am Fußboden eine überdimensionale Falltür, groß genug, auch die umfangreichsten Güter in den Keller transportieren zu können. In die große Tür war eine kleinere Klappe für Personen eingelassen. Whoole zog sie hoch. Wir sahen die Stufen einer eingehängten Eisenleiter. Die Taschenlampe zwischen den Zähnen kletterte ich voran. Dann folgte Peddy und schließlich Phil.

Der Raum, in dem wir uns befanden, war nur klein und natürlich stockduster. »Hier entlang«, flüsterte Whoole. Er führte uns um zwei Stützpfeiler zu einem Mauerdurchbruch in einen weiteren Raum voller Gerümpel. An der Stirnwand dieses Gewölbes sahen wir scharfe Lichtstrahlen aus den Spalten einer Tür fallen.

Ich beugte mich zu Phils Ohr: »Hol die anderen. Ich bleibe so lange hier. Möglichst lautlos, bitte. Ich will keine unnötige Schießerei.« Er huschte ins Dunkle zurück. Fünf Sekunden lang sah ich noch den Schein seiner Taschenlampe.

Ich bedeutete Peddy, sich mit mir hinter einen Bretterverschlag zurückzuziehen und vor allen Dingen die Schnauze zu halten.

Fünf Minuten hockten wir hinter den Brettern im Dunkeln und in schönster Eintracht, denn Peddy wusste, dass ich die Null-Acht in der Hand hielt.

Von der Tür her hörte ich schwache Geräusche. Irgendwer sang schauderhaft falsch den Schlager: »Was machst du am Sonntag, Baby?«

Zwei Minuten später kam dieser dusselige Whoole auf den Gedanken, unsere Eintracht trotz der Kanone in meiner Hand zu stören. Er warf sich auf mich und versuchte, meinen Arm mit der Pistole zu umklammern. Es gelang ihm nicht. Er riss mich zwar um, aber die rechte Hand behielt ich frei. Es wäre mir ein Leichtes gewesen, ihm den Lauf vor den Kopf zu halten und abzudrücken, obwohl er über mir lag, aber ich wollte keinen Lärm, denn bis jetzt war die Sache ziemlich lautlos abgegangen. Ich zog nur die Knie an und stieß ihn zurück. Im Nu war ich auf den Beinen. »Idiot«, zischte ich, »willst du absolut das bisschen Gehirn ausgeblasen bekommen, das du besitzt.« Er schien den Rest seiner Vernunft verloren zu haben, denn er stürzte sich erneut auf mich. Ich fing ihn mit einem linken Haken ab, der ihn weit zurückschleuderte. Leider flog er dabei gegen den Bretterverschlag und die gesamte Stellage krachte über ihm zusammen.

Das gab allerdings einigen Lärm. Der Mann hinter der Tür, dessen Baby immer noch nicht wusste, was es am Sonntag machen sollte, brach seine Befragung ab. Das Licht aus den Spalten erlosch.

Ich huschte auf leisen Sohlen von dem Niedergeschlagenen weg, stieß gegen einen großen, gefüllten Sack und kauerte mich dahinter.

Ich hörte, wie die Tür aufknarrte. Endlose zehn Sekunden lang geschah nichts. Dann fand drüben in den Resten des Verschlags Whoole offenbar das Bewusstsein wieder, denn ich hörte die Bretter krachen und knacken.

Die Reaktion seiner Kumpane war bezeichnend für Leute ihres Schlages. Ohne sich darum zu kümmern, wer oder was dort im Dunkeln herumkroch, feuerte jeder von ihnen drei oder vier Schüsse in die Ecke. Es hallte in dem Kellergewölbe wie Donnerschläge.

Die Folge des Feuerwerks mit Paukenschlag war eiliges Fußgetrappel und Rufe. Phil und die anderen G-men mussten schon in der Nähe gewesen sein, und jetzt kamen sie ohne Rücksicht herangeprescht. Sie dachten natürlich, die Kanonade hätte mir gegolten.

Es gab einiges Geschrei und Durcheinander. Gangster schrien entsetzt: »Polente!« – G-men schrien: »Hände hoch!« Von beiden Seiten wurde ein wenig geschossen. Dann fiel die schwere Türe ins Schloss, es wurde ruhig und wir kamen hinter der Deckung hervor. Sechs oder sieben Taschenlampen blitzten auf.

Ich ging zu dem zusammengebrochenen Bretterverschlag hinüber. Peddy Whoole lag ausgestreckt in dem Holzgewirr. Die Kugeln seiner Kumpane hatten ganze Arbeit geleistet.

Phil beschäftigte sich unterdessen mit der Tür. Sie war aus schweren Eichenbohlen gefügt und von innen verriegelt. Mit einer schweren Eisenstange machten wir uns daran, sie zu knacken, aber es dauerte eine Weile, bis wir sie endlich aus dem Schloss heben konnten.

Na, und dann betraten wir also die Höhle im Zauberberg, in der überraschenderweise wieder das Licht brannte. Natürlich steckten wir erst vorsichtig die Nasen um die Ecke, aber niemand war da, der uns eins aufbrannte. Mit einer Märchenhöhle hatte das Kellergewölbe wenig Ähnlichkeit. Eher sah es aus wie eine moderne Fabrik. In der Mitte des Raumes wuchtete eine schwere Druckmaschine hoch, die fast bis an die Decke stieß. Auch die Schneideapparatur für das Papier fehlte nicht, außerdem gab es einige Papierballen und eine Menge Farbtöpfe.

Über die Schätze hätte sich allerdings auch Ali Baba nicht zu beklagen brauchen. Ein Riesenschrank, der uns mit aufgerissenen Türen angähnte, war voll gestopft mit gebündelten Geldscheinen, und was die Gauner von dem Zeug in der Eile der Flucht auf dem Fußboden verstreut hatten, hätte noch ausgereicht, um mehr als einen armen Mann für den Rest seines Lebens glücklich zu machen, wenn die Millionen, die hier lagen, nicht falsch gewesen wären.

Welchen Weg die Drucker, die so vorzüglich auch mit dem Schießeisen umzugehen verstanden, genommen hatten, lag auf der Hand. An der Stirnwand stand eine schmale und niedrige Tür offen. Phil und ich untersuchten sie näher. Sie bildete den Eingang zu einem gewölbten Gang, aus dem uns eine feuchte, faulig riechende Luft entgegenschlug. Ohne Zögern machten wir uns daran, die Angelegenheit näher zu untersuchen.

Der Fußboden des Ganges war schlüpfrig, die Wände feucht und die Decke so niedrig, dass ich gebückt gehen musste. Der Durchschlupf senkte sich recht steil abwärts. Ich musste mich mit beiden Händen an den Wänden stützen, um nicht auszurutschen.

Hundert, zweihundert, dreihundert Yard ging es in völliger Finsternis abwärts, dann weitete sich der Gang. Wir hörten leises Plätschern, sahen das Licht des Mondes und fanden uns unterhalb der Kaimauer von wahrscheinlich Pier 43 am Wasser des Hafens stehen, über uns ragte die Mauer des Piers wohl zehn Yard hoch.

»Der Gang scheint ein ehemaliger Abflusskanal zu sein«, erklärte ich Phil, »aber ich frage mich, wie die Brüder von hier aus weitergekommen sind?« Er leuchtete mit der Taschenlampe die Mauer ab. Drei, vier Schritte seitwärts blieb der Lichtkegel an einer flachen Eisenleiter hängen, wie man sie gewöhnlich an Schornsteinen sieht.

Ich war eben im Begriff, ohne Rücksicht auf meine Schuhe zu versuchen, ob das Wasser an dieser Stelle zur Erreichung der Leiter flach genug war, als der Tanz über unseren Köpfen losging.

»Bleiben Sie stehen!«, brüllte eine Stimme. »Stehen bleiben! Ich schieße!«

Es krachte zweimal. Eilige Füße schlugen auf das Pflaster. Eine Coppfeife trillerte laut und anhaltend. Eine zweite, dritte, vierte antwortete.

Jetzt hörten wir den Ruf »Stehen bleiben!« aus etwas größerer Entfernung und wieder wurde geschossen.

Ich zog mein Zigarettenpäckchen aus der Tasche. »Die Burschen rennen da oben hin und her wie die Mäuse in der Falle. Ich glaube, wir werden sie gleich in Ruhe betrachten können. Ich freue mich geradezu auf das Gesicht William Means'.« Wir zündeten uns die Zigaretten an und wollten uns auf den Rückweg machen, als irgendetwas keuchend an der Mauer neben dem Gangausgang heruntersauste, ins Wasser platschte und auf allen vieren in den Gang gekrochen kam.

Gedankenschnell hatten wir die Zigaretten ausgetreten. Wir sahen die Gestalt des Mannes gegen den Nachthimmel. Im nächsten Augenblick leuchteten wir ihn mit den Taschenlampen an. Er schrie vor Schreck laut auf. Phil drehte ihm mit einem flinken Griff die triefende Pistole aus der Faust. Ich packte ihn beim Genick und stieß ihn in den Gang hinein, aber sein Schrei hatte den zweiten Mann gewarnt. Noch im Wasser stehend schoss er auf uns. Die Kugel klatschte gegen die Mauer und zwitscherte als Querschläger durch die Nacht.

Er schleuderte die nutzlose Pistole weg, ging drei

Schritte tiefer in das Wasser hinein, warf sich nach vorn und schwamm davon.

Ich richtete das Licht meiner Taschenlampe auf seinen Kopf.

»Heh!«, brüllte ich ihm nach. »Lass den Unsinn! Komm zurück!«

Über uns trappelten wieder die Stiefel von Polizisten.

»Cotton hier!«, rief ich hinauf. »Besorgt mal einen Scheinwerfer!«

Es dauerte noch keine Minute, bis ein Copauto mit aufmontiertem Scheinwerfer zur Stelle war. Sie fingen den schwimmenden Mann in den Lichtkegel ein und setzten ihm auf meine Anweisung einige Kugeln vor die Nase. Daraufhin bekam er es mit der Angst zu tun, drehte sich auf den Rücken, winkte mit dem Arm, rief halb erstickt »Nicht schießen!« und schwamm zurück.

Am Kragen fischten wir ihn aus dem Wasser. Er war völlig erledigt und keuchte, als hätte er eine Kanalüberquerung hinter sich.

Brav trotteten die beiden nassen Fälscher vor uns her durch den Gang zu ihrer Werkstatt zurück. Dort fanden wir bereits einen dritten Mann, den die Cops oben geschnappt hatten. Ein vierter befand sich, wie uns gemeldet wurde, auf dem Wege ins Krankenhaus, da er sich einen Lungensteckschuss eingefangen hatte.

Wir setzten die drei Geldproduzenten auf Stühle, gaben ihnen je eine Zigarette, um sich die blassen Nasen zu wärmen, und begannen mit dem ersten, flüchtigen Verhör.

»Wer ist der Chef?«, fragte ich.

Erst zögerten sie, dann meldete sich der Langstreckenschwimmer. Levingstone hatte uns eine Zeichnung von Dexter angefertigt. Dass dieser Knabe mit dem kurz geschorenen Haar und dem viereckigen Gesicht nicht Dexter war, sah ich auf den ersten Blick.

»Ich heiße Frederic Lash«, knurrte er.

»Schön, Frederic«, sage ich, »und welche Stellung hast du hier inne?«

»Ich bin Buchdrucker von Beruf«, antwortete er. »Ich bediene die Maschine.«

Um es kurz zu machen, das Verhör ergab, dass die drei Geschnappten alle einige technische Kenntnisse hatten und mit der Herstellung der Falschnoten beauftragt waren. Sie waren keine unbeschriebenen Blätter mehr. Einige Vorstrafen hatte jeder von ihnen auf dem Kerbholz. Sie erzählten ausführlich, wie sie von Dexter für den Job angeheuert worden waren, und keiner von ihnen wollte auf uns geschossen haben. In dieser Beziehung gaben sie alle vor, unschuldige Engelein zu sein. Nun, uns interessierte das wenig. Wir wollten wissen, wo Dexter steckte, und welche Rolle Means in dem Verein spielte.

Lash klärte uns auf. »Der Doktor und Dexter zogen das Geschäft gemeinsam auf. Ihnen gehört das Lagerhaus. Sie beschafften die Maschinen, die Platten, das Papier, die Farben. Als wir anfingen, war der Doktor fast nie hier, aber in der letzten Woche hielt er sich ständig bei uns auf.«

»Waren die beiden auch heute in der Druckerei?«

»Ja, heute waren alle hier, als Roy, Whoole und drei andere abfuhren, um irgendeine Sache zu erledigen. Der Doktor und der Chef blieben auch danach bei uns, aber nach einiger Zeit befahlen sie plötzlich, die Maschinen abzustellen. Sie erteilten uns Auftrag, die gedruckten Noten zu schneiden, nahmen die Platten aus der Druckmaschine, ließen zwei Koffer mit Scheinen voll packen und gingen dann mit Sol Crasher, der ihnen die Koffer trug, an Bord.«

»Augenblick«, unterbrach ich. »Wohin gingen sie?«

»An Bord. Dexter hat ein kleines Motorboot, mit dem er immer kommt. Es ist das Beiboot zu seiner Jacht, die er irgendwo im Hafen liegen hat. Ich selbst habe das Schiff nie gesehen, aber Crasher hat mir erzählt, es wäre ein hochfeiner Kahn.«

Die nächsten sechzehn Stunden verbrachte ich, und wahrscheinlich nicht nur ich, sondern die ganze Besatzung, in der 86. Straße in einem ausführlichen Dauerschlaf. Danach fand ich mich bei Mr. High ein, wo ich Phil traf. Der Chef erzählte uns die Geschichte der Falschgeldbande bis in alle Einzelheiten, als hätte er sie selbst gegründet.

»Die Bande umfasste zwölf Mann: Means und Dexter als führende Köpfe, Roy »Smith«, dessen richtiger Name Both lautet, als Führer der Totschlägergarde, Peddy Whoole, Sol Crasher und drei weitere Rowdys und die vier Mann, die wir in der Druckerei ausgehoben haben. Both, Whoole und zwei von den am Überfall in der 86. Straße Beteiligten sind tot, einer liegt im Gefängnislazarett und vier haben wir hinter Schloss und Riegel, bleiben die beiden Führer Means und Dexter und Sol Crasher. Nach den Aussagen der Gefangenen war die Bande nie größer.

Wir haben inzwischen einige interessante Einzelheiten festgestellt. Die ›Internationale Lagerhaus-Gesellschaft‹ heißt erst seit einem halben Jahr so. Wissen Sie, wie sie früher hieß. ›Means & Son‹.« Phil und ich sahen uns an.

»Der alte Means ist schon lange tot. Er besaß eine Menge Geld und zwei Söhne. Der eine wurde Arzt, der andere übernahm den Betrieb seines Vaters. Der Arzt zog nach Florida, der andere zigeunerte durch die Staaten, ließ das väterliche Geschäft verkommen, unternahm manches krumme Ding, wurde in Nevada zu zwei Jahren wegen Urkundenfälschung verurteilt, kam mit einer Menge Geld nach New York zurück und unternahm gemeinsam mit seinem Bruder die Falschgelddruckerei.« Er lächelte. »Kein Grund, sich über mein Wissen zu wundern. Ich kam auf den Gedanken einer Verwandtschaft zwischen Means und Dexter, als Levingstone von der Ähnlichkeit beider sprach. Als ich unter dem Namen Means nachforschen ließ, hatte ich die Lebensgeschichte Dexters bald zusammen. William Means scheint seinem Bruder, was die charakterliche Veranlagung angeht, wenig nachzustehen. Beide sind von dem Wunsch besessen, schnell reich zu werden, und einen rascheren Weg, als sich das Geld selbst zu drucken, dürfte es kaum geben. –

Dexter, wir wollen es bei diesem Namen lassen, organisierte die Sache fachmännisch. Sie bestellten Maschinen, Farbe und Papier bei den entsprechenden Unternehmen. Wie weit die Inhaber oder Angestellten dieser Firmen mitschuldig sind, muss noch geprüft werden. Dexter gründete die Lagerhaus-Gesellschaft unter einem anderen Namen neu, ohne allerdings an wirkliche Speditionsgeschäfte zu denken. Es ging ihm lediglich darum, eine sichere Tarnung für das Unternehmen zu haben, und wer sollte sich darüber wundern, wenn Kisten, Maschinen und Papiere an eine Lagergesellschaft im New Yorker Hafen geschickt wurden. Dass diese Gegenstände das Lagerhaus nie wieder verließen, fiel niemandem auf. – So richteten sich die Verbrecher im Keller des Gebäudes die Druckerei ein, und Dexter ging auf die Suche nach einem Mann, der die Platten herstellen konnte. Wie er den Mann fand und wie er dabei vorging, wissen wir von Levingstone. – Nachdem die ersten Druckproben vorlagen, organisierte Means in Florida den Vertrieb des Geldes über die »South-Bank« mithilfe des Kassierers und des Direktors. Der Gedanke, die Noten durch eine Bank vertreiben zu lassen, war einfach genial und sicherte sie in geradezu vollkommener Weise. Nur die Tatsache, dass durch einen Zufall zwei Scheine mit der gleichen Nummer bedruckt wurden und dass diese Scheine zusammen in eine, in Ihre Hand gerieten, Jerry, brachte uns auf die Fährte der Fälschung, bevor es der Bande gelungen war, größere Mengen in den Verkehr zu bringen. Kurz vor der Aufdeckung erschoss Means den Kassierer Craydon, weil dessen auffälliges Benehmen ihm gefährlich erschien.«

Er machte eine kleine Pause, um dann fortzufahren:

»Über die Ereignisse, die zwischen Means' Befreiung und der Aushebung der Fälscherwerkstatt liegen, brauchen wir nicht zu sprechen. Daran waren Sie selbst beteiligt. Interessanter ist, was sich in der Nacht ereignet hat, in der sie ihre Leute in unsere Falle schickten. Nach den Aussagen Lashs und der anderen in dem Keller scheinen Means und Dexter Verdacht geschöpft zu haben, als Both mit seinen Leuten über die Zeit ausblieb. Sie zogen es vor, sich zunächst in Sicherheit zu bringen, nahmen auch die wichtigen Druckplatten mit und einige Koffer mit Falschgeld. Dadurch, dass er ihnen die Koffer nachtragen musste, entging auch Sol Crasher der Aushebung. Die Brüder Means besitzen eine Motorjacht. Jacht ist wahrscheinlich eine schmeichelhafte Bezeichnung für ein mittelgroßes Motorboot, auf dem drei oder vier Mann eine notdürftige Unterkunft finden dürften. Leider hat keiner von den Verhafteten den Kahn jemals gesehen.

Bisher war er auf und ab gegangen. Jetzt setzte er sich in seinen Sessel. »Auf den ersten Blick scheint der Hauptteil unserer Aufgabe beendet. Wir haben die Fälscherbande fast restlos ausgehoben, haben die Maschinen und haben falsche Noten im Werte von über zwei Millionen Dollar beschlagnahmt.« Er lächelte. »Zwei Millionen wert, wenn sie echt wären, so nur ein Haufen Altpapier zu einem halben Cent beim Lumpenhändler.« Sofort darauf wurde er wieder ernst. Aber wir konnten Means und Dexter nicht fassen, und vor allen Dingen haben wir die Platten nicht. Abgesehen davon, dass die Fälscher noch Noten für einige hunderttausend Dollar bei sich haben, besteht die Gefahr, dass sie oder irgendein anderer, in dessen Hände die Platten fallen, über kurz oder lang einen neue Möglichkeit zum Drucken finden. – Wir müssen also die Sache so ansehen, dass wir nichts erreicht haben, bis sich die Brüder Means und die Platten in unseren Händen befinden. Ich denke, ihr beide übernehmt die Aufgabe, da ihr den Fall bisher verfolgt habt.«

Wir trieben uns im Hafen herum, bis wir selbst nicht mehr wussten, ob wir G-men oder Vollmatrosen waren. Wir pumpten uns ein Boot von der Hafenpolizei und hielten jeden Kahn an, der weniger als fünfzig Tonnen hatte und uns vor den Bug lief. Wir durchkreuzten das riesige Hafenbecken von New York bei Tag und bei Nacht wie der Fliegende Holländer. Wir brummten den Hudson herauf und herunter. Wir fassten einige Kähne, die Schmugglergut vom Außenhafen in das Innenbecken transportierten.

Aber Means, Dexter und Crasher fanden wir nicht.

Für alles, was mit dem Hafen und der Seefahrt zusammenhing, war der »Haifisch« der richtige Ort, und sein Besitzer, Lucky Poth, der richtige Mann. In seiner Jugend war Lucky selbst ein ziemlicher Haifisch gewesen, und während der Prohibition hatte er dick verdient und mehrfach gesessen, aber als ihm ein Konkurrent eine Kugel verpasste, verlor er den

Spaß am Geschäft, kaufte sich die Kneipe am Hafen und zog sich auf das Altenteil zurück, bevor er ernsthafte Differenzen mit der Polizei bekam.

Lucky hatte nie in seinem Leben eine Pistole angefasst, und als er auch den Kugeln seiner Gegner nicht mehr aus dem Wege zu gehen brauchte, wurde er dick und fett. Er erfreute sich großer Beliebtheit bei den kleinen Ganoven, denn er weigerte sich strikt, Auskünfte über einen bescheidenen Dieb oder einen kleinen Schmuggler an die Polizei zu geben. Hingegen war es verhältnismäßig einfach, etwas über die Großen der Unterwelt von ihm zu erfahren, denn er vergaß es den schweren Bossen nie, dass sie einen gemütvollen Mann wie ihn, kurz, sachlich und brutal aus dem Geschäft gedrängt hatten. Wer sich nun einmal von dem sicheren und unerklärlichen Funktionieren des unterweltlichen Nachrichtendienstes überzeugt hat, wird sich nicht wundern, dass von Lucky, obwohl seine Kneipe nur von bescheidenen Gesetzesbrechern besucht wurde, auch prima Informationen über die Großen zu holen waren.

Wir hatten das Pech, Lucky Poth bei schlechter Laune anzutreffen. Mit wütend gefaltetem Doppelkinn schob er sich hinter der Theke hin und her. Sein Bauch wackelte unter der Schürze, und er schimpfte mit den beiden Ex-Boxern, die bei ihm als Kellner fungierten.

Der Laden war trotz der frühen Abendstunde voll wie die Arche Noah, und ich musste zwei Leuten freundlich auf die Schulter klopfen, damit wir einen Platz an der Theke fanden. Sie sahen sich höchst unfreundlich um, aber dann trollten sie sich widerspruchslos, denn in solchen Kneipen wird jeder, der einen Hut und eine Krawatte trägt, sofort als G-man erkannt, und sie müssen schon sehr betrunken sein, wenn sie sich mit uns anlegen.

Wir schwangen uns auf die Hocker und winkten Lucky zu uns. Ich glaube, sein Doppelkinn bekam noch eine Falte mehr, als er uns sah.

»Zwei«, sagte ich und hielt zwei Finger hoch.

»Verzollt oder unverzollt?«, fragte er mit seiner hohen, fetten Stimme. Unverzollter Schnaps kostete bei Lucky nur die Hälfte des verzollten, obwohl die Steuer nur vierzehn Prozent betrug. Das war Luckys private Rache am Staat.

»Verzollt, natürlich«, antwortete ich. »Welche Schlechtigkeit traust du Staatsbeamten zu, Lucky?«

Er brummelte vor sich hin und schüttete zwei Gläser voll.

»Bleib ein wenig bei uns, Lucky«, forderte ich ihn auf. »Wir wollen uns etwas unterhalten.«

Er hätte uns sicherlich gern abfahren lassen, aber das wagte er nicht. »Vor einigen Tagen hatte ich mit einem Mann zu tun, der so ähnlich hieß wie du, Lucky«, sagte ich und trank von dem Whisky. »Both war sein Name.«

»Ich weiß«, antwortete er. »Roy Both. Er überstand die Unterhaltung nicht.«

»Weißt du noch mehr, Lucky?«, fragte ich rasch und sah ihm gerade in die kleinen Augen, die zwischen den Fettwülsten der Wangen fast verschwanden.

Er wackelte ausdrucksvoll mit dem Doppelkinn.

226

»Muss eine dicke Sache gewesen sein. Es wird erzählt, dass ihr eine große Gang ausgehoben habt, und dass es Tote gab.« Er schnurrte die Namen der Verhafteten und Erschossenen herunter, und jeder Name stimmte. Woher er es wusste, blieb rätselhaft, denn es war kein Polizeibericht darüber herausgegeben worden, und die Presse hatte lediglich veröffentlicht, dass im Hafen ein Feuergefecht zwischen Polizeibeamten und Gangstern stattgefunden hatte. Nur drei Namen fehlten in Luckys Aufzählung. Means, Dexter und Crasher. »Weißt du auch, was die Brüder auf dem Kerbholz hatten?«

Er zuckte ausdrucksvoll die mächtigen Schultern, und ich glaubte ihm, denn was immer die Mitglieder der Means-Bande ihren intimen Freunden erzählt haben mochten, darüber, dass sie Falschgeld fabrizierten, hatten sie sicherlich geschwiegen wie das Grab, denn mit diesem Falschgeld bezahlten sie ihre Zechen und schmissen die Angeberrunden.

»Nur die Namen. Sie sollen die Führer der Sache auf dem Pier 43 gewesen sein, aber ich kenne sie nicht. Scheinen Außenseiter zu sein. Tut mir Leid, G-man, ich kann nichts über sie sagen.«

»Aber Crasher kennst du doch, Lucky, nicht wahr?«

Die kleinen Augen wurden noch enger. »Sol?«, fragte er gedehnt. »Sol kenne ich natürlich. Hatte er die Finger auch darin?«

Ich lachte den dicken Wirt aus. »Gib mir noch einen, Lucky, und lerne besser zu lügen. Neun Gangsternamen kennst du, und ausgerechnet den zehnten Mann willst du nicht kennen.«

Er grinste ein wenig. Seine schlechte Laune schien sich zu bessern.

»In Ordnung, G-man«, antwortete er, »aber Sol ist ein anständiger Kerl. Ich erzähle dir nicht gern etwas über ihn.«

»Crasher arbeitet auch nur für die Großen«, rührte ich an seinem wunden Punkt, aber der Haken verfing nicht.

»Er war einige Male hier«, entgegnete Lucky. »Hatte viel Geld. Aber ich weiß nicht, wo er steckt.« Er wandte sich ab und wollte unsere Unterredung als beendet betrachten.

»Kann ich mal deine Kasse sehen, Lucky?«, fragte ich. Er fuhr herum wie ein kenternder Eisberg, aber ich wartete sein Einverständnis nicht ab, sondern stellte mich auf den Hocker und sprang über die Theke. Es wurde sehr still im Lokal. Alle wandten uns den Kopf zu, und die beiden Boxer-Kellner stellten die Tabletts hin und kamen langsam näher. Ich stieß Lucky ein wenig vor den Bauch, damit er mir aus dem Wege ging, und er tat es. Dann zog ich seine Geldschublade auf. In dem rechten großen Fach lagen hübsch geordnet ein Revolver, ein Totschläger und ein Gummiknüppel. Hin und wieder bedurfte Lucky solcher Beruhigungsmittel für seine Gäste.

In den Geldfächern lag die Einnahme, Scheine aller Sortierungen und Kleingeld. Ich griff mir ein Bündel Zehn-Dollar-Noten und warf es auf den Schanktisch.

»Komm her, Lucky«, winkte ich den Wirt herbei. Er schob sich heran. Phil hatte sich inzwischen den anrückenden Ex-Boxern zugedreht und musterte sie mit gerunzelter Stirn.

Ich sortierte sechs Scheine aus dem Bündel heraus. »Hat Crasher nicht mit Zehnernoten bezahlt, als er das letzte Mal bei dir war?«

»Ich weiß nicht«, überlegte er. »Ich glaube, er tat es.«

»Jede Wette, dass er es tat, und diese sechs Scheine sind es, mit denen er bezahlte.« Ich wedelte mit den aussortierten Noten vor seiner Nase. »Und diese sechs Scheine sind falsch.«

Die angespannte Stille im »Haifisch« löste sich in erregtes Gemurmel. Wie auf Kommando kramten die Gäste ihre Portemonnaies und Brieftaschen hervor und suchten nach Zehn-Dollar-Scheinen. Wer welche fand, stürmte zur Theke, um mein Gutachten über die Echtheit einzuholen. Im Nu reckten sich mir zwei Dutzend Fäuste entgegen, in denen Geldscheine flatterten. Ich nahm einige, hielt sie gegen das Licht und fällte mit fachmännischem Ernst meine Urteilssprüche: »Echt! Echt! Falsch!«

Im Grunde war es zum Totlachen, wie die Mitglieder dieser Horde von Gaunern sich freuten oder Himmel und Hölle zusammenfluchten, je nachdem ich ihre Scheine für Papiere aus der Staatsdruckerei oder für Schund erklärte. Niemand hier im »Haifisch« hatte nicht schon einmal unrechtes Gut in den Fingern gehabt, hatte gestohlen, geschmuggelt, gehehlt und betrogen. Auch hätte sich keiner von den Brüdern gescheut, selbst Falschgeld zu vertreiben, aber dass man ihnen Blüten angedreht haben sollte, das verwanden sie nicht und gerieten darüber in Wut. Ich glaube, es war ein Ausbruch von Massenhysterie.

Mir wurde es zu dumm. »Hört mal zu, Jungens!«, rief ich. »Was soll diese Prüfung eurer Moneten? Nach dem Gesetz wäre ich verpflichtet, euch die Blüten abzunehmen, aber ich will keinen Krach mit euch. Andererseits – obwohl ich euch für Gentlemen halte –, wird keiner von euch auf die Idee kommen, sein Falschgeld zu zerreißen, sondern wird versuchen, es an den Mann zu bringen. Warum wollt ihr also überhaupt wissen, ob ihr Blüten in der Tasche habt? Ihr dreht sie doch irgendwem an, und wenn ihr nichts wisst, könnt ihr euch wenigstens auf eure Gutgläubigkeit berufen. Also steckt die Lappen weg und trollt euch.« Sie sahen sich gegenseitig dämlich an, grinsten, lachten schüchtern und schoben sich zu ihren Plätzen zurück.

»Diese Papierchen aber«, wandte ich mich an Lucky und legte die Hand auf seine Noten, »beschlagnahme ich. Dir tut es nicht weh.«

Sein Doppelkinn zitterte, sein Bauch wackelte, und dann explodierte er. Er stieß eine endlose Reihe hochfeiner Flüche aus und verdammte Sol Crasher, der einen alten Freund hereinlegte, ohne sich zu schämen. Lucky hätte nichts dagegen gehabt, wenn Crasher ihm offen gestanden hätte, dass er zur Zeit nur mit Falschgeld zu zahlen in der Lage sei. Er hätte ihm in diesem Fall sechs oder sieben Dollar für einen echten verrechnet und die Sache als gutes Geschäft betrachtet, aber jetzt fühlte er sich reingelegt wie seine Gäste.

Nach dem Ende des Wutausbruchs sagte er ohne Umschweife: »Sol war zweimal hier. Er gab mir eine lange Liste über Lebensmittel, Bekleidung, Benzin, Öl. Ich sollte ihm das Zeug besorgen. Er würde es abholen und gut bezahlen. Ich tat ihm den Gefallen. Er holte den Krempel vor zwei Tagen ab.«

»Das hört sich so an, als wohnten sie immer noch auf den Planken ihre Bootes«, meinte Phil.

»Ich glaube, Sol und seine Leute haben eine längere Seereise vor«, sagte der Wirt.

»Woher weißt du das?«

Er lachte schon wieder. Dicke Leute wie Lucky verlieren ihren Zorn gewöhnlich schnell.

»Ihr kennt doch Sol. Er ist 'ne Landratte, wie sie im Buche steht. Er hat so viel Angst vor Wasser, dass er sich nicht einmal wäscht. Während er hier einige Whiskys kippte, unterhielt er sich mit einem Matrosen. Er fragte den Sailor, ob er sich mit einer Nussschale von zwölf Tonnen um diese Jahreszeit außerhalb der Dreimeilenzone nach Süden trauen könnte. Der Seemann gab eine Menge Fachwissen von sich, von dem Sol nur soviel kapierte, dass es eine böse Sache wäre. Darauf fragte er, ob es besser sei, wenn das Boot einen schwereren Tiefpunkt bekäme und durch eine Zusatzbelastung stabilisiert würde.«

Ich pfiff leise durch die Zähne. »Meinst du, sie bauen ihren Kahn um?«

»Es hörte sich so an«, antwortete er und legte seine bratpfannengroße Hand auf die sechs Scheine, die immer noch auf dem Tische lagen. Ich nahm sie ihm weg. »Sag mal, Lucky, wer von den Bootsbauern im

Hafen kommt in Frage, wenn man ein Boot umbauen lassen will, ohne dass die vorgeschriebenen Meldungen an die Hafenaufsichtsbehörden gehen?«

»Ich würde mich an Allan Prieback wenden. Er hat aus meiner Zeit noch einen guten Ruf. Seine Werft ist zwar klein, aber tipptopp eingerichtet, und wenn du ihn gut bezahlst, G-man, baut er dir einen Geschützturm auf einen Ruderkahn.«

»Allan Prieback, hm. Wer kommt außer ihm noch in Frage?«

»Eigentlich keiner. Wer auf Qualität sieht, geht zu Allan. Das wissen auch Sol und sicherlich ebenfalls seine Arbeitgeber.«

Ich sprang über die Theke zurück. »Schönen Dank, Lucky«, sagte ich und zahlte unsere Drinks in Hartgeld. »Ich werde mich deiner Freundlichkeit gegebenenfalls erinnern.«

Wir zogen ab, und wir hatten einen großen Abgang, denn die Jungens im Lokal riefen uns ein herzliches »Guten Abend« nach.

»Ich wusste gar nicht, dass du dich zu einem so großartigen Experten entwickelt hast, dass du die falschen Noten auf den ersten Blick erkennst«, sagte Phil, sobald wir draußen waren. »Das konnte kaum der arme George Webbs, und er versicherte sich immer noch mithilfe seines Mikroskops.«

Ich lachte. »Phil, ich kann's auch nicht. Ich habe einfach sechs Scheine aus Luckys Kasse zu Blüten erklärt, damit er die nötige Wut auf Sol bekam, um uns zu informieren.«

»Und wenn Crasher gar nicht bei ihm gewesen wäre?«

Ich zuckte die Achsel. »Hätte ich Pech gehabt, aber manchmal trifft man eben ins Schwarze, wenn man ins Blaue schießt.«

Meine Vorstellung als Falschgeldfachmann in Luckys »Haifisch« hatte übrigens zur Folge, dass wochenlang kein Mensch im Hafengebiet Zehn-Dollar-Noten annehmen wollte.

Am anderen Morgen gingen wir zur Bootsbauerei von Allan Prieback. Die Werft lag im äußersten Westen des Hafens, gewissermaßen in einem versteckten Winkel. Ein hoher Bretterzaun schirmte das Gelände zur Landseite hin ab. Über dem Tor verkündete ein Schild: »Bootswerft von Allan Prieback«. Werft war natürlich eine großartige Bezeichnung für die Bootsbauerei. Immerhin besaßen sie drei Ablaufbahnen, auf denen sie Kähne bis zu fünfzig Tonnen zu Wasser lassen konnten, und Allan beschäftigte fast dreißig Leute.

Er empfing uns auf dem Bauplatz. Wenn ich was von der Schiffsbauerei verstanden hätte, hätte ich mich bei ihm als Arbeit suchender Zimmermann vorgestellt, aber so viel ich auch bei den G-men gelernt hatte, vom Schiffsbau verstand ich einfach nichts. Auf allen drei Ablaufbahnen wurde gearbeitet, aber ich sah auf den ersten Blick, dass ein Motorboot von zwölf Tonnen nicht dabei war. Sie reparierten zwei Segeljachten und einen schweren Fischkutter. Der Krach der Niethämmer und der Lärm der Schreiner waren ohrenbetäubend. Es dauerte eine Weile, bis Allan, ein drahtiger, grauhaariger Mann mit einem Seeräubergesicht, kapiert hatte, welch hoher Besuch ihn beehrte. Vielleicht stellte er sich auch besonders schwerhörig, um Zeit zu gewinnen.

Schließlich blieb ihm nichts anderes, als uns ins Haus zu führen. Er schloss die Fenster seines Büros, und endlich konnte man zur normalen Lautstärke übergehen.

»Wir suchen ein Zwölf-Tonnen-Motorboot, das umgebaut werden soll, Mr. Prieback. Wissen Sie etwas über ein solches Boot?«

Er schüttelte sofort den Kopf. »Wie Sie sehen, habe ich zwei Segeljachten und einen Kutter in Arbeit.«

»Haben Sie vor einiger Zeit ein solches Boot umgebaut?«

Er gab sich den Anschein, als überlege er. »Zwölf Tonnen? Den letzten Motorkahn dieser Größe bearbeiteten wir vor über einem Jahr, aber das war kein Umbau, sondern eine Neuanfertigung.«

Mr. Prieback schien ein harter Bursche zu sein, oder vielleicht waren wir wirklich an der falschen Adresse, aber alles, was von Lucky kam, stimmte, ich war überzeugt davon. Also mussten wir Seeräuber-Allan mit schwereren Breitseiten auf den Leib rücken.

»Können wir uns Ihren Betrieb ansehen?«, fragte ich.

»Haben Sie einen Haussuchungsbefehl?«

»Nein.«

Er zeigte sein Raubtiergebiss. »Trotzdem dürfen Sie sich meinen Betrieb anschauen, wenn Sie es wirklich wünschen«. Sein Angebot bewies, dass er sich absolut sicher fühlte. Nach menschlichem Ermessen konnte nur ein Mann ein solches Angebot machen, der ein reines Gewissen hatte, aber ich war längst der Überzeugung, dass Prieback für Means arbeitete. Ich wusste aus Instinkt, dass er uns hochnahm, und ich tat ihm nicht den Gefallen, uns wie zwei Schuljungen durch sein Unternehmen führen zu lassen, um uns schließlich nach vergeblichem Rundgang mit höflich gezogenem Hut und saurer Miene verabschieden zu müssen. Ich hatte noch einen anderen Trick auf Lager.

»Schön«, sagte ich und steckte mir eine Zigarette ins Gesicht, »wenn die Leute, die wir suchen, noch nicht bei Ihnen waren, werden Sie sicherlich noch kommen. Ich halte es für zweckmäßig, wenn einer von uns in Ihrem Laden bleibt. Am besten als Arbeiter getarnt.«

Hallo, dieser Vorschlag schien Allan Prieback wesentlich weniger zu gefallen. Er machte Ausflüchte.

»Was sollen Sie bei mir tun? Von der Schiffszimmerei verstehen Sie nichts, und meine Bücher führe ich selbst.«

»Einen Handlanger können Sie immer brauchen.«

Er wurde renitent. »Ich bin nicht verpflichtet, Sie in dieser Form zu unterstützen. Ich werde mich erst von meinem Anwalt beraten lassen.«

»Sparen Sie sich das Telefongespräch, Mr. Prieback«, antwortete ich. »Natürlich sind Sie nicht verpflichtet, aber wenn Sie uns nicht freiwillig helfen, veranlasse ich die Hafenpolizei, dass sie einen

Kutter ständig vor Ihrer Werft patrouillieren lässt. Ist Ihnen das angenehmer?«

Wenn er jetzt wirklich Kapitän auf einem Seeräuberschiff gewesen wäre, hätte er mich sicherlich an die höchste Rahe hängen lassen. Wenigstens sah er so aus. Dann lachte er plötzlich. Alle Leute, die etwas auf dem Kerbholz haben, lachen, wenn sie keinen Ausweg aus der gestellten Falle wissen.

»Wie Sie wollen, Mister, aber Lohn zahle ich Ihnen nicht.«

»Danke, wird auch nicht beansprucht. Ich stehe bereits im festen Gehalt. – Wann kann ich anfangen?«

»Meinetwegen sofort«, knurrte er wütend. Ich flüsterte ein wenig mit Phil. Er sollte, falls Prieback doch nicht der richtige Tipp war, die anderen Kleinwerften des Hafens kontrollieren. Am Abend würden wir uns wiedertreffen. Er sah mich ein wenig besorgt an und fuhr ab.

Prieback ging auf den Werftplatz hinaus und holte einen vierschrötigen Mann im Arbeitszeug von der Baustelle weg. Ich sah durch das Fenster des Büros, dass er auf ihn einsprach, aber als beide eintraten, saß ich wieder auf meinem Platz und blickte gelangweilt zur Decke.

»Das ist Jo Miller, mein Werkmeister«, stellte Prieback den Vierschrötigen vor. »Sie werden bei ihm arbeiten. Jo gibt Ihnen das Arbeitszeug.« Er tat so, als wäre ich wirklich ein neu engagierter Arbeiter, aber sicherlich hatte er den Meister unterwegs informiert.

Miller nahm mich mit in den Unterkunftsraum,

teilte mir einen Spind zu und gab mir einen Overall als Arbeitskluft. Er wartete, bis ich mich umgezogen hatte, und führte mich dann zu meinem Arbeitsplatz. Während der ganzen Zeit sprach er kein Wort.

Klar, dass ich schikaniert wurde. In kargen, geknurrten Sätzen beauftragte mich Miller, eisenharte Bohlen mit der Handsäge in bestimmte Längen zu schneiden. Ich musste es auf dem Platz in der Nähe der Ablaufbahn 1 tun, wo er arbeitete, sodass er mich immer im Auge behalten konnte.

Ich sägte den ganzen Vormittag. Als zum Mittag gepfiffen wurde, ließ ich mir von einem Lehrling Sandwiches aus dem nächsten Laden holen. Einige Arbeiter machten sich an mich Neuling heran und wollten eine Unterhaltung mit mir anfangen. Prompt erschien Werkmeister Miller und knurrte: »Quatscht nicht lange, Jungens! Raucht eure Zigarette und dann wieder ran an die Arbeit. Wir müssen die Mittagspause heute verkürzen.« Kurz darauf pfiff er wieder zur Arbeit.

Ich dachte nicht daran, wieder zu der unfruchtbaren Schinderei an der Säge anzutreten. Ich machte mich selbstständig, schlenderte an der Hausmauer entlang und drückte mich durch ein offenes Tor in den nächsten Schuppen. Nach den Geräten zu urteilen, befand sich hier die Schlosserei. Ein Mann stand an einer Drehbank und arbeitete daran. Er hörte mich und sah auf. »Was willst du hier?«, fragte er.

Nach Allan Prieback und Jo Miller war er die dritte unerfreuliche Type in dieser merkwürdigen

Bootsbauerei. Er war noch einen halben Kopf größer als ich und hatte ein verschlagenes, brutales Gesicht.

»Wollte mir den Laden einmal ansehen«, antwortete ich gleichmütig.

»Scher dich an deine Arbeit!«, fauchte er, sah mich dabei aber neugierig an. Offenbar hatte auch ihm Prieback meinen wirklichen Beruf verraten.

Ihm schien etwas einzufallen, das ihm Spaß machte, denn er grinste. Er drehte sich um und wischte sich die Hände an der Hose ab.

»Bist du noch da?«, brummte er und kam auf mich zu.

Jetzt wusste ich, was ihm eingefallen war. Er dachte, dass diese Begegnung eine gute Gelegenheit sei, einen Polizisten zu verhauen, von dem man hinterher behaupten konnte, man habe ihn für einen Arbeitskollegen gehalten.

Ich zog mich vorsichtig zurück. Ich wollte keine Schlägerei, aber das passte ihm nicht. »Du sollst dich an deine Arbeit scheren!«, brüllte er, obwohl ich auf dem Wege war, und stürzte heran und schlug nach mir. Ich tauchte unter seinen Schlägen weg und sprang zur Seite.

»Störe den Arbeitsfrieden nicht,« sagte ich höflich. »Ich gehe schon«.

Er sah mich erst blöde an, dann versuchte er noch einmal, mir eine zu knallen. Dieses Mal wich ich gerade genug zur Seite, dass seine Faust mich verfehlte, packte seinen vorschießenden Arm und warf mich in den Schwung. Von der Wucht des eigenen Schlages und durch meinen Zug wurde er nach vorne gerissen, stolperte über mein gestelltes Bein und flog lang auf die Schnauze. Es war ein erstklassiger Jiu-Jitsu-Griff, mit dem jeder Riese flachzulegen ist.

Während der schlagwütige Dreher noch stöhnte, umklammerte mich jemand von hinten und versuchte, mich aufs Kreuz zu legen, aber mein Repertoire aus Al Wolcotts Schule war noch nicht erschöpft. Ich bückte mich blitzschnell, griff durch meine Beine hindurch nach seinen Knien, – an den Hosen erkannte ich übrigens, dass Mister Miller sich so liebevoll mit mir beschäftigte, – und zog ihm die Füße nach vorn. Er fiel, und weil er mich nicht losließ, fiel ich ihm auf dem Bauch. Im nächsten Augenblick hatte ich mich aus seinem Griff befreit, kniete über ihm und war bereit, ihm die Kinnlade zu verrenken, falls er sich noch muckte.

»Was soll das?«, sagte Priebacks Stimme vom Tor her. »Unterlassen Sie das gefälligst!«

Ich stand auf und klopfte mir den Anzug ab. »Sagen Sie Ihren Leuten, sie sollen zurückhaltender im Umgang mit anderen sein.«

»Miller ist berechtigt, Sie an Ihren Arbeitsplatz zurückzuholen«, sagte er und grinste.

Ich sah mich nach dem Werkmeister und dem Dreher um, die sich hochrappelten. »Berechtigt vielleicht, aber nicht fähig«, brummte ich.

Trotzdem blieb mir nichts übrig, als mich an meinen Sägebock zu trollen. Den ganzen Nachmittag sägte ich, und als endlich Feierabend gepfiffen wurde, hatte ich Schwielen in den Händen und Wut im Bauch, denn ich war nicht einen Schritt weiter. Ich wusste, wenn ich mich von meinem Platz entfernte, würde mir einer von Priebacks Vertrauten oder er selbst sofort folgen, und ich konnte mir schließlich nicht den Weg freiprügeln.

Ich zog mich rasch um und machte, dass ich zu dem vereinbarten Treffpunkt kam. Phil wartete im Wagen auf mich.

»Sechzehn Bootsbauereien habe ich kontrolliert, Jerry«, berichtete er. »Alles harmlose, brave Handwerksbetriebe. Wenn ein Laden für uns in Betracht kommt, dann ist es der von Prieback. Konntest du etwas feststellen?«

»Nur, dass er zu wenigstens zwei seiner Leute ein Verhältnis hat, das eher der Stellung von Ganoven zueinander als vom Chef zum Arbeiter entspricht. Sie haben mich nicht aus dem Auge gelassen. Ich konnte keinen Schritt tun, um mir die Werft anzusehen.«

»Und jetzt?«, fragte Phil.

»Jetzt sehen wir sie uns heute Nacht an.«

»Mit Haussuchungsbefehl?«

»Ohne. Wenn es schief geht und Krach gibt, wird Mr. High den kleinen Einbruch decken.«

»Einverstanden«, war alles, was Phil noch sagte.

Wir fuhren zu unseren Wohnungen und kehrten erst um Mitternacht zum Hafen zurück. Den Wagen ließen wir in sicherer Entfernung und gingen zu Fuß.

Man konnte nicht behaupten, dass der Weg zur Bootsbauerei Prieback vorzüglich erhellt war, immerhin gab der Mond Licht genug, um auch Einzelheiten zu sehen. Trotzdem hätte ich die Gestalt im

Schatten des Holzzauns von Priebacks Firma sicherlich nicht bemerkt, wenn der Bursche nicht ausgerechnet in dem Augenblick seine Zigarette in hohem Bogen fortgeworfen hätte, in dem ich die Nase um die Ecke steckte. Ich hatte mir schon gedacht, dass der Seeräuber einen Ausguckposten ausstellen würde, und so reagierte ich entsprechend schnell.

»Ein Mann lehnt am Zaun«, hauchte ich Phil zu. »Ich wette, dass Prieback ihn hingestellt hat. Du siehst, sie haben etwas vor.«

»Können wir an ihn heran?«, flüsterte er zurück.

»Schlecht. Wenn er Zeit findet, zu schreien, warnt er sie.«

Während wir noch berieten, näherten sich Schritte, und ich begriff, dass der Bursche die entsetzliche Idiotie beging, sich der Ecke zu nähern, hinter der wir lauerten. Wahrscheinlich wollte er Ausschau nach uns halten. Damit wurde die Sache natürlich höchst einfach, denn sobald er seine Visage um die Ecke bog, knallte ich ihm einen harten Haken genau auf den Punkt. Er stöhnte nicht einmal, sondern ging in die Knie, als wäre ihm ein Dampfhammer auf den Kopf gewuchtet. Ich fing ihn auf und ließ ihn sanft zu Boden gleiten. Mit der Taschenlampe blitzte ich ihm kurz ins Gesicht. Richtig, es war einer der Arbeiter von Priebacks Platz.

Wir verzichteten darauf, bis zum Tor vorzudringen. Phil stellte sich bereit, ich kletterte auf seine Schulter, gelangte so bis an den oberen Rand des mehr als drei Yard hohen Bretterzauns und zog mich hinauf. Leider musste Phil auf der anderen

Seite bleiben, denn es bestand die Gefahr, dass der Kerl aus seinem Schlummer erwachte und Lärm schlug. Leise fluchend übernahm Phil die Rolle des Babysitters.

Ich ließ mich in den Hof fallen. So viel hatte mein Arbeitstag mir doch eingetragen, dass ich genau wusste, wo ich mich befand, und welchen Weg ich zu nehmen hatte.

Ich schlich mich an den Bretterstapeln entlang, am Hause vorbei zu dem Schlossereischuppen. Nirgendwo brannte mehr Licht. Die Werft schien ausgestorben, und doch hörte ich dumpfe Geräusche, ein sehr fernes Hämmern. Es klang, als kämen diese Laute aus der Erde.

Das Tor der Schlosserei war verschlossen. Ich schlich weiter zur Schreinerei, einem ebenfalls lang gestreckten Schuppen. Auch hier waren das Haupttor und der Nebeneingang verriegelt. Ich sah mich nach einer Möglichkeit um, dennoch in das Gebäude zu gelangen, aber ich hätte höchstens eine Fensterscheibe eindrücken können. Ich tastete meine Taschen ab, aber ich fand nichts, was als Dietrich hätte verwendet werden können.

Mein Glück ließ mich nicht im Stich. Von innen hörte ich Schritte sich der Tür nähern. Ich drückte mich gegen die Wand und wartete mit angehaltenem Atem. Ein Schlüssel wurde im Schloss gedreht, und ein Mann trat ins Freie. Ich glaubte, den Schlosser zu erkennen, mit dem ich mich heute Mittag geprügelt hatte, aber jetzt ließ ich ihm keine Chance. Ich sprang vor und schlug ihm den Griff des Colts auf den Schädel. Er sackte wie vom Blitz getroffen zusammen und fiel um, aber das machte auf dem weichen Aschenboden des Hofes wenig Lärm.

Ich huschte in den Schreinereischuppen. Innen war es völlig dunkel, aber ich brauchte trotzdem die Taschenlampe nicht zu benutzen, denn in der rechten Ecke des Raumes brach ein heller Lichtschein quadratisch aus dem Boden. Auf den Zehenspitzen ging ich hin und sah mir die Sache an. Um ein Haar hätte ich laut gelacht. Darum hatte also Allan Prieback so wenig Bedenken gezeigt, uns durch seine Werkstatt zu führen, und ich musste ihm zugeben, dass ich eine so ausgezeichnete Tarnung des Eingangs zu einer unterirdischen Werkstatt noch nicht gesehen hatte. Mr. Prieback hatte nämlich auf den Teil des Bodens, der ausgehoben werden konnte, eine schwere Hobelmaschine samt Betonsockel gestellt. Kein Polizist wäre auf die Idee gekommen, bei einer Haussuchung die drei- oder vierhundert Pfund schwere Maschine wegzurücken. Unter der Decke des Schuppens aber befand sich ein kleiner Elektrokran, und mithilfe dieses Kranes war es eine Kleinigkeit, die Maschine mitsamt dem Betonsockel vom Fleck zu heben. Zwei Eisenträger unter der Öffnung sorgten dafür, dass die Maschine nicht einbrach, ließen aber auch Platz genug, einem Mann den Einstieg mittels einer kleinen Leiter in die unteren Regionen zu gestatten.

Ich schob mich auf dem Bauch an die Öffnung heran und spähte hinunter. Das Loch war fast zehn Yard tief, und so hoch musste das Kellergewölbe auch sein, wenn in ihm ein größeres Boot heimlich gebaut oder geändert werden sollte. Der Raum war ziemlich schmal, aber überraschend lang, sodass ich das Ende von oben nicht sehen konnte, aber was ich sah, ließ mein Herz vor Freude hüpfen, denn nicht nur ein Motorboot lag dort im Trockenen auf den Ablaufschienen, sondern unmittelbar unter mir standen Mr. Means und ein zweiter Mann, in dem ich nach Levingstones Zeichnung Dexter erkannte, in angeregtem Gespräch mit Allan Prieback. Etwas abseits hockte Sol Crasher auf einer Kiste.

Das Hämmern vom Boot her hörte einen Augenblick lang auf. Die Leute von Prieback, die an dem Kahn arbeiteten, konnte ich nicht sehen. In der plötzlichen Stille verstand ich ihr Gespräch. Prieback erzählte seinen Kunden von meinem Besuch.

»Ihr Glück, dass das Boot noch heute Nacht fertig wird. Ich arbeite nicht gern für Leute, denen die Polizei schon so nah auf den Fersen ist, dass sie mir einen G-man auf den Hals hetzt. Wäre der Bursche zwei Tage früher gekommen, hätte ich Ihr Boot in der nächsten Nacht einfach ins Wasser laufen und absaufen lassen. Ich will keine Scherereien.«

»In Ordnung«, antwortete der Mann, der sich Dexter nannte, nervös. »Wir legen noch einiges zu der vereinbarten Summe zu. Lassen Sie Ihre Leute sich beeilen, damit wir wegkommen.«

»Gehen Sie sparsam mit Ihrem Falschgeld um!«, rief ich hinunter. »Sie finden nicht so schnell wieder eine Gelegenheit zum Drucken.«

Ich weiß nicht, womit sich die Wirkung meiner

Worte vergleichen lässt. Zunächst erstarrten die Herren wie die berühmte Dame, die sich verbotener Weise umsah. Dann riss Means einen Revolver aus der Brusttasche und schien entschlossen, sich auf eine Schießerei einzulassen. Zu meinem Erstaunen drückte ihm Prieback die Hand nieder.

»Lassen Sie das!«, herrschte er den Doktor an. »Erstens hat es keinen Zweck, und zweitens will ich nicht noch mehr Unannehmlichkeiten. – Geben Sie auf!«

Der Seeräuber Allan schien ein relativ vernünftiger Mann zu sein. Er wandte sein Gesicht nach oben. »Sind Sie das, G-man?«, fragte er.

»Richtig, mein Arbeitgeber«, antwortete ich. »Und wenn Sie den drei Gentlemen zureden, die Pistole wegzuwerfen und die Hände hochzuhalten, tun Sie ein gutes Werk, Prieback.«

Er sah Dexter, Means und Crasher der Reihe nach an. »Ich glaube, er hat Recht«, sagte er.

Sol Crasher nahm sofort seine Pistole aus dem Halfter und legte sie auf den Fußboden. In den Gesichtern der Brüder Means arbeitete es. Beide hielten sie die Revolver in der Hand.

Noch schwankten sie, ob sie sich ergeben oder sich zusammenschießen lassen sollten. – Vom Motorboot her tauchten zwei neue Männer in meinem Gesichtsfeld auf. Es waren Jo Miller und ein anderer Arbeiter.

Ich freute mich schon auf die Gesichter der Gangster, wenn sie heraufkamen und sahen, dass ich allein war.

Während ich also da stand und meine Beute hochgemut betrachtete, hörte ich ein winziges Geräusch hinter mir. Ich fuhr herum, dass heißt, ich wollte herumfahren, aber ich kam nicht mehr dazu. Jemand stieß mich gewaltig ins Kreuz. Ich flog nach vorn, verlor den Boden unter den Füßen und fiel in den Schacht. Ich prallte gegen die Eisenleiter, griff instinktiv zu, erwischte auch eine Sprosse mit den Fingerspitzen, konnte aber nicht festhalten, sondern nur die Gewalt des Sturzes ein wenig bremsen, und kam, krachend auf den Rücken schlagend, unten an.

Als ich meinen eigenen Vornamen wieder wusste, setzte mein Bezwinger, der grinsende Dreher, eben seinen Fuß von der letzten Sprosse. Ich hatte dem Kerl eins übergezogen, dass er für die nächste halbe Stunde hätte versorgt sein müssen, aber offenbar besaß der Bursche einen Eisenschädel.

Inzwischen war meinen Freunden aufgegangen, dass ich mich allein in ihre Mitte getraut hatte, und sie bereiteten sich darauf vor, mich ein für alle Mal aus ihrer Nähe zu entfernen. Sogar Sol Crasher hob seine Kanone schnell wieder auf.

Das Gesicht von William Means war ein einziges hohnvolles Grinsen, als er vor mich hintrat, der ich auf dem Boden hockte und mir das schmerzende Kreuz hielt.

»Du hast Pech mit mir, Cotton«, höhnte er. »Immer wenn wir uns begegnen, ziehst du das kürzere Streichholz.«

»O. K., du Schwein«, sagte ich. »Halte keine langen Reden, sondern tu, was du doch nicht lassen kannst.« Ich redete nicht aus Heldenmut so. Ich war überzeugt, dass ich die Partie verloren hatte, und damit war mir alles egal.

»Gute Fahrt, Cotton«, sagte Means und hob die Kanone.

»Einen Augenblick«, meldete sich Allan Prieback, und siehe da, der Seeräuber hielt eine Pistole in der Hand, aber er zielte nicht auf mich, sondern eindeutig auf die Herrschaften, die mir so wenig gut gesonnen waren.

»Ich bin dagegen, dass der G-man erledigt wird«, sagte er. »Sicherlich ist er nicht allein gekommen, und wenn er allein kam, hat er hinterlassen, wohin er ging. Legt ihr ihn bei mir um, komme ich dran, und ich habe nicht die Absicht, nach Mexiko zu verschwinden.«

»Was heißt das?«, zischte Means wütend.

»War es nicht deutlich genug?«, fragte Prieback zurück. Er winkte seinen Leuten mit den Augen zu, und ich muss sagen, er hatte sie gut im Zug. Der Dreher hob meine Null-Acht auf, die ich verloren hatte, und Jo Miller, der Werkmeister produzierte ebenfalls einen Revolver aus seinem Overall, und das war besonders unangenehm für Means, Dexter und Sol, denn er stand ihnen im Rücken.

»Sie sind verrückt, Prieback«, fluchte der Doktor. »Wenn Sie den G-man laufen lassen, zeigt er Sie wegen Beihilfe an. So oder so kommen Sie ins Kittchen. Wenn Sie wollen, nehmen wir ihn mit, erledigen ihn unterwegs und werfen ihn über Bord.«

Wieder schüttelte der Bootsbauer den Kopf. »Er bleibt hier. Gauner von eurer Sorte werden früher oder später doch gefasst, und ich habe keine Lust, mich wegen Beihilfe zu einem Mord verurteilen zu lassen.«

Die Brüder Means sahen sich an. Die Partie stand drei zu drei, und wer bei der Knallerei, wenn sie ausbrach, schlechter davonkam, war fraglich.

»Vielen Dank, Prieback«, mischte ich mich in die Debatte um meinen Kopf. »Sie raten richtig. Der Mann, der am Morgen mit mir hier war, steht vor dem Bretterzaun und bewacht Ihren Beobachtungsposten. Wenn ich verschwinde, steht eindeutig fest, wo ich verschwunden bin, auch wenn die Gentlemen mich mitten auf den Atlantik ins Wasser werfen und meine Leiche nie gefunden wird. Und weil Sie sich so freundlich für mich einsetzen, gebe ich Ihnen einen guten Rat. Zahlen Sie die Moneten, die die Herren Ihnen für den Umbau des Bootes geben, besser nicht auf Ihr Bankkonto ein. Jede Bank hat etwas gegen Dollars aus Eigenproduktion, und Mr. Means macht sich sein Geld grundsätzlich selbst.«

»Das ist nicht wahr!«, schrien William und Dexter wie aus einem Munde.

»Waren es nicht ausschließlich Zehn-Dollar-Noten, die man Ihnen gab?«, fragte ich.

Es bedurfte keiner weiteren Erklärung mehr. Prieback kapierte, dass ich die Wahrheit sagte. Er wurde ziemlich fuchtig. »Die Pfoten hoch!«, schrie er die Gangster an, aber so leicht waren die Means nicht einzuschüchtern. Die Sicherungsflügel knackten. Wieder sah es so aus, als würde die Schießerei in der nächsten Sekunde ausbrechen. Dass ich dabei im

Vorbeigehen ebenfalls 'ne Kugel verpasst bekam, stand fest. Wenn es trotzdem nicht krachte, so lag es daran, dass beide Gruppen Angst voreinander hatten. Sie standen ungedeckt nahe beieinander, und keiner durfte hoffen, ohne Loch davonzukommen.

Eine halbe Minute lang starrten sie sich gegenseitig wütend an, dann stieß Dexter zwischen den Zähnen hervor: »In Ordnung, macht unser Boot fertig und verwahrt euren geliebten G-man meinetwegen in Spiritus.«

Prieback lachte mit zusammengepressten Lippen. »Für Falschgeld tun wir keinen Handschlag mehr an dem Kahn. Das Boot bleibt hier. Verzieht euch, so schnell ihr könnt!«

Man sah es seinem Gesicht an, dass er nicht nachgeben würde, und das Brüderpaar musste sich eingestehen, dass für sie nicht mehr zu hoffen war, als mit heiler Haut verschwinden zu können. Rückwärts gingen sie weiter in das Gewölbe, wo das Licht nur schwach hinreichte. Prieback gab dem Dreher einen Wink. Der Mann packte mich am Kragen, zog mich hoch und schob mich in den Schutz des Motorboots, damit ich aus dem Dunkeln heraus nicht abgeschossen wurde. Auch Prieback und seine Leute gingen in Deckung.

Ich hörte einen Außenbordmotor aufknattern, hörte das Rauschen von Wasser, das Knattern entfernte sich rasch, und Prieback ließ die Pistole sinken. Er lachte mich tatsächlich an.

»Wenn Sie wollen, können Sie von meinem Büro aus die Hafenpolizei alarmieren, aber ich glaube nicht, dass es viel Zweck hat. Bis sie zur Stelle sind, haben ihre Freunde längst ein sicheres Versteck gefunden.«

Ich rieb mir den Rücken, der immer noch schmerzte, als hätte ein Elefant darauf getanzt. Ich steckte mir eine Zigarette an und nahm dem Schlosser die Null-Acht aus der Hand, die er mir widerstandslos überließ. »Wenn ich mir etwas gebrochen habe, zahlst du die Kosten«, drohte ich ihm an.

Er grinste und antwortete: »Sie haben mich am Mittag auch nicht schlecht auf die Schnauze gelegt.«

»Noch einmal, schönen Dank, aber ich verstehe immer noch nicht, warum Sie sich auf meine Seite geschlagen haben.«

Er zuckte die Achsel. »An nicht ganz geraden Geschäften wird am meisten Geld verdient, aber es ist ein erheblicher Unterschied, ob man die Bestimmungen der Hafenpolizei über den Schiffsbau umgeht, oder ob man zusieht, wie ein Mann getötet wird.«

»Stimmt«, sagte ich, »aber was wird nun aus uns beiden?«

Wieder hob er die Schulter. »Melden Sie mich, Cotton, wenn Sie es nicht lassen können. Für Nichtbeachtung der Baubestimmung gibt es eine Geldstrafe, und Beihilfe zu ungesetzlichen Taten kann mir nicht nachgewiesen werden. Dass ich die Gangster laufen ließ, kann mir kein Staatsanwalt übel nehmen, denn ich bin nicht verpflichtet, in einer Schießerei meinen Kopf zu riskieren.«

»Wie Sie meinen, Prieback«, antwortete ich, »aber versuchen Sie, die ungesetzliche Bootsbauerei zu lassen, dann will ich sehen, wie viel ich meinem Gewissen zumuten kann.«

»Vielleicht einigen wir uns darauf«, gab er zu. »Nachdem Sie meine vierte Ablaufbahn kennen, hat es ohnedies wenig Zweck.«

Er zeigte mir die Anlage und erklärte sie mir. »Sie stammt noch aus der Zeit der Prohibition, als wir Hochkonjunktur hatten. Vielleicht ist Ihnen aufgefallen, dass die mittlere Ablaufbahn oben besonders lang ist und steil ansetzt. Sie liegt auf Schwimmern und kann zur Seite gedrückt werden. Darunter mündet dann diese Anlage im Wasser.«

Wir gingen in sein Büro. Er holte aus einem getarnten Wandsafe zwanzigtausend Dollar in Zehn-Dollar-Scheinen, lieh mir eine Aktentasche, und wir verabschiedeten uns in schönster Freundschaft. Draußen stand Phil mit dem Jungen, der sich das Kinn hielt.

»Hau ab, Sohn«, sagte ich. »Dein Dienst ist beendet.« Er trollte sich. »Na?«, fragte Phil.

Ich rieb mir das Kreuz. »Weißt du die Adresse eines guten Masseurs? Ich glaube, ich habe einige Massagen nötig.«

Zwei Tage lang freute ich mich, dass ich mit einem blauen Auge, oder besser mit zwei Blutergüssen im Rücken davongekommen war. Dann fing ich an, mich zu ärgern, dass ich die Means wieder nicht gefasst hatte.

»Ich fürchte, bei den Brüdern hilft nur eins«, sagte ich zu Phil. »Schießen! Sofort schießen!«

»Immerhin sind sie wieder ein wenig mehr gehandikapt«, antwortete er. »Sie haben ihr Boot verloren, auf dem sie sich außerhalb der Drei-Meilen-Zone und damit außerhalb jeder Zugriffsmöglichkeit nach Südamerika hätten verdrücken können. Jetzt haben sie keine Chance mehr, das Land zu verlassen. Jede Zollstation hat ihr Bild vorliegen. Die Polizei eines jeden Bahnhofs ist informiert. Die Flughafenbeamten kennen ihre Visagen. Sie müssen in New York bleiben.«

»Natürlich bleiben sie in New York, aber du weißt, wie schwer es ist, einen Mann unter sieben Millionen zu finden. Damals, als wir Derrik und seine Leute suchten, fanden wir nicht einen von ihnen, obwohl wir wussten, wie ein Dutzend aussah. Dieses Mal sind es nur drei.«

Meine Prophezeiung bewahrheitete sich. Wir suchten acht Tage lang nach den Brüdern Means und Sol Crasher, und mit uns hielten über zwanzigtausend Polizisten die Augen offen.

Zehn Tage nach der Nacht in der Bootsbauerei erhielten wir eine Nachricht des sechzehnten Polizeireviers, dass es in dem »Haifisch« von Lucky Poth eine Schlägerei mit Feuerwerk gegeben hatte. Nach den Aussagen verschiedener Beteiligter sollte ein Mann namens Sol Crasher die Ursache gewesen sein.

Wir fuhren am Abend hin. Lucky stand wie immer in seiner weißen Schürze hinter der Theke und goss uns wortlos zwei Whiskys ein, als wir uns auf die Hocker schwangen.

»Gestern gab es Krawall bei dir, Lucky?«, fragte ich.

Er nickte stumm.

Ich trank. »Hörte, dass Sol etwas damit zu tun hatte?«

Wieder senkte er schweigsam den schweren Schädel.

»Führe keine Pantomime auf, Lucky. Erzähle ein wenig!«

»Sol kam um Mitternacht hereingestolpert. Es waren ein paar von den Jungens da, die bei deinem Besuch anwesend waren, G-man. Nun, niemand bandelt gern mit Sol an, aber sie schnitten ihn. Er hingegen suchte mit Gewalt Gesellschaft und Zerstreuung, schob sich zwischen sie an ihren Tisch, wollte sie freihalten und dicke Runden spendieren und haute eine geschwollene Brieftasche auf den Tisch, aus der die verdammten Zehn-Dollar-Noten nur so herausquollen. Da platzte den Jungens der Kragen, und sie machten ihm ihre Meinung über einen Mann, der Kollegen Falschgeld andreht, handgreiflich klar.«

Er beugte sich näher zu uns. »Ich will dir etwas verraten, G-man«, sagte er. »Sol Crasher ist ziemlich fertig. Ich verstehe etwas davon. Wenn einer hier hereinkommt und schreit und trinken will, hat er gewöhnlich Angst, und seine Nerven taugen nichts mehr. Ich glaube, Sol ließe sich ganz gerne für einige Jahre einbuchten, um seine Ruhe zu haben.«

»Ich taxiere seinen augenblicklichen Wert auf wenigstens fünfzehn Jahre«, sagte ich. »Räuberischer Überfall, Falschgeldvergehen, Beteiligung am Bandenverbrechen, verbotener Waffenbesitz und so weiter bringen ihn mindestens für diese Zeit hinter die Gardinen.«

»Wenn einer so aussieht wie Sol, dann erscheint ihm das Zuchthaus wie ein Altersheim«, antwortete Lucky philosophisch.

Wie viel der dicke Wirt von dem Seelenzustand eines gejagten Gangsters verstand, erhielt ich zwei Tage später bestätigt. Ich bekam nämlich mit der Morgenpost einen Brief, schlechtes Papier in grauem Umschlag, wie es die Automaten der Postämter liefern. Der Text war kurz und lautete: »Ich rufe Sie bei passender Gelegenheit an. Bleiben Sie zu Hause und warten Sie auf den Anruf.« Unterschrift: »Sol Crasher«.

Lucky behielt also Recht. Sol war fertig und gab auf. Warum ging er dann nicht zum nächsten Polizeirevier, hing den Hut an den Haken und sagte: »Hier bin ich.« Ich vermute, dass er hoffte, irgendwelche Bedingungen bei seiner freiwilligen Übergabe herausschinden zu können. Vielleicht auch behielten die Brüder Means ihn so sorgfältig im Auge, dass er keine Gelegenheit fand, ohne weiteres türmen zu gehen.

Ich rief Mr. High und Phil an, informierte sie über die neue Sachlage und richtete mich auf eine längere Wartezeit ein.

Wenn man länger als vierundzwanzig Stunden in seiner Wohnung bleiben muss und auf einen Telefonanruf lauert, stellt sich mit der Zeit ein sanfter Irrsinn ein. Schließlich sitzt man stundenlang vor dem

Apparat und starrt ihn an, als könnte man das Ding hypnotisieren.

Auch ich verfiel einem gelinden Wahnsinn, wagte kaum, mich ins Bett zu legen, aus Angst, ich könnte das Läuten überhören, und schnauzte Phil furchtbar an, als er sich telefonisch erkundigte, weil ich fürchtete, Crasher könnte ausgerechnet in diesem Augenblick anrufen wollen und die Leitung besetzt finden.

Rund sechsunddreißig Stunden nach Erhalt des Briefes, als ich schon anfing zu glauben, mir wäre der Anruf nur angekündigt worden, um mich auf den Arm zu nehmen, klingelte es, und der richtige Mann war am anderen Ende der Strippe.

»Cotton, sind Sie es selbst?«, fragte Crashers heisere Stimme hastig und flüsternd.

Ich fand meine Gelassenheit wieder. »O. K., ich bin's, Sol. Was hast du auf dem Herzen?«

»Ich mache Schluss, Cotton. Ich ergebe mich.«

»Guter Gedanke, Sol. Herzlichen Dank für die Ankündigung, aber warum so umständlich? Setze dich in ein Taxi und komm her, oder wenn es dir zu weit ist, melde dich bei der nächsten Polizeistation. Erledigte Gangster werden überall gern entgegengenommen.«

Ich hörte ihn schwer atmen. »Cotton, was bekomme ich, wenn ich euch Means und Dexter ausliefere?«

»Eine Belohnung in Bargeld sicherlich nicht, Sol«, antwortete ich vorsichtig, »aber vielleicht rechnet es der Richter an und zieht dir einige Jahre ab.«

»Ich habe keinen umgelegt«, beteuerte er. »Praktisch

habe ich überhaupt nicht gegen das Gesetz verstoßen.«

»Mache dir und mir nichts vor«, unterbrach ich ihn. »Wenn du wirklich keinen Mord auf dem Gewissen hast, dann liegt es nur daran, dass du nicht besonders gut schießt. Einige Jahre bekommst du, das steht fest, aber wenn du uns sagst, wo deine Chefs stecken, tun wir etwas für dich.«

Wieder schwieg er einige Sekunden. Dann sagte er, und es klang, als hätte er einen unumstößlichen Entschluss gefasst: »Ich sage euch, wo beide stecken, aber ich will eine Bestätigung, eine schriftliche Bestätigung eures Chefs, dass ihr meine Verfolgung einstellt.«

»Du bist verrückt, Sol. Wir können dir keine Straffreiheit zusichern. Du hast gegen die Gesetze verstoßen, und du wirst dafür bestraft werden. Vielleicht rechnet man dir an, dass du im letzten Augenblick zur Vernunft gekommen bist, aber das ist Sache der Richter. Ich kann dir nichts versprechen.«

»Doch«, beharrte er, »es geht. Wenn ihr G-men die Verfolgung und die Fahndung nach mir einstellt, kräht kein Hahn nach mir. Sprich mit eurem Chef, Cotton. Er wird dir die Bescheinigung ausstellen. Überbringst du sie mir, sage ich dir, wo sich Means und Dexter aufhalten.«

Ich hätte ihm nun den Buckel voll lügen können, und im Grunde genommen war er ein Gangster, der nichts Besseres verdiente, aber es lag viel echte Verzweiflung in seiner Stimme. Ich brachte es einfach nicht fertig, ihn auf den Leim zu locken.

»Hör zu, Sol«, sagte ich, »ich werde mit unserem

Chef sprechen, aber ich glaube nicht, dass er sich zu dem Handel versteht. Wohin kann ich dir Nachricht geben?«

»Wenn du die Bescheinigung bekommst, Cotton« – diese blödsinnige Bescheinigung schien sich als letzte Rettungsmöglichkeit in seinem Gehirn festgefressen zu haben – »bringe sie mir morgen um Mitternacht zu dem zweiten Verladekran auf Pier 18.« – »Aber«, und jetzt fand seine Stimme zu einem drohenden Klang, »du kommst allein, Cotton?!«

»In Ordnung, ich komme allein«, antwortete ich.

Ich hörte, wie er erleichtert aufatmete. Dann knackte es. Er hatte eingehängt.

Ich legte langsam den Hörer auf die Gabel zurück. Sols Gemütszustand schien dem eines eingeschüchterten Hasen zu gleichen, aber mit aller Gewalt wollte er aus seiner Situation noch ein Geschäft machen. Ich fuhr ins Hauptquartier und berichtete dem Chef.

»Na, Jerry«, sagte er und lächelte, »ist das nicht wieder eine Falle?«

»Dieses Mal ist es kein Trick.«

»Das haben Sie schon einmal behauptet. Wollen wir nicht lieber ein Kommando zu Pier 18 schicken?«

»Wenn Crasher auch ziemlich den Kopf verloren hat, so viel Verstand dürfte er noch beieinander haben, dass er sich einen Fluchtweg gesichert hat. Wenn ein ganzes Kommando anrückt, rückt er aus, und wir suchen noch zwei Jahre nach den Brüdern Means. Lassen Sie mich ruhig allein gehen, Chef.

Wenn Sie Crashers Stimme gehört hätten, wären auch Sie überzeugt, dass er mich nicht in eine Falle zu locken beabsichtigt.«

»Gut, aber machen wir es wieder so wie bei der Clesburgh-Sache und stellen einige Leute in sicherer Entfernung in Bereitschaft. Das kann nie schaden.«

»Wie steht es mit der Bescheinigung, die Crasher haben will?«

High sah mir einen Augenblick lang in die Augen. »Sie können einen solchen Zettel natürlich haben, Jerry, aber er ist völlig wertlos. Kein Richter stört sich daran, und dass ich die Fahndung nach Sol Crasher tatsächlich abblase, ist natürlich ausgeschlossen.«

Ich stand auf. »Gut«, sagte ich, »dann lassen wir es lieber. Sorgen Sie bitte dafür, dass Phil bei dem Sicherungskommando ist.«

»Was wollen Sie machen, Jerry, da Sie Crasher die Straffreiheit nicht zusichern können?«

»Ich weiß noch nicht. Vielleicht ist er einem vernünftigen Wort zugänglicher als am Telefon. Per Draht ist es schwer, einen Menschen zu überzeugen.«

Ich saß am Steuer eines staatseigenen Fords, mit dem ich um Mitternacht die Einfahrt zum Pier 18 passierte. Der Himmel war von dicken Regenwolken bedeckt und die Nacht so dunkel wie ein Rattenloch. Ein paar einsame Bogenlampen schaukelten im Wind. Auf einem der angelegten Schiffe sang die

Bootswache zähneklappernd irgendeinen wehmüti-
gen Song.

Ich stoppte meinen Karren, schaltete auf das
Standlicht zurück und stieg aus. Als ich die Tür
zuschlug, knallte es laut in der Stille, und der Sänger
auf dem Schiff verschluckte sich. Gleich darauf fing
er wieder an.

Vor mir ragte der Wald der Verladekräne, deren
Eisenarme sich schwach gegen den Himmel abho-
ben. Ich zog den Mantel aus, um besser an die Pistole
im Schulterhalfter zu können, und warf ihn über den
Kühler.

Sehr langsam und bedächtig steckte ich mir eine
Zigarette an. Wenn Sol hier irgendwo im Dunkeln
lauerte und doch die Absicht hatte, mir eins zu verpassen, war's vielleicht ganz gut, noch einmal zu
spüren, wie eine Zigarette schmeckte.

Aber auch die sorgfältigste Anzündung eines
Glimmstängels ist einmal beendet, und damit
blieb nur die Wahl, nach vorne zu gehen oder sich
wieder ins Auto zu werfen und schleunigst zu
wenden.

Ich stiefelte also los, machte um den Lichtkreis,
den die erste Bogenlampe auf das feuchte Pflaster
warf, einen achtungsvollen Bogen und bewegte
mich, Hand in Brusthöhe, auf die Kräne zu.

Plötzlich spürte ich die Nähe eines Menschen. Im
gleichen Augenblick wurde ein Lauf unangenehm
kalt gegen meinen Bauch gedrückt.

»Cotton?«, flüsterte eine heisere Stimme, an der
ich Crasher erkannte.

»Guten Abend, Sol«, sagte ich. »Willst du nicht die

Kanone aus meinen Eingeweiden entfernen? Sie könnte unserer Unterhaltung abträglich sein.«

»Lass nur«, knurrte er. »Du schlägst zu schnell. Nimm die Hände hoch!« Es klang weniger grimmig als ängstlich.

Ich erhob die Arme ein wenig. »Ich weiß nicht, wie viel du von Anstand gehört hast, Sol, aber abgesehen davon, dass es wenig fair wäre, wenn du mich umpustest, kommst du auf den elektrischen Stuhl.«

»Unsinn«, sagte er hastig. »Ich will nur nicht, dass du mich reinlegst. Hast du die Bescheinigung?«

»Nein, Sol, ich habe sie nicht.«

Er stieß einen Fluch aus und wusste offensichtlich nicht, was er machen sollte.

»Nimm Vernunft an, Sol«, redete ich ihm zu. »Ich hätte dir einen Fetzen Papier bringen können, der dir nichts genützt hätte, aber wir sind für ehrliches Spiel selbst euch gegenüber. Steck deine Kanone ein und komm mit. Du weißt so gut wie ich, dass weder die Means noch du aus New York herauskönnen. Wir fangen euch früher oder später. Ihr seid am Ende. Kein Hund nimmt mehr ein Stück Brot von euch an. Nutz die Chance, die der Richter dir geben wird, wenn du freiwillig Schluss machst.«

Er fluchte immer noch leise vor sich hin, aber das bedeutete das Gleiche, als wenn er geheult hätte. Dann raffte er sich auf und sagte:

»Dreh dich um, Cotton, und marschiere zurück, aber durch das Licht. Setz dich in den Wagen und haue ab.«

So schnell gab ich nicht auf. »Sei kein Dickkopf, Sol. Hast du noch nicht genug von diesem Leben? Ich sehe zwar nichts von dir, aber ich rieche es dir an, dass du seit Tagen in irgendwelchen dreckigen Unterschlupfen haust. Welche Chance rechnest du dir aus? Denk an deine Kumpane. Roy Both und Peddy Whoole. Sie haben es mit dem Leben bezahlt, dass sie nicht nachgeben wollten. Bist du sicher, dass du keine Kugel erwischst, wenn wir dich stellen und du türmen willst?«

Er antwortete nicht. Ich glaubte zu erkennen, dass er den Kopf senkte. Ich fühlte, ich war auf dem richtigen Bekehrungspfad.

»Komm, Sol«, fuhr ich fort, »gib mir ein wenig deine Kanone. Dir wird die Hand müde.« Und ich nahm langsam den rechten Arm herunter, legte die Hand um den Lauf, den er immer noch gegen meinen Bauch drückte, und zog ein wenig. Crasher öffnete langsam die Finger und ließ seine Waffe los. Er gab sich geschlagen.

Ich nahm die Pistole, sicherte sie und schob sie in die Tasche. Dann spuckte ich den Rest meiner Zigarette aus, die mir während der Unterredung zwischen den Lippen verqualmt war und holte mein Päckchen heraus.

»Steck dir eine ins Gesicht, Sol«, forderte ich ihn auf und gab ihm Feuer. Ich sah seine niedrige Stirn und die buschigen Augenbrauen, als er sich über meine Hand mit dem Streichholz beugte. Er sog den Rauch ein und tat einen tiefen Zug. Offen gestanden, ich auch.

»Gehen wir zum Wagen«, sagte ich und schob

mich so nahe an ihn heran, dass wir Tuchfühlung bekamen, falls er noch im letzten Augenblick in der Dunkelheit auf dumme Gedanken kam.

Friedlich und gehorsam löste er sich von dem Kransockel. Wir gingen in die Richtung, wo die Standlichter meines Wagens leuchteten. Sol ging ganz langsam, und ich passte mich seinem Schritt an.

»Sag mal, wo hast du die ganze Zeit gehaust?«, bemühte ich mich, die Unterredung in Gang zu halten.

»Auf dem Dachboden eines Schuppens am vierundzwanzigsten Pier. Dexter hat ihn ausfindig gemacht. Niemand kommt dorthin, obwohl tagsüber in dem Schuppen gearbeitet wird.«

»Dann hausen Dexter und Means also auch dort?« Crasher schien nicht zu wissen, dass seine beiden Chefs Brüder waren.

Wir hatten den Lichtkreis der Bogenlampe erreicht, und ich sah, dass er den Mund zu einem »Ja« öffnete, aber er kam nicht mehr dazu, dieses letzte Wort seines Lebens auszusprechen.

Drei oder vier Schüsse krachten so völlig überraschend und unerwartet, dass ich für einige Augenblicke völlig konsterniert im Licht stehen blieb. Vor Sols Bekehrung wäre ich wahrscheinlich wie eine Natter schon beim Klicken einer Sicherung in eine Deckung gezischt, aber jetzt rechnete ich nicht mehr mit Zwischenfällen.

Sol brach in die Knie. Die Schüsse waren von rechts gekommen, und er war an meiner rechten Seite gegangen und hatte den Segen aufgefangen.

Gut, ich hatte also eine Schrecksekunde, aber als Crasher umfiel, kapierte ich. Ich riss meine Null-Acht aus der Halfter und zog sieben Mal hintereinander durch. Gleichzeitig referierte ich mit zwei großen Sätzen ins Dunkle, stolperte rückwärts über einen Eisenträger, fiel hin und blieb erst einmal in dieser guten Deckung liegen.

Nach den Schüssen herrschte absolute Stille. Crasher lag unter der Bogenlampe auf dem Gesicht und rührte sich nicht mehr.

Die Stille dauerte zwei Sekunden, dann heulten aus der Ferne unsere beiden Wagen heran. Dem Schützen im Hinterhalt schien die Luft dick zu werden. Ich hörte das Geräusch seiner eiligen Schritte auf dem Pflaster. Ich ließ mir nicht die Zeit, auf das Sicherungskommando zu warten. Das Pier bot zu viele Versteck- und Durchschlupfmöglichkeiten. Ich musste ihm auf den Fersen bleiben, sonst sprang der Bursche am Ende ins Wasser und schwamm uns einfach davon. Ich spurtete ihm nach. Sobald ich lief, hörte ich das Geräusch seiner Schritte nicht mehr, aber ich hatte mir die Richtung gemerkt. Spurten ist übrigens übertrieben. Ich war darauf gefasst, jeden Augenblick über irgendetwas zu stolpern und lang auf die Schnauze zu fliegen.

Ich rannte an einem langen Gebäude vorbei, kurvte um die Ecke. Eine neue Bogenlampe gab ein wenig Licht, und dort lief jemand.

»Bleib stehen!«, schrie ich. Er schlug einen Haken aus dem Licht heraus. Ich schoss, aber die Beleuchtung war zu schlecht. Ich traf nicht.

Wieder setzte ich mich in Trab. Hinter mir hörte ich meinen Namen rufen. Sicherlich war es Phil.

Dann war die Welt plötzlich zu Ende. Ich stieß gegen einen hohen Bretterzaun, zu hoch, als dass der Schießer ihn hätte auf Anhieb überklettern können. Ich tastete mich an dem Zaun entlang. Ich hörte das Geräusch der Schritte nicht mehr, und ich war bereit, hundert zu eins zu wetten, dass der Kerl gleich mir irgendwo im Dunkeln kauerte und nach Atem rang. Kein angenehmes Gefühl, zu wissen, dass ich jede Sekunde über ihn stolpern konnte, aber ihm ging's auch nicht besser.

Dann hörte ich wieder etwas (außer dem Krach natürlich, den unsere Leute in einiger Entfernung auf der Suche nach mir machten). Es knarrte und quietschte, als würde eine Tür geöffnet. Ich schlich dem Geräusch nach, geduckt und sprungbereit.

Eine Mauer stieß im rechten Winkel an den Zaun. Sie schien zu einem Haus zu gehören, wahrscheinlich war es wieder ein Lagerschuppen.

Ich tastete daran entlang. Die Tür, die der Kerl gefunden hatte, musste ich doch auch finden können. Hallo, da war sie schon.

Wenn ich sie aufmachte und in den Laden stürzte, konnte es geschehen, dass er mich in aller Ruhe umlegte, aber ich tippte darauf, dass er einen Ausgang aus der Falle suchen würde. Außerdem war ich besessen von dem Gedanken, den hinterhältigen Mörder zu schnappen. Crasher war zwar ein Gangster, aber Mord bleibt Mord.

Ich drückte die Klinke herunter, stieß die Tür mit dem Fuß auf und wartete. Nichts rührte sich.

Kurzerhand legte ich mich auf den Bauch und kroch hinein. Ich hielt den Atem an, aber nichts war zu hören. Irgendwo musste doch ein Lager auch einen Lichtschalter haben, und es war anzunehmen, dass er sich neben der Tür befand. Also richtete ich mich auf, tastete die Mauer ab und hatte Glück. Ich fand den Schalter.

Noch einmal tief Luft geholt, dann drehte ich ihn und ging sofort wieder in die Knie.

Überall flammte Licht auf. In langen Doppelreihen mit Zwischenräumen standen Getreidesäcke in dem Lager. Erst suchte ich mir eine solide Deckung, dann steckte ich die Nase hervor und sah mich um.

Von dem Verfolgten keine Spur. Natürlich konnte er irgendwo hinter den Säcken lauern, aber als ich mitten in der Halle eine große Steiltreppe sah, die zum Oberdach führte, hatte ich gleich die richtige Ahnung.

Auch dort oben war durch die Drehung am Schalter das Licht angegangen. Ich setzte den Fuß auf die Treppe und stieg langsam nach oben. Ich riskierte es, den Kopf durch das Loch der Fallklappe zu stecken. Es war wirklich ein Risiko, denn es krachte, und die Kugel pfiff mir am linken Ohr vorbei. Für den Bruchteil einer Sekunde sah ich das Gesicht meines Gegners hinter einem Pfeiler. Ich riss die Kanone hoch und brannte ihm eins auf. Der Kalk spritzte von dem Pfeiler. Das Gesicht verschwand.

Ich besaß den Nerv, nun nicht wieder nach unten zu verschwinden, sondern mit einem Satz, der einem Panter alle Ehre gemacht hätte, auf den Boden zu springen, und mit einem Hechtsprung, Kopf voran, zwischen zwei Reihen Säcke zu tauchen. Ich schlitterte über den Holzboden und ratschte mir die Handflächen auf.

Da waren wir nun nahe genug beieinander, und jeder lauerte darauf, dass der andere die Nase hervorsteckte.

Ich schlich mich durch die Sackreihen hindurch. Vielleicht gab es eine Möglichkeit, ihm in den Rücken zu kommen. Ich war wohl ein wenig unvorsichtig dabei, denn er feuerte und machte ein Loch in den Sack hinter mir, aus dem sofort ein dünner Strahl Korn rann.

Ich fuhr hoch, zog am Abzug. Ich sah sein Gesicht, erkannte ihn. Es war Dexter, der zweite Means-Bruder. Klick, schlug der Bolzen meiner Pistole auf. Die verdammte Knarre war leer, und ich besaß kein zweites Magazin. Ich fuhr in die Versenkung wie der Teufel in die Hölle, bevor Dexter schießen konnte, aber er hatte das Unglück mit meiner Kanone gemerkt. Zum ersten Mal hörte ich seine Stimme, eine Stimme so eisig wie Quellwasser.

»Bist du ausverkauft. Cotton?«, schrie er. »Geh sparsamer mit deinen Kugeln um. Ich habe noch drei Stück, und eine davon ist für dich.«

Ich hörte seine Schritte über den Holzboden auf mich zukommen. Verdammt, ich hätte ein Königreich darum gegeben, wenn ich irgendetwas zum Schießen gehabt hätte, und wenn es ein Flitzbogen gewesen wäre.

Unten stürmten unsere Leute die Lagerhalle. Phil brüllte: »Jerry, wo bist du? Jerry!!?«

Dexter lachte hässlich. »Bis sie heraufkommen, bist du tot, Cotton.« Und immer näher kamen seine Schritte. Jeden Augenblick musste er vor meiner Sackreihe auftauchen. Gab es denn gar keine Möglichkeit, wegzukommen? Wenn ich mit einem gleichen Satz, wie ich heraufgesprungen war, wieder kopfüber hinuntersprang, brach ich mir vielleicht das Genick, aber es war eine Chance, seinen Kugeln zu entgehen. Ich entschloss mich zu dem Risiko und zog die Beine an. Dabei stieß mein Ellenbogen gegen einen harten Gegenstand in der rechten Jackentasche, und obwohl ich nicht mehr viel Zeit hatte, hätte ich mir am liebsten vor den Kopf geschlagen. Ich trug doch noch Crashers Pistole in der Tasche. Pech für Sie, Mr. Dexter.

Im Nu hatte ich sie in der Hand, und dann steckte ich Augen, Nase und die Kanone über meine Säcke hervor. Dexter war noch zehn Schritte von mir entfernt und blieb stehen, als ich auftauchte.

»Wie heißt du eigentlich mit Vornamen, Means?«, fragte ich.

Erst war er überrascht, aber dann grinste er. »John, Cotton, da du das unbedingt vor deinem Ende noch wissen willst.«

»Schön, John, und jetzt lässt du am besten das Ding fallen, das du in der Hand hältst. Du hast Unfug genug damit angerichtet, genug, um auf den elektrischen Stuhl zu kommen.«

Er lächelte und sah in diesem Augenblick seinem Bruder besonders ähnlich. »Du kannst mich nicht mit einer leeren Pistole bluffen, Cotton. Und ich werde noch etwas näher kommen, denn ich möchte dir in den Magen schießen, weil es dort am wehesten tut.« Er tat ein, zwei Schritte.

»Bleib stehen, John«, riet ich ihm. »Ich bluffe nicht.«

Er lächelte nur. Na schön, ich zog ab. Ich schoss drei Mal, und ich traf ihn in den rechten Oberarm und in die Schulter.

Sein Lächeln wich einem Ausdruck, als erlebe er die größte Überraschung der Welt. Seine Pistole fiel auf die Erde, und dann kippte er um.

Ich erhob mich hinter den Säcken. »Siehst du, John«, sagte ich. Die anderen stürmten den Lagerboden, Phil selbstverständlich voran. Er erblickte den reglosen Dexter auf der Erde und sagte: »Jetzt bleibt nur noch einer.«

Dexter war nicht etwa tot. Ich hatte ihm nur das Schulterbein zerschossen. Er blutete kräftig. Einer von uns bemühte sich um ihn und verband ihn notdürftig. Er kam wieder zu sich und verzog das Gesicht vor Schmerzen. Wir richteten ihn auf und lehnten ihn sitzend gegen einen Sack. Ich schob ihm eine Zigarette zwischen die Lippen, aber er spuckte sie wütend aus.

Ich zuckte die Achsel. »War eine Dummheit von dir, Crasher umzulegen«, sagte ich. »Jetzt kommst du auf den Stuhl, sonst wärst du mit einem Dutzend Jahren Zuchthaus davongekommen.«

Er versuchte zu lachen, aber es gelang ihm nicht. »Jedenfalls konnte er euch nicht mehr erzählen, wo William sich versteckt. Ich wusste schon lange, dass er sich drücken wollte, und schlich ihm nach, als er heute unsere Höhle ver-

ließ.« Das alles stieß er zwischen zusammengebissenen Zähnen hervor.

»Irrtum, John«, antwortete ich ruhig, »um das
zu verhindern, dazu hast du zu spät geschossen.
Sol gab uns die richtige Adresse, oder stimmt Pier 24
etwa nicht.«

Er starrte mich an. Dann fiel er vor Schmerzen und
Wut erneut in Ohnmacht.

Ich gab zwei G-men den Befehl, ihn herunter-
zutragen.

»Und jetzt?«, fragte Phil.

»Den Letzten«, antwortete ich. »William Means.«

Die Arbeiter, die im ersten grauen Morgenlicht sich
an ihren Arbeitsplatz zum 24. Pier des New Yorker
Hafens begeben wollten, fanden an der Einfahrt
uniformierte Polizisten, die sie zurückhielten. Sie
fragten, was los sei, aber sie bekamen keine Antwort.
Wenn sie die Hälse reckten, konnten sie auf dem
Wasser vor dem Pier drei Boote der Hafenpolizei
sehen, und sie brauchten nur die aufgefahrenen
Wagen zu zählen, um zu wissen, wie viel Polizisten,
Cops und Geheime, auf dem Pier einer sicherlich
dicken Sache nachgingen.

Phil und ich standen bei Mr. High am Komman-
dowagen und harrten der Dinge, die da kommen
würden. In Trupps zu vieren durchkämmten unsere
Leute die Schuppen, Lagerhallen, Stapelräume und
die angelegten Schiffe. Wenn William Means sich
wirklich hier aufhielt, hatte er nicht mehr den Hauch
einer Chance, uns durch die Lappen zu gehen.

Kaum eine Viertelstunde lief die Aktion, als es bumste. Der Revolverschuss klang gedämpft, als wäre er in großer Entfernung abgefeuert worden, aber in Wirklichkeit dämpften die Mauern irgendeines Schuppens das Geräusch.

Phil zog den Gürtel seiner Hose strammer. »Ich denke, das war er. Übernehmen wir auch noch den Rest, Jerry?«

Wir machten uns auf die Socken. Auf halbem Weg kam uns schon ein atemloser Cop entgegengestürzt.

»Wir haben ihn. Dort auf dem Dachboden des großen Schuppens.«

Es war ein Lagerhaus genau wie das, in dem John Means' alias Dexters Laufbahn zu Ende ging. Auch hier gab es eine Art erster Etage, auf der wir fünf Beamte vorfanden. Ein sechster Cop lag auf der Erde und verzog schmerzhaft das Gesicht.

»Ernsthaft?«, fragte ich.

»Nein, wahrscheinlich ein Beinbruch. Er steckte den Kopf durch das Loch da und zuckte so schnell zurück, als auf ihn geschossen wurde, dass er von der Leiter stürzte«, antwortete der Patrouillenführer und zeigte auf eine Falltür in der Decke, zu der eine dünne Eisenleiter führte.

»Dort also sitzt er«, sagte ich zufrieden. Ich legte beide Hände um den Mund und brüllte:

»Heh, William Means! Schönen Gruß von deinem Bruder John. Er will gern mit dir zusammen auf der Anklagebank sitzen, damit das Bild vollständig wird. Darum komme herunter und gib es auf.«

Keine Antwort. Ich glaubte, eine Diele wie unter dem Schritte eines Mannes knacken zu hören.

»Na, dann wollen wir mal«, sagte ich, nahm die Null-Acht in die Hand und war im Begriffe, die Leiter zu entern, als sich Mr. Highs Hand auf meine Schulter legte.

»Eigentlich möchte ich Sie gern noch ein wenig behalten, Jerry«, sagte er. »Wollen Sie unbedingt im letzten Augenblick abgeschossen werden?«

»Ach«, brummte ich, »bei John war die Situation genau so.«

»Nein«, antwortete er, »bei John Dexter war es nötig, den Kopf zu riskieren. Hier ist es nicht nötig.«

Der Chef nahm die Sache in die Hand und organisierte sie. Der Cop mit dem Beinbruch wurde fortgetragen. Vier Mann schleppten eine schwere Eisenstange heran, richteten sie auf und setzten sie gegen die Falltür. Drei FBI-Beamte hoben die Maschinenpistolen, um Means nötigenfalls zu durchsieben, wenn er auf die Männer mit der Stange zu schießen versuchte.

»Wenn es geht, lebendig«, sagte der Chef, als alle Vorbereitungen getroffen waren, »aber wenn es sein muss, schießt rücksichtslos. Fertig!«

Die Cops hoben die Eisenstange und drückten die Falltür auf. Sofort krachte ein Schuss, aber nur einer. Die Tür hob sich, klappte zurück, theoretisch war der Eingang offen, aber immer noch hatte Means die Möglichkeit, jeden umzupusten, der den Kopf über den Rand hob.

»Doktor Means, wir fordern Sie auf, sich zu ergeben!«, rief Mr. High. Er bekam so wenig eine Antwort wie ich.

»Besorgen Sie sich eine Tränengasbombe, Jerry!«, befahl High.

Einer der Cops rannte weg und kam mit der enteneiergroßen Bombe wieder. Ich wog das Ding in der Hand, zog ab, wartete, laut zählend, bis zum letzten Augenblick und warf sie dann mit sanftem Schwung nach oben durch die Falltür. Zischend explodierte sie sofort. Etwas weißer Qualm wogte durch die Öffnung. Wir zogen uns schleunigst einige Schritte zurück.

Wir hörten unterdrücktes Husten, eilige Schritte. Dann zerklirrte eine Scheibe.

»Er muss einen Ausgang gefunden haben!«, schrie ich und stürzte zur Leiter, und jetzt hielt mich auch Mr. High nicht zurück.

Wie der Blitz war ich auf dem Boden. Sofort drang mir das Gas in die Kehle. Ich hustete krampfhaft. Die Tränen schossen mir in die Augen und machten mich halb blind, aber so viel sah ich noch, dass ich das zerschlagene Dachfenster bemerkte.

Ich kämpfte mich durch den Dunst darauf zu, griff nach dem Rahmen und schwang mich hinaus. Krampfhaft hustend fiel hinter mir Phil auf das Dach. Noch keine halbe Minute waren wir auf dem Boden gewesen, aber es langte uns. Wir waren für Augenblicke restlos fertig, lagen lang und pumpten frische Luft in unsere Lungen.

Dann ging es wieder, und wir sahen uns nach William um. Unglaublich, wie groß ein Schuppendach ist und wie viel Versteckmöglichkeiten es bietet. In der Mitte war ein Teil wegen des Lichtes mit Glas gedeckt. Außerdem sahen wir fünf rätselhafte Aufbauten und zwei Kamine. Wir richteten uns auf und pirschten uns aus dem Schutze unseres Dachhäuschen vorwärts. Wir kamen bis an den Rand einer dieser Aufbauten, als uns die erste Kugel um die Ohren pfiff. Means schoss hinter einem Kamin hervor.

Ich feuerte zurück, auf Geratewohl, um ihn in die Deckung zu treiben, bis wir hinter dem Aufbau lagen. Das Dach war hier unangenehm schräg. Wir warfen uns platt auf den Bauch, um den Halt nicht zu verlieren.

»Er steckt hinter dem zweiten Schornstein«, sagte ich zu Phil. »Wir nehmen ihn in die Zange.«

Ich rutschte weiter bis zum nächsten Dachhäuschen. Means schoss nicht, obwohl er mich während des Weges sehen musste, wenn er die Nase hinter dem Schornstein hervorsteckte. Wahrscheinlich wagte er es nicht.

Bei dem Aufbau wurde das Dach wieder flacher. Ich riskierte einen kleinen Spurt quer über die Fläche. Dieses Mal sah mich der Gangster und feuerte, aber er erwischte mich nicht. Ich schlitterte hinter den zweiten Kamin und befand mich auf der gleichen Höhe mit Means. Damit war seine Deckung nichts mehr wert, und er musste die Arme hochnehmen, wenn er nicht von mir oder von Phil abgeschossen werden wollte.

Ich öffnete eben den Mund, um ihm eine dementsprechende freundliche Einladung hinüberzurufen, als ich ihn über das Dach rennen sah. Es wäre eine

Kleinigkeit gewesen, ihn zu erledigen, aber wir erschießen nie einen Mann, dessen Situation hoffnungslos ist. Im Grunde ist ein G-man der Beauftragte des Gerichts. Seine Aufgabe ist es, den Brecher des Gesetzes vor den Richter zu bringen, damit er seine Strafe nach den Buchstaben des Gesetzes erhält. Im Kampfe müssen wir töten und tun es, aber wir vermeiden es, wo es nur eben geht. Wir sind die Jäger, nicht die Vollstrecker der Strafe.

Darum schoss ich nicht auf Means, als er frei über das Dach rannte. Der elegante Doktor aus Miami war in ihm nicht mehr zu finden. Der Anzug schlotterte um seinen Körper und war schmutzig, und ich sah, dass sein Haar lang und ungepflegt war.

Auch Phil schoss nicht. Er kam hinter dem Aufbau hervor und machte sich daran, hinter Means herzurennen. Auch ich lief, und wir kamen dem Doktor immer näher.

Dann war er am Rand des Daches angelangt. Er blieb stehen wie von einer Faust gestoppt. Zwanzig Schritte trennten mich noch von ihm. Ich hielt inne und hob den Colt.

Er drehte sich langsam um. Ich sah sein verwildertes Gesicht, in dem fremd die vornehme goldene Brille saß. Wenn er jetzt die Rechte mit der Waffe hob, musste ich schießen, wollte ich nicht selber abgeknipst werden, aber er ließ den Arm schlaff hängen.

»Schluss, William«, sagte ich und wunderte mich, dass meine Stimme rau klang. »Wirf die Kanone fort!«

Er warf sie, aber er warf sie nach mir, und er stieß dabei einen Fluch aus, den meine Ohren noch nie gehört hatten, und sie waren einiges gewohnt. Ich duckte mich, und als ich mich aufrichtete, war er verschwunden. Ich lief die zwanzig Schritte bis zum Dachrand, und während dieser endlosen zwanzig Schritte wartete ich auf den dumpfen Aufschlag des Körpers, aber der Aufschlag kam nicht.

Mit mir erreichte der keuchende Phil den Rand des Daches, und jetzt sahen wir beide, warum William Means nicht längst auf dem Pflaster zerschmettert war.

Von unserem Dach führte, weiß der Teufel, zu welchem Zweck, ein rostiges Drahtseil zu dem Dach des Nachbarschuppens, das tiefer lag. An diesem Seil hangelte der Doktor, schon ein gutes Stück entfernt.

Was er tat, war vollendeter Blödsinn. Unter ihm standen unsere Leute, die Köpfe in den Nacken gelegt, und ich sah, dass ein halbes Dutzend in das Nachbarlager eindrangen, um ihn in Empfang zu nehmen, falls er wirklich drüben ankam. Dass er es schaffen würde, war nicht fraglich, wenn er nicht freiwillig losließ, denn die Entfernung war nur kurz. Schon wollte ich mich umwenden, um zurückzugehen, als Phil meinen Arm packte. Ich blickte ihn fragend an. Sein Gesicht war kalkweiß und zeigte den Ausdruck maßlosen Entsetzens.

»Da«, konnte er nur stammeln und streckte den Arm aus, »da ... eine ... Stromleitung!«

Ich fuhr herum, und ich gestehe, dass mir der Herzschlag aussetzte und das Blut in den Adern stockte. Kurz vor dem Nachbargebäude, drei oder vier Fuß unter dem Drahtseil, an dem Means hangelte, kreuzte eine Elektrizitätsleitung die Bahn. Sie führte zu einem Zollhaus am Ufer des Piers.

»Zurück, Means!«, brüllte ich. »Komm zurück! Du stößt an eine Hochspannungsleitung! Zurück!« Er hörte nicht. Er hangelte weiter. Wer wollte wissen, wie es in seinem Kopf aussah. Vielleicht war er nicht mehr richtig gescheit.

Unsere Leute unten waren durch unser Schreien aufmerksam geworden. Einige rannten fort, aber sicherlich wusste niemand, wo der Strom in dieser Leitung abzustellen war, und bis sie das Elektrizitätswerk erreicht hatten, war es zu spät.

Neben mir krachte es. Phil schoss aufgerissenen Mundes auf den Stromdraht, ein sinnloses Unterfangen. Kein Mensch auf der Erde schoss so gut, dass er den Draht traf, wenn es nicht der Zufall wollte.

Fünf, sechs Hangelgriffe noch, dann musste Means den Draht berühren. Ich sah, dass er mit den Knien daran stoßen würde und schrie:

»Zieh die Beine an, Means! Es kommt eine Hochspannungsleitung!«

Die Entfernung war nicht so groß, dass er mich nicht hätte verstehen können, aber er reagierte überhaupt nicht auf meine Rufe. Auch die Beamten auf dem Pier schrien jetzt Warnungen.

Zwei Griffe, einen noch, dann musste sein pendelnder Körper gegen den Draht stoßen. – Jetzt! Ich wollte die Augen schließen, aber ich brachte es nicht fertig. Plötzlich schien er begriffen zu haben. In letzter Sekunde versuchte er, die Beine anzuziehen, aber es war zu spät.

Ein grauenvolles Knistern erfüllte die Luft. Ich sah blaue Funken aus seinen Händen am Drahtseil sprühen. Sein Körper bäumte sich auf und bog sich zusammen, als würde er von einer riesigen, unsichtbaren Hand zusammengedrückt, streckte sich sofort wieder, als stecke eine Feder in ihm. Die Hände lösten sich von dem Drahtseil. Er fiel auf den Stromdraht und hing für die Dauer eines Lidschlags wie klebend daran. Dann riss der Draht unter seinem Gewicht. William Means fiel, aber das spürte er schon nicht mehr.

Als Phil und ich unten ankamen, hatten sie schon eine Decke über ihn gelegt. Ich legte keinen Wert darauf, sein Gesicht noch einmal zu sehen.

Mr. High stand neben dem bedeckten, reglosen Körper, der einmal William Means gewesen war.

»Er erhielt seine Strafe, bevor der Richter das Urteil sprach«, sagte er nachdenklich. »Das – und das trug er in seinen Taschen.«

Er streckte mir beide Hände entgegen. In der einen hielt er zwei schmale Kupferplatten, die die Rück- und die Vorderseite einer Zehn-Dollar-Note zeigten; in der anderen ein Bündel von Zehn-Dollar-Noten.

Ich zupfte mir einen Schein heraus, faltete ihn sorgsam zusammen und legte ihn in meinen FBI-Ausweis. »Als Andenken«, sagte ich.

Wie erwartet gab es eine fette Pressesensation, als die Öffentlichkeit von der gefährlichen Fälschung erfuhr.

In einem großen Prozess wurde der Rest der Bande auf Jahre hinter Gitter geschickt. John Means wurde wegen des Mordes an Crasher zum Tode verurteilt. Levingstone bekam die vorgeschriebenen Anzahl Jahre Zuchthaus aufgebrummt, aber es bestand kein Zweifel, dass in Kürze die Begnadigung erfolgen würde, die der Richter schon in der Urteilsbegründung empfahl. Esher, sein Freund, kam mit Bewährungsfrist davon.

An einem Abend, kurz nach dem letzten Prozess, gingen Phil und ich zu Lucky Poth in den »Haifisch«, denn wir hatten Durst, und ich wollte mich bei Lucky bedanken.

»Wollen Sie Stammkundschaft bei mir werden?«, fragte er leicht beunruhigt, als wir uns an die Theke schwangen.

»Keine Angst«, besänftigte ich, »ich will mich bei dir bedanken. – Zwei.«

»Ich habe mir die ganze Zeit überlegt, G-man«, sagte er und schenkte ein, »woher du wusstest, dass ich Blüten von Sol in meiner Kasse hatte.«

»Ich wusste es gar nicht«, lachte ich.

Er nickte mit dem Riesenschädel. »Ich hatte auch gar kein Falschgeld darin. Die Moneten, die Crasher mir gab, hatte ich in meinem Privatsafe. Aber als mir das einfiel, war es schon zu spät. Du hattest mich aus dem Anzug geblufft.«

»Stimmt, Lucky«, bestätigte ich. »Hier hast du deine Dollars wieder.« Und ich blätterte ihm sechs Scheine zu zehn Dollar hin. Worauf Lucky uns zwei erstklassige Kognaks vorsetzte und nur den Preis für unverzollte Ware berechnete.

ENDE

Ich gegen IHN

Es gab einen Mann, der seit sieben Jahren auf den Fahndungslisten stand. Anfangs trieb er sich in der unteren Hälfte herum, so auf Platz achtundzwanzig oder dreißig. Dann raubte er in Cincinnati einen Geldtransport der Post auf offener Straße aus und kletterte damit auf Platz sechs. Als er aber vor drei Jahren die Bank in Pittsburgh plünderte und kurz darauf Bless, den »Ringer«, erschoss, weil er ihm den Gehorsam verweigerte, setzte ihn der FBI auf Platz 1 der Fahndungsliste. Dort stand er nun munter seit sechsunddreißig Monaten. Obwohl die besten Leute auf ihn angesetzt wurden, behielt er Leben und Freiheit.

Wir sprachen nicht gern von diesem Mann, denn die Tatsache seiner Existenz war in mehr als einer Hinsicht blamabel für uns, nicht nur, weil wir ihn nicht zur Strecke bringen konnten, sondern besonders, weil er wie wir ein G-man gewesen war. Sein Name lautete John Forester, und obwohl er seit drei Jahren als Feind Nummer 1 auf den Listen erschien, kannte die Öffentlichkeit den Namen kaum.

Seit zwei Tagen war ich nicht mehr auf die U-Bahn oder auf einen Dienstwagen angewiesen. Ich hatte meine ganzen Ersparnisse zusammengekratzt und war damit zu einem Vertreter von ausländischen Fahrzeugen gegangen. Nach langem Palaver und unzähligen Proberunden ließ ich mir von ihm einen gebrauchten schwarzen Jaguar-Zweisitzer mit roten Polstern andrehen. Er schaffte 120 Meilen in der Stunde und lag dabei auf der Straße wie hingegossen. Phil und ich tauften ihn mit einer Flasche echtem französischem Champagner, indem wir ihm stilgerecht ein halbes Glas vor den Kühler schütteten und uns den Rest durch die Kehle jagten. Der Jaguar erhielt den gleichen schönen Namen, den ich bei der Taufe bekommen hatte. Wir nannten ihn »Jeremias«, aber jede Abkürzung wurde von vornherein streng verboten.

Ich holte also »Jeremias« aus dem Stall und kutschierte ihn brav im zweiten Gang durch New Yorks Verkehrsgewühl zum FBI-Hauptquartier. Die Kollegen im Bereitschaftsraum nahmen mich gewaltig auf den Arm, als sie mich in einem Filmstarauto angerollt kommen sahen, und ich rette mich schnell in Mr. Highs Büro.

Phil war schon da. »Herzlichen Glückwunsch zu Ihrem neuen Auto«, sagte Mr. High. »Passen Sie gut auf sich auf.«

Ich nickte.

»Ihr kennt beide den Namen John Forester?«

Ich muss gestehen, mir wurde leicht unheimlich. Auch Phil rutschte unbehaglich auf seinem Stuhl.

»Ich habe einiges von ihm gehört«, sagte ich vorsichtig. »Er ist Nummer 1 auf der internen Fahndungsliste. Er hat einige Sachen gedreht, ein Postauto ausgenommen, eine Bank beraubt und, glaube ich, einen Ganoven erschossen. Außerdem erzählen sie, er sei … einer von uns gewesen.«

»Er war G-man«, antwortete Mr. High mit Nachdruck. »Vor zehn Jahren war er Beamter der Bundespolizei im Bezirk New York, und er war ein tüchtiger Beamter. Ich habe ihn selbst gekannt.«

Er schlug einen Aktenordner auf, den er vor sich liegen hatte.

»Ich werde euch die Geschichte John Foresters erzählen«, fuhr er fort. »Dann werdet ihr erkennen, warum diese Aufgabe schwieriger als alle bisherigen ist. Vor zehn Jahren also war Forester FBI-Agent, ein eifriger, umsichtiger, hochintelligenter Junge, gegen dessen Zähigkeit die Leute, auf die er angesetzt wurde, keine Chance hatten. Er zog einige große Fische aus dem Teich, und er hatte die besten Aussichten auf eine rasche Karriere. Dann erhielt er die Aufgabe, Lucky Green zur Strecke zu bringen, der damals eine Gang im Hafen auf die Beine gestellt hatte und die Reedereien erpresste. Forester nahm die Sache mit der gewohnten Tatkraft in die Hand. Nach sechs Wochen kannte er Greens Unterschlupf und hätte ihn fassen können. Da schickte ihm Lucky die eigene Tochter über den Weg.«

Er machte eine kleine Pause und strich sich übers Haar.

»Viel ist von Lilian Greens Schönheit nicht mehr geblieben«, sagte er, »seit sie im Frauengefängnis sitzt, weil sie einen ihrer späteren Liebhaber aus Eifersucht erschoss, aber damals war sie eine ungewöhnlich reizvolle Frau. Nicht nur schön im gewöhnlichen Sinn des Wortes, sondern auch klug und leidenschaftlich zugleich. Kurz und gut, John Forester vergaß bei ihrem Anblick Eid und Aufgabe. Er liebte sie mit einer Leidenschaft, die jede Regung seines Gewissens erstickt haben muss. Weil sie ihn darum bat, lenkte er die Untersuchungen in eine falsche Bahn und warnte Lucky Green, als er ausgehoben werden sollte. Damit hatte er zum ersten Mal in seiner Laufbahn eine Aufgabe nicht erfüllt, aber er hatte auch seinen Verrat so geschickt getarnt, dass wir an Pech glaubten, wie es jeder einmal haben kann. Er wurde mit anderen Aufgaben betraut, aber er löste in den sechs Monaten, die er noch G-man blieb, keine mehr. Er hatte einfach nur noch Gedanken für Lilian Green. Ungefähr ein halbes Jahr nach der Panne mit Lucky Green verhaftete eine andere Abteilung im Zusammenhang mit einer Hehlergeschichte einen gewissen Flip Factur. Factur war bei Green so etwas wie ein Sekretär gewesen, und von ihm erfuhren wir von Foresters Warnung, an der Greens Verhaftung gescheitert war.«

Wieder schwieg Mr. High einen Augenblick.

»Ich schickte damals selbst die Leute los, die Forester verhaften sollten«, sagte er dann. »Sie fanden ihn in Lilian Greens Wohnung. Bis zu diesem Augenblick wäre er wahrscheinlich mit der schimpflichen Ausstoßung aus dem Staatsdienst davongekommen, aber er tat das Unwahrscheinliche, das kein Mensch von ihm erwartet hätte. Er hob die Waffe gegen die eigenen Kameraden und schoss sich den Weg frei. Er verwundete zwei Leute und entkam, selbst angeschossen. Es wurde nach ihm gefahndet, aber er blieb verschollen. Wir nahmen an, er sei außer Landes gegangen, bis der Postraub in Cincinnati geschah und wir entdeckten, dass er dahinter steckte. Er hielt dann lange Ruhe. Erst viel später kam der Überfall auf die Bank und anschließend der Mord an Bless, dem ›Ringer‹.«

Ich zündete mir eine Zigarette an, während Mr. High weitersprach.

»Es sind einige Versuche gemacht worden, Forester zu stellen. Im Anfang beobachteten wir Lilian Green, weil wir hofften, er würde sich in ihre Nähe wagen. Vier oder fünf Monate nach seiner Flucht versuchte er es tatsächlich, war aber so vorsichtig, dass er wieder entkam, bevor wir zugreifen konnten. Ungefähr ein Jahr später hatte das Mädchen die Auseinandersetzung mit Foresters Nachfolger, in deren Verlauf sie den Mann niederschoss, verurteilt wurde und hinter Gefängnismauern verschwand. Forester hat davon natürlich durch die Zeitungen erfahren, und ich glaube, erst seitdem ist er richtig gefährlich geworden.«

Er richtete den Blick seiner grauen Augen genau auf mich.

»Ich möchte, dass Sie begreifen, Jerry, wie gefährlich er ist. Er ist kein gewöhnlicher Gangster, der ein Verbrechen aus Gewinnsucht verübt. In den sieben Jahren, die Forester auf der Fahndungsliste steht, hat er nur zwei Verbrechen organisiert, abgesehen von dem Mord an Bless, der in ursächlichem Zusammenhang mit dem Bankraub steht, den Bless nicht mitmachen wollte. Forester raubt nur, wenn er unbedingt Geld nötig hat, und dann sind seine Unternehmungen so ausgeklügelt und durchorganisiert, dass der Polizei kaum eine Chance zur Aufklärung bleibt. Forester ist durch die harte Schule des FBI gegangen. Er kennt genau unseren Apparat, unsere Möglichkeiten, unsere Tricks. Dazu kommt, dass er ein absoluter Einzelgänger ist, ein Menschenverächter, der keinen Freund braucht, der keine Kollegen und Kameraden hat. Für seine beiden Überfälle hat er sich die Leute aus der Unterwelt rekrutiert. Dann hat er sie ausgezahlt und fortgeschickt. Die Gangster nennen ihn den ›Schweigsamen‹, und sie haben einen Heidenrespekt vor ihm. Sie wissen, wie abergläubisch manchmal die hartgesottenen Burschen sind. Um Forester, der so ganz anders ist als die gewöhnlichen Gangsterführer, spinnen sich die wildesten Legenden ... und alle haben Angst. Rechnen Sie nicht damit, Jerry, dass Sie einen kleinen Ganoven finden, der Sie zu Forester führt. Niemand verrät den ›Schweigsamen‹ – aus Angst. Sie alle haben das Schicksal von Bless, dem ›Ringer‹, vor Augen, der sich auf seine Körperkräfte verließ, an dem Bankraub nicht teilnehmen wollte, später von Forester in einer Kneipe gestellt und furchtbar zusammengeschlagen und dann, als er nach der Pistole griff, erschossen wurde.«

Ich drückte meine Zigarette aus. »Schön, und von mir Greenhorn erwarten Sie also, dass ich diesen alten Fuchs stelle?«

»Die gesamte Bundespolizei kann Ihnen in diesem Kampf nichts nützen, Jerry«, sagte Mr. High. »Durch unsere überlegenen technischen Mittel, durch unsere Überzahl ist Forester nicht zu bekommen. Dazu kennt er unser System zu genau. Nur einer allein kann ihn stellen, ein einzelner Mann. Sie allein. Jerry gegen ihn.«

»Warum sitze ich dann hier?«, maulte Phil.

»Sie, Phil, übernehmen die Aufgabe, Jerrys Rücken zu decken. Wie ihr das im Einzelnen macht, muss ich euch überlassen.« Nach einer Pause fügte Mr. High hinzu: »Noch was sollt ihr wissen. Für Lilian Green läuft ein Begnadigungsantrag, dem, wie ich informiert bin, mit höchster Wahrscheinlichkeit stattgegeben wird, und Flip Factur, der Mann, der Forester an uns verriet, hat in sechs Wochen seine Strafe verbüßt und wird aus dem Staatsgefängnis entlassen. Es ist mit Sicherheit anzunehmen, dass Forester an beiden Rache üben will.«

»Können Sie mir wenigstens sagen, wo ich Aussichten habe, meinen Gegner zu finden?«, fragte ich.

»Nein«, lächelte Mr. High. »Nein, Jerry, das kann ich Ihnen nicht sagen. Zum letzten Mal tauchte er in Pittsburgh auf, aber niemand weiß, ob er sich noch dort befindet. Ich glaube nur, dass er über kurz oder lang in New York erscheinen wird, denn sowohl Lilian Green wie auch Flip Factur sitzen im New-Yorker Staatsgefängnis.«

»Haben Sie wenigstens ein Bild von ihm?«

»Ein Bild haben wir, aber es ist zehn Jahre alt, und ich glaube, John Forester hat sich in den zehn Jahren ziemlich verändert.«

Er nahm einen Streifen Passfotografien aus der Akte und reichte ihn mir. Sie zeigten einen noch jungen Mann mit dunklem Haar. Ich gab sie an Phil weiter. Phil betrachtete sie lange, dann sah er mich an, dann wieder die Bilder.

»He, was ist mit dir?«, wunderte ich mich.

Er schüttelte den Kopf. »Ich will hängen, wenn dieser John Forester dir nicht verteufelt ähnlich sieht.«

»Du bist verrückt«, schmeichelte ich ihm und nahm ihm die Fotos aus der Hand, aber verdammt, als ich sie mir noch einmal ansah, fand ich, dass er nicht Unrecht hatte. Forester und ich konnten gut Brüder sein.

Mich beschlich ein merkwürdiges Gefühl. Ich bin wahrhaftig nicht abergläubisch, aber ich bekam eine dumme Leere in der Magengrube bei dem Gedanken, dass ich einen Mann jagen sollte, der nicht nur die gleiche Laufbahn eingeschlagen hatte wie ich, sondern der mir außerdem noch ähnlich sah.

Wenn man gegen einen Mann kämpfen will, tut man gut daran, sich ein genaues Bild von ihm zu verschaffen. Ich meine, nicht eine Fotografie seines Äußeren, sondern eine Vorstellung seiner Art und seines Charakters. Es gab noch einige Beamte im Hauptquartier, die Forester gekannt hatten, aber sie konnten mir nichts nützen, denn der G-man John Forester musste praktisch ein ganz anderer Mensch gewesen sein als der Gesetzesbrecher Forester. Die Einzigen, die uns vielleicht den Hauch einer Vorstellung von jenem Forester vermitteln konnten, zu dem sich ein ehrlicher und eifriger G-man plötzlich unter dem Einfluss einer Frau entwickelt hatte, waren eben diese Frau und Flip Factur. Vielleicht wäre Lucky Green noch besser dazu in der Lage gewesen, aber er befand sich irgendwo im Ausland und war für uns nicht erreichbar.

Also fuhren Phil und ich zum New-Yorker-Staatsgefängnis und verlangten den Strafgefangenen Flip Factur zu sprechen.

Wir wurden in seine Zelle geführt, aber er musste erst aus der Schlosserei, wo er arbeitete, geholt werden.

Nach zehn Minuten führte der Aufseher einen kleinen krummrückigen Mann in grauer Sträflingskleidung herein, dessen schwarze, wie die Zunge einer Schlange hin und her flippende Augen uns unruhig musterten.

Phil und ich saßen auf den Hockern der Zelle.

»Setz dich auf deine Pritsche«, sagte ich nach der Begrüßung. »Du hast John Forester persönlich gekannt?«

Er nickte eifrig. »Ich sah ihn zwei Mal.«

»Bevor oder nachdem er Lucky Green vor der Polizei warnte?«

»Ich war dabei, als er Lucky die Warnung überbrachte. Es war in Luckys Büro in Manhattan. Green schob ihm ein Paket Dollarnoten hinüber, aber er warf die Scheine auf den Fußboden. Ungefähr drei Monate später fand noch eine Unterredung statt. Diesmal verlangte er Geld von Lucky, und außerdem wollte er Lilian haben. Er wollte mit ihr ins Ausland gehen, aber Green lachte ihn nur aus. Als Forester seinen Revolver zog, lachte er nicht mehr, und er gab ihm das Geld.«

»Aber er ging nicht ins Ausland«, wunderte ich mich.

Die unsteten Augen Facturs huschten über mein Gesicht. »Es lag wohl an Lilian, dass nichts daraus wurde«, berichtete er mit seiner flackernden Stimme.

»Sie wollte plötzlich nicht mehr, und damals tat er alles, was sie nur wollte.«

»Warum sitzt du eigentlich, Factur?« fragte ich.

»Wegen Bandenverbrechens«, sagte er fast stolz. »Ich war Greens rechte Hand.«

»Aber Green selbst wurde nie verurteilt?«

Er grinste und zeigte seine schlechten Mausezähnchen. »Erst konnten sie ihm nichts beweisen, weil Forester seine Untersuchungsergebnisse verschwinden ließ. Als sie mich fassten, hielt ich natürlich eisern dicht, und als Lucky der Boden zu heiß wurde, verschwand er ins Ausland.«

»Ein Bravo deiner Treue«, sagte ich sarkastisch, »aber Forester hast du sofort verpfiffen, als man dich fasste.«

»Warum auch nicht?«, fragte er frech.

»Das will ich von dir wissen.«

In seinem unruhigen Gesicht erschien der Ausdruck maßlosen, aber feigen Hasses.

»Ich hatte meine Gründe«, antwortete er schrill. »Als er die Auseinandersetzung mit Green hatte, wollte ich eingreifen. Er schlug mich erbarmungslos nieder.« In der Erinnerung hielt Factur sich das Kinn.

»Und dann«, sagte ich langsam, »nahm er dir außerdem Lilian fort, auf die du selbst ein Auge geworfen hattest, nicht wahr?«

Der Sträfling sah mich unruhig an, senkte aber sofort wieder den Kopf.

»Vielleicht«, entgegnete er.

Ich gab ihm eine Zigarette. »Erzähl mal, was ist Forester für ein Typ?«

»Ein Eisberg, der sich von einem Augenblick zum anderen in einen Vulkan verwandelt«, antwortete er rasch. »Er sagt drei Worte, dann noch einmal drei, und dann schlägt er zu. Wenn man in seine Augen sieht, glaubt man, man sähe durch dickes graues Glas, hinter dem ein Feuer brennt.«

»Wie poetisch«, lachte Phil.

»Deine Strafe läuft in sechs Wochen ab, Flip?«, fragte ich. »Hast du keine Angst, dass der Mann, den du verpfiffen hast, sich in unangenehmer Weise für dich interessieren wird?«

Seine Augen wurden weit vor Schrecken. »Habt ihr ihn immer noch nicht?«, fragte er und schoss von der Pritsche hoch.

Ich schüttelte den Kopf. Für einen Augenblick schien es, als wollte Factur zu schreien anfangen, aber er klappte den Mund wieder zu, sank auf die Pritsche zurück und flüsterte: »Ich werde außer Landes gehen.«

Da wir einmal dabei waren, gingen wir nach diesem Besuch gleich zum Frauengefängnis hinüber.

»Lilian Green hat Besuch von ihrem Anwalt«, erfuhren wir von der Wärterin an der Pforte.

»Gut, dann möchte ich erst den Anwalt sprechen«, entschied ich.

Nach einer Viertelstunde erschien ein mittelgroßer grauhaariger Mann. Er stellte sich als Anwalt Jules Ryk vor und machte durchaus nicht den Eindruck eines Mannes, der seinen Beistand für Geld an jeden Gangster verkauft.

»Sie vertreten den Begnadigungsantrag für Lilian Green, Mr. Ryk?«, erkundigte ich mich bei ihm.

Er nickte. »Ich denke, ihn in drei Monaten durchgepaukt zu haben. – Sie sind Beamte des FBI, nicht wahr? Hat die Bundespolizei noch ein Interesse an Miss Green?«

»Kein unmittelbares«, antwortete ich ausweichend.

»Kann man erfahren, wer Ihre Arbeit finanziert?«

»Das ist kein Geheimnis«, lächelte er. »Lucky Green natürlich, Lilians Vater. Er sitzt in Venezuela. Das weiß auch die Behörde, und es sind mehrfach Auslieferungsanträge gestellt worden, aber da ihm ein Mord nicht nachzuweisen ist, wurden sie abgelehnt.« Er machte eine abwehrende Handbewegung, als Phil etwas sagen wollte. »Ich weiß natürlich, dass Green ein übler Gangster ist oder wenigstens war, aber das ist für mich kein Grund, nicht für seine Tochter einzutreten. Die Erschießung ihres Liebhabers war eine reine Affekthandlung und mit zwölf Jahren Gefängnis zu hoch bestraft. Die Begnadigung ist ein Akt der Gerechtigkeit.«

»Schönen Dank, Mr. Ryk«, beendete ich die Unterredung. »Wir möchten jetzt einige Worte mit Lilian Green selbst sprechen.«

Die Gefängnisdirektorin brachte uns zu dem Unterredungsraum. Hinter dem Gitter, das das Zimmer in zwei Hälften trennte, sahen wir eine große Frau. Die graue Gefängniskleidung verwischte alle Konturen ihrer Figur. Ihr Gesicht schien mir scharf, und ich bemühte mich vergeblich, Spuren ihrer angeblichen früheren Schönheit darin zu entdecken. Lediglich ihr schwarzes üppiges Haar war von einem seidig schimmernden Glanz.

Ich begrüßte sie höflich, nannte unsere Namen, und dann sagte ich: »Wir möchten etwas über John Forester von Ihnen erfahren.«

»Ich will nicht über John Forester sprechen. Ich hoffe, er ist tot.«

»Nein«, entgegnete ich, »er lebt und befindet sich in Freiheit.«

Ihre Augen weiteten sich in dem gleichen Schrecken, den ich auf Flip Facturs Gesicht gesehen hatte, aber sie sagte nichts.

»Haben Sie Grund, Forester zu fürchten?«, drang ich in sie.

Sie schüttelte langsam den Kopf.

»Erzählen Sie uns von ihm. Gleichgültig was. Einfach, was Ihnen einfällt.«

»Ich weiß nichts über ihn«, sagte sie leise. »Das ist alles so lange her. Ich erinnere mich kaum mehr an ihn.«

Ich hatte auf der Zunge, ihr zu sagen, dass er sich vermutlich außerordentlich gut an sie erinnerte, aber ich schluckte den Satz hinunter. Es hatte keinen Sinn, die Frau zu ängstigen. Ich verständigte mich durch einen Blick mit Phil, und wir gingen.

Es war eine unserer Gewohnheiten, dass wir Schlachtpläne gewöhnlich in Drugstores entwarfen.

»Wenig Ansatzpunkte«, sagte Phil und malte mit dem Finger Kringel auf den Tisch. »Die beste Methode wäre, wir warteten, bis Factur aus dem Gefängnis kommt, und benutzen ihn als Lockvogel.«

Ich wiegte zweifelnd den Kopf. »Factur hat eine Heidenangst vor Forester. Wenn sie ihn aus dem

Kittchen entlassen, nimmt er das nächste Flugzeug und flieht nach Kanada oder Südamerika, wahrscheinlich nach Venezuela, zu seinem Ex-Chef.«

»Dann könnten wir noch die Entlassung der Frau abwarten«, sagte Phil zögernd.

»Ich denke, du findest diesen Weg genauso unanständig wie ich«, entgegnete ich. »Es scheint mir wenig fair, Forester mit diesem Köder zu fangen. Ich schlage vor, wir versuchen es erst auf unsere Weise.«

Er rieb sich den Schädel. »Gern, aber wo willst du damit beginnen? Nordamerika ist über fünf Millionen Quadratmeilen groß.«

Ich überlegte laut. »Der Banküberfall in Pittsburgh ist drei Jahre her. Wenn Forester in der Zwischenzeit kein anderes Ding gedreht hat, dürfte er auf dem Boden seiner Kasse angelangt sein. Will er aber, woran ich zweifle, nach allem, was ich über ihn gehört habe, seinen Rachefeldzug gegen Factur und vielleicht auch gegen die Frau starten, dann braucht er Geld. Das heißt, er muss vorher noch eine Sache steigen lassen. Bleibt die Frage offen, wo er das versuchen wird, und ich tippe auf Pittsburgh.«

»Aus welchem Grund?«, opponierte Phil. »Forester hat seinen ersten Überfall in Cincinnati begangen, den zweiten in Pittsburgh, aber es besteht durchaus kein Grund zu der Annahme, er würde auch den dritten dort durchführen.«

»Das behaupte ich auch nicht, aber durch die Erschießung von Bless wissen wir, dass er seine Gehilfen aus Pittsburgh-Ganoven zusammensuchte. Es ist möglich, sogar wahrscheinlich, dass er die neue Sache nicht in Pittsburgh veranstalten wird, aber er wird auf die gleichen Leute zurückgreifen, die ihm schon einmal geholfen haben. Bedenke, wie viel einfacher das für ihn ist. Sie kennen ihn, sie wissen, dass seine Vorbereitungen in Ordnung sind, und sie fürchten ihn, denn er hat ihnen am Beispiel Bless gezeigt, dass mit ihm nicht zu spaßen ist. Aus diesem Grund bin ich der Ansicht, dass wir eine Chance haben, in Pittsburgh auf Foresters Spur zu kommen.«

»Einverstanden!«, rief Phil und winkte dem Kellner. »Also, auf nach Pittsburgh.«

Immerhin wurde es Mitternacht, bis wir in Pittsburgh ankamen. Wegen der Kürze der Strecke benutzten wir die Eisenbahn. Am liebsten wäre ich mit »Jeremias« gefahren, aber Phil machte mir klar, dass ein so auffälliges Auto nicht das richtige bei einem Einsatz wäre.

Am anderen Morgen hatten wir eine Unterredung mit dem Chef der örtlichen Polizei. Wir erhielten von ihm einen Tipp, der etwas wert zu sein schien. Er nannte uns die Namen einiger verrufener Kaschemmen.

Auf Grund dieses Tipps kletterten wir am Abend die Stufen eines Kellerlokals hinab, das im Schatten der Schornsteine der riesigen Stahlwerke lag. Es war eine dieser Kneipen, in die man eine Lady unmöglich mitnehmen kann und in die man am besten nur hineingeht, wenn man eine Kleinigkeit vom Boxen versteht.

Wir nahmen einen Tisch gleich neben dem Eingang, bestellten zwei Gin und fragten den Kellner in schmuddelig weißer Schürze nach Blim, dem »Boxer«. »Noch nicht da«, antwortete er. – »Sagen Sie uns Bescheid, wenn er kommt«, sagte ich und schob ihm eine Fünfdollarnote hin. Er kassierte sie und nickte. Wir erregten einiges Aufsehen. Unsere Anzüge verrieten, dass wir nicht zur Stammkundschaft gehörten.

Plötzlich sah ich, dass der Kellner mit einem Mann flüsterte, der eben hereingekommen war. Und gleich darauf hörte ich seine heisere Stimme.

»Wo sind die Schmachtlappen?«, schrie er. »Bin in der richtigen Stimmung, es mit ein paar Salzknaben aufzunehmen.« Er schien bereits mehr getrunken zu haben, als er vertragen konnte.

Der Kellner nickte zu unserem Tisch herüber, und der Mann drehte sich um wie ein schwerfälliges Schiff beim Kurswechsel. Dann segelte er auf uns los.

Beide Fäuste auf die Platte gestemmt, ging er bei uns vor Anker. Schön war er nicht, das konnte selbst die eigene Mutter nicht von ihm behaupten. Sein Gesicht sah aus wie seine Ohren, überall Blumenkohl.

»Was wollt ihr Burschen von mir?« brüllte er uns seinen Whiskyatem ins Gesicht. »Man nennt mich Blim, den ›Boxer‹.«

Ich lachte. »Warum willst du dein Vorstrafenregister unbedingt verlängern, Blim, und das tust du, wenn du Leute vom FBI verhaust.«

Die drei Buchstaben, die Abkürzung für die Bundespolizei, schienen ihm in die Glieder zu fahren. Er wurde einige Grade nüchterner und eine ganze Skala sanfter.

»Ich habe nichts auf dem Kerbholz«, brummte er. »Die Strafe für das letzte Ding habe ich bis auf den letzten Tag abgebrummt. Was wollt ihr also von mir?«

»Einen Whisky mit dir trinken«, erklärte ich. »Nimm dir einen Stuhl.« Ich winkte dem Kellner und bestellte eine Runde. Als er davonsegeln wollte, hielt ich ihn am Schürzenzipfel fest.

»Ausnahmsweise darfst du die fünf Dollar behalten«, sagte ich, »aber dafür zahlst du die Runde, weil du die Leute warnst, anstatt sie uns zu zeigen.«

Er wurde ein wenig blass um die Nase und war froh, als ich ihn losließ.

Ich wandte mich an Blim. »Wir wollen von dir etwas über deinen Freund Bless, den ›Ringer‹, wissen.«

»Er ist tot«, antwortete Blim finster.

»Das wissen wir, aber es gibt genug Interessantes auch um seinen Tod. Trink erst mal aus.«

Er ließ sich nicht nötigen, und ich bestellte sofort nach. So erfuhren wir von einem trinkenden und schließlich bis zum Weinen rührselig werdenden Blim die Geschichte einer seltsamen Freundschaft.

Bless, der »Ringer«, und Blim, der »Boxer«, hatten als Jünglinge in dem gleichen Sportklub Freundschaft geschlossen, und diese Bindung hielt durch das Auf und Ab eines unsteten Lebens. Als ihre sportlichen Karrieren nicht gerade glanzvoll zu Ende gingen, fanden sie als muskelstarke Männer Beschäftigung im dunklen Gewerbe. Bless schien der Intelligentere gewesen zu sein. Jedenfalls brachte er es zu einem gewissen Ruf in der Unterwelt und gelangte an größere Sachen als der als etwas trottelig geltende Blim. Aber auch der soziale Aufstieg des einen hatte die alte Freundschaft nicht zerstört.

»Ein Prachtkerl war er, der Bless«, weinte er. »Einfach eine Kanone von Mann! Und wie ist er umgekommen? Kaltblütig niedergeknallt hat er ihn, dieses Schwein!«

Und er legte die Arme auf den Tisch, legte den Kopf darauf und weinte steinerweichend vor Trauer und vor Schnaps.

Mit Bless' unseligem Ende waren wir genau bei dem Thema, zu dem wir gelangen wollten, aber mit Blim schien nicht mehr viel anzufangen zu sein. Sein Weinen ging plötzlich in Schnarchen über.

Etwas ratlos sah ich Phil an. »Am besten ist, wir nehmen ihn mit«, schlug er vor. »Dann haben wir ihn gleich zur Hand, wenn er seinen Rausch ausgeschlafen hat.«

Wir zahlten, packten Blim rechts und links unter den Armen und schleiften ihn mit. Er tat willig ein paar Schritte, schlief aber im Gehen gemächlich weiter und verließ sich auf unsere Kraft. Wir waren heilfroh, als wir ein Taxi erwischten, in das wir ihn verfrachten konnten.

Unser Hotel war zwar nicht gerade das Erste am Platz, aber gut genug, dass der Nachtportier entsetzt die Augen aufriss, als wir mit unserer Last hereinstolperten. Er weigerte sich entschieden, uns für Blim ein Zimmer zu geben, und schwor Stein und Bein, es sei alles besetzt.

Wir ließen den Boxer in Phils Bett fallen. In meinem Zimmer stand noch eine Couch, auf die ich wies und sagte: »Leg du dich da hin.«

»Warum nicht du?«, fragte Phil störrisch.

»Wieso?«, tat ich unschuldig. »Ich hab doch hier ein Bett. Warum hast du deins denn abgetreten?«

Phil starrte mich fassungslos an und fluchte leise vor sich hin.

Früh am anderen Morgen erhob ich mich gut ausgeruht. Phil wälzte sich fluchend von dem kurzen Sofa, auf dem er die Nacht zugebracht hatte. Wir bestellten ein reichliches Frühstück aufs Zimmer.

Aus rot geränderten verschwollenen Augen stierte uns der Gast in Phils Zimmer verständnislos an und wusste nicht mehr, welchem Umstand er unsere Bekanntschaft verdankte.

»Morgen, Blim«, wünschte ich, mit vollen Backen an einem Sandwich kauend. »Wenn du dich waschen willst, das Badezimmer ist nebenan.«

»Waschen? Ich brauch mir nur den Mund auszuspülen.«

»In Ordnung, du darfst mein Mundwasser benutzen.«

Er verzog schmerzlich das Blumenkohlgesicht. »Wer spricht von Mundwasser?«, stöhnte er. »Ich brauche wenigstens einen Doppelstöckigen.«

Ich schickte Phil mit dem Auftrag fort, eine Flasche Gin zu holen, mochte das Hotelpersonal uns auch für die ausgepichtesten Trinker halten, die es schon am frühen Morgen nicht lassen konnten. Während er unterwegs war, setzte ich Mr. Blim Ursachen und Entwicklung unserer Bekanntschaft auseinander.

Er tat darauf erst einmal einen gewaltigen Schluck und bezeichnete uns als die nettesten Cops, die er je kennen gelernt habe.

»Fein, dass du uns nett findest, Blim«, sagte ich, »und ich schätze Männer, die einiges vertragen können, aber gestern hattest du doch zu viel getrunken, denn du schliefst ein, gerade als du vom Ende deines Freundes Bless sprachst, und genau sein Ende interessiert uns, oder richtiger, der Mann, der es ihm besorgte.«

Sein Gesicht verschloss sich, wurde mürrisch und missmutig.

»Was soll ich von seinem Ende sagen?«, knurrte er. »Er wurde in Joel Neckers Kneipe von dem Mann erschossen, den sie den ›Schweigsamen‹ nennen. Ich war dabei, aber ich konnte nichts machen. Erst glaubte ich, Bless würde mit dem Jungen schon fertig werden, und als er Bless schließlich aufs Kreuz geworfen hatte, weil er heimtückische Griffe anwandte, und ich ihm eben an den Kragen wollte, da zog er die Kanone und löschte Bless aus. Und ich habe noch nie eine Kanone gehabt.«

»Wir wissen, dass du in Ordnung bist«, lobte ich ihn. »Deshalb hoffe ich, dass du uns hilfst.«

Er sagte: »Ja«, aber es klang nicht sonderlich begeistert.

»Pass auf!«, sagte ich eindringlich. »Wir haben gute Gründe zu der Annahme, dass der ›Schweigsame‹ in Kürze in Pittsburgh auftaucht, vielleicht auch schon hier ist, um Leute für eine neue Sache zu suchen. Wenn wir uns in seine Kreise wagen, erfährt er es sofort und verschwindet. Dich aber kennen sie alle. Bei dir schöpft niemand Verdacht. Wir brauchen Hinweise, wo er auftaucht, mit wem er umgeht und möglichst auch, was er plant. Du sollst uns diese Hinweise liefern. Wir nehmen dann den Mann hoch, der deinen Freund tötete.«

»Und vier oder fünf anständige Jungens gehen mit hoch«, brummte er ablehnend. »Ohne mich, G-man, ich pfeife nicht.«

»Unsinn«, zerstreute ich seine Bedenken. »Wenn wir ihn vor der Ausführung der Tat fassen, gehen die Leute, die er dafür angeheuert hat, straffrei aus.«

Während des ganzen Gesprächs hatte mich Blim aus unruhigen Augen ständig fixiert. Jetzt brach er aus: »Ihr wollt mich nur leimen. Ihr stellt mir eine Falle.« Sein dicker Finger zeigte auf mich. »Du steckst mit dem ›Schweigsamen‹ unter einer Decke. Ein Blinder sieht, dass du mit ihm verwandt bist. Wahrscheinlich bist du ein Bruder von ihm.« Er bekam plötzlich Angst und fuhr mit zitternder Stimme fort: »Höre, dein Bruder oder Vetter – oder was er sonst ist – hat Bless umgelegt. Ich habe gestern eine Menge dummes Zeug darüber gequatscht, aber ich war betrunken. Bless war mein Freund, das ist wahr, aber es war seine Schuld, dass er mit dem ›Schweigsamen‹ anbandelte. Er griff als Erster zur Kanone, und deinem Bruder blieb nichts anderes übrig, als zu schießen. Das ist meine Meinung, und ich würde nicht nach der Polizei rufen, wenn dein Bruder mir über den Weg liefe.«

»Stimmt«, antwortete ich, »dazu bist du zu feige, aber du brauchst nicht nach der Polizei zu rufen. Sie ist schon da.« Ich hielt ihm meinen FBI-Ausweis unter die Nase.

Er studierte ihn lange. Sein Gesicht wurde abwechselnd rot und weiß.

»Du änderst deine Meinung wie eine Wetterfahne bei umspringendem Wind«, redete ich ihm ins Gewissen, »aber dennoch wirst du uns helfen. Denk an Bless und reiß dich zusammen.«

Mir wurde von meinen eigenen Worten übel, wie ich hier einem trunksüchtigen Schläger hochtrabende Sätze von Freundestreue übers Grab hinaus und so weiter vorkaute, aber es sah aus, als hätte ich Erfolg.

Blim sagte, wenn auch noch etwas zögernd: »Ich habe ja selbst eine mächtige Wut auf den Kerl, aber der ›Schweigsame‹ ist gefährlich. Ich habe es selbst gesehen, wie er Bless fertig machte. Drei, vier Bewegungen, schnell wie eine Natter, dann plötzlich die Kanone in der Hand, wie hineingezaubert!«

Ich sah mir Blim genau an, während er sprach. Ich beschloss, einwandfreies Englisch mit ihm zu reden.

»Höre zu, Blim«, sagte ich und goss ihm sein Glas neu voll, »dass es mit der Leuchtkraft deines Geistes nicht weit her ist, weißt du selbst. Allgemein bist du als ein Mann bekannt, der zwar gut schlagen kann, aber auf den dümmsten Trick hereinfällt. Bleib schön ruhig! Ich nenne das Kind beim Namen, und es heißt so. Gerade aber, weil du als harmlos und ein wenig geistig unterbemittelt giltst, kannst du uns am besten bei unserer Suche nach dem ›Schweigsamen‹ unterstützen. Von dir erwartet niemand, dass du dir die Aufgabe gestellt hast, den ›Schweigsamen‹ zu stellen. Niemand beachtet dich, und niemand denkt daran, dass du dich auch für etwas anderes als dieses hier interessieren könntest.«

Ich zeigte auf die Flasche. »Du brauchst nichts anderes zu tun, als dich dort aufzuhalten, wo du dich gewöhnlich herumtreibst, in Pittsburghs dunklen Kneipen. Es wäre gut, wenn du deinen Whiskykonsum vorübergehend ein wenig einschränken und dafür die Augen etwas mehr offen halten würdest. Das Versäumte kannst du hinterher nachholen. Du hast die einzige Aufgabe, uns anzurufen, wenn du irgendetwas über den ›Schweigsamen‹ hörst oder wenn er irgendwo auftaucht. Den Rest übernehmen wir selbst, und wir gestatten dir gern, dich bei dem entscheidenden Vorgang aus der Schusslinie zu entfernen. Bist du einverstanden?«

Blim begleitete meinen Speech mit immer heftigerem Kopfnicken, und zum Schluss schien er geradezu begeistert.

»Ich tu's, G-man!«, schrie er und hieb die Faust auf den Tisch. »Und Bless' Seele wird sich freuen, wenn sein alter Freund Blim seine Freundespflicht nicht vergisst.«

»Ja, das wird sie«, antwortete ich feierlich.

Die Unterredung durfte damit als beendet angesehen werden. Ich übergab dem Boxer den Rest der Flasche als Spesenvorschuss. Die Telefonnummer unseres Hotels nahm er auf einem Zettel, in der Brusttasche verwahrt, mit.

Vierzehn Tage lang sah es so aus, als wären wir vergessen. Wir taten selbst nichts, um die Pittsburgher Unterwelt nicht unnötig auf uns aufmerksam zu machen, sondern verließen uns ganz auf Blim. Er rief einige Mal an, konnte aber nur Negatives berichten.

Genau zwei Wochen aber nach der ersten Begegnung mit Blim rief der »Boxer« wieder an.

»Er ist da!«, brüllte er so laut in den Apparat, als müsste er uns ohne Draht verständigen, um gleich darauf zu flüstern: »Vor zehn Minuten betrat er Joel Neckers Laden. Ich ging gleich darauf hinaus, aber ich musste mir ein wenig Zeit lassen, um keinen Verdacht zu erwecken, und dann dauerte es auch noch, bis ich eine Telefonzelle fand. Wenn ihr euch beeilt, bekommt ihr ihn noch.«

»In Ordnung, Blim«, sagte ich. »Danke.« Ich warf den Hörer auf die Gabel. Phil hatte sich mit feinem Instinkt schon die Jacke angezogen. Wir fegten die Treppe hinunter, aus dem Hotel hinaus auf die Straße. Ich prüfte unterwegs den Smith and Wesson.

Vor unserem Hotel warfen wir uns ins erste Taxi. Ich nannte die Straße, in der Neckers Kneipe lag. Wir hatten uns über das Lokal längst informiert.

Joel Neckers Kneipe trug den poetischen Namen »Voller Mond«. Eine runde, gelbliche, motten- und fliegenverschmutzte Laterne mit aufgemaltem, grinsendem Gesicht versinnbildlichte die Bezeichnung. Die hämmernden Töne eines elektrischen Klaviers drangen bis auf die einsame, kaum beleuchtete Straße.

»Bleibe du draußen«, flüsterte ich Phil zu, »falls ich drinnen mit ihm nicht fertig werde, hast du eine Chance, ihn abzufangen, wenn er türmt.«

Er nickte, schob den Hut in den Nacken und lehnte sich gegen die Hauswand.

Ich stieg die sechs oder sieben Stufen bis zum Eingang hinunter, zögerte einen Augenblick und stieß die Tür auf.

Lärm, dicker Tabaksqualm und Bierdunst schlugen mir entgegen. Der »Volle Mond« war tatsächlich erstaunlich voll, und das passte mir nicht besonders ins Konzept. Mochten die Gäste des Unternehmens auch nicht gerade eine Eliteauslese der amerikanischen Bevölkerung sein, so durfte ich es doch nicht riskieren, dass der eine oder andere von ihnen bei einer eventuellen Schießerei mit Forester etwas abbekam. Ich beschloss also, den Revolver nach Möglichkeit stecken zu lassen. Vielleicht kam ich unbemerkt nahe genug an ihn heran, um ihm eins über den Schädel zu hauen.

So also sah mein Schlachtplan aus, aber um ihn ausführen zu können, musste ich erst einmal meinen Gegner finden. In dem übervollen, wenn auch nicht großen Laden war das nicht einfach. Während ich langsam durch die Reihen der wenigen Tische ging, musterte ich Gesicht um Gesicht der Männer an der Theke, an den Tischen und auf der winzigen Tanzfläche. John Forester war nicht darunter.

Ich ging den Weg zurück zur Tür und setzte mich auf den einzigen freien Stuhl an einem Tisch direkt neben dem Eingang. Die beiden anderen Plätze waren von einem breitschultrigen angetrunkenen

Schlägermützenträger und seiner außerordentlich heiteren Freundin besetzt. Sie trug einen ehemals weißen Rollkragenpullover, der den Nabel frei ließ, und einen Minirock, der ihrer vierjährigen Tochter bis zum Knie gegangen wäre.

Bisher hatte mich niemand beachtet, und auch als ich saß, erweckte ich nicht einmal das Interesse eines Kellners. Ich steckte mir eine Zigarette an und ließ meinen Blick noch einmal über alle Gesichter gleiten. Nein, Forester war nicht darunter. War er schon gegangen? War ich zu spät gekommen?

Ich rauchte die Zigarette und war fast fertig damit, als ich zwei neue Gestalten im Raum entdeckte. Sie mussten durch den roten zerschlissenen Vorhang an der Stirnwand gekommen sein. Unmittelbar daneben stand die Musikbox.

Der eine der Männer war klein, untersetzt, kahlköpfig. Er trug eine Kellnerschürze. Sein Gesicht war brummig, missmutig und verschlagen zugleich. Er strebte seinem Platz hinter der Theke zu. Ich schätzte, dass es sich um Joel Necker, den Inhaber der Kneipe, handelte.

Der andere Mann blieb vor dem Vorhang stehen. Sein Blick glitt langsam durch das ganze Lokal, von Gesicht zu Gesicht, und er bewegte kaum den Kopf dabei. Er war so groß wie ich, vielleicht noch eine Spur größer. Sein Haar schien dunkler, seine Wangen waren eingefallen, aber sein Kinn sprang vor. Ich konnte seine Augen auf diese Entfernung nicht sehen, aber ich fühlte, obwohl ich nicht gerade empfindlich bin, wie eine Welle von Kälte von ihnen ausging, und es schien mir, als hätte sich auch der Lärm in der Wirtschaft gedämpft, seit er dort stand.

In der nächsten Sekunde musste sein Blick auf mich fallen. Ich senkte rasch den Kopf und zog den Hut nach vorn. Tiefsinnig starrte ich auf die Tischplatte, alle Nerven angespannt. Wenn er an mir vorbeiging, wollte ich aufstehen und ihn fassen. Ich schielte zur Seite. Ich hatte gesehen, dass er einen dunkelgrauen Anzug trug, und ich wartete darauf, dass seine Beine in den dunkelgrauen Hosen auf dem Weg zur Tür in mein Gesichtsfeld gerieten. Ich wartete.

»Whisky? Gin? Bier?«, fragte eine Stimme über mir, und als ich nicht gleich antwortete, wiederholte sie ungeduldig: »Whisky, Gin oder Bier, oder was soll es sonst sein?«

Ich sah rasch auf. Der Kellner stand hinter dem Paar an meinem Tisch. »Whisky«, antwortete ich und senkte sofort wieder den Kopf.

Zwei Minuten vergingen. Die grauen Hosenbeine tauchten immer noch nicht auf, dafür aber die Schürze des Kellners. Seine Hand stellte das Glas hart auf den Tisch.

»Fünfundsiebzig Cent«, sagte er. »Sofort zahlen!«

Ich warf ihm einen Dollar hin, nahm das Glas, legte den Kopf weit zurück und trank es auf einen Zug aus, und während ich trank, sah ich mich nach Forester um.

Ich entdeckte seinen Rücken in dem dunkelgrauen Anzug an der Theke. Er stand zwischen zwei Ringergestalten, gegen die seine Figur fast schmal wirkte, aber es war ein kleiner scheuer Abstand zwischen ihm und seinen Nachbarn.

Langsam setzte ich das Glas auf den Tisch zurück. Plötzlich, aber nicht schnell genug, als hätte er meinen Blick auf seinem Rücken gespürt, drehte er sich um, und jetzt trafen sich unsere Augen.

Wirklich, Flip Factur hatte sie gut beschrieben. Sie waren wirklich wie dickes graues Glas, hinter dem Feuer brennt, und ich wusste in dem Augenblick, in dem mich der Blick traf, dass ich jetzt taxiert und eingeschätzt wurde und dass diese Einschätzung mir vielleicht das Leben kosten konnte.

Forester veränderte leicht seine Haltung. Er lehnte sich mit dem Rücken an die Theke und stützte die Ellenbogen auf. So hatte seine Hand nur einen kurzen Weg bis zur Brusttasche.

Ich erhob mich langsam und schob meinen Stuhl zurück. Immer noch lagen unsere Blicke ineinander. Ich ging die zehn Schritte bis zur Theke, Schritt für Schritt.

Ich sah, wie Forester um ein Winziges den rechten, schon angewinkelten Arm hob. Eine falsche Bewegung von mir, und er würde zugreifen, ziehen, schießen. Ich ging ruhig weiter, Schritt um Schritt, fast genau auf ihn zu.

Es war ein endloser Weg, diese paar Yard. Drei Schritte noch, zwei, einen, und dann schwenkte ich eine Kleinigkeit nach links ab und stellte mich in den knappen Zwischenraum zwischen ihm und seinem linken Nachbarn. Die Ärmel unserer Jacken berührten sich.

Er veränderte seine Haltung nicht, während ich

jetzt mit dem Gesicht zur Theke stand. Rechts von mir stand sein noch fast volles Glas.

Vor mir tauchte Joel Necker auf. Unter den herunterhängenden Brauen blitzten mich seine kleinen wasserblauen Augen fragend und beunruhigt an.

»Was?«, fragte er knapp.

»Gin«, sagte ich und wunderte mich selbst, dass ich meine Stimme in der Gewalt hatte. »Doppelt!«

Er nahm ein Glas aus dem Ständer, die Flasche aus dem Regal und wollte einschütten.

»Gib die ganze Flasche her«, sagte ich. »Ich bediene mich selbst.« Ich griff danach, und er überließ sie mir.

Ich goss mein Glas voll. Ich goss und goss. Forester stand immer noch unverändert neben mir. Ich spürte wohl, dass er mich aus den Augenwinkeln beobachtete.

Mein Glas lief über, und in diesem Augenblick griff ich an. Ich schwang die Flasche herum, und ich legte mich selbst in den Schwung.

Er hatte den Angriff erwartet. Er wich aus, aber nicht schnell genug. Er war wohl der Meinung gewesen, ich würde zur Pistole greifen, und hatte nicht mit einem Angriff in dieser Form gerechnet.

Zwar erwischte ich ihn nicht an der Schläfe, wie ich wollte, aber er bekam einen Hieb gegen die untere rechte Gesichtshälfte. Forester flog vier, fünf Schritt zurück, krachte gegen einen Tisch und ging zu Boden.

Ein paar Frauen kreischten. Ich feuerte die Flasche in die Gegend und sah Phil in der Tür stehen, den Hut noch immer im Nacken, den Revolver in der

Hand. Der Fall war klar. Wir hatten John Forester, und es schien mir merkwürdig und ein wenig lächerlich, dass er so lange nicht gefangen werden konnte.

Ich ging auf ihn zu. Er hatte sich aufgerichtet, saß jetzt auf der Erde, hielt sich die rechte Wange und sah mir entgegen. Sein Blick war immer noch völlig unverändert. Weder Hass noch Angst noch Wut waren darin zu lesen.

»Stehen Sie auf, John Forester«, sagte ich. Er rührte sich nicht. Ich beugte mich über ihn und nahm ihm mit einem schnellen Griff den Revolver aus der Brusttasche. Es war ein Smith and Wesson, wie er von den G-man verwendet wird, allerdings ein etwas älteres Modell.

»Stehen Sie auf!«, verlangte ich noch einmal, und jetzt gehorchte er. Seine Bewegungen waren so geschmeidig und glatt, als hätte der Schlag ihm nichts ausgemacht. Aufrecht stand er vor mir. Er lächelte dünn.

Sein Blick glitt von mir ab, seine Augen weiteten sich plötzlich, ein gefährliches loderndes Feuer flammte in ihnen auf, und er befahl hart und herrisch: »Fasst ihn!«

Dieser Befehl galt den Burschen, die uns in einem großen Halbkreis umstanden. Aller Augen waren auf mich gerichtet, aber ich glaubte nicht, dass sie der Aufforderung folgen würden.

Ich warnte: »Macht keinen Unsinn! Das hier geht euch nichts an!«

»Fasst ihn!«, befahl Forester noch einmal. Ich spürte selbst, dass etwas Merkwürdiges von ihm ausging, eine Gewalt, die zum Gehorchen zwang.

»Gebt den Weg frei!«, warnte ich nach rückwärts.

Ich sah Forester lächeln, dünn, böse und triumphierend. Bevor ich noch erkannte, was dieses Lächeln bedeutete, hörte ich den Aufschrei einer Männerstimme, Phils entsetzten Ruf: »Achtung, Jerry!«, und fühlte mich von zwei mächtigen Armen umklammert. Eine Faust schlug von hinten auf meine Hand mit dem Revolver. Dann riss mich eine Traube von Menschenleibern zu Boden und begrub mich unter sich.

Phil hat mir später erzählt, wie sich die ganze Geschichte von seinem Standpunkt aus ansah. Er war in die Kneipe gekommen, als der Aufschrei ihm verriet, dass die Sache losging. Da Forester schon auf der Erde lag, als er eintrat, blieb er an der Tür stehen. In der Zeit, in der sich der »Schweigsame« vom Boden erhob, bildeten die Gäste ein dichtes Halbrund um ihn und mich. Forester stand mit dem Gesicht zur Tür. Sein erster Befehl bewirkte, dass sich der Halbkreis enger schloss. Beim zweiten Befehl sah Phil, wie sich ein großer Kerl plötzlich auf mich stürzte, ein zweiter mir auf die Hand hieb. In der nächsten Sekunde war alles ein Knäuel. Wie aus dem Boden gewachsen, stand dann Forester plötzlich vor ihm. Sein Angriff kam gedankenschnell. Er fasste Phils Arm mit der Pistole, eine Drehung in den Hüften, und Phil landete in einem Bogen flach auf dem Bauch. Er schlitterte noch ein Stück, hörte die Tür schlagen. Forester war verschwunden.

Wenn Phil sich sofort an die Verfolgung gemacht hätte, hätte er ihn vielleicht erwischt, denn er hielt die ganze Zeit den Revolver krampfhaft in der Hand, aber Phil fürchtete, ich würde in der Zwischenzeit zu Hackfleisch verarbeitet, und das brachte er nicht übers Herz. So rappelte er sich also hoch und ballerte drei Schüsse gegen die Decke. Gleichzeitig schrie er: »Aufhören, verdammt!« Und er trat dem ersten Besten des Knäuels gewaltig ins Kreuz.

Das Knallen der Schüsse war das Erste, was ich wieder mit vollem Bewusstsein vernahm. Ich lag ganz unten und hatte das Gefühl, das gesamte Himalayagebirge laste auf mir. Abgesehen davon tat mir kein Mensch etwas. Sie hingen alle viel zu sehr ineinander, als dass jemand wirklich hätte zuschlagen können.

Die Schüsse und Phils scharfe Befehle bewirkten, dass die Bande zur Vernunft kam. Einer nach dem anderen löste sich aus dem Knäuel. Als Letzter sammelte ich meine Knochen zusammen, stöhnte ein wenig und richtete mich auf.

Ich hielt mir das Kreuz und fluchte. Mein Hut lag noch auf den Dielen, ein formloses Filzgeknautsche. Ich hob ihn auf und versuchte, ihn in seine alte Form zu bringen. Phil kam unterdessen heran.

»Alles in Ordnung, Jerry?«, fragte er besorgt.

»Ja, ich denke«, brummte ich und machte ein paar Rumpfrollen, um die Gelenke ins richtige Gleis zu bekommen. Die Ganoven standen in mehr oder weniger großer Entfernung herum und starrten uns dumm an. Joel Necker tat, als hätte er unbedingt etwas an seinem Flaschenregal zu ordnen.

»Hast du gesehen, wer als Erster über mich herfiel?«, fragte ich Phil.

»Der und der«, antwortete er und bezeichnete mir einen breitbrüstigen Mann mit einem roten Halstuch und einen nicht weniger breiten in einem blauen Pullover.

Ich kaufte mir den mit dem Halstuch. »Kannst du mir sagen, was ich dir getan habe, dass du dich in meine Angelegenheiten mischst?«, fragte ich ihn sanft.

Er sah unsicher zu Boden. »Na, weil er es befahl«, brummte er. »Du bist schließlich zuerst über ihn hergefallen.«

»War er dein Freund?«

»Nein«, sagte er geradezu erstaunt.

»Und trotzdem riskierst du dein eigenes Fell, um ihn aus der Klemme zu holen?«

Er rückte an seinem Halstuch. »Es ist gefährlich, einem Befehl des ›Schweigsamen‹ nicht zu gehorchen.«

Ich gestehe, mich packte der Zorn, als ich wieder einen Beweis der rätselhaften Macht erhielt, die Forester über diese Unterweltler ausübte.

Ich trat näher an den Breitbrüstigen heran. »Es ist genauso gefährlich, mit mir anzubinden«, sagte ich leise. »Pass auf!«

Er nahm instinktiv die Arme hoch, aber ich schlug ihm die Deckung wieder herunter. Dann bekam er einen Linken und einen Rechten links und rechts von der Kinnspitze. Er polterte gegen die Theke, war aber ziemlich hart und kam nicht von den Füßen. Erst starrte er mich verwundert an, dann stieß er einen grunzenden Laut aus und rückte gegen mich an. Ich tauchte unter seinen zwei Schwingern weg, verpasste ihm einige Sachen auf die kurzen Rippen und in die Magengrube, die ihm die Luft wegnahmen, und dann keilte ich ihn vor mir her, bis ich ihn in der Nähe des roten Vorhangs noch einmal stellen konnte. Dort setzte ich ihm eine krachende Rechte genau auf den Punkt, die ihn gegen die Musikbox schleuderte. Das Instrument wimmerte auf und brach unter der Last des Mannes mit splitterndem Glas und zertrümmerten Schallplatten zusammen. Der Rest von beiden, Musikbox und Mann, war vorläufig nicht mehr zu gebrauchen.

Aufatmend kehrte ich zur Theke zurück. Vor Überraschung und auch unter dem Druck von Phils Revolver hatte niemand gewagt, in den Kampf einzugreifen. Der Pullovermann wurde sehr blass um die Nase. Er dachte, er käme an die Reihe, aber ich ließ ihn ungeschoren. Ich kaufte mir Joel Necker, den Wirt. »Wir haben einige Sachen mit dir zu bereden.«

»Ich habe damit nichts zu tun.«

»Unterhalten wir uns in Ruhe darüber«, erklärte ich, und als er immer noch zögerte, wurde ich energischer. »Los, komm hinter deiner Theke hervor!«

Er kam. Ich fasste ihn am Arm, winkte Phil mit einer Kopfbewegung, uns zu folgen, und stieß ihn gegen den roten Vorhang.

Hinter dem Vorhang befand sich eine Tür, die zu den Privaträumen Joels führte. Gleich auf dem Tisch im ersten Raum sah ich einen Aschenbecher, der mit halb gerauchten Zigaretten gefüllt war, und ich nahm an, dass hier die Unterredung zwischen Necker und Forester stattgefunden hatte. Ich drückte ihn auf den nächsten Stuhl und zog mir einen anderen heran. Phil blieb wieder an der Tür stehen.

»Du solltest deine Gäste besser in Zucht halten, dass sie nicht heimtückisch über G-men herfallen und sie bei der Arbeit stören.«

»Die Jungens konnten nicht wissen, dass ihr G-men seid«, antwortete er frech, und damit hatte er sogar recht.

»Höre zu, lieber Joel«, sagte ich eindringlich. »Deinen Gästen vermag der Richter vielleicht keinen vorsätzlichen Angriff auf einen Beamten nachzuweisen, aber dir kann ich einige sehr unangenehme Monate besorgen.«

»Wieso?«, fragte er frech.

Ich setzte es ihm sorgfältig auseinander. »John Forester, oder der »Schweigsame‹, wie ihr ihn nennt, ist ein gesuchter Verbrecher. Du weißt das, denn er hat vor drei Jahren in deinem Laden Bless, den ›Ringer‹, erschossen. Du wirst nicht behaupten wollen, dass er sich in dieser Zeit so verändert hat, dass du ihn nicht erkannt hast. Statt aber sein Auftauchen der Polizei zu melden, führst du freundliche Unterredungen mit ihm.«

Er senkte den Kopf. »Was soll ich machen? Er ist gefährlich.«

Ich lachte. »Auf diese Gefährlichkeit redet ihr euch alle heraus, aber ein Richter wird dein Hasenherz nicht gebührend berücksichtigen, wenn er das Strafmaß sucht. Dass man dir außerdem deine Bude schließt, brauche ich wohl nicht erst zu erwähnen.

Diese Aussicht schien ihn mehr zu erschrecken als

die drohenden Gitter. Er atmete schwer, zögerte und fragte dann stoßweise: »Was wollen Sie wissen?«

»Alles natürlich. Was wollte Forester von dir?«

»Nur die Weitergabe einer Nachricht an drei Leute.«

»Welche Nachricht an welche Leute?«

Er trommelte mit den Fingern auf der Tischplatte und antwortete nicht.

»Ein Gefängnisjahr ist lang«, half ich nach.

»Die Nachricht ist bestimmt für Jimmy Lygett, Greg Pelser und Juggy«, entschloss er sich zu sagen.

»Und sie lautet?«

»Sie sollen sich in zwei Tagen zu dem Zug um vier Uhr vierundfünfzig nach Chicago am Bahnhof einfinden. Der Rest der Botschaft ist eine Drohung.«

»Sage auch die Drohung!«

»Es gäbe keine Ausreden und keinen Ungehorsam. Er würde jeden Widerspruch entsprechend bestrafen.« Necker fasste unter seine speckige Schürze und legte einen Briefumschlag auf den Tisch. »Darin sind die Fahrkarten«, erklärte er, »und dreihundert Dollar Reisekosten für jeden.«

Ich nahm den Umschlag in die Hand, aber ich öffnete ihn nicht. Ich spielte gedankenverloren damit und wog die Risiken des Planes ab, der in mir keimte.

»Waren Lygett, Pelser und Juggy die Leute, die unter Foresters Führung den Bankraub vor drei Jahren mitmachten?«

So weit ging Joels Bereitschaft zum Reden nun wieder nicht. »Keine Ahnung. Ihr müsst sie schon selbst fragen.«

Ich entschloss mich, meinen Plan durchzuführen. Ich hielt dem Wirt vom »Vollen Mond« den Umschlag wieder hin.

»Du führst den Auftrag des ›Schweigsamen‹ genau aus«, sagte ich. »Seine drei Kumpane erhalten von dir Nachricht, Fahrscheine und Geld. Wenn du von ihnen oder vielleicht von Forester selbst telefonisch nach dem Ergebnis dieser Unterhaltung gefragt wirst, behauptest du, wie ein Grab geschwiegen zu haben.« Ich nahm ihn an seiner weißen Jacke. »Wenn nicht wenigstens die drei Männer, an die die Botschaft gerichtet ist, in zwei Tagen am Bahnhof erscheinen, nehme ich das als Beweis, dass du den Mund nicht halten konntest. Ich werde dich dann wegen Beihilfe verhaften lassen. Kapiert?« Ich ließ ihn los.

Er rieb sich den Hals und nickte mit dem Kopf. Ohne Abschiedsgruß verließen Phil und ich seine Kemenate.

In der Wirtschaft standen die sauberen Gäste noch zu Massen geballt. Auch mein spezieller Freund hatte sich aus den Klaviertrümmern hochgerappelt und kühlte sein anschwellendes Gesicht.

Respektvoll gaben sie uns eine Gasse frei, und unter tiefem Schweigen verließen wir den »Vollen Mond«.

»Wenn die Kerle vorhin auch so rücksichtsvoll gewesen wären«, seufzte Phil, als wir auf die Straße traten, »dann hätten wir John Forester jetzt.«

Ich rieb mir die Stirn. »Irgendeine merkwürdige Macht geht von dem ›Schweigsamen‹ aus«, erwiderte ich nachdenklich. »Sie können ihn nicht leiden, sie haben Angst vor ihm, und dennoch gehorchen sie seinen Befehlen.«

»Eben, aus Angst gehorchen sie ihm.«

»Aber es muss eine Heidenangst sein. Bedenke, ich hatte ihn am Boden. Er besaß keine Waffe mehr, aber ich hielt die Kanone in der Hand, du standest ebenfalls bewaffnet an der Tür. Trotzdem ergriffen sie seine Partei.«

Phil zuckte mit den Schultern. »Und du glaubst, Necker würde dichthalten, wenn Forester ihn in die Zange nimmt?« fragte er.

»Er wird ihn nicht in die Zange nehmen können. Noch einmal in die Kneipe zu kommen, kann er nicht riskieren, und per Telefon dürfte es selbst ihm schwer fallen, einen Menschen zu ängstigen, zumal Necker jetzt gewissermaßen durch die Angst vor mir gegen jede andere Furcht geimpft ist.«

»Du rechnest also damit, dass er zum Bahnhof kommt?«

»Ich bin nicht sicher, aber ich halte es für möglich. Wir wollen zum Polizeipräsidium fahren, um uns nach den drei Vögeln zu erkundigen, die er sich bestellt hat.«

Wir fanden unseren Taxichauffeur friedlich am Steuer seines Wagens schlafend. Von dem ganzen Zauber hatte er nichts mitbekommen.

Wir weckten ihn, und er kutschierte uns zum Polizeipräsidium. Wir fanden einen jungen Inspektor, der mit uns zum Archiv ging und uns alle Auskünfte geben konnte.

»Jimmy Lygett, sechsunddreißig, fünfmal vorbestraft, Einbrecher und Geldschrankspezialist«, las er aus den Akten vor. »Greg Pelser, zweiundvierzig, insgesamt zwölf Jahre abgebrummt, ausgeprägter Bandenverbrecher. Juggy Groops, ein Mulatte, ›Afrikaner‹ genannt, mehrere Vorstrafen, hauptsächlich Diebstähle. Bekannter Fassadenkletterer. Fachmann für sanften Einbruch durch losgekittete Fensterscheiben.« Er sah mich an. »Das sind die Leute, die Sie suchen, Mr. Cotton.«

»Genau«, bestätigte ich. »Verständigen Sie bitte Ihren Chef, dass wir morgen einen Einsatzplan mit ihm besprechen möchten. Am besten sorgen Sie dafür, dass auch der Leiter der örtlichen Bahnhofspolizei anwesend ist.«

Am anderen Morgen fand im Büro des Polizeipräsidenten von Pittsburgh ein Kriegsrat statt. Ich setzte dem Chef, zwei Inspektoren, die den Einsatz leiten sollten, und dem Leiter der Bahnhofspolizei auseinander, was ich wusste und was ich beabsichtigte.

»Die drei Gangster und vielleicht auch Forester fahren also morgen um vier Uhr vierundfünfzig mit dem Zug nach Chicago. Es ist unsere Aufgabe, die drei Leute und hoffentlich auch den vierten Mann zu fassen. Wir müssen aber bis zur letzten Minute warten, denn ich rechne damit, dass Forester, wenn er überhaupt kommt, erst in eben dieser letzten Minute auftaucht. Sie kennen den Bahnhof besser als ich. Stellen Sie also an allen Punkten, die Möglichkeiten für eine Flucht oder für einen Durchbruch oder auch nur für eine sichere Deckung bieten, Beamte auf.

Diese Beamten müssen sich völlig harmonisch in das gewohnte Bild des Bahnhofs einfügen. Forester ist ein überaus heller Kopf, der durch das geringste Ungewöhnliche stutzig werden würde. Die Einzelheiten muss ich Ihnen selbst überlassen.«

»Nehmen Sie nicht selbst an der Aktion teil?«, fragte der Polizeichef von Pittsburgh.

Ich lachte. »Kann leider nicht. John Forester kennt mein Gesicht so genau, dass ihn auch eine Eisenbahneruniform nicht täuschen würde. Meinem Freund Phil Decker geht es nicht besser. Wir bleiben am besten ganz vom Bahnhof weg. Und auch Sie nehmen für diesen Einsatz besser Beamte, die nicht länger als drei Jahre Dienst in Pittsburgh tun. Sonst entdeckt Forester doch noch ein bekanntes Gesicht.«

»Ich glaube, Sie können der Aktion wenigstens als Zuschauer beiwohnen«, meldete sich der Bahnpolizeiführer. »Die obersten Stockwerke des Bahnhofsgebäudes, in denen sich Büros befinden, haben Fenster zum Bahnsteig 4, von dem der Chicagoer Frühzug abfährt.«

Ich wechselte einen Blick mit Phil. Er nickte.

»Einverstanden«, erklärte ich. Damit war die Besprechung beendet.

Wir schliefen am Nachmittag einige Stunden auf Vorrat. Schon um Mitternacht ließen wir uns zum Bahnhof fahren. Der Weg war uns so genau beschrieben worden, dass wir schnell das Büro mit den Fenstern zum Bahnsteig 4 fanden. Es hatte ein Schild an der Tür: »Betriebsabrechnung«. Der Bahnpolizeileiter erwartete uns in dem Raum, in dem es noch nach den Parfüms der Mädchen roch, die hier arbeiteten.

Wir traten ans Fenster. Zwei Stockwerke tiefer lag unter uns der Bahnsteig 4, leer und verlassen wie eine Bühne einige Stunden vor Beginn der Vorstellung.

»Ich möchte mich noch um die Aufstellung meiner Leute kümmern«, verabschiedete sich der Bahnpolizeileiter.

Wir setzten uns an einen der Bürotische. Phil nahm ein Kartenpäckchen aus der Tasche. Wir pokerten immer gern vor einem Einsatz. Das beruhigte die Nerven und lenkte ungemein ab.

Wenige Minuten nach vier Uhr kreischte ein Zug in die Halle.

Ich schob die Karten zusammen. Gemeinsam traten wir ans Fenster.

»Der Chicago-Express«, sagte Phil. »Er wird hier eingesetzt.«

Wir blieben am Fenster stehen und sahen auf den Bahnsteig hinunter. Außerhalb der Halle wurde es langsam hell, aber unter dem rußigen Glasdach brannten noch die Bogenlampen.

Allmählich belebte sich der Bahnsteig. Zwei Bahnbedienstete rollten mit einer Elektrokarre voller Pakete zum Packwagen. An einem Pfeiler stand fröstelnd ein früher Passagier mit seinen Gepäckstücken. Zwei Gepäckträger lehnten in seiner Nähe an Pfeilern.

Es schien, als leistete die Pittsburgher Polizei gute Arbeit. Selbst wir von unserem erhöhten Standpunkt konnten nichts Auffälliges entdecken.

»Vier Uhr dreißig«, sagte Phil nach einer Weile. Ich nickte nur und tastete unwillkürlich nach meinem Revolver, obwohl ich doch nur Zuschauer bleiben konnte.

Ab vier Uhr vierzig setzte schlagartig ein stärkerer Betrieb ein.

Ich rieb unruhig die Hände gegeneinander.

»Es sind viel mehr Leute, als ich glaub ...« Ich brach im Satz ab und fasste Phils Arm. »Da! Lygett, Pelser, der ›Afrikaner‹.« Wir hatten die drei auf Fotos gesehen und wussten genau, wie sie aussahen.

Sie standen in einer kleinen Gruppe beieinander und schienen nicht besonders guter Laune zu sein. Juggy, an seiner Hautfarbe leicht erkennbar, redete heftig auf die anderen ein.

Auch die Leute auf dem Bahnhof schienen sie entdeckt zu haben. Ein Elektrokarren mit zwei Eisenbahnern und einem Bahnpolizisten, der der Gruppe ostentativ den Rücken kehrte, fuhr ganz nahe an ihnen vorbei.

Ich fürchtete schon, sie würden jetzt und damit zu früh eingreifen, aber sie kümmerten sich nicht um die drei Gangster.

Lygett sah dem Polizisten kurz nach, schien aber nicht unruhig zu werden.

»Vier Uhr fünfzig«, sagte Phil neben mir.

Ganz in der Nähe unserer drei Freunde stand ein alter Herr mit einem kleinen Mädchen von vielleicht drei Jahren an der Hand und sprach mit einer jungen Frau, offenbar der Mutter des Kindes, die aus dem Fenster lehnte.

Lygett, Pelser und Juggy wurden nervös. Sie spähten links und rechts den Bahnsteig entlang, steckten die Köpfe noch enger zusammen und blickten immer wieder zur Uhr.

»Vier Uhr dreiundfünfzig«, sagte Phil. Unten hob der alte Herr seine Enkelin hoch, damit sie sich von der Mutter verabschieden konnte. Plötzlich stand ein vierter Mann bei den dreien. Er trug einen grauen Trenchcoat und hatte den blauen Hut tief ins Gesicht gezogen.

Ich sah, dass er kurz und scharf den Kopf zum Zug bewegte und dass daraufhin Juggy sein Köfferchen aufnahm.

In dieser Sekunde kam der Elektrokarren mit den beiden Eisenbahnern und dem Bahnpolizisten zurück. Sie waren dort unten wirklich auf Draht und passten die Sekunde genau ab.

Aber ich musste auch sehen, wie der Mann im Trenchcoat den Kopf hochwarf wie ein Tier, das Gefahr wittert. Ich blickte in John Foresters bleiches Gesicht.

Eine Trillerpfeife schrillte. Die drei Beamten sprangen von dem fahrenden Elektrokarren ab. Forester setzte mit einem weiten Sprung hinter Lygett, stieß ihn ins Kreuz, dass er gegen die anstürmenden Polizisten flog und einen zu Boden riss. Der zweite fiel über ihn. Der Mann in der Bahnpolizeiuniform schoss. Forester schoss gleichzeitig. Der Bahnpolizist fiel mit einem Aufschrei um.

Juggy und Pelser waren ebenfalls bewaffnet. Die Leute im Zug und auf dem Bahnsteig schrien entsetzt.

Forester rannte rechts am Zug entlang. Der Beamte

mit der Maschinenpistole hinter dem Gepäckwagen schoss. Wie ein Aal glitt der »Schweigsame« in die Versenkung zwischen Bahnsteigkante und dem Zug. Er wollte unter dem Zug weg auf die andere Seite.

Gleich darauf krachten Schüsse vom Bahnsteig 3, die ihn zurücktrieben. Ich sah, wie Pelser sich an die Schulter griff und den Revolver fallen ließ. Juggy und zwei Beamte kollerten sich auf dem Boden herum.

Plötzlich war Forester wieder da. Er tauchte unter dem Zug fast genau an der Stelle auf, an der er zuerst gestanden hatte.

Wie ein gestelltes Wild warf er den Kopf von links nach rechts.

Ich krampfte die Fäuste zusammen. In der nächsten Sekunde musste er sich ergeben oder unter den Kugeln fallen.

Dann geschah des Entsetzliche. Das Gefecht mochte noch keine Minute gedauert haben. Viele der Passagiere verharrten schweigend und wie gelähmt an den Fenstern des Zuges. Auch der alte Mann mit der Enkelin stand noch am gleichen Fleck. Das Kind hatte sich an ihn gedrückt und weinte.

Auf dieses kleine Mädchen fiel Foresters Blick. Mit zwei Sätzen war er bei der Gruppe. Er stieß den alten Mann mit der Hand vor die Brust, dass er weit zurücktaumelte, riss das Kind hoch und presste es vor sich.

Mit einem Schlag hörte der ganze Lärm, das Schießen, das Schreien der Leute, auf. Das Entsetzen lähmte jede Bewegung, unterdrückte jeden Laut. Die

Beamten ließen die Waffen sinken. Selbst die Prügelei zwischen Juggy und den Polizisten in Bahnuniform war vorbei. Alle, auch die Gangster, starrten mit aufgerissenen Augen auf John Forester.

Er hielt mit dem linken Arm das kleine Mädchen vor seine Brust wie einen Schild. Seine rechte Hand mit der Pistole sah neben dem Mantel des Kindes hervor, das vor Schreck zu weinen aufgehört hatte. Er ging langsam rückwärts auf den Zug zu, und niemand wagte, ihm zu folgen oder eine Bewegung gegen ihn zu machen.

Phil behauptete später, ich hätte einen Laut von mir gegeben, der sich wie ein Schluchzen angehört hätte.

Ich weiß nur, dass ich die Fensterflügel aufriss, aber es wäre Wahnsinn gewesen zu springen. Ich konnte nur mit gebrochenem Hals unten ankommen. Ich machte also kehrt und raste die Treppen hinunter, aber ich kann nicht berichten, wie und auf welchem Weg ich auf Bahnsteig 4 angekommen bin. Ich weiß es nicht. Ich erreichte ihn jedenfalls, und die Zeitspanne war so kurz, dass sich kaum etwas an der Situation geändert hatte.

Immer noch standen die Beamten und die Leute wie gelähmt, unfähig zu einer Bewegung. Nur Forester war von der Bildfläche verschwunden.

»Wo ist er?«, schrie ich den nächsten Mann an.

Er hob den Arm so langsam, als hinge ein Bleigewicht daran.

»Da«, stöhnte er und zeigte auf eine offene Abteiltür des Zuges. »Da ist er hinein.«

Ich setzte mit langen Sprüngen auf das Abteil zu,

stürmte es. Die gegenüberliegende Tür stand ebenfalls auf. Ohne meine Fahrt zu bremsen, stürzte ich hinaus. Es krachte. Mir pfiffen zwei Kugeln unangenehm nah um die Ohren.

So schnell wie vorhin Forester glitt ich unter den Zug. Gedeckt von den Rädern, keuchend, die Kanone in der Hand, sah ich, was sich in der Zeit, die ich zur Erreichung des Bahnsteigs benötigte, ereignet hatte. Forester war durch das Abteil auf die andere Seite des Zuges gelangt. Jetzt ging er auf dem Parallelgleis langsam rückwärts.

Auf dem Bahnsteig 3 stand mehr als ein Dutzend Polizisten, die Waffen in den Händen, und starrten machtlos und starr vor Schreck dem »Schweigsamen« nach. Niemand wagte zu schießen, aus Angst, auch das Kind zu treffen.

Forester stieg vom Gleis auf. Bahnsteig 3. Er bot mir für Sekunden den Rücken, und dennoch feuerte ich nicht auf ihn. Die Gefahr für das Kind war zu groß.

Ich benutzte die wenigen Augenblicke, um näher an ihn heranzukommen.

Er sah mich, als er den Bahnsteig 3 erreicht hatte, und schoss wieder zweimal. Ich suchte erneut Deckung unter dem Zug.

Forester ging weiter von den Polizisten fort, ihnen immer das Gesicht und das Mädchen vor seiner Brust zuwendend.

Ich spurtete über die Gleise und warf mich neben der Bahnsteigkante nieder. Foresters fünfte Kugel verfehlte mich auf diesem Weg. Ich richtete mich auf, hechtete auf den Bahnsteig und im gleichen Satz hinter einen Pfeiler. Die sechste Kugel des »Schweigsamen« klatschte gegen den Pfeiler.

Ich machte mich sofort wieder auf die Socken und suchte Deckung hinter dem nächsten Pfeiler. Diesmal schoss er nicht. Mit dem nächsten Anlauf kam ich bis hinter ein Aufzugshäuschen. Dabei versuchte er noch einmal, mir eine Kugel zu verpassen, hatte aber wieder kein Glück.

Auf dieser Verfolgungsjagd hatten wir das Ende der Bahnhofshalle erreicht. Dabei ging Forester immer rückwärts, und ich setzte ihm von Deckung zu Deckung nach. Keiner der Polizisten war uns gefolgt, nur Phil stand hinter dem Pfeiler, den ich eben verlassen hatte.

Ich rief Forester an, und ich erkannte meine eigene Stimme nicht wieder. Wut und Erregung machten sie heiser und tonlos.

»Forester, du hast sieben Mal auf mich geschossen. Mehr als zwei Kugeln hast du nicht mehr. Wenn du mich zweimal verfehlst, dann gnade dir Gott, und ich werde dir Gelegenheit zum Vorbeischießen geben.«

Ich steckte den Kopf um die Mauer des Aufzugshauses. Er stand nicht weit von mir, höchstens sechs oder sieben Schritt. Das Kind in seinem Arm weinte immer noch nicht. Schwarz schimmerte der Lauf der Waffe in Foresters Hand. Ich sah seine glasgrauen Augen, deren Ausdruck auch jetzt nicht verändert war.

Ich schob die linke Körperhälfte aus der Deckung hervor.

»Schieß!«, forderte ich ihn auf. Er rührte sich nicht.

Ich sah das Kind im Arm dieses eiskalten Verbrechers. Glauben Sie nicht, ich sei ein Held besonderen Ausmaßes. Es war nur Zorn, blinder Zorn, der mich zu meiner Handlung trieb. Es war mir völlig gleichgültig, was mit mir passierte, wenn nur Forester sich so verschoss, dass wir ihn ohne Gefahr für das Kind stellen konnten.

Ich sprang ganz aus der Deckung. »Schieß!«, schrie ich ihn an.

Ein paar Yard nur waren zwischen uns. Frei standen wir uns gegenüber. Wenn er abdrückte, musste er mich einfach treffen, und ich hielt meinen Revolver in der Hand und konnte nicht schießen.

»Na los, drück endlich ab!«, schrie ich noch einmal und tat einen Schritt auf ihn zu.

»Bleib stehen, G-man«, sagte er merkwürdig sanft und mit einer Stimme, die klang, als spräche dort ein Automat. »Ich schieße nicht mehr auf dich, G-man, aber wenn du noch einen Schritt näher kommst, stirbt das Kind.«

Ich sah, wie seine rechte Hand eine leichte Drehung machte. Die Mündung, bisher auf mich gerichtet, bohrte sich in das graue Mäntelchen des Kindes.

Mir schlugen die Zähne haltlos aufeinander.

»Forester«, brachte ich mühsam hervor, »wenn du dem Kind etwas tust, dann gebe ich meinen Job als G-man auf. Dann werde ich dich jagen, nur dich, und wenn ich dich gefasst habe, bereite ich dir einen Tod, der länger dauert als die Hinrichtung auf dem elektrischen Stuhl.«

Ich hob den Fuß. »Auch davon wird das Kind nicht wieder lebendig«, sagte er schnell, und ich sah, wie sein Finger sich krümmte.

Ich musste stehen bleiben.

»Gut«, knirschte ich. »Sag deine Bedingungen!«

Er antwortete ohne Überlegung: »Ihr gebt mir den Weg frei. Ich gehe aus dem Bahnhof hinaus. Unten bekomme ich einen Wagen. Ich nehme das Kind mit und setze es irgendwo ab, wenn ich sicher bin, dass ihr mir nicht folgt.«

Ich wusste, es war zwecklos, mit ihm zu handeln. Wir mussten ihn laufen lassen, und ich musste ihm selbst die Möglichkeit geben zu entkommen. Verdammt, dies war der bitterste Augenblick meines Berufs.

»Einverstanden«, nickte ich.

Er lächelte nicht einmal. »Dreh dich um!«, befahl er.

Ich gehorchte.

»Wirf die Kanone fort!«

Ich ließ sie fallen.

»Geh zehn Schritte vor!«

Ich tat auch das, und er kam mir nach, bückte sich rasch und hob meinen Smith and Wesson auf. Das Kind ließ er dabei nicht aus dem Arm.

»So, G-man«, sagte er dann. »Jetzt sorgst du dafür, dass deine Leute verschwinden und den Bahnsteig räumen. Versuch keinen Trick. Ich ziele nicht auf dich, sondern immer noch auf das Kind. Was du oder deine Freunde auch anstellen mögen, so viel Zeit, um den Finger durchzudrücken, bleibt mir selbst im Sterben noch.«

Er sprach nicht laut, auch nicht drohend, und doch bewirkten seine Worte, dass ich schauderte.

Ich kam an dem Pfeiler vorbei, hinter dem Phil stand. Ich winkte ihm zurückzugehen. Er tat es. Sein Gesicht war wandweiß.

Auf der Mitte des Bahnsteigs 3 standen wie eine Mauer die Polizisten, unter ihnen der Polizeichef selbst.

»Geben Sie den Weg frei!«, rief ich ihm zu. »Es hat keinen Zweck. Er tötet das Kind. Räumen Sie unten die Bahnhofshalle und besorgen Sie ihm einen Wagen.«

Der Polizeichef sah mich fassungslos an. Dann stieß er ein wütendes Knurren aus, drehte sich um und trieb seine Leute mit knappen Befehlen vom Bahnsteig. »Kein Angriff auf den Mann!«, rief er.

»Danke«, hörte ich Foresters Stimme hinter mir. Es lag nicht einmal Hohn darin.

Langsam gingen wir die Bahnhofstreppe hinunter, durch die Sperre, die von Beamten geräumt war, durch die völlig menschenleere Schalterhalle, durch die Pendeltür hinaus auf den Vorplatz.

In dichter Reihe standen die Polizisten auf der Straße. Vor dem Eingang stand ein Lincoln.

»Ich will einen anderen Wagen«, sagte Forester hinter meinem Rücken. »Ich fürchte, ihr habt den Lincoln schnell ein wenig präpariert. Sage ihnen, sie sollen drüben vom Parkplatz den ersten Mercury herfahren.«

Ich schrie dem Polizeichef die Wünsche des »Schweigsamen« hinüber. Er gehorchte, obwohl der Besitzer des Mercury einen Heidentanz veranstaltete. Ein Polizist fuhr den Lincoln weg, ein anderer steuerte den Mercury heran, stieg aus und ging zu seinen Kameraden zurück.

»So, jetzt kannst auch du gehen«, sagte Forester. »Ich will niemanden auf dieser Straßenseite haben.«

»Goodbye, Forester«, stieß ich zwischen den Zähnen hervor. »Und ich hoffe, wir sehen uns wieder. Denke an meine Warnung. Wehe dir, wenn das Kind nicht gesund zurückkommt!«

Ich ging, und ich hatte kaum die ersten Schritte über die Fahrbahn getan, als das kleine Mädchen in Foresters Arm, das bisher so überraschend still gewesen war, laut zu weinen anfing. Mir schnitten die Jammertöne durch die Seele, aber ich musste gehen. Es war das Einzige, was ich für die Kleine tun konnte.

Ich erreichte den Kordon der Polizisten, ohne dass etwas passiert wäre. Als ich mich umdrehte, sah ich John Forester noch auf der anderen Seite beim Auto stehen. Das Mädchen strampelte jetzt, und er hatte einige Mühe mit ihm. Er öffnete den Schlag am Steuer, setzte sich mit seiner kleinen Last dahinter und startete. Das Kind befand sich an seiner linken Seite, halb auf seinem Schoß, und deckte ihn gegen uns ab. Der Mercury fuhr an, kam rasch auf Touren, ging mit quietschenden Reifen um die nächste Kurve und war verschwunden.

Ich lachte auf, aber ich lachte vor Zorn. »Herrlich!«, schrie ich Phil an. »Ein Gangster und Mörder fährt ab, und die Polizei bildet Spalier! Wirklich großartig!«

»Hol dich selbst ein, Jerry«, antwortete er ernst, und damit hatte er wirklich recht. Höhnische Sätze besserten auch nichts mehr.

Der Polizeichef und der Bahnpolizeileiter stürzten auf mich zu.

»Was sollen wir tun?«, rief der eine, und: »Sollen wir die Verfolgung aufnehmen?«, fragte der andere.

Ich schüttelte den Kopf. »Unternehmen Sie nichts! Eine Verfolgung hat keinen Sinn. Sie gefährden nur das Kind, und er wird das Mädchen nicht eher absetzen, bis er sicher ist, dass er Ihre Leute abschütteln konnte. Wir müssen abwarten und wollen hoffen, dass er nicht unvernünftig genug ist, sein Konto durch ein Verbrechen an dem Kind noch mehr zu belasten.«

Wir machten Bilanz. Sie sah nicht besonders gut aus. Die Mutter des Kindes musste mit einem Nervenschock ins Krankenhaus gebracht werden, der Großvater hatte sich bei dem Sturz den Arm gebrochen. Der Bahnpolizist, den Forester angeschossen hatte, war glücklicherweise mit einem Schultersteckschuss davongekommen. Als Erfolg konnten wir die Gefangennahme von Juggy, Lygett und Pelser buchen. Pelser hatte einen Oberarmschuss. Die drei Burschen, noch durchgedreht von den Ereignissen, gestanden schon im ersten Verhör die Teilnahme an dem Bankraub unter Foresters Führung.

Im Präsidium waren wir noch dabei, wie ein Rundspruch mit einer Beschreibung des Kindes an sämtliche Polizeistationen abgesetzt wurde. »Der

Fahrer des Mercury Pbr 45 789 ist unter keinen Umständen anzuhalten oder in irgendeiner Form zu belästigen, bevor nicht sämtliche Stationen von dem Auffinden des Kindes informiert worden sind.«

Mit diesem Fehlschlag war unsere Aufgabe eigentlich beendet, denn Forester würde sicherlich nicht mehr nach Pittsburgh zurückkehren, aber weder Phil noch ich brachten es fertig, nach New York zu gehen, bevor wir nicht Klarheit über das Schicksal des kleinen Mädchens hatten. Wir baten den Pittsburgher Polizeichef, uns sofort zu verständigen, wenn eine Nachricht einlief, und gingen zu unserem Hotel.

Wie weit unsere Laune unter dem Nullpunkt lag, ist leicht vorstellbar. Ich feuerte, kaum auf unserem Zimmer angekommen, meinen Hut in eine Ecke und warf mich auf mein Bett, dass es krachte. Ich verschränkte die Arme unter dem Kopf und starrte gegen die Decke.

Vorsichtig versuchte Phil, mich zu beruhigen.

»Ich glaube nicht, dass er dem Kind etwas antut«, sagte er. »Du machst dir unnötige Vorwürfe, Jerry.«

»Ich mache mir keine Vorwürfe«, antwortete ich. »Die Sache mit dem kleinen Mädchen war unvorhersehbar, und auch ich glaube nicht, dass er sich mit einem sinnlosen Mord belastet.«

Mit einem Ruck richtete ich mich auf. »Aber er hätte das Kind getötet, Phil, wenn ich ihm nur noch einen Schritt näher gekommen wäre. Verstehst du, was für eine Sorte Mensch er ist? Du wirst sagen, ein kalter, gewissenloser Gangster, aber diese Bezeichnung ist viel zu wenig für ihn. Ich sage dir, wir werden noch viel Arbeit mit ihm bekommen, und ich will diese Arbeit zum richtigen Ende führen.«

»Meine Meinung«, antwortete Phil. »Reden wir Sachliches. Wo haben wir eine Chance, Forester noch einmal zu stellen?«

»In Pittsburgh nicht mehr, aber in New York. Ich glaube, meine Vorstellung von Foresters Plänen ist richtig. Er wollte noch eine Sache starten, um Geld zur Finanzierung seines Racheplans zu beschaffen. Diese Absicht ist gescheitert, und ich denke nicht, dass in den knappen vier Wochen, die ihm bis zur Entlassung Flip Facturs noch bleiben, er eine andere Sache organisieren kann. Ich rechne also damit, dass wir uns an Facturs Fersen heften.«

»Können wir in den vier Wochen nicht durch eine große Fahndungsaktion seine Spur finden?«

»Ich halte nichts von einer Fahndung. Einen Mann wie Forester fängst du nicht mit den üblichen Methoden. Er wird sich nicht früher einer Gefahr aussetzen, bis seine Stunde gekommen ist. Und diese Stunde ist der Augenblick der Entlassung Facturs aus dem Gefängnis.«

»Was ist mit der Frau, mit Lilian Green?«

Ich zuckte die Achseln. »Factur wird früher als sie aus dem Gefängnis kommen. Wir müssen Forester schon bei seiner ersten Rache fassen.«

Wir fanden keinen Schlaf in dieser Nacht. Wir saßen schweigend zusammen. Hin und wieder stand einer von uns beiden auf, ging unruhig im Zimmer auf und ab, ließ sich mit einem Stöhnen wieder in seinen Sessel fallen. Wir warteten auf den Anruf des Polizeichefs, und als endlich kurz nach

Mitternacht das Telefon läutete, stürzten wir uns beide darauf.

Phil war eher daran. »Ja?«, fragte er gepresst, und dann strahlte sein Gesicht. »Danke«, sagte er und legte den Hörer auf.

»Das Kind ist gefunden worden, Jerry«, lachte er mich an. »Ein Dorfpolizist fand es beim Streifengang am Eingang seines Nestes, Walfour oder so ähnlich heißt der Ort. Der Chef schickt den Wagen vorbei, der das Kind abholt. Wenn wir wollen, können wir mitfahren.«

Wir fuhren mit und informierten uns unterwegs anhand der Karte, wo Walfour lag. Es lag an der Autobahn nach Chicago. Ich war überzeugt, dass Forester den Weg nur benutzt hatte, um uns irrezuführen. Sein Ziel blieb nach wie vor New York.

Einige Meilen von Walfour kreuzte die Autostraße eine Bahnlinie.

Ich tippte mit dem Finger auf die Stelle. »Ich wette, dass wir hier in dieser Gegend den Mercury finden. Forester fährt nicht in einem der Polizei bekannten Auto weiter. Vermutlich wird er versuchen, einen Zug zu erwischen. Sicherlich beherrscht er den alten Tramptrick, sich auf einen fahrenden Güterzug zu schwingen.«

Wir erreichten Walfour erst gegen Morgen. Die Polizeiwache war in einem gemütlich aussehenden Bauernhaus untergebracht.

»Hier ist unser kleiner Findling«, sagte der Wachhabende stolz und zeigte uns das Kind, das auf der Dienstpritsche tief und fest schlief. Es wachte nicht auf, als ich es hochnahm, mit ihm zum Wagen ging und es vorsichtig auf die Polster im Fond legte. Es wusste nicht, dass es jetzt gerettet war.

Wir legten uns in den vier Wochen, die bis zur Entlassung Facturs blieben, nicht auf die faule Haut. Wir trafen alle Vorbereitungen, um Forester, wenn er kam, gut empfangen zu können.

Ich hatte mehrere Unterredungen mit einer Reihe von Leuten, die teils freiwillig, teils mit einigen Vorbehalten für die Polizei arbeiteten. Ich machte ihnen klar, wie viel uns an diesem Mann lag, und ich warnte sie nachdrücklich, etwas für ihn zu tun.

Phil sorgte unterdessen dafür, dass sämtliche Polizeibeamte New Yorks auf Forester geimpft wurden. Sie erhielten Bilder und Beschreibungen von ihm und die nachdrückliche Anweisung, nicht zu versuchen, sich durch seine Verhaftung besondere Lorbeeren zu verdienen, sondern Alarm zu geben, und zwar sofort.

Es rückte der Tag heran, an dem Flip Factur entlassen werden sollte. Zwei Tage davor suchten wir ihn noch einmal in seiner Zelle auf.

»Wir haben einen Vorschlag für dich, Flip«, setzte ich ihm auseinander. »Du könntest eine Menge von dem gutmachen, was du verbrochen hast, wenn du ihn annimmst.«

Er blickte mich gespannt an, sagte aber nichts.

»Wir haben John Foresters Spur verloren«, fuhr ich fort. »Wir rechnen damit, dass wir sie in deiner Nähe wieder finden können, aber wir wollen dich nicht ungewarnt in eine Gefahr stolpern lassen. Du könntest uns als Angelhaken für ihn dienen.«

»Kommt nicht in Frage«, schnitt er mir das Wort ab. »Wenn ich herauskomme, verlange ich Schutz bis zum Flughafen. Ich nehme die erste Maschine nach Südamerika, die startet.«

Es blieb aussichtslos, ihn zu einer Mitarbeit zu bewegen.

Als wir Factur verließen, sagte Phil: »In zwei Tagen wird er also entlassen. Immerhin wird es für Forester Zeit, in New York aufzutauchen, wenn er sich um ihn kümmern will.«

»Der ›Schweigsame‹ kann bis zum letzten Augenblick warten«, antwortete ich. »Er kennt New York so gut wie wir, und er bedarf keiner anderen Vorbereitungen, als ein Magazin in die Waffe zu schieben.«

Aber Forester wartete nicht bis zum letzten Augenblick. Ich erhielt am gleichen Abend den Anruf eines Mannes, den wir Slim nannten. Sein bürgerlicher Name tut nichts zur Sache. Er gehörte eigentlich zur Abteilung der Gegenspionage und unterhielt zur Tarnung seit drei Jahren eine Wäscherei in Bronx.

»Ich glaube, ich habe Ihren Mann gesehen, Cotton«, meldete er. »Er kam kurz vor Ladenschluss und fragte, ob ich einige gebrauchte, aber saubere Hemden zu verkaufen hätte. Er sah mehr als abgerissen aus, und er kaufte das billigste Hemd, das ich ihm anbot.«

»Sind Sie sicher, Slim?«, vergewisserte ich mich.

»Ziemlich sicher. Die Beschreibung passt, obwohl er schäbiger aussah als auf dem Bild, das ich erhielt.

Ich konnte nichts unternehmen. Sie wissen, Cotton, ich darf meinen Ruf als kleiner Wäschereibesitzer nicht verlieren.«

Ich bedankte mich bei ihm, stülpte mir den Hut auf und fuhr mit der U-Bahn nach Bronx.

Ich strolchte durch das Stadtviertel, bis ich unseren Vertrauensmann für diese Gegend in einem Drugstore fand. Nach der üblichen Tasse Kaffee an der Theke folgte er mir endlich auf die Straße. Wir suchten uns eine verschwiegene Ecke.

Ich erklärte ihm, dass sich unser Mann in seiner Gegend herumtrieb und dass er die Augen offen zu halten habe. Er nickte eifrig und wischte weg. Ich sah ihm mit wenig Vertrauen nach. Lorry Fusman, so hieß er, war ein kleiner Dieb, der sich selbst der Polizei für Spitzeldienste angeboten hatte. Ich mochte ihn nicht. Er war mir zu schleimig.

Zwei Tage später wohnten wir der Entlassung Flip Facturs wie einem feierlichen Staatsakt bei. Der kleine graue Mann sah merkwürdig verändert in seinem supereleganten, aber antiquierten Anzug aus, der fast sieben Jahre für ihn in der Kammer eingemottet verwahrt worden war. Auf dem Gefängnishof stand ein Polizeiwagen mit vier Cops für ihn bereit. Langsam schoben sich die Torflügel auseinander, und in einem Polizeiauto fuhr Factur in die Freiheit.

Phil und ich fuhren mit »Jeremias« hinter ihm her. Sie hielten vor einer Bank in der City. Von drei Beamten umringt, begab sich Lucky Greens ehemaliger Sekretär ins Bankinnere. Ich ging hinterher und wurde Zeuge, wie ihm aus dem Depot ein Pass mit südamerikanischem Visum und ein Dollarpaket ausgehändigt wurden. Er bemerkte mich und kam auf mich zu.

»Sie sehen, ich mache Ernst«, sagte er. »Ich fliege noch heute.«

»Ich wüsste gern, wer dir diese schönen Sachen besorgt hat«, sagte ich und zeigte auf Pass und Dollarbündel in seiner Hand.

Er grinste. »Lucky Green lässt seine Freunde nicht im Stich.«

Wir folgten dem Wagen bis zum Flugplatz, und wir warteten auch, bis der Klipper nach Südamerika gestartet war. Lange sahen wir der Maschine nach, die kleiner und kleiner wurde.

Auf dem Rückweg zu »Jeremias« blickte ich unwillkürlich in die Gesichter der Vorübergehenden. Aber Forester entdeckte ich nicht. So einfach ließ er sich nicht fassen.

Phil kaufte sich eine Zeitung.

»Tja, Jerry«, sagte er, während wir in meinen Wagen stiegen, »eigentlich müssten wir unsere Tätigkeit nach Venezuela verlegen, wenn Foresters Hass wirklich so stark und unauslöschlich sein sollte, wie du annimmst.«

Ich fuhr an. »Ich fürchte, diese Möglichkeit haben wir ihm verdorben. Er besitzt kein Geld.«

Phil nickte nur und vertiefte sich in die Zeitung. Wir fuhren eben über den Broadway, als er meinen Arm erfasste.

»Forester hat noch Grund genug, in New York zu bleiben«, sagte er. »Lilian Green wird nächste Woche entlassen.«

Ich suchte so schnell wie möglich eine Parkgelegenheit, stoppte und riss ihm das Blatt fort. Ich überflog die Meldung unter der Überschrift: »Gnadengesuch Lilian Greens genehmigt.« Der Reporter rollte die Vorgeschichte ihrer Verurteilung noch einmal auf. Es war nicht gerade eine Sensation, aber eine Story, wie sie die Leute immer gern lesen.

Vom nächsten Fernsprecher aus rief ich den Anwalt an, den wir seinerzeit im Frauengefängnis gesprochen hatten.

»Ich lese gerade, dass Miss Green nächste Woche entlassen werden soll, Mr. Ryk«, fragte ich ihn, »stimmt das?«

»Die Meldung ist völlig korrekt«, antwortete er stolz. »Der Gnadenantrag ist durch.«

»Steht der Entlassungstag fest?«

»Nein, noch nicht.«

»Sorgen Sie dafür, dass er geheim gehalten wird.«

Er machte eine kleine erstaunte Pause.

»Wissen Sie etwas über die Pläne Lilian Greens?«, fragte ich weiter. »Wird sie zu ihrem Vater nach Venezuela gehen?«

»Vermutlich nicht. Sie beauftragte mich, ein Appartement in New York für sie zu mieten.«

Ich unterdrückte einen Fluch. »Warum bleibt sie? Will Green sie nicht bei sich haben?«

»Doch, er hat mehrfach dringend geschrieben, sie möge sofort kommen.«

»Aus welchen Gründen will sie nicht?«

»Ich habe keine Ahnung, Mr. Cotton. Ich bin in sie gedrungen, aber sie verweigert darüber jede Auskunft. Übrigens halte ich es auch für besser, wenn sie nicht zu ihrem Vater fährt. Green ist immerhin ein alter Gangsterboss, und die Leute seiner Umgebung sind kein Verkehr für eine Lady.«

»Kennen Sie den Namen John Forester?«

Er überlegte einen Augenblick. »Nie gehört«, antwortete er.

Ich biss mir auf die Unterlippe. »Also, halten Sie den Tag der Entlassung geheim, und informieren Sie mich, sobald Sie ihn kennen.«

Phil sah mir neugierig entgegen. Ich warf mich hinter das Steuer.

»Es passieren hübsche Sachen«, erklärte ich ihm, »gewissermaßen niedliche, kleine Verrücktheiten. Diese Lilian Green denkt nicht daran, wie Flip Factur schleunigst aus New York zu verschwinden, sondern lässt sich bequem hier nieder.«

»Hallo«, wunderte sich Phil. »Ich habe doch selbst gesehen, wie viel Angst sie vor ihm hat.«

»Wahrscheinlich hat sie ihre Liebe zu ihm neu entdeckt. Der Teufel mag wissen, was in einer Frauenseele vor sich geht. In irgendeinem Magazin habe ich einmal gelesen, Frauen lieben immer die Männer, die sie fürchten. Es war so ein psychologischer Unsinn, aber es kann sein, dass es ihr imponiert, wie sich ein Mann für sie so ruinierte. Und jetzt ist sie verrückt darauf, ihm zu begegnen und zu sehen, ob sie immer noch Macht über ihn hat.«

»Ein interessanter Beitrag zum Thema Frauenseele«, grinste Phil. »Aber uns kann es schließlich gleichgültig sein, aus welchen Gründen Lilian Green in New York bleibt. Wir wollten sie nicht als Lockvogel benutzen. Jetzt bietet sie sich selbst an. Diese

Falle haben wir nicht gestellt, aber mich würde es doch freuen, wenn Forester hinearginge.«

Ich schüttelte unzufrieden den Kopf. »Ich führe nicht gern einen Krieg, in dem Frauen zwischen den Fronten herumlaufen. Wir wollen Forester fangen, um neue Morde zu vermeiden. Wenn Lilian Green selbst seine Nähe sucht, dürfte es uns nicht leicht fallen, diesen Mord zu verhindern.«

Für Mitternacht hatte ich eine Zusammenkunft mit Lorry Fusman, dem Dieb und Spitzel, vereinbart. Wir trafen uns an der Rückseite eines alten Lagerschuppens. Fusman war schon da, als ich ankam, und er schien mir viel weniger schleimig als sonst, eher brummig und wortkarg.

»Hast du Neuigkeiten?«, fragte ich.

Er schüttelte den Kopf und brummte: »Nein.«

Ich fühlte, dass er log. Ich nahm ihn beim Schlips und drängte ihn gegen den Schuppen.

»Hallo, Lorry«, sagte ich leise, »hast du dich auf die andere Seite geschlagen?«

»Lassen Sie mich los!«, keuchte er.

Ich fasste fester zu. »Höre, Lorry, mit John Forester habe ich eine ganz besondere Abmachung, und ich dulde nicht, dass dabei ein Kümmerling wie du quer schießt. Ich frage dich noch einmal: Neuigkeiten?«

Ihm wurde die Luft knapp. »Ja«, stöhnte er. Ich ließ los.

Fusman rieb sich den Hals und schimpfte.

»Er war in Bronx, ist vielleicht noch da. Ich glaube, er verhandelt mit Leborro. Ich sah, wie er in sein Haus ging.«

Ich kannte Cesar Leborro dem Namen nach. In den

einzelnen Stadtvierteln einer so riesigen Ansammlung von Menschen, wie sie New York darstellt, bilden sich immer kleine Gruppen von Ganoven unter einem Führer. Meistens finden sie Anschluss an eine große Gang. Leborro hatte es immer verstanden, sich und seine Leute außerhalb jeder Bindung zu halten. Er hatte dreimal wegen Eigentumsfreveln gesessen, und im Grunde war er zu klein, um das Interesse des FBI zu finden, doch spielte er einmal eine Zeugenrolle in einer Mordaffäre, und daher kannte ich seinen Namen.

»Warum hast du uns nicht telefonisch benachrichtigt?«, schnauzte ich Fusman an.

Er wand sich. »G-man, lassen Sie mich heraus«, stotterte er schließlich. »Diese Sache ist zu gefährlich. Viele Leute in meiner Wohngegend wissen, dass ich es gut mit der Polizei kann, und wenn ich in den Verdacht gerate, etwas verpfiffen zu haben, bin ich ein toter Mann.«

»Na, na, na«, stoppte ich ihn. »Leborro und seine Leute begehen keinen Mord.«

»Nein«, sagte Fusmann scheu, »der nicht, aber der Neue.«

Auch hier stieß ich auf die rätselhafte Angst, die Forester verbreitete, wohin er kam.

»Gut«, sagte ich, »dann kaufe ich mir eben Leborro selbst.«

»Jeremias« stand auf der Straße unter einer Laterne. Ich fuhr zum nächsten Polizeirevier und ließ mir die Adresse von Cesar Leborro geben.

»86. Straße, Nummer 53. Hat er etwas ausgefressen, Sir?«, fragte der Wachhabende.

Ich ließ ihn ohne Antwort und fuhr zur 86. Straße. Es war inzwischen längst ein Uhr vorbei. Weil »Jeremias« so auffällig aussah, ließ ich ihn eine Straße früher stehen.

Nummer 53 war ein weißes Fertighaus. Ich klopfte an der Tür herum, aber es rührte sich nichts. Ich ging vom Klopfen zum Donnern über. Selbst ein Mann mit gesundem Schlaf hätte es hören müssen, und da immer noch niemand sich rührte, schloss ich messerscharf wie Sherlock Holmes, dass niemand zu Hause war.

Ich beschloss, auf ihn zu warten. Ich stellte mich in eine dunkle Nische und versuchte, ein bisschen im Stehen zu schlafen.

Ich wartete sage und schreibe zwei Stunden. Erst gegen drei Uhr hörte ich zwei Wagen vor dem Haus stoppen. Ich sah, wie Leborro mit zwei Männern aus dem einen Wagen ausstieg, während aus dem anderen noch mal zwei Leute herauskletterten. Der zweite Wagen fuhr wieder ab. Die fünf Männer gingen zur Haustür. Ich presste mich an die im Schatten liegende Haustür. Als der Letzte gerade die Tür schließen wollte, stellte ich flink den Fuß dazwischen und sagte: »Nehmt mich mit, Leute.« Er war so überrascht, dass er kaum was sagen konnte. Leborro war bereits mit den anderen im Wohnzimmer. Ich schob nach und machte die Tür hinter mir zu.

Ich sah, dass einer von ihnen einen mittelgroßen Koffer trug. Mir gefiel dieser Koffer nicht.

Leborro starrte mich wie das achte Weltwunder an. »Wer sind Sie?«, keuchte er. »Macht den Koffer auf«, sagte ich.

Der Träger blickte zweifelnd auf seinen Chef. Leborro antwortete mit einem Katarakt italienischer Flüche.

Daraufhin versuchte der Junge, mit dem Koffer zu türmen. Ich hatte den Revolver in der Hand, bevor er an der Hintertür war.

»Bleib stehen! Ich schieße!«

Er erstarrte zur Salzsäure und wagte nicht einmal mehr, sich umzudrehen. Ich nahm ihm den Koffer aus der Hand, legte ihn auf einen Stuhl und ließ den Deckel zurückschnappen.

Der Anblick des Inhalts entlockte mir einen Pfiff. Ein ganz hübscher Haufen gebündelter Dollarnoten bedeckte den Boden.

Leborro ließ sich auf einen Stuhl fallen und griff in die Jackentasche.

»Vorsicht, Cesar«, stoppte ich seine Bewegung.

»Nur eine Zigarette, Mr. G-man«, bat er erschöpft. Ich erlaubte sie ihm. Dann stellte ich mich vor. Als er hörte, dass ich FBI-Agent war, brach er fast zusammen.

»Raus mit der Sprache, Cesar!«, pfiff ich ihn an. »Von welchem Fischzug kommst du?«

Er riss den Kopf hoch, legte eine Hand beteuernd aufs Herz und jammerte.

»Dieser Bursche mit den Eisaugen hat mich verführt, G-man. Er versprach mir einen sicheren Job, und als ich nicht wollte, sah er mich so merkwürdig an und sagte, er biete nur einmal, dann pflege er zu befehlen. Er schien schnell mit der Kanone bei der Hand zu sein. Ich musste mich fügen.«

»Wie sah er aus?«

Leborro starrte mich an. »Ungefähr wie Sie, G-man«, sagte er zögernd.

Forester also. »Wo ist er?«

»Er kam mit her. Ich lud ihn noch zu einem Drink ein. Erst schien es, als wollte er annehmen, aber vor dem Haus überlegte er es sich und fuhr mit einem der beiden Wagen fort, die wir«, Cesar verschluckte sich, hustete und beendete seinen Satz, »leihen mussten.«

Ich glaube, für einen Augenblick machte ich ein nicht weniger dummes Gesicht als Leborro bei meinem Eintritt. Forester hatte vor der Tür gestanden und war dann wieder umgekehrt. Hatte ihn ein sechster Sinn gewarnt? Mein Instinkt jedenfalls hatte geschlafen.

»Weißt du, wo er sich aufhält? Wohin er wollte? Wo er schläft?«

Der kleine Gangführer schüttelte müde den Kopf. »Ich weiß nichts.«

Ich zeigte auf das Geld. »Wo ist das her?«

Leborro machte nicht einmal den Versuch zu leugnen. »Eine Privatwohnung in der 74. Straße. Der ›Schweigsame‹ zeigte uns den Weg in das Haus durch einen Kellereingang im Nebengebäude. Wir mussten nur mitkommen, um mit den drei Leuten fertig zu werden, die sich im Haus aufhielten, aber sie hoben die Hände hoch, als er vor ihnen stand und sie nur ansah. Im Geldschrank fanden wir die Lappen.«

Zehn Minuten später marschierte ein kleiner Trauerzug durch die nächtlichen Straßen von Bronx, fünf Jungen vorneweg, die Hände in den Nacken gelegt, und hinter ihnen der G-man Jerry Cotton, in einer Hand den Smith and Wesson, in der anderen einen Koffer mit Banknoten.

Unser Ziel war die nächste Polizeiwache, und dort endete die Laufbahn Cesars und seiner Genossen erst einmal hinter Gittern. Das Revier geriet auf Hochtouren. Der Lieutenant wurde aus seinem Bett geläutet und machte sich mit seinen Männern auf die Suche nach dem Beraubten. Sie fanden ihn in der Gestalt eines Portugiesen, den die Polizei seit fast zwanzig Jahren für einen der größten Hehler New Yorks hielt, ohne ihm bisher mehr als drei kleine Sachen nachweisen zu können, für die er mit Geldstrafen davongekommen war. Der Portugiese lag samt den zwei muskelstarken Gehilfen, die ihm als Wachhunde dienten, säuberlich verpackt in seinem Wohnzimmer und bejammerte den offenen und leeren Tresor, der vor Foresters Erscheinen noch mehr als dreißigtausend Dollar beherbergt hatte.

Aus Leborros und des Portugiesen Aussagen konnten wir die Geschichte rekonstruieren. Vor zwei Wochen war im Astoria Hotel ein Einbruch geschehen, bei dem einer Millionärin Schmuck im Wert von über fünfhunderttausend Dollar gestohlen worden war. Forester hatte bei dem Hehler angerufen und ihm die Juwelen angeboten. Habgierig ging der Portugiese darauf ein. Sie verabredeten einen Preis von dreißigtausend Dollar und eine Zusammenkunft in der Hehlerwohnung für Mitternacht. Der angebliche Besitzer des Schmucks sollte allein kommen und erhielt das Versprechen, den Preis gleich in bar mitnehmen zu können. Damit wusste Forester, dass der Hehler dreißigtausend Dollar in seiner Wohnung hatte. Er kam nicht allein, sondern mit Leborro und seinen Leuten. Sie machten die drei Bewohner des Hauses unschädlich und kassierten den Betrag ohne Ablieferung des Gegenwerts. Da wir in dem Koffer fünfzehntausend fanden, besaß also Forester die gleiche Summe, dazu ein Auto, das Leborros Leute für das Unternehmen gestohlen und ihm überlassen hatten.

Zwar bekamen wir eine Beschreibung des Wagens. Es handelte sich um einen schwarzen Ford, aber Leborro wusste uns nicht die Nummer zu nennen, und es liefen zigtausende von schwarzen Ford in New York.

Mit einem Wort, John Forester besaß einen Wagen und genügend Geld, und wir standen damit wirklich vor der Frage, die Phil am Vormittag im Scherz gestellt hatte. Würde der »Schweigsame« nach Venezuela gehen, um Flip Factur zu fassen?

Ich wagte nicht, die Frage zu verneinen. Vom FBI-Hauptquartier aus setzte ich noch am gleichen Morgen den Polizeiapparat in Bewegung, das heißt, wir jagten lange Telegramme mit deutlichen Warnungen an die venezuelanischen Behörden und gaben scharfe Überwachungsanweisungen an die Zoll- und Grenzstationen.

Am Abend des gleichen Tages passierte eine neue Sache. Es war eine Meldung in der Abendausgabe jener Zeitung, in der Phil gestern die Nachricht über Lilian Greens bevorstehende Entlassung erfahren hatte. Die Notiz brachte eine Präzisierung der gestrigen Meldung. Die Überschrift lautete: »Lilian Green kommt am Dienstag der nächsten Woche aus dem Gefängnis.«

Weiter wurde berichtet, dass die Tochter des alten Gangsterbosses in New York bleiben werde.

Wutschnaubend rief ich Anwalt Ryk an.

»Sie haben mir versprochen, den Tag der Entlassung geheim zu halten«, fauchte ich ihn an. »Stattdessen steht er groß und breit in der Zeitung.«

»Ich bin selbst bestürzt«, entschuldigte er sich. »Ich selbst erfuhr das Datum erst durch die Zeitung und rief beim Justizministerium an. Es stimmt. Der Reporter muss Beziehungen zum Justizministerium haben. Ich konnte diese Indiskretion nicht verhindern.«

»Ich beschwöre Sie, Mr. Ryk«, sagte ich eindringlich. »Sorgen Sie wenigstens dafür, dass niemand die Wohnung Lilian Greens erfährt. Es wäre sehr schlimm, wenn in der Öffentlichkeit ihr Aufenthaltsort bekannt würde.«

Er versprach es mir hoch und heilig, obwohl ich den Eindruck hatte, dass er mich für ein wenig verrückt hielt.

Phil hatte das Telefongespräch mit angehört. Er gab mir eine Zigarette, als ich auflegte, und fragte: »Es scheint fast, du hast Angst vor John Forester, Jerry?«

»Genau, Phil«, antwortete ich. »Ich habe wirklich Angst vor ihm.«

Am Dienstagmorgen rief uns Anwalt Ryk an und teilte uns mit, dass er ein Appartement in der

43. Straße, Hausnummer 56, für Lilian Green gemietet habe. Die Entlassungsstunde war für elf Uhr morgens festgesetzt. Ab Mittag sei Miss Green also in ihrer neuen Wohnung zu erreichen.

Wir fuhren sofort los und hatten eine Unterredung mit dem Chef des für die 43. Straße zuständigen Polizeireviers. Er versprach eine Verdoppelung der Streifen. Mr. High ordnete außerdem an, dass der G-man Georg Miles von der Überwachungsabteilung die nächtliche Beschattung des Hauses 56 übernehmen sollte.

Pünktlich um zwölf Uhr mittags ließen wir uns in Lilian Greens neuer Wohnung melden. Mr. Ryk war noch bei ihr. Während wir im Korridor warteten, hörten wir sie in ihrem Wohnzimmer sagen: »Nein, ich will diese Beamten nicht sehen. Ich bin begnadigt worden. Die Polizei hat kein Recht, mich länger zu belästigen.«

Ryk redete ihr gut zu. »Die Leute sind um Ihre Sicherheit besorgt, Miss Green. Sie müssen sie empfangen.«

Endlich willigte sie ein, und wir wurden vorgelassen. So trat ich also Lilian Green zum zweiten Mal gegenüber.

Sie sah besser aus als im Gefängnis, weniger hart und grau, obwohl ich sie immer noch nicht schön genug fand, um mich ihretwegen ins Unglück zu stürzen.

Der alte Green schien eine Menge seiner nach Südamerika geretteten Dollars für das Appartement seiner Tochter springen gelassen zu haben, denn die Einrichtung war einfach Klasse. Welcher Wandel von der kargen Kerkerzelle zu diesem Luxus! Wir bekamen zwei so funkelnagelneue Sessel angeboten, dass man sich kaum darauf zu setzen wagte.

»Warum sind Sie nicht nach Venezuela gegangen?«, fiel ich mit der Tür ins Haus.

»Warum sollte ich New York verlassen?«, fragte sie schnippisch zurück.

Nicht mehr viel an ihr erinnerte an die leise, fast scheue Frau hinter den Drahtgittern des Besucherraums.

»Weil John Forester hier ist, und weil er versuchen wird, sie zu finden.«

Sie zögerte einen Augenblick, dann sagte sie: »Ich hoffe, ihn zu sehen.«

»Sind Sie verrückt?«, platzte ich heraus. »Er wird Sie töten.«

Sie lächelte voll tiefer Sicherheit.

»John wird mich nicht töten. John liebt mich.«

Ich sah ein, dass ich mit schwerem Geschütz auffahren musste, wollte ich sie zur Vernunft bringen.

»Sie wollen sagen, er liebte Sie«, sagte ich nicht ohne Hohn. »Heute betrachtet er Sie als Ursache seiner wirklich nicht glücklichen Situation.«

»Das ist nicht wahr«, fuhr sie auf. »Und wenn es so sein sollte, so werde ich ihn davon überzeugen, dass er sich irrt. Wir werden uns sehen, und wir werden das tun, was wir schon vor sieben Jahren hätten tun sollen. Wir werden die Staaten verlassen.«

Ich erhob mich. Es hatte keinen Zweck. Ich konnte sie nicht zur Vernunft bringen. Sie würde Dummheiten machen. Ich konnte nur versuchen, rechtzeitig dazwischenzufunken.

»Ich teile Ihre Meinungen über die friedlichen Absichten John Foresters nicht. Ich bin überzeugt, dass er nur danach strebt, Ihnen heimzuzahlen, was Sie an ihm verbrochen haben oder was er Ihnen zu verdanken glaubt. Er wird Ihnen keine Gelegenheit geben, seine Meinung zu ändern. Da es meine Pflicht ist, Ihr Leben zu schützen, lasse ich Sie unter Beobachtung stellen. Machen Sie es unseren Leuten nicht schwer, und versuchen Sie nicht, der Beobachtung zu entgehen. Alles geschieht nur in Ihrem Interesse.«

Sie lächelte, und ihr Lächeln bewirkte, dass sich ihr Gesicht merklich erhellte und verjüngte.

»Sie machen sich unnötige Sorgen, Mr. Cotton, Johnny hat nie aufgehört, mich zu lieben, und er wird mir nie etwas tun.«

Ich dachte an die Begegnung mit Forester auf dem Bahnsteig von Pittsburgh, und ich fand die Bezeichnung »Johnny« für diesen Eisberg von Mann durchaus fehl am Platz, aber ich sagte nichts mehr. Wenn sie durchaus nicht wollte, mussten wir sie eben gegen ihren Willen retten.

Sie machte es den Beamten nicht leicht. Sie ging viel aus, kaufte sich ein Auto, besuchte Frisör- und Schönheitssalons, hielt sich stundenlang in Modehäusern auf. Kurz, sie entwickelte sich zu der Dame von Welt zurück, die sie früher einmal gewesen war.

Alle acht Stunden erhielten wir einen Bericht der Beobachtungsbeamten. In den nächsten zwei Tagen verloren unsere Leute nicht weniger als viermal ihre Spur. Es ist nicht leicht, die Fährte eines Menschen zu halten, wenn er fünf Stunden beim Frisör sitzt und das Geschäft durch einen Seitenausgang verlässt. Schließlich war sie Lucky Greens Tochter und mochte schon einige Erfahrungen haben.

Am Abend des zweiten Tages nach Lilian Greens Entlassung befand ich mich recht früh in meiner Wohnung. Ich machte mir gerade etwas zu essen, als das Telefon im Wohnzimmer schrillte. Ich ging hin und meldete mich.

»Mr. Cotton dort?«, fragte eine Männerstimme, die ich sofort für verstellt hielt.

»Mit wem habe ich das Vergnügen?«

Er überhörte die Frage. »Ich muss Sie dringend sprechen.«

Ich fand den geheimnisvollen Anrufer komisch. »Meine Sprechstunde ist zwar vorbei, aber kommen Sie immerhin herauf, Sir«, lud ich ihn freundlich ein.

»Das geht nicht. Kommen Sie bitte an die Straßenecke. Es ist wirklich sehr dringend. Es handelt sich um John Forester.«

Ich wurde sehr, sehr aufmerksam, aber ich dachte nicht daran, einfach hinunterzugehen, um mir eins aufbrennen zu lassen, obwohl ich nicht glaubte, dass Forester selbst einen so plumpen Trick versuchen würde.

»Wissen Sie«, antwortete ich gemächlich, »ich befinde mich eben beim Abendbrot, und Sie gestatten sicherlich, dass ich zu Ende speise. Verabreden wir uns also eine halbe Stunde später. Sind Sie einverstanden?«

Mein geheimnisvoller Anrufer sagte zögernd:

»Ja«, und legte auf. Ich wartete fünf Minuten. Dann rief ich Phil an.

»Ich habe in fünfunzwanzig Minuten ein Rendez-vous mit einem Unbekannten, der mir unbedingt etwas über John Forester erzählen will. Was dahinter steckt, weiß ich nicht. Mach dich auf die Socken, Phil, und sichere die Gegend. Ich treffe den Kerl an der Straßenecke.«

So, jetzt konnte ich in Ruhe meine Vorbereitungen treffen. Wenn nun jemand mich im Rücken zu fassen versuchte, würde er durch Phil eine unangenehme Überraschung erleben.

Pünktlich eine halbe Stunde nach dem Telefongespräch ging ich hinunter. Es war noch nicht zehn Uhr abends. Die Straße war ziemlich belebt, aber belebte Straßen bieten nicht die schlechteste Gelegenheit für ein gut ausgekochtes Ding.

Ich erreichte die verabredete Straßenecke ohne Zwischenfall. Dort wartete ich ungeduldig eine Viertelstunde, ohne dass jemand aufgetaucht wäre. Ich gab noch eine Zigarettenlänge zu, aber als dann immer noch niemand gekommen war, pfiff ich unser Signal. Phil tauchte aus einer gegenüberliegenden Toreinfahrt auf, überquerte die Fahrbahn und kam grinsend auf mich zu.

»Du scheinst versetzt worden zu sein, Jerry«, lachte er. »Mach dir nichts daraus. Sei froh, dass es kein hübsches Mädchen gewesen ist.«

»Tut mir Leid, dich aus deiner Behausung gelotst zu haben. Willst du noch für einen Sprung mit hinaufkommen?«

Er überlegte kurz, lehnte aber ab.

Wir verabschiedeten uns. Phil ging zu seinem Dienstwagen und ich in meine Wohnung zurück.

Ich hatte kaum den Hut an den Haken gehängt, als es läutete. Ich dachte, dass Phil es sich überlegt hätte, und öffnete die Flurtür.

»Den Whisky muss ich erst kalt ...«, sagte ich, bekam aber einen Revolverlauf so nachdrücklich vor den Bauch gedrückt, dass ich freiwillig rückwärts ging.

»Hände hoch!«, drang die Stimme meines ungebetenen Besuchers dumpf hinter der Tuchmaske hervor, die sein Gesicht bedeckte. Ich gehorchte langsam. Erst jetzt fiel mir auf, dass die Beleuchtung des Hausflurs nicht brannte.

Er kam mir in die Diele nach und drückte die Tür mit dem Rücken zu. Der Mann war ziemlich klein. Er trug einen dunklen Hut und einen dunklen Mantel. Seine behandschuhte Rechte hielt einen kurzläufigen Revolver.

Mit sicherem Griff, der verriet, dass er genau wusste, wo man seine Waffen trägt, nahm er mir den Revolver aus der Schulterhalfter und steckte ihn ein.

Von der Garderobe warf er mir Mantel und Hut zu und befahl: »Ziehen Sie sich an!«

Ich gehorchte. Normalerweise hätte ich trotz des Schießeisens in der Hand versucht, mit ihm fertig zu werden, aber ich war gespannt, wohin sich der Spaß entwickelte. Dass dieser Mann nicht Forester war, erkannte ich gleich an der Figur, und außer Forester wusste ich niemanden, dem ich Grund gegeben hatte, mir ernsthaft böse zu sein, bis auf einige Leute, die sich zur Zeit allerdings samt und sonders hinter Gittern befanden.

Ich war angezogen.

»Gehen Sie vor!«, knurrte er. »Drehen Sie sich auf der Straße nicht um. Ich schieße sofort, wenn Sie sich umdrehen!«

Ich kannte den Trick. Er ließ mich vor sich hergehen, zog sich unten die Maske ab, hielt den Revolver in der Manteltasche und blieb ständig zwei Schritt hinter mir. So erregten wir keinen Verdacht bei Passanten.

Innerlich grinste ich ein wenig. So einfach, wie er es sich vorstellte, war dieser unbemerkte Abtransport nämlich nicht. Als der Mann in meinem Rücken mir gar befahl, die Straße zu überqueren, war ich nahe daran, zu lachen. Die Autos fuhren in dichten Ketten über den Asphalt. Ein etwas geschickter Sprung hätte einen Wagen zwischen mich und seine Pistole gebracht.

Aber ich versuchte keinen Trick. Ich wollte abwarten, was er mit mir zu tun beabsichtigte.

Nicht weit von meinem Wohnblock entfernt liegt ein kleiner, nicht besonders gut beleuchteter Park. Als wir ihn erreicht hatten, rollte ein schwerer Buick langsam heran und stoppte genau vor meiner Nase. Damit wurde die Situation eine Kleinigkeit unangenehmer. Wenn er mich jetzt einzusteigen zwingen wollte, musste ich ihn überwältigen. Er unternahm nichts dergleichen.

Im Innern des Buick sah ich eine Zigarre aufglühen, und ich glaubte, in dem rötlichen Schein einen bärtigen Mund zu erkennen.

»Sie sind der G-man Cotton?«, fragte der Mann in dem Wagen.

»Nein, der Weihnachtsmann«, sagte ich, auch der Mann im Buick konnte nicht Forester sein. Seine Stimme war tief, voll und etwas heiser. Wahrscheinlich war ihr Besitzer ein ziemliches Schwergewicht.

»Sagen Sie mir alles, was Sie über John Forester wissen!«

Ich grinste. »Tut mir Leid, Mister. Das ist Amtsgeheimnis.«

»Lassen Sie den Quatsch. Ich bin auf Forester nicht weniger scharf als der gesamte FBI.«

»In Ordnung«, antwortete ich langsam, »aber ich kann Ihnen nicht viel sagen. Er besitzt fünfzehntausend Dollar und einen schwarzen Ford. Er befindet sich in New York und wurde in Bronx gesehen. Sonst noch Wünsche?«

»Die Adresse von Lilian Green?«

»Kenne ich nicht.«

Der Zigarrenraucher flehte geradezu: »Nehmen Sie Vernunft an, Mr. Cotton. Ich brauche diese Adresse unbedingt. Ich habe mich schon an Jules Ryk gewandt, aber er weigert sich, sie mir zu nennen, weil es ihm von den Behörden verboten ist.«

»Vielleicht gestalten Sie die Befragung so nachdrücklich wie die meine«, riet ich ihm. »Er hat sicherlich schwächere Nerven als ich.«

Er seufzte. »Mir wird kaum etwas anderes übrig bleiben. Können Sie mir wirklich keinen besseren Tipp geben, wo ich Forester finden kann?«

»Beim besten Willen nicht.«

»Gut, dann können Sie gehen, Mr. Cotton. Entschuldigen Sie die Belästigung.«

Wirklich, der Mann war von ausgesuchter Freundlichkeit, und vielleicht hatte er mein anschließendes Benehmen nicht verdient, aber ich wollte meine Vermutung bestätigt wissen. Ich drehte mich also gemäß seiner Aufforderung um, aber ich drehte mich so weit und so schnell, dass ich seinem Boten, der immer noch hinter mir stand, in den Rücken kam. Mit einem einzigen Griff hatte ich ihm die Arme so verdreht, dass er sich nicht mehr rühren konnte. Er schrie und zappelte und ließ seine Pistole fallen. Ich stand so genau hinter ihm, dass er mich gegen den Wagen hin abdeckte.

»Halt, Cotton«, sagte der Mann im Buick, und ich wusste, dass er jetzt statt der Zigarre eine Pistole in der Hand hielt. »Keine Bewegung.«

Ich machte mir keine Sorgen. Wenn er mich treffen wollte, musste er seinen eigenen Mann durchlöchern.

»Ich kenne gern die Leute mit Namen, mit denen ich mich unterhalte«, sagte ich und drückte meinem Gefangenen die eigenen Hände so ins Kreuz, dass er den Kopf zurückbiegen musste. Der Himmel gab genügend Licht, um das Gesicht aus dieser Nähe zu erkennen.

»Dachte ich mir's doch«, stellte ich befriedigt fest. »Flip Factur. Hast du deine Angst doch überwunden und bist nach New York zurückgekommen? Und ich rate wohl nicht fehl, wenn ich in dem Herrn dort im Wagen deinen Chef Lucky Green vermute.«

»Lassen Sie Factur los!«, befahl der Mann im Wagen.

»Kein Gedanke daran, Green«, lachte ich. »Ich fühle mich mit ihm als Polster vor der Brust ganz wohl.«

»Wir haben nichts gegen Sie, Cotton«, knurrte Green. »Wir sind nur in New York, um Lilian gegen Forester zu schützen.«

»Aber der FBI hat etwas gegen Sie, Lucky. Sie haben noch ein offenes Konto bei uns.«

»Verhandeln wir«, schlug er kaltblütig vor. »Dass ich mich nicht hier von Ihnen verhaften lasse, können Sie sich denken. Lieber blase ich Ihnen samt Factur das Lebenslicht aus. Also lassen Sie Flip laufen, und wir haben uns nie gesehen.«

Ich überlegte kurz. Green würde wirklich eher seinen Sekretär aufgeben, als die Hände hochzunehmen. Gegen Factur selbst lag im Augenblick nichts vor, abgesehen davon, dass er mich bedroht hatte, aber das verzieh ich ihm gern. Warum sollte ich sein und mein Leben aufs Spiel setzen? Wenn Green wie ich hinter Forester her war, würden wir uns früher oder später doch wieder begegnen, und dann wahrscheinlich unter günstigeren Umständen.

»Einverstanden«, sagte ich. »Sie bekommen Ihren Factur zurück, und ich gehe ungeschoren nach Hause. Das ist ein Vertrag, Green!«

»Ich halte Verträge«, brummte er.

Darauf werde ich mich kaum verlassen, dachte ich. Ich stieß Flip nach vorn, dass er gegen den Wagen taumelte, und katapultierte mich mit vier, fünf großen Sprüngen ins Dunkle. Und ich tat gut daran. Es blitzte im Innern des Buick auf. Green schoss aufs Geratewohl nach mir. Gleichzeitig fuhr der Wagen, dessen Motor während der ganzen Unterredung gelaufen war, an. Factur riss die Tür auf und kletterte in das schon rollende Fahrzeug. Er war noch nicht richtig darin, als das Auto schon Geschwindigkeit aufnahm. Die Rücklichter erloschen. Wenige Augenblicke später verbrummte der Motor in der Ferne. Wenn ich eine Waffe gehabt hätte, hätte ich ihnen vielleicht das Leben noch sauer machen können, aber mein Smith and Wesson steckte in Facturs Mantel, und die Kanone, die er fallen gelassen hatte, fand ich erst nach zehnminütigem Herumkrebsen auf dem Pflaster. Übrigens kam in der Zwischenzeit ein Cop im Laufschritt und erkundigte sich angelegentlich nach meiner Gesundheit.

Ich holte »Jeremias« aus dem Stall und rückte Phil noch auf die Bude.

»Mein angekündigter Besuch ist doch noch gekommen«, sagte ich. »Es war Flip Factur. Er, oder vielmehr sein Chef Lucky Green erriet, dass ich in der halben Stunde eine Falle konstruieren wollte und blieb der Verabredung fern. Sicherlich beobachtete er uns, bis wir uns trennten, kam in meine Behausung, lotste mich heraus und brachte mich an einer einsamen Stelle mit Green zusammen.«

Ich ließ mir einen Erfrischungstrunk verabreichen.

»Phil«, fuhr ich fort, »wir sind auf dem besten Weg, ein Familiendrama im Gangstermilieu zu erleben. Forester kommt nach New York, um sich an Lilian Green zu rächen. Lilian Green bleibt in New York, weil sie ihr Herz für den von ihr ruinierten G-man neu entdeckt hat. Factur, ebenfalls mit einer erheblichen Schwäche für Lilian behaftet, kehrt nach New York zurück, da die Dame nicht nach Venezuela reisen will. Mit ihm erscheint Lucky Green auf der Bildfläche, um persönlich den Schutz für seine Tochter wahrzunehmen. Vielleicht will er sie auch zur Vernunft bringen. Wenn all diese Herrschaften aufeinander prallen, dann erleben wir ein Feuerwerk wie am Nationalfeiertag.«

»Und was tun wir?«, fragte Phil.

»Ich wollte, ich wüsste es. Aber ich kann dir nur eine Antwort geben: Wir müssen auf unsere Chance warten.«

Wir warteten also, und es fiel uns nicht leicht, auf der Lauer zu liegen, ohne eine Möglichkeit zur aktiven Tätigkeit zu haben, bevor nicht die Gegenseite sich rührte. Wir erfuhren, dass Green den Aufenthalt seiner Tochter herausbekommen hatte, denn unsere Beobachtungsposten meldeten, dass ein Mann, der Beschreibung nach ohne Zweifel Flip Factur, zweimal das Haus betreten hatte.

Fünf Tage nach meiner Begegnung mit Lucky Green erhielt die Affäre eine dramatische Zuspitzung, die von nun an für jeden Augenblick einen Knall befürchten lassen musste.

Die Zeitungsüberwachungsabteilung schickte mir eine kleine Anzeige aus der »New York Times« ins Haus, die alle meine Bemühungen um die Geheimhaltung von Lilian Greens Wohnung zu Wasser werden ließ. Häufig erscheinen in den Anzeigenseiten der Zeitungen Mitteilungen, die für die Polizei von

Interesse sind. Darum werden alle Zeitungen von uns sehr sorgfältig gelesen. Diese Anzeige lautete:

John, ich will dich sprechen. Sieben Jahre ändern vieles. Rufe mich unter LBS 67945 an. Lilian.

Ich gab sofort die Anweisung, den Apparat LBS 67945 zu überwachen und alle Gespräche auf dieser Leitung mitzuhören. Beim nächsten Auftauchen von Factur wollte ich mich durch ihn zu Green führen lassen.

Georg Miles, der die Überwachung von Lilian Greens Wohnung leitete, gab ich Anweisung, mich sofort zu benachrichtigen, wenn Flip Factur sich sehen ließ.

Am gleichen Abend, kurz vor Mitternacht, rief Miles schon an.

»Factur ist eben gekommen. Er ging ins Haus. Sollen wir ihn festnehmen, wenn er herauskommt?«

»Nein, lasst ihn. Ich komme sofort.«

»Jeremias« rollte noch, als Miles an meiner Seite auftauchte.

»Er ist gerade wieder abgefahren«, schrie er. »Dort vorne die Schlusslichter, das ist er.«

Ich gab sofort wieder Gas und sah die Schlusslichter von Facturs Wagen nahe genug vor mir, um ihn sicher halten zu können.

Aber ich merkte durch die gewohnheitsmäßigen Blicke in den Rückspiegel, dass sich auch hinter mir ständig zwei Scheinwerfer hielten. Ich sah wieder und wieder hin. Die Lichter blieben im gleichen Abstand. Natürlich konnte es irgendein harmloser Autofahrer sein, der zufällig den gleichen Weg hatte, aber ich wurde doch etwas unruhig. Ich probierte die verschiedensten Methoden zur Feststellung, ob ein Wagen einem folgt, aus. Ich wurde langsamer. Mein Hintermann nahm ebenfalls das Gas weg, denn der Abstand blieb gleich. Ich trat das Pedal ein wenig durch. Der Abstand vergrößerte sich nicht.

Forester! dachte ich. Das konnte heiter werden, und ich sann nach einer Methode, ihn zu stellen. Wenn ich nicht allzu viel riskieren wollte, blieb eigentlich nur die nächste Polizeistation.

Plötzlich kamen die Scheinwerfer hinter mir näher und näher. Ich griff nach dem Revolver und sagte halblaut: »Na, na, na!«

Aber ich irrte mich. Mein Verfolger riss das Steuer herum und fuhr in eine Seitenstraße, die ich eben überquert hatte. Im Handumdrehen waren seine Scheinwerfer von einer Häuserzeile verdeckt.

Ich atmete auf. Also doch nur ein später Fahrer, der zufällig bis zu dieser Stelle den gleichen Weg mit uns hatte. Aber dann schoss mir ein anderer Gedanke durch den Kopf. Warum gab er gerade vor der Kurve so unverschämt viel Gas? Ich hatte die Reifen bis zu mir hin über den Asphalt quietschen hören, als er seinen Wagen in die Seitenstraße riss.

Aus einem unklaren Gefühl der Besorgnis trat ich das Gaspedal weiter durch. Lieber stellte ich doch Factur, als ...

Unmittelbar vor mir schoss eine Limousine aus einer Querstraße. Wie ein Schemen huschte sie durch das Licht meiner Scheinwerfer, und doch erkannte ich sie in diesen wenigen Augenblicken: ein schwarzer Ford. Ein Wagen, wie ihn Leborro für John Forester gestohlen hatte.

Die Karre fuhr, als säße ein Wahnsinniger am Steuer. Sie bog so unmittelbar vor mir in die Hauptstraße ein, dass ich instinktiv, auf die Bremse trat. Der Schwung trug den Wagen bis an die linke Fahrbahnbegrenzung. Für die Dauer von zwei Herzschlägen stand er auf zwei Rädern und drohte umzuschlagen, fing sich aber noch, taumelte mit jaulenden Reifen in Schlangenlinien über den Asphalt, kam in die Gerade und schoss wie ein Pfeil davon, Facturs Buick nach. Seine Rücklichter erloschen, er verschwand in der Nacht.

Ich will es nicht beschönigen, vielleicht verlor ich wirklich für Bruchteile von Sekunden die Fassung, dann trat ich »Jeremias« auf den Kopf, dass er wie ein Düsenjäger aufheulte. Ich hatte das Gefühl, mein Wagen streckte sich gleich einem Läufer beim Endspurt. Der Druck auf den Hebel schaltete das Fernlicht ein. Der starke Schein riss zwei Fahrzeuge ungefähr fünfhundert Yard vor mir aus der Nacht.

Factur musste den heranbrausenden Verfolger bemerkt haben. Er bemühte sich, den Buick auf Touren zu bringen, aber der Ford schoss mit einem solchen Schwung heran, dass er den Abstand zwischen beiden Fahrzeugen geradezu in sich hineinfraß. Es sah aus wie die Jagd eines Raubtiers auf einen erschreckten Hirsch.

Schon lag der Ford neben dem Buick. Durch alles Motorengeheul und Windzugsausen hindurch hörte ich das Zerklirren von Glas. Meinen Revolver hielt ich längst in der Rechten und steuerte mit der Linken noch hundert Yard, dann hatte »Jeremias« den Buick und den Ford erreicht. Schon bog ich ab, um die nebeneinander liegenden Fahrzeuge zu überholen, als das Glas zerklirrte.

Dann folgten Schüsse, eine hämmernde Serie aus einer Maschinenpistole.

Dann war der Teufel los.

Mein Wagen stand noch nicht ganz, als es schauderhaft krachte. Vierzig oder fünfzig Yard vor mir zerschmetterte Blech, zersprang Glas zu tausend Splittern. Irgendetwas pfiff heulend wie eine Granate durch die Nacht.

Bevor ich noch die Farbe des Blechhaufens erkannte, der dort vorn an einem Baum klebte, wusste ich, dass es der Buick war und dass Forester sein Opfer erwischt hatte.

Ich fuhr wieder an, vorsichtig im ersten Gang. Das Straßenstück war übersät mit Glassplittern, Blechstücken und Schrauben. Mein Wagen rumpelte im Schritttempo darüber, zweihundert, dreihundert Yard lang. Dann wurde die Fahrbahn frei. Ich trat den Gashebel durch und schaltete in schneller Folge bis in den vierten Gang hoch. Jetzt zeige, was in dir steckt, dachte ich, und »Jeremias« zeige es. Er fegte wirklich wie ein Jaguar durch die Nacht, und er holte den Ford nach ein paar Minuten ein.

Forester fuhr immer noch ohne Licht und mit aller Kraft, die seine Maschine hergab. Ich nahm ein wenig das Gas weg und dachte nicht daran, ihn zu überholen. Ich würde hinter ihm bleiben, wohin er auch fuhr. Der Tank meines Wagens war voll, und er war um mindestens vierzig Meilen schneller als der Ford. Die Autostraße, auf der wir dahinjagten, kannte ich genau. Wir hatten New York längst verlassen, und es gab jetzt keine Abzweigungen mehr auf den nächsten sechzig Meilen bis zum Ort Dearware.

Ich ließ »Jeremias« noch ein wenig langsamer werden und tastete auf dem Boden nach meiner Waffe, die ich vorhin hatte fallen lassen, als ich beide Hände am Steuer brauchte. Ich fand sie und nahm sie in die Hand. Ich kurbelte das linke Seitenfenster hinunter und steuerte den Wagen ganz rechts. Da Forester sich ziemlich in der Straßenmitte hielt, versuchte ich, ihm eins aufzubrennen.

Forester lenkte den Ford scharf an der rechten Seite entlang und kam mir damit aus der Schusslinie.

Seit Facturs Ende mochte unsere Jagd eine knappe Viertelstunde gedauert haben. Die Straße machte eine sanfte Kurve, und dahinter musste, wenn ich mich recht erinnerte, der Bahnübergang kommen. Richtig, da war ...

Ich schluckte. Rot – Rot – Rot – blinkte das Signal. Ein Zug kam, irgendein höllischer Zug genau in diesem Augenblick. Der Übergang hatte keine Schranken. Die Lichtanlage sicherte ihn.

In meinem Schädel überpurzelten sich die Gedanken. Warten? Oder einfach los? Was tat Forester? Er fuhr unvermindert weiter.

Ich hörte einen schrillen Dampfpfeifenpfiff. Der Zug! Wenn Forester vor mir über die Gleise huschte, knallte ich entweder vor den Zug, oder ich musste jetzt schon auf die Bremse treten.

Ich trat nicht auf die Bremse. Ich trat auf den Gashebel. »Jeremias« machte einen Satz nach vorn.

Komm, John Forester, dachte ich, entweder erwischt uns der Zug beide, oder wir kommen vorbei. Da war der Bahnübergang. Seite an Seite rasten wir über die Schienen. Von links zischten, in weißen Dampf gehüllt, zwei schwache gelbe Lampen heran. Ein lauter gellender Pfeifton. Na...? Nein!

»Jeremias« war drüben. Der Ford auch? Ich riskierte einen Blick in den Rückspiegel. Ich konnte nichts sehen.

Dann rasselte es plötzlich, als knipse jemand trockene Erbsen gegen die Karosserie. Ich dachte, etwas wäre an dem Wagen nicht in Ordnung, aber als es an mir vorbeipfiff, zwei, drei Löcher in der Windschutzscheibe, da wusste ich, dass es sich um sehr gefährliche Erbsen handelte.

Der Spaß dauerte nicht lange. Das unangenehme Erbsengerassele hörte sofort wieder auf. Ich rechnete richtig, dass Forester die Geschwindigkeit des Ford gestoppt hatte, um schießen zu können, und dass ich daher schnell außer Schussweite geriet.

Ich nahm den Fuß vom Gas und ließ den Wagen auslaufen. Noch während er rollte, überlegte ich. Forester musste unmittelbar hinter dem Bahnübergang auf die Bremse getreten, die Maschinenpistole hochgenommen und auf den Abzug gedrückt haben. Entweder drehte er nach dem Passieren des Zuges um und fuhr nach New York zurück, oder er kam mir nach. Wahrscheinlich würde er versuchen, mich doch noch zu stellen und zu erledigen.

Zwei Straßenbäume boten leidliche Deckung. Ich lenkte in schnittiger Kurve auf die Grasnarbe und brachte »Jeremias« zum Stehen. Ich jumpte heraus, lief ein Stück zurück und suchte mir einen anderen Baum zur Deckung. Dann wartete ich auf Forester. Ich lag kaum, als ich schon Motorengeräusch hörte.

Und jetzt also rollte der Ford heran. Er rollte tatsächlich langsam, vielleicht mit fünfzig Meilen, und ich erkannte allein schon am Tempo, dass Forester damit rechnete, dass ich auf ihn lauern könnte. Es war wirklich schwer, den Mann zu überlisten. Die Kaltblütigkeit, mit der er in eine erwartete Falle hineinfuhr, hoffend, den ersten Schuss zu überleben, zwang mir fast Bewunderung ab. Es ist die Tollkühnheit eines Menschen, der nichts mehr zu verlieren hat.

Ich ging auf die Knie, stützte die linke Schulter gegen den Stamm, den rechten Arm aufs Knie und hielt den Revolver mit beiden Händen. Der Ford fuhr an mir vorbei. Ich schoss. Mit lautem Knall zerbarst der rechte Vorderreifen. Forester schien für einen Augenblick die Gewalt über das Steuer zu verlieren. Sein Wagen rollte genau auf die Bäume zu, hinter denen ich »Jeremias« geparkt hatte. Er bekam ihn aber wieder in die Hand, lenkte ihn zur anderen Straßenseite und stoppte ihn.

Ich lauerte darauf, dass er herauskommen würde, aber er verhielt sich zunächst ganz still. Ein Auto bietet einen relativ guten Schutz gegen Kugeln, wenn man nicht durch die Seitenfenster auf den Mann schießen kann.

»Forester«, rief ich ihn an, »ich glaube, wir machen eine kleine Abrechnung miteinander.«

Er tat genau das, was ich erwartet hatte. Er feuerte durch die Rückfrontscheibe nach mir. Natürlich schoss er nach dem Gehör. Seine Garbe fand nicht einmal einen Baum. Ich aber sah sein Mündungsfeuer, und ich schoss einen einzigen und sorgfältig gezielten Schuss.

Sein Schießen brach sofort ab. Dann schlug drüben eine Wagentür auf, und ich wusste, dass John Forester sich jetzt im Freien befand.

»Ich glaube, es war leichtsinnig von dir, dich allein mit mir anzulegen«, kam seine Stimme von der anderen Straßenseite, so sanft und erregungslos wie in Pittsburgh. »Du bist doch der G-man vom Bahnhof?«

Ich verzichtete auf eine Antwort. Endlose Sekunden herrschte absolute Stille. Dann hörte ich ein Geräusch rechts von mir und fuhr herum. Dabei machte ich selbst ein wenig Lärm, und prompt ratterte drüben eine Serie heraus. Diesmal fand er die Richtung besser. Die Kugeln schlugen lange Rindenfetzen aus meinem Baum, und ich war heilfroh, dass er dick genug war, um mich voll zu decken.

Ich erkannte, dass ich auf Foresters Trick hereingefallen war. Er hatte einen Stein geworfen.

»Dort bist du also«, sagte er. »So, G-man, jetzt komme ich.«

Ich hörte seine Schuhe knirschen. Ich lauschte angestrengt nach der Richtung. Ganz vorsichtig steckte ich die Nase hervor, glaubte auf der anderen Seite eine Bewegung zu sehen und schoss.

Er stieß einen leisen Fluch aus. Etwas klirrte auf das Pflaster. Die Maschinenpistole, dachte ich und war schon aus der Deckung. Aber da krachten wieder Schüsse, keine MP-Garben, aber eine Serie von

Revolverschüssen. Ich stoppte mitten im Sprung und hechtete in meine Deckung zurück.

»Noch nicht, G-man«, sagte Forester leise. »Eine Fleischwunde, mehr nicht, und meine Maschinenpistole habe ich auch wieder.«

Geräuschlos auf dem Bauch kriechend, versuchte ich, vom Baum wegzukommen, aber noch vor der ersten Bewegung feuerte er. Er machte es grob und einfach. Er bepflasterte einfach die ganze Gegend. Er hielt den Finger auf dem Drücker, bewegte die Pistole von links nach rechts und von oben nach unten und nagelte mich damit so hinter meiner Deckung fest, dass jede Bewegung Selbstmord gewesen wäre.

Aber Stillhalten war auch Selbstmord. Ich wollte ... Da brach das Schießen ab. Zwei Lichter tauchten auf der Straße aus Richtung Dearware auf, näherten sich schnell. Es schien sich um einen kleineren Lastwagen zu handeln. Er fuhr schnell an uns vorbei, hatte aber wohl doch die beiden Wagen rechts und links am Rand gesehen. Es mochte dem Fahrer merkwürdig vorgekommen sein, denn er bremste.

Noch bevor er hielt, feuerte ich auf ihn. Ich tat es absichtlich, und ich gab mir einige Mühe, sein Fahrzeug an einer unempfindlichen Stelle zu treffen. Die Kugel schlug an seinen linken Kotflügel und zerschrammte ihn. Er merkte, dass hier dicke Luft war, gab gewaltig Gas und brauste ab.

Ich benutzte den Augenblick und wechselte meinen Standort. Ich sprang von der Straße weg, geriet auf Ackergrund und stolperte wieder gegen einen

Baum. Dann stellte ich fest, dass es vier dicke Ulmen waren, die in einem engen Quadrat zusammenstanden und somit ganz ausgezeichnete Deckung boten.

Auf der Straße ging das Geknattere wieder los, aber es dauerte nur einen Augenblick, dann hatte Forester herausbekommen, dass ich die Wohnung gewechselt hatte.

»Getürmt, G-man?«, rief er in die Dunkelheit. »Ich finde dich noch.«

Ich hörte seine Schritte auf dem Asphalt. Ich strengte meine Augen an, um einen Schatten von ihm zu erspähen, aber ich sah nichts. Wahrscheinlich hielt er sich gebückt, um sich nicht gegen den etwas helleren Himmel abzuheben. Die zwei oder drei Kugeln, die ich noch im Magazin hatte, musste ich unter allen Umständen für einen sicheren Schuss verwahren.

Ich hielt den Atem an und spitzte die Ohren, dass sie mir groß wie Fledermauslöffel vorkamen. Einmal glaubte ich, ein Geräusch ganz in der Nähe zu hören, und musste mich mit Gewalt zurückhalten, um nicht loszubrechen.

Dann war da plötzlich ein Rascheln im Gras, etwas wie ein leiser Fluch und kurz darauf das Geräusch hastiger Sohlen auf der Straße.

Und dann hörte auch ich den fernen, heranheulenden Sirenenton. In der Ferne tauchten zwei Lichter auf, eines hinter dem anderen: Polizei auf Motorrädern.

Ich musste sie warnen. Wenn Forester auf der Straße blieb, konnte er sie einfach zusammenorgeln.

Ich schoss in die Richtung, in der ich den »Schweigsamen« vermutete. Ich drückte dreimal ab, dann klickte der Hahn leer auf. Während ich in den Taschen nach dem Reservemagazin wühlte, sprang ein Automotor an, und ich erkannte sofort das Geräusch meines Wagens. Forester klaute meinen »Jeremias«.

Ich feuerte.

Diesen Schuss hörten die Polizisten gerade noch früh genug und doch schon zu spät. Die beiden Scheinwerfer teilten sich nach links und rechts, aber auch Foresters Maschinenpistole hämmerte. Ich hörte einen Aufschrei, einen Fluch. Klirren von Glas, Krachen von Blech, und jetzt brummte auch »Jeremias'« Motor auf. Seine Reifen rauschten auf dem Asphalt.

Ich stellte mich breitbeinig auf die Straße und schoss auch das zweite Magazin leer. Es war ein kindisches Unterfangen, in fast absoluter Dunkelheit auf ein sich entfernendes Auto zu schießen. Ich gab es auf und kümmerte mich um die Polizisten.

Den einen fand ich links von der Straße mit einem Schulterschuss. Sein Motorrad war hinüber. Der andere hatte nichts abbekommen, aber als er sich in Deckung warf, war seine Maschine umgeschlagen. Anlasserhebel und das Kupplungspedal waren abgebrochen, also keine Möglichkeit, Forester zu verfolgen, abgesehen davon, dass er am Steuer meines Jaguar über die Motorräder nur gelacht hätte. Aber unbeweglich wie wir waren, konnten wir auch nicht die Sperrung der Straße veranlassen.

Der unverletzte Cop erläuterte den Zusammenhang. Sie gehörten zum Revier 63 und hatten eine Verkehrsunfallmeldung bekommen. Einer der Fahrer, die uns begegnet waren, hatte den zertrümmerten Buick gefunden. Da er auch von der Raserei zweier anderer Wagen berichtet hatte, waren sie über die Unfallstelle hinaus weitergefahren und wurden dann von dem Lastwagen gestoppt, auf den ich absichtlich geschossen hatte. Der Fahrer berichtete davon, und daraufhin beeilten sich die beiden Cops besonders.

Wir machten uns daran, den Ford zu untersuchen. Leider hatte mein Schuss den Reservereifen getroffen. Wir brachten die Karre trotzdem in Gang, luden den verwundeten Polizisten in den Fond und humpelten im Zehnmeilentempo nach New York zurück.

Kurz hinter dem Bahnübergang kam uns dann ein Streifenwagen entgegen. Ich ließ sofort über Funk die Zentrale anrufen und gab Beschreibung und Sperranweisung für »Jeremias« durch. Viel versprach ich mir nicht davon. Forester war nicht dumm genug, um mit dem auffälligen Auto lange durch die Gegend zu brausen.

Noch einmal sah ich die Unfallstelle wieder, an der Factur sein Ende gefunden hatte. Jetzt wimmelte es hier von Polizisten. Ich hatte eine kurze Unterredung mit dem Polizeiarzt. Soweit man es noch feststellen konnte, schien Flip Factur keine von den Kugeln abbekommen zu haben, die ihm zugedacht waren. Er musste die Nerven und damit die Gewalt über das Steuer verloren haben.

Noch während ich an der Unfallstelle war, kam

von Dearware die Meldung, der dortige Polizeiposten habe den beschriebenen Wagen nebst Fahrer gestellt. Ich konnte das kaum fassen, zumal nicht einmal von einem Feuergefecht die Rede war. Ich ließ mich selbst mit Dearware verbinden, und nach einem Fünfminutengespräch bekam die Sache ein anderes Gesicht. Allerdings hatten sie wirklich meinen Wagen gestellt, aber der Mann am Steuer war ein harmloser Geschäftsmann, der in seinem Chevrolet von Dearware nach New York unterwegs gewesen war. Ein Mann auf der Straße hatte ihn durch Winkzeichen angehalten und ihm dann eine MP auf den Bauch gesetzt. Der völlig durchgedrehte Textilhändler gab zu Protokoll, er habe aussteigen müssen, und der Fremde sei mit seinem Chevrolet in Richtung Dearware zurückgefahren. Es habe einige Zeit gedauert, bis er entdeckt habe, dass ein paar Yard weiter ein Jaguar am Straßenrand stand. Dann allerdings habe er dieses Auto benutzt, um ebenfalls nach Dearware zu fahren.

Ich fragte den Postenführer, ob ein Chevrolet bei ihnen vorbeigekommen sei. Er bejahte ziemlich kleinlaut. Sie hatten ihn fahren lassen, da nur Anweisungen für den Jaguar vorlagen.

Am anderen Morgen feierte ich ein leicht trauriges Wiedersehen mit »Jeremias«. Ein Cop brachte ihn von Dearware und stellte ihn auf die Straße. Mein Filmstarauto sah nicht mehr viel nach Hollywood aus. Ich zählte fünf Löcher in der Karosserie, ein zertrümmertes Rückfenster, zwei Löcher in der Windschutzscheibe, einen eingedellten Kotflügel und eine verbogene Stoßstange. Ich fuhr ihn sachte wie eine Mutter ihr krankes Kind zur nächsten Werkstatt und zog es vor, nicht nach der voraussichtlichen Höhe der Reparaturkosten zu fragen. Ich würde sie doch schuldig bleiben müssen.

Dann ging ich zur Beichte zu Mr. High. Wir machen beim FBI keine langen Faxen, wenn etwas schief gegangen ist. Auch G-men sind nur Menschen und können nicht immer Erfolg haben.

»Bügeln Sie es bei nächster Gelegenheit aus, Jerry«, sagte der Chef nach meinem Bericht.

Er nahm einige Papiere aus dem Schreibtischfach.

»Es sind in der Zwischenzeit einige interessante Nachrichten eingegangen«, fuhr er fort. »Flip Factur bemühte sich, nicht nur im Auftrag von Lucky Green, seine Tochter zur Vernunft zu bringen, sondern er versuchte auch, ehemalige Mitglieder von Luckys Bande neu zu werben. Er hatte Zusammenkünfte mit vier Leuten, die früher einmal für Lucky gearbeitet haben. Drei dieser Leute haben eingewilligt. Der vierte hat Angst, und seiner Angst verdanken wir unsere Informationen. Er heißt Ramsey Moody und scheint nach seiner Strafe tatsächlich ein anderer Mensch geworden zu sein. Er hat während seiner Haftzeit einen Beruf erlernt und arbeitet in einer Werkzeugfabrik.«

»Glauben Sie, dass Lucky seine alte Gang wieder auf die Beine stellen will?«, fragte ich.

»Nein, das nehme ich nicht an. Green sucht nur eine Garde für seinen Krieg gegen John Forester. Er bekommt Lilian nicht aus New York fort. So versucht er, sie auf seine Weise zu schützen.«

Ich rieb mir die Stirn. »Ein Wie-Viel-Fronten-Krieg ist dies eigentlich?« überlegte ich. »Forester gegen Lilian Green. Lucky gegen Forester. Forester gegen die Polizei. Die Polizei gegen ihn und Green.«

»Zerbrechen Sie sich darüber nicht den Kopf, Jerry. Setzen Sie sich mit Ramsey Moody in Verbindung. Sie erreichen ihn bei Small and Son, der Fabrik, bei der er arbeitet. Üben Sie keinen Druck auf ihn aus, aber vielleicht ist er bereit, mit uns zu arbeiten.«

Die Werkzeugfabrik Small and Son lag im Osten, eine saubere mittelgroße Fabrik. Ich ließ mich vom Pförtner zur Halle bringen, in der Moody arbeitete. Der Pförtner rief ihn heraus.

Ramsey Moody war ein Mann um die dreißig, aber es zogen sich schon graue Fäden durch sein Haar. Er hatte ein überraschend offenes Gesicht mit einem kleinen Misstrauen in den Augenwinkeln.

»Polizei?«, fragte er und musterte mich von Kopf bis Fuß.

Ich nickte. »Erraten, Mr. Moody.«

»Lassen Sie mich in Ruhe«, sagte er heftig. »Ich bin als junger Bursche auf das leichte Geld hereingefallen, das man in einer Gang verdienen kann, und ich habe mit fünf Jahren dafür bezahlt, dass ich Lucky Greens Wagen gefahren habe. Wenn ich die fünf Jahre, in denen ich nichts verdiente, mit dem Verdienst der drei Jahre, in denen ich zur Bande gehörte, zusammenrechne, komme ich auf einen Wochenlohn von sechs Dollar, fünfzig Cent.«

»Warum erzählen Sie mir das, Moody?«, fragte ich

lächelnd. »Dass Gangstersein auf die Dauer ein schlechtes Geschäft ist, weiß ich schon längst. Sonst wäre ich nicht zum FBI gegangen.«

»Ich erzähle es Ihnen, um Ihnen zu beweisen, dass ich endgültig damit Schluss gemacht habe«, antwortete er ruhiger. »Ich habe dem FBI mitgeteilt, dass ich von Flip Factur für meinen alten Chef, Lucky Green, angeheuert werden sollte. Ich meldete das, weil ich als Staatsbürger verpflichtet bin, jedes Verbrechen, von dem ich Kenntnis erhalte, der Polizei anzuzeigen. Aber damit ist auch Schluss. Ich bin kein Gangster mehr, aber ich will auch nicht mehr als ehemaliger Gangster angesehen werden, auch nicht von der Polizei.«

Mir gefiel dieser Ramsey Moody ausgezeichnet. »Sie haben Feierabend gemacht, schön«, sagte ich. »Aber wenn einer Ihrer Kollegen dort in der Halle nach Feierabend mit der Hand in die Maschine gerät, sagen Sie dann auch: Ich habe Feierabend? Es kümmert mich nicht mehr?«

»Das ist etwas anderes«, wehrte er ab.

Aber ich unterbrach ihn. »So sehr anders ist das nicht, Moody. Ein paar Leute, mit denen Sie früher gearbeitet haben, wollen wieder krumme Sachen drehen. Und dabei kann es Verletzte und Tote geben. Sie, Ramsey Moody, haben es in der Hand, die Maschine abzustellen, wie Sie auch eine Maschine abstellen würden, in die einer Ihrer Kollegen hineingerät. Selbst wenn es nach Feierabend wäre.«

»Was könnte ich für Sie tun?«, fragte er schließlich zögernd.

»Wir brauchen Lucky Greens Aufenthaltsort«,

antwortete ich schnell. »Haben Sie endgültig abgelehnt, wieder für Green zu arbeiten, als Factur Sie fragte?«

»Ja«, sagte er, »aber ich brauche mich nur an einen der anderen zu wenden, die mitmachen wollen. Wenn ich ihnen erkläre, ich hätte es mir überlegt, nehmen sie mich mit Freuden auf.«

Ich tat, als hätte er bereits sein Einverständnis gegeben. »Gut, schließen Sie sich an, und sobald Sie wissen, wo Luckys Versteck liegt, rufen Sie uns an. Mehr brauchen Sie nicht zu tun.«

Er sah mich unglücklich an, druckste herum und stieß schließlich hervor: »Hören Sie, Sir, wenn Lucky Wind davon bekommt, dass ich mit der Polizei spiele, lässt er mich erledigen, und ich bin seit zwei Jahren verheiratet, und wir haben ein Baby.«

Ich lächelte. »Gut, Moody, dann lassen wir es lieber. Ganz ungefährlich ist es sicherlich nicht, und wir finden schon einen anderen Weg, Lucky auf die Spur zu kommen.«

Gegen Mittag war ich wieder bei Mr. High. Er ließ mich gar nicht zum Berichten kommen, sondern sagte sofort bei meinem Eintritt: »Die Neuigkeiten überpurzeln sich. Lilian Green ist ihrer Beschattung durch die Lappen gegangen.«

Ich erschrak, aber ich sagte: »Das hat sie schon öfters getan, und es war jedes Mal mehr Zufall als Absicht.«

High wiegte den Kopf. »Heute war es Absicht. Auch berichtete der Beamte, dem sie entwischte, sie habe einen nervösen Eindruck gemacht.«

»Kann Forester ihr eine Nachricht gesandt haben?«

»Das Telefon wird überwacht, aber natürlich findet er für einen Dollar einen Jungen, der Lilian Green einen Brief bringt.«

»Sie halten es also für möglich, dass John Forester und Lilian Green bereits zusammengekommen sind?«

Er trommelte mit den Fingern auf der Tischplatte. »Möglich.«

»Dann sollten wir damit rechnen, dass sie jetzt schon tot ist. Unsere Bemühungen waren umsonst«, sagte ich wütend.

Mr. High nickte.

»Weil Sie nicht greifbar waren, schickte ich Phil vor zwanzig Minuten zu Lilian Greens Wohnung. Er hat den Haussuchungsbefehl. Sehen Sie zu, ob etwas dabei herauskam.«

Ich beeilte mich. Ich fand Phil und zwei Beamte in der 43. Straße. Phil schloss die Korridortür wieder ab.

»Zu spät, Jerry«, lachte er. »Wir sind schon fertig.«

»Was gefunden?«

Er wurde ernst. »Das hier«, antwortete er und reichte mir einen gefalteten Briefbogen. Ich las:

Liebe Lilian! Dank für deine Anzeige! Ich bin glücklich, dass du mich wiederzusehen wünschst. Da du bewacht wirst, müssen wir sehr vorsichtig sein. Geh pünktlich um zehn Uhr in das Kaufhaus Macys. Benutze Eingang 5. Vergewissere dich, dass dein Bewacher dir nicht in dem Gewühle der Käufer folgen kann, und verlasse das Haus durch Portal 12. Vor diesem Portal parkt ein Wagen, ein blauer Mercury. Der Fahrer wird dich zu mir bringen. Ich warte. In Sehnsucht! Dein John

Ich stieß einen Seufzer der Erleichterung aus. Phil sah mich verständnislos an.

»Los, fahr mit zu Mr. High«, forderte ich ihn auf. »Er hat Sorgen genug, und wir wollen sie ihm abnehmen.«

»Ich möchte wohl wissen, wie du ihn von seinen Sorgen befreien willst«, sagte Phil, während wir die Treppen hinabeilten. »Der Wisch in deiner Hand kann seine Befürchtungen nur bestätigen.«

Ich antwortete ihm erst, als der Polizeiwagen schon fuhr.

»Irrtum, Kleiner. Wenn dieser Wisch von John Forester ist, will ich ihn zum Lunch aufessen. Der ›Schweigsame‹ schreibt nicht ein solches Süßholz. Außerdem würde er sich auf niemanden verlassen. Es gibt keinen Menschen auf der Welt, dem John Forester vertraut.«

Phil ging ein großes Licht auf. »Darauf bin ich nicht gekommen. Aber von wem stammt der Schrieb dann?«

»Von Lucky Green, dem alten Fuchs«, lachte ich. »Weil seine Tochter auf alles gute Zureden nicht hörte, knobelte er sich den kleinen Trick aus. Lilian, verrückt auf Forester, wie sie nun einmal ist, fiel prompt darauf herein. Für uns bringt der Fall zunächst eine Erleichterung. Lilian ist unter der Obhut ihres Vaters vorläufig sicher.«

Auch Mr. High teilte meine Ansicht, dass Forester nicht der Schreiber des Briefes war. »Wir müssen also zunächst Greens Aufenthalt feststellen«, sagte er. »Ich bin jedenfalls froh, dass nun auch Forester nicht mehr weiß, wo Lilian zu finden ist. In diesem

Fall hat ausnahmsweise ein Gangster uns einmal unter die Arme gegriffen.«

Gut, aber wie sollten wir herausbekommen, wo Lucky steckte? Das Problem löste sich schneller, als ich erwarten durfte. Um sechs Uhr abends wurde an meiner Wohnung geläutet, und als ich öffnete, stand draußen Ramsey Moody.

»Guten Abend, Mr. Cotton«, grüßte er.

»'n Abend, Moody«, wünschte ich. »Kommen Sie herein!«

Ich sah, dass er ein paar Mal zum Sprechen ansetzte, und ließ ihn völlig in Ruhe. Schließlich sagte er zögernd: »Ich möchte noch einmal auf unser Gespräch von heute Morgen zurückkommen, Mr. Cotton. Ich habe es meiner Frau erzählt, und sie ist der Meinung, Sie hätten Recht, und ich müsse dafür sorgen, dass mit den Gangstern in unserem Land endlich aufgeräumt würde, auch wenn es vielleicht ein wenig gefährlich für mich sei.«

»Fein, Moody«, freute ich mich. »Sie wollen uns helfen?«

Er nickte mit dem Kopf.

»Sie sind in Ordnung«, lobte ich ihn. »Am besten machen wir es so: Sie gehen zu einem der drei Leute, die Green für seine Gang geheuert hat, sagen, Sie wollen mitmachen, lassen sich den Treffpunkt geben und rufen uns an. Wir sorgen dafür, dass Sie und Ihre Familie unter Polizeischutz gestellt werden, bis alles vorbei ist. Nur brauchen wir Greens Aufenthaltsort so schnell wie möglich. Machen Sie sich gleich auf den Weg.«

Er blieb sitzen, griff jetzt doch nach seinem Glas

und trank. Als er es zurücksetzte, sagte er: »Ich kenne sein Versteck schon.«

Ich fuhr wie ein Bolzen hoch. »Los, rücken Sie heraus damit!«

Er senkte wieder den Kopf und schwieg. Ich ahnte, was ihn bedrückte, und ich redete ihm gut zu.

»Sie wollen Ihre Freunde, Verzeihung, Ihre ehemaligen Kumpane nicht verpfeifen. Ich verstehe das, aber ich kann Sie beruhigen. Seit Green wieder im Land ist, hat er keine neuen Straftaten begangen. Wir suchen ihn nur wegen seiner alten Verbrechen. Fangen wir ihn also vor der Inszenierung eines neuen Coups, gehen die Leute, die sich ihm angeschlossen haben, straffrei aus, vorausgesetzt, sie machen keine Dummheiten, wenn wir sie festnehmen, aber wir werden schon dafür sorgen, dass sie dazu keine Gelegenheit haben.« Ich lächelte. »Gewissermaßen erweisen Sie den Brüdern also einen Dienst, Moody.«

»Nach der Unterredung mit meiner Frau ging ich zu Will Ullman. Er ist einer von den drei Männern. Ich fand ihn in seiner Stammkneipe, und er trank reichlich. Er sagte, er wisse nicht, ob es dort Whisky gebe, wo er hinmüsse. Er hatte einen kleinen Koffer bei sich. Ich sagte ihm, ich hätte mich entschlossen mitzumachen. Er schlug mir auf die Schulter und forderte mich auf, gleich mit ihm zu kommen, aber ich redete mich darauf hinaus, dass ich noch einen Tag brauche, meine Angelegenheiten zu regeln. Daraufhin flüsterte er mir den Ort zu, an dem sie alle sich treffen würden.«

»Wie heißt der Ort?«

Moody trank, bevor er antwortete: »Es ist kein Ort.« Er lächelte flüchtig. »Es ist eine Gegend. Cox Valley.«

Ich kannte Cox Valley. Unter dieser Bezeichnung verstand man ein Tal, das ungefähr hundertzwanzig Meilen westlich von New York lag. Es war eine Art Naturschutzgebiet, in das die New Yorker fuhren, wenn das Bedürfnis nach Natur sie packte. Es gab eine gute Straße mitten durch das Tal und mehr als ein Dutzend schlechter Wege, die von dieser Straße abzweigten. Unregelmäßig und in weiten Abständen lagen Häuser in dem Tal verstreut, die man gebaut hatte, als Cox Valley vor vierzig Jahren groß in Mode war. Mit der Erklärung zum Schutzgebiet wurde ein Bauverbot erlassen, sodass die ganze Gegend sich einer gewissen Einsamkeit und Verwilderung erfreute.

»In welchem Bau hält Green sich dort auf?«, fragte ich.

»Den dritten Querweg an der Hauptstraße links hinein. Man kann diesen Weg fahren bis zur zweiten Schneise. Die Schneise läuft genau auf den Beshophead zu. Kennen Sie Cox Valley, Mr. Cotton?«

»Ja, Beshophead ist dieser kahle Felskopf mit der flachen Kuppe ziemlich am Eingang des Tales. Dürfte an die dreihundert Yard hoch sein.«

»Richtig, genau am Fuß dieses Beshophead liegt das Haus, in dem Green sich aufhält. Green hat es früher einmal von einem verkrachten Millionär gekauft, aber es wird nicht mehr viel damit los sein, da sich fast zehn Jahre kein Mensch mehr darum gekümmert hat.« Ich war sehr zufrieden.

»Danke, Moody«, sagte ich. »Sie haben uns einen großen Dienst erwiesen.«

Er stand auf. »Ja, ich glaube, es war richtig, dass ich zu Ihnen kam.« Er lachte und machte eine Bewegung über seinem Brustkorb. »Mir ist jetzt hier viel wohler.«

»Wenn Sie wollen, lasse ich heute Nacht zwei Polizisten in Ihr Haus kommen«, bot ich ihm an.

Er schüttelte den Kopf. »Wozu? Ullman ist bereits abgefahren, und er erzählte mir, dass die beiden anderen schon dort seien. Mir droht von niemandem Gefahr, wenn Sie Green festnehmen. Außerdem gibt es nur unliebsames Aufsehen in der Nachbarschaft, wenn Cops in meinem Haus auftauchen.«

Wir gingen zusammen aus dem Haus. Ich brachte ihn mit dem Taxi bis zu seiner U-Bahn-Station und fuhr dann ins Hauptquartier.

Mr. High war über die Wende sehr froh.

Wir telefonierten Phil herbei, und während wir auf ihn warteten, berichtete ich Mr. High wortgetreu meine Unterhaltung mit Moody. Dann ging es an den Einsatzplan. Phil plädierte für sofortigen Start mit Pauken und Trompeten und zweihundert Mann.

»Langsam, langsam«, stoppte der Chef ihn. »Jerry hat Ramsey Moody praktisch versprochen, seinen drei ehemaligen Kumpanen würde nichts geschehen. Wenn wir in der Nacht angerauscht kommen, könnte der eine oder andere sich doch versucht fühlen, ein wenig mit dem Revolver zu spielen. Dann können wir Jerrys Zusage nicht halten. Ich schlage vor, wir warten bis zum Morgen. Dann rücken wir mit großer Besetzung an, sodass sie vom ersten Augenblick an einsehen, jeder Widerstand wäre Wahnsinn.«

»Morgen früh heben wir also Lucky Green aus«, sagte ich später zu Phil, »aber verdammt, wenn ich mich recht erinnere, wurde ich ursprünglich damit betraut, John Forester zu fangen. Was habe ich im Grunde mit Lucky Green zu tun?«

»Es hat sich eben dahin entwickelt«, antwortete er philosophisch, »und eines nach dem anderen.«

Ich lag in meinem Bett und war wach geworden, aber ich gab nichts darauf und drehte mich auf die andere Seite. Dann aber fuhr ich hoch. Das Telefon schrillte. Ich griff nach dem Hörer und drückte gleichzeitig auf den Nachttischlampenknopf. Es war zehn Minuten nach drei Uhr.

»Cotton«, meldete ich mich.

»Revier 84., Sergeant Glew«, schnarrte am anderen Drahtende eine dienstliche Stimme. »Wir haben hier eine Mrs. Moody, die behauptet, ihr Mann sei entführt worden, und es hinge sicherlich damit zusammen, dass er heute eine Unterredung mit Ihnen gehabt habe.«

»Geben Sie mir die Frau«, befahl ich.

Es dauerte eine Weile, dann sagte eine verweinte Frauenstimme: »Hier spricht Ann Moody!«

»Erzählen Sie bitte, Mrs. Moody«, bat ich.

Sie berichtete, immer von neuem Schluchzen unterbrochen. Die Einzelheiten der Geschichte erfuhr ich allerdings erst später.

Frau Moody wurde kurz nach ein Uhr durch ein Geräusch wach. Sie knipste die Nachttischlampe an. Im Türrahmen des Schlafzimmers stand ein Mann.

Er sah schrecklich aus. Der Blick seiner Augen war wie ein geschliffenes Messer. Er hielt einen Revolver in der Hand und zischte: »Keinen Laut!«

Ramsey Moody wurde wach.

»Sagen Sie mir den Aufenthaltsort Lucky Greens«, verlangte der Fremde von ihm.

Moody behauptete, er wisse nicht, wovon die Rede sei, aber der Eindringling sagte kalt: »Lügen Sie nicht! Ich war in der Kneipe, in der Sie sich mit Ihrem Freund unterhielten, und er war betrunken genug, um zu laut zu sprechen, wenigstens manchmal. Ich weiß, dass zwischen Ihnen von Green die Rede war. Raus mit der Sprache.«

»Cox Valley«, gestand Moody. Er hatte eine Frau und ein Kind, und es blieb ihm keine Wahl, aber der Fremde schien ihm nicht zu glauben. Er zwang ihn, sich anzuziehen und mit ihm zu kommen. Moody gehorchte.

Unter der Bedrohung mit dem Revolver wurde er gezwungen, seine eigene Frau zu binden, zu knebeln und in den Keller zu schaffen.

Die Tat wäre noch nicht entdeckt worden, wenn nicht das Kind aufgewacht wäre und angefangen hätte zu weinen. Die Nachbarin, die wegen starker Kopfschmerzen in der Nacht aufstand und frische Luft am Fenster schöpfte, hörte das ununterbrochene Weinen. Da Mrs. Moody in der ganzen Siedlung als überaus besorgte Mutter bekannt war, erregte das ständige Weinen den Verdacht der Frau.

Sie weckte ihren Mann, und sie drangen in Moodys Haus ein.

Ich war für einige Augenblicke wie vor den Kopf geschlagen. Ein höllischer Zufall hatte John Forester Luckys und damit Lilian Greens Aufenthalt verraten. Außerdem war jetzt auch Ramsey Moodys Leben gefährdet, denn Forester würde ihn erledigen, sobald er sicher war, dass er ihm den richtigen Weg gezeigt hatte.

Mindestens anderthalb Stunden hatte Forester Vorsprung. Hundertundzwanzig Meilen bis Cox Valley bedeuteten für einen nicht zu schnellen Wagen über zwei Stunden Fahrzeit, besonders wenn man berücksichtigte, dass er, von Moodys Wohnung aus gerechnet, fast ganz New York durchfahren musste. Vielleicht blieb mir noch eine Chance.

Ich wählte Mr. Highs Privatnummer und informierte ihn in drei Sätzen.

»Ich gebe sofort Einsatzalarm«, sagte er.

Ich rief Phil an. »Komm sofort hierher. Dickste Luft!«

Ich wählte die Nummer der Reparaturwerkstatt, in der »Jeremias« stand. Ich wusste, dass der Besitzer im gleichen Haus wohnte. Es dauerte eine Ewigkeit, bis er sich an den Apparat bequemte. Den Hörer zwischen Ohr und Schulter geklemmt, machte ich mich schon ans Anziehen.

Endlich meldete sich seine verschlafene Stimme: »Was ist denn los?«

Ich fuhr in die Hosen und telefonierte gleichzeitig. »Machen Sie sofort meinen Wagen fertig. Füllen Sie den Tank auf. Fahren Sie ihn schon auf die Straße!«

»Aber Mr. Cotton«, stotterte er, »der Wagen ist doch noch nicht fertig. Wir haben ihn erst zum ersten Mal gespachtelt.«

»Sofort!«, brüllte ich.

Zwei Minuten später sprintete ich um den Häuserblock durch die nächtlich stillen Straßen zur Werkstatt. Das Tor war noch zu, aber ich sah Licht. Bevor ich noch zu schimpfen anfangen konnte, drückte der Garagenbesitzer in Schlafanzug und Bademantel die Flügel auseinander.

»Ich bin sprachlos, Mr. Cotton«, sagte er klagend. »Wenn Sie immer ein so aufregender Kunde sind, suchen Sie sich lieber eine andere Werkstatt.«

Ich klopfte ihm begütigend vor den Bauch, jumpte hinter das Steuer und startete. Die Windschutzscheibe war zum Glück schon ersetzt. Im Übrigen hatte der Wagen überall rote Spachtelflecke, aber darauf kam es nun wirklich im Augenblick nicht an.

Ich kannte den Weg genau, den Phil zu nehmen pflegte, wenn er zu mir wollte, und wir begegneten uns auf der halben Strecke. Er hatte ein Taxi erwischt. Mit zwei Sprüngen wechselte er das Fahrzeug. »Was ist los?«

Ich legte »Jeremias« in die Kurve, dass die Hinterräder schlitterten.

»Forester hat zufällig Moodys Gespräch mit Ullman angehört. Er holte den armen Kerl aus seinem Bett und zwang ihn, ihm den Weg nach Cox Valley zu zeigen. Er hat mehr als eine Stunde Vorsprung.«

Phil pfiff nur leise durch die Zähne. Zehn Minuten

lang fuhren wir schweigend. Dann tauchten vor uns Rücklichter auf.

»Der Bereitschaftsdienst«, sagte Phil anerkennend. »Sie waren schnell auf den Beinen.«

Wir überholten die vier Wagen spielend, obwohl auch sie wirklich nicht schlichen.

Kurven, Kurven, eine kurze gerade Strecke, wieder Kurven. Phil hielt unwillkürlich den Hut fest. »Hallo ...«, sagte er einige Mal, als sich Häuserwände förmlich auf uns zu stürzen schienen, bevor ich den Wagen um die Ecke riss.

Während der Fahrt dachte ich darüber nach, warum Forester ausgerechnet den schwierigen Weg einer Entführung Moodys gewählt hatte, um Greens Versteck zu erfahren. Er hörte Fetzen aus dem Gespräch zwischen Moody und Ullman. Aber leichter wäre es doch gewesen, Ullman zu stellen oder Moody auf dem Weg zur Wohnung zu fassen.

Später, als schon alles längst vorüber war, erfuhr ich den Grund für die merkwürdige Verzögerung: Forester hatte zu der Zeit, als er die beiden Mitglieder der ehemaligen Green'schen Gang belauschte, keinen Wagen. Den Chevrolet hatte er mit einem Motorschaden stehen lassen müssen. Ullman fuhr mit einem alten, klapprigen Ford. Darum musste Forester ihn ungeschoren lassen. Er folgte Moody auf Schritt und Tritt, aber auch er wagte nicht, ihn mitten im Menschengewühl der Stadt und der U-Bahn zu stellen. So vergewisserte er sich also nur, dass Ramsey Moody nach seinem Besuch bei mir seine Wohnung aufsuchte, und holte dann den armen Jungen aus seinem Bett.

Endlich hatten wir New Yorks Straßen hinter uns.

Wir fegten über den Asphalt wie ein Geschoss. Der Wagen schien sein eigenes Scheinwerferlicht in sich hineinzufressen. Rotes Licht! Ein Lastwagen. Er blieb zurück, als stünde er.

Ich fuhr und fuhr, und in meinem Gehirn klickte es wie eine elektrisch betriebene Rechenmaschine, die nicht abgestellt worden ist. Neunzig Minuten Vorsprung für John Forester. Wenn er gegen ein Uhr dreißig von New York abgefahren war, konnte er, vorausgesetzt sein Wagen schaffte achtzig Meilen in der Stunde, zwischen vier Uhr fünfzehn und fünf Uhr in Cox Valley ankommen. Meine Uhr auf dem Armaturenbrett zeigte zehn Minuten vor vier.

Wenn »Jeremias« durchhielt, konnte ich im günstigsten Fall kurz vor fünf Uhr Cox Valley erreichen. Alles hing davon ab, wie schnell Forester fuhr, und jede Minute, die ich ihm von seinem Vorsprung entriss, konnte entscheidend sein. Ich biss die Zähne zusammen und wünschte, ich hätte noch mehr Gas geben können.

Ich fühlte, wie mir der Schweiß in kleinen Perlen auf die Stirn trat. Es war irrsinnig anstrengend, mit dieser Geschwindigkeit durch die Nacht zu rasen.

Vier Uhr, vier Uhr zehn, vier Uhr zwanzig, und noch immer fraß »Jeremias« Meile auf Meile in sich hinein.

»Ich glaube, es wird hell«, sagte Phil neben mir. Tatsächlich, die Schwärze der Nacht wurde gleichsam durchsichtiger und grauer. Der Tag kündigte sich an.

Vier Uhr dreißig, vier Uhr fünfunddreißig. »Fahr langsamer«, riet Phil. »Wir verpassen sonst die Abfahrt nach Cox Valley. Sie muss jeden Augenblick kommen.«

Ich nahm das Gas weg. Da leuchtete auch schon in Katzenaugenschrift ein Hinweisschild auf:

Besucht Cox Valley, das unberührte Tal. Abfahrt ein-einhalb Meilen.

Als der Pfeil aufleuchtete, riss ich das Steuer herum. »Jeremias« stürzte sich vom Highway in die Abfahrt. Wir kamen an einer erleuchteten Tankstelle vorbei.

»Stopp mal!«, schrie Phil. Ich hatte den gleichen Gedanken gehabt und bremste schon. Ein Tankwart putzte gähnend an seinen Benzinsäulen und kam vorsichtig herbei, als wir hielten. Vor seiner Hütte neben dem Wohnhaus kläffte ein großer Hund.

Phil hielt dem Benzinbändiger den Ausweis unter die Nase.

»Ist vor kurzem ein Wagen vorbeigekommen?«, fragte er.

»Vor zehn Minuten«, antwortete der Mann wort-karg und verschlafen.

»Welche Marke?«

»Ich glaube, ein Hudson. Jedenfalls 'ne alte, klapp-rige Mühle. Machte einen Krach wie ein schweres Verkehrsflugzeug.«

Phil sprang zu mir. Wir brausten los.

»Zehn Minuten«, sagte ich leise. »Das kann glücken, das kann auch schief gehen.«

Die Dunkelheit war einem fahlen, kalkigen Grau gewichen. Noch zwei Meilen fuhren wir. Die Straße senkte sich ständig, und die Landschaft änderte ihr Bild. Links und rechts von uns wuchsen in einiger Entfernung mehr oder weniger bewaldete Hügelkuppen hoch. Dünne Baumreihen mit Unterholz, in dem der Frühnebel in langen Fetzen hing, schoben sich näher und näher an die Straße heran. Dann kam noch einmal eines dieser lächerlichen Reklameschilder, an denen Amerika so reich ist:

Cox Valley. Ruhe für Ihre Nerven. Hupen Sie nicht. Fahren Sie langsam.

Trotz aller Sorgen musste ich grinsen. Nervenruhe würde ich hier wohl kaum finden.

»Zähle die Schneisen!«, rief ich Phil zu. »Der dritte Querweg links muss es sein.«

Noch drei Meilen raste »Jeremias«, dann schrie Phil: »Da!«

Ich trat mit Wucht in die Bremsen. Wir schlitterten ein Stück auf dem taufeuchten Asphalt, dann stand mein Wagen. Wir sprangen hinaus.

Der Tankwart hatte richtig gesehen. Es war ein alter Hudson, der dort stand. Offenbar hatte Forester in der Eile das erste Auto gestohlen, das ihm günstig erschien, und er hatte dabei nicht das beste erwischt.

»Er war vorsichtig. Er wollte Green nicht durch das Motorengeräusch warnen«, sagte Phil. Er flüsterte unwillkürlich.

Ich öffnete den Schlag und legte die Hand auf das Leder des Fahrersitzes. Der Platz war noch warm.

»Wir gehen auch zu Fuß«, entschied ich. Phil nahm den Revolver aus der Halfter und entsicherte ihn. Ich tat es ihm nach.

Der Querweg war noch gepflastert. Er war nur schmal und führte mitten in den Wald hinein. An einigen Stellen waren Ausbuchtungen angelegt, um entgegenkommenden Fahrzeugen eine Ausweichmöglichkeit zu geben.

Schnell und doch möglichst lautlos bewegten wir uns vorwärts. Wir erreichten die erste Schneise. Zwischen den Bäumen sahen wir in vier- oder fünfhundert Yard Entfernung eine kahle Felskuppe: den Beshophead.

Ich wurde unsicher. Ich glaubte mich zu erinnern, dass Moody von der zweiten Schneise gesprochen hatte, aber andererseits hatte er erwähnt, dass der Pfad genau auf den Beshophead zuführte, und das traf für diese Schneise zu.

»Geh du hier rein«, flüsterte ich Phil zu. »Ich nehme die Nächste.«

Er nickte.

»Schießen«, ermahnte ich ihn noch. »Sofort schießen, Phil!«

Er bückte sich unter den ersten Zweigen weg, es raschelte ein wenig, dann hatte ihn das nebelverhangene Gebüsch verschluckt.

Ich hastete weiter. Dreihundert Schritt später traf ich auf die zweite Schneise. Auch von hier konnte man die Felskuppe sehen.

Die Schneise war schmal, kaum mehr als ein Waldweg. Büsche und Sträucher überragten sie von beiden Seiten und schütteten mir Güsse von Tau in den Nacken, wenn ich daran rührte.

Ich bemühte mich, jedes Geräusch zu vermeiden, dennoch konnte ich es nicht verhindern, dass ein trockener Zweig unter meinem Schuh knackte, ein Gesträuch bei der Berührung mit meiner Schulter raschelte.

Es war nicht vollkommen still in dem Busch. In der Ferne brach Wild durch das Unterholz. Eine Amsel probierte die ersten Töne, stellte ihren Gesang aber wieder ein. Einmal krachte es ganz in meiner Nähe, sodass ich herumfuhr, aber ich entdeckte nichts. Und dann hörte ich ein Geräusch, das sich abhob. Ein schwacher dumpfer Schlag, ein kurzes Gurgeln und etwas wie ein schwerer und doch halb gebremster Fall.

Ich lief hastig weiter. Dann hörte ich ein neues Geräusch, so nah, dass ich es vorzog, vom Pfad weg in das Unterholz zu treten und Deckung hinter den Sträuchern zu suchen.

Ich hielt den Atem an. Immer noch wogte der Nebel in langen Fetzen durch das Gebüsch, gab den Blick frei, verhüllte ihn wieder. Es sah aus wie graue Schleier, die ein sanfter Wind bewegt.

Ich tastete mich vorwärts. Die Zweige schlugen raschelnd aneinander. Dann hörte ich von der anderen Seite des Waldwegs ein Zweigeknacken, und ich wusste, dass auch dort ein Mensch sich bewegte.

Ich bog die Zweige auseinander, und während ich das tat, spannte ich mit dem Daumen den Hammer des Smith and Wesson zurück.

Nichts war zu sehen, nur Nebel, Zweige und tau-feuchte Baumstämme. Und doch ahnte ich den Gegner ganz in meiner Nähe.

Ich stand vielleicht fünf Minuten und lauerte darauf, dass der »Schweigsame« sich eine Blöße gäbe, und er mochte ebenso warten, aber jede Minute, die so verstrich, bedeutete einen Gewinn für mich.

Dann ertönte plötzlich der schwache Laut einer menschlichen Stimme, gedämpft von der diesigen Luft. Ein Mann rief deutlich: »Hallo! Hallo! Hierher! Hilfe! Zu Hilfe!«

Ich ließ alle Rücksichten fahren und rannte einfach auf die Stimme zu. Der Pfad weitete sich plötzlich. Vor mir ragte der Beshophead. Links am Waldrand sah ich ein ehemals weißes Haus, von dem der größte Teil des Verputzes abgeblättert war. Von rechts rief noch einmal die Stimme: »Hierher! Hilfe!« Dann ein halberstickter Laut und ein Stöhnen.

Ich tauchte in das Gesträuch wie bei einem Kopfsprung ins Wasser. Die Zweige peitschten mir wie nasse Gerten ins Gesicht. Ich rannte, stolperte, fiel hin, rannte weiter. Noch eine Hecke von irgendwelchem schauderhaftem Gewächs, die ich im Lauf durchbrach, ein tückischer Ast, der sich mir zwischen die Beine schob, und ich klaschte in das Gras einer kleinen Lichtung.

Auf dieser Lichtung rangen zwei Männer miteinander. Ramsey Moody und John Forester. Forester hielt die Maschinenpistole in den Händen, und sie hinderte ihn daran, mit Moody so rasch fertig zu werden, wie er es sonst wohl geschafft hätte.

Die nächsten Ereignisse spielten sich in Gedankenschnelle ab. Forester erfasste mein Auftauchen mit einer halben Drehung des Kopfes. Er winkelte ein Knie an und stieß Moody in den Magen. Der Mann schnappte nach Luft und ließ dem »Schweig-

samen« etwas Spielraum, Forester drehte blitzschnell, schlug ihm den Ellenbogen vor das Kinn
und stieß ihm dann den Kolben der Maschinenpistole vor die Brust. Ramsey Moody taumelte
zurück und knickte in den Knien ein. Im nächsten
Augenblick hatte sich Forester mir zugewandt und
den Lauf seiner Waffe auf mich gerichtet.

Das war so schnell gegangen, dass ich den Revolver noch nicht wieder richtig in der Hand hatte, der
mir beim Fall aus den Fingern geglitten war. Es sah
schlecht für mich aus.

Moody rettete mich. Er ging von Foresters Stoß
nicht zu Boden. Er raffte sich auf und sprang. Im
Hechtsprung fiel er Forester an. Er verfehlte ihn,
aber er bekam den Lauf der Maschinenpistole zu
fassen und riss sie ihm aus den Händen.

Im gleichen Augenblick hatte auch ich meine
Waffe wieder erwischt. Noch auf dem Bauch liegend, schrie ich: »Hände hoch, Forester!«

Seine Hand zuckte zur Brusttasche. Ich schoss. Ich
schoss nicht auf ihn, ich warnte ihn nur. Die Kugel
ging an ihm vorbei, aber er ließ die Hand sinken.
Dann, ganz langsam, nahm er die Arme in die
Höhe.

Ich stand auf. Endlich hatte ich ihn. Auch Moody
rappelte sich hoch.

Er blutete aus einer Wunde am Kopf, aber er
grinste.

»Er hat mich niedergeschlagen, bevor er Sie erle-
digen wollte«, sagte er, »aber ich habe einen harten
Schädel und kam rasch wieder zu mir. Ich rief um
Hilfe, denn ich dachte, es sei besser, Green in die

Finger zu fallen, als in Ruhe zu warten, bis er zurückkommt, um mich endgültig abzutun.«

»Dank für die Lebensrettung, Ramsey«, sagte ich und ging auf Forester zu. Er sah mit seinen Eisaugen an mir vorbei. Ich griff in die Brusttasche und holte seinen Colt heraus, den ich Moody zuwarf. Der Mann fing ihn geschickt auf.

Da stand also John Forester vor mir, waffenlos, die Arme erhoben. Sein Gesicht war so unbewegt und ausdruckslos, als wäre es aus Stein. Ich wusste nichts mit diesem Mann anzufangen. Ich hatte ihn gejagt, und jetzt hatte ich ihn gefasst.

»Gehen Sie vor«, sagte ich zu ihm, das heißt, ich wollte es sagen, aber ich bekam es nicht ganz heraus.

Aus nächster Nähe sagte eine tiefe Stimme: »Die Flossen hoch, Cotton. Was ist hier los?«

Ich erkannte die Stimme wieder. Sie gehörte dem Mann aus dem Buick, Lucky Green. Er musste irgendwo in dem Gebüsch stecken. Natürlich hatte er den Schuss gehört, und jetzt hatte ich ihn auf dem Hals.

»Machen Sie keinen Unsinn, Green«, warnte ich ihn. »Das hier geht Sie nichts an. Kümmern Sie sich nicht darum!«

Er blieb bockig. »Runter mit den Waffen«, knurrte er, »legt das Zeug auf die Erde.«

Moody sah mich fragend an. Als Green »Wird's bald?« fragte, bückte er sich und legte Foresters Maschinenpistole ins Gras.

Ich verlegte mich noch einmal aufs Handeln. »Hören Sie zu, Green«, rief ich in das Gesträuch.

»Wir haben hier einen Mann verhaftet, und wir werden diesen Mann mitnehmen. Das richtet sich doch nicht gegen Sie.«

Er lachte sogar. »Und mich wollt ihr wohl nicht verhaften, was? – No, G-man, darauf falle ich nicht herein. Ein tüchtiger Beamter des FBI als Geisel ist eine Sache, die einem Mann wie mir unter Umständen aus der dicksten Tinte hilft.«

Er schien John Forester überhaupt noch nicht erkannt zu haben. Ich hoffte, wenn ich die Sache noch ein wenig hinauszögerte, würde Phil in Greens Rücken auftauchen. Er musste den Schuss doch auch gehört haben. Aber der Gangsterboss ließ mir keine Zeit mehr.

»Sie haben nur noch drei Sekunden, Cotton«, drohte er. »Wenn Sie bis dahin Ihre Kanone nicht fortgeworfen haben, schieße ich.«

Ich hätte versuchen können, nach dem Gehör auf ihn zu feuern, aber ich wusste nicht, ob nicht seine drei Kumpane auch noch im Gebüsch steckten. Ich sah Forester an. Er hatte den linken Mundwinkel ein wenig nach unten verzogen, aber sonst war sein Gesicht unbewegt wie immer.

Schön, taten wir Lucky Green den Gefallen, aber um ihn zu überrumpeln, dazu langte es immer noch.

Ich warf die Waffe ins Gras.

»Vernünftig von Ihnen«, sagte er. »Kommen Sie her.«

Ich ging in die Richtung, aus der die Stimme kam, und ich richtete es so ein, dass ich dabei an der Stelle vorbeimusste, an der Moody die Maschinenpistole niedergelegt hatte. Ich streifte ihn im Vorübergehen, zischte »Hinwerfen!«, stieß ihn so ins Kreuz, dass er vier, fünf Schritte zur Seite flog, bückte mich, riss die Maschinenpistole hoch, zog den Hahn. Noch während die Serie herausblaffte, warf ich mich zur Seite. Zwei Sätze, ein Sprung, ich landete hinter einem Strauch und befand mich in vorläufiger Sicherheit.

Drei Revolver bellten zur Antwort, aber die Lichtung war leer. Auch Forester war verschwunden, und ich durfte keine Zeit verlieren, wenn er mir nicht durch die Lappen gehen sollte, zum vierten Mal.

»Schluss, Green!«, schrie ich. »Kommen Sie heraus auf die Lichtung!«

»Ich denke nicht daran«, brüllte er zurück. »Noch steht die Partie gleich.«

»Einen Dreck«, schrie ich. »Ich zersiebe euch, zum Teufel, wenn ihr nicht endlich vernünftig werdet.« Ich war es leid, endgültig leid. Mir war der Kragen geplatzt, und ich dachte nicht daran, wegen eines alten Gangsterbosses Forester laufen zu lassen.

Ich ließ die Maschinenpistole knattern. Ich hielt ziemlich hoch. Abgeschlagene Äste und Blätter regneten herab, aber ich ging langsam mit dem Lauf tiefer und tiefer.

»Halt!«, schrie jemand, der nicht Green war. »Halt, ich ergebe mich.«

Ein Mann stürzte mit erhobenen Armen auf die Lichtung, und kurz darauf folgte ein zweiter. »Hört auf zu schießen«, jammerten sie. Man konnte sehen, wie ihre Knie wackelten.

Ich stoppte das Feuer. »Noch nicht genug,

Green?«, fragte ich. Statt einer Antwort rauschten die Büsche. Er türmte. »Moody, wo sind Sie?«, rief ich.

»Hier«, antwortete er und kam auf die Lichtung.

Ich warf ihm die Maschinenpistole zu. »Halten Sie die beiden Brüder in Schach«, befahl ich, bückte mich im Lauf, um meinen Revolver aufzuheben, und schlug mich aus dem Wald heraus.

Als ich den Rand erreichte, erkannte ich, dass ich keine Sekunde zu früh gekommen war. Dort drüben, nicht weit von dem weißen Haus, kauerte John Forester hinter einem Felsbrocken, der dort lag. Noch in diesem Augenblick, schon gestellt und noch einmal entkommen, dachte er nur an seine Rache, wollte er immer noch, wenn auch waffenlos, Lilian Green in seine Hände bekommen.

Vor der Tür standen ein Mann und eine Frau, Lilian Green und die Bewachung, die Lucky zurückgelassen hatte. Von ihrem Standpunkt aus konnten sie Forester nicht sehen.

Aber Green, der fast gleichzeitig mit mir, nur ein Stück näher zum Haus hin, aus dem Gebüsch brach, sah ihn. Ich sah den Gangsterboss zum ersten Mal bei voller Beleuchtung. Er war ein großer, schwerer Mann mit einem Rest von grauen Haaren auf dem sonst kahlen Schädel. Er war kaltblütig genug, seine Tochter nicht durch einen Zuruf zu warnen. Erst schien es so, als wolle er schreien, aber dann stockte er, sein Gesichtsausdruck änderte sich. Er hatte Forester erkannt. Langsam, fast genüsslich, hob er die Pistole.

»Nicht schießen!«, schrie ich ihn an. Er drückte

doch ab, aber mein Schrei hatte ihn irritiert, oder er hatte überhaupt schlecht gezielt. Die Kugel ratschte den Fels. Green wandte sich mir zu. Ich wusste, er würde schießen. Ich schoss früher. Er machte ein erstauntes, fast dummes Gesicht, wankte und fiel um.

Ich warf mich herum. Forester hatte seine Deckung verlassen. Er hetzte in langen Sprüngen die hundert Yard, die ihn noch vom Haus trennten. Lilian Greens Augen weiteten sich.

»John!«, rief sie schrill und lief ihm entgegen.

Auch ich rannte, und während ich lief, sah ich, wie der Bewacher in der Tür des Hauses eine Pistole aus der Tasche zerrte. Ich sah, wie er sie hob, und obwohl ich noch mehr als zweihundert Yard von ihm entfernt war, sah ich auch, wie er den Finger krumm machte.

Es waren schon viele Schüsse gefallen an diesem grauen Morgen. Dieser Schuss war anders, lauter, deutlicher, schrecklicher und endgültiger. Abgefeuert von der Hand irgendeines kleinen Ganoven, der sich für fünfzig oder hundert Dollar an jeden verkaufte.

Lilian Green fiel mitten im Lauf. Es sah aus, als wäre sie nur gestolpert, aber wir alle wussten, dass sie getroffen war.

Forester stoppte, als hätte eine Faust ihn angehalten, so jäh und plötzlich. Dann warf er sich herum und flüchtete in Richtung auf den Beshophead zu.

Uns trennten nur ein halbes Hundert Schritte, und ich wollte ihm folgen, als der Kerl in der Tür mich anschrie: »Halt, ich schieße!«

Ich kümmerte mich nicht darum, aber er schoss tatsächlich, und er schoss so gut, dass die Kugel nah an mir vorbeipfiff.

Ich musste tatsächlich die Verfolgung Foresters aufgeben. Ich drehte mich um und ging auf den Kerl zu, der sich unsicher aus seiner Tür löste. Seine Hand, die den Revolver hielt, wackelte. Er hatte ein rotes Trinkergesicht mit kleinen tränenden Augen darin.

»Was geht hier vor?«, fragte er unsicher, als ich herangekommen war.

Ich kochte vor Wut. »Wenn du nicht weißt, was vorgeht«, fauchte ich ihn an, »dann schieße gefälligst nicht in der Gegend herum.«

Ich nahm ihm einfach die Kanone aus der Hand, warf sie weg, und dann knallte ich ihm einen Haken ans Kinn, dass er sang- und klanglos zu Boden ging.

Ich kniete kurz bei Lilian Green nieder und drehte sie auf den Rücken. Sie hielt die Augen geschlossen, aber sie atmete.

Ein neuer Mann erschien keuchend auf dem Schauplatz, Phil.

»Du kommst aber verdammt spät«, schimpfte ich.

»Hol's der Teufel«, sagte er atemlos. »Ich verlor die Orientierung, als ich nach dem ersten Schuss mitten durch den Wald wollte, und fand sie erst wieder, als noch mehr geschossen wurde. War das Forester, der vorhin davonlief?«

»Allerdings, und wer weiß, ob wir ihn noch einmal bekommen.«

»Er lief auf die Felskuppe zu und verschwand um die Ecke«, erläuterte Phil.

»Vielleicht kann ich ihn noch einholen«, sagte ich und stand auf.

Zu unserem Erstaunen meldete sich der Mann, den ich niedergeschlagen hatte. Er saß im Gras und hielt sich sein Kinn.

»Wenn er den Weg genommen hat, kann er nicht entkommen«, sagte er. »Der Pfad führt nur auf die Kuppe des Beshophead oder in den Steinbruch. Von beiden Seiten gibt es keinen Ausweg.«

»Warte, bis unsere Leute kommen«, riet Phil, aber ich traute den Angaben des Mannes nicht.

Ich lief auf den Beshophead zu, erreichte den Pfad, der zum Fuß des Felsen führte, und folgte ihm. Er ging bis ganz nahe an die Wand heran. Unmittelbar über meinem Kopf reckte sich der kahle Felsen wie ein riesiger viereckiger Klotz. Dann zackte der Weg scharf im Winkel um den Berg, und mir bot sich ein halb grandioser, halb schauervoller Anblick.

Vor mir lag die Südflanke des Beshophead. Während der Felsen an drei Seiten aus senkrechtem hartem Gestein bestand, bildete diese Seite eine zwar auch noch recht steile, aber doch begehbare Geröllhalde. Riesige Brocken lagerten überall, festgehalten durch das eigene Gewicht, und doch sah die ganze Geschichte so aus, als könnte schon ein zu lautes Wort eine Steinlawine und damit die ganze Bergflanke in Bewegung bringen.

Das Tal senkte sich an dieser Stelle tiefer als auf der anderen Seite, wo das Haus stand, sodass ich mich jetzt auf halber Höhe befand. Der tiefste Einschnitt wurde von einer vielleicht zweihundert Yard hohen Kalksteinwand, dem Steinbruch, erfasst. Der leichtsinnige Schießer hatte Recht gehabt. Es gab keinen Ausweg von dieser Stelle des Beshophead.

Der Weg verlor sich in dem Steingeröll. Ich hielt nach Forester Ausschau. Es dauerte eine Weile, bis ich ihn entdeckte.

Er kraxelte schon ein gutes Stück über mir auf der Halde herum. Ich wusste, er war waffenlos. Es gab keine Chance mehr für ihn.

Ich stieg ihm langsam nach und beeilte mich nicht sonderlich dabei. Vorsichtig hielt ich mich seitlich, um ihm keine Gelegenheit zu geben, Steine und Felsbrocken auf mich loszulassen. Hin und wieder verlor ich ihn aus dem Gesichtsfeld. Dann tauchte er kurz unter der Kuppe wieder auf, erkletterte den Gipfel und war verschwunden.

Ich wartete. Es hatte keinen Sinn, ihm weiter nachzusteigen. Ich befand mich ungefähr in der Mitte der Halde und sah abwechselnd nach oben und nach unten, ob Forester zurückkam und ob unsere Leute nicht endlich auf der Bildfläche erschienen.

Ich steckte mir eine Marlboro an und fand, dass ich sie verdient hatte. Als ich sie fast aufgeraucht hatte, wurde ich von unten angerufen.

»Hallo, Jerry, hallo!« Es war Phil, der rief. Klein wie eine Spielzeugfigur, stand er an der Stelle, wo der Weg in die Halde mündete. Neben ihm erkannte ich Mr. High und eine Gruppe von G-men und Cops. Unsere Leute waren angekommen.

Ich winkte zurück, und als sich einige der Männer

anschickten, die Halde zu erklimmen, rief ich: »Unten bleiben!«

Ich hörte, wie Mr. High ihnen etwas befahl, aber ich verstand die Worte nicht. Sie kletterten wieder abwärts.

»Wo ist Forester?«, drang Phils Ruf herauf.

»Auf der Kuppe! Er kann nicht weiter. Er muss zurückkommen.«

Als sei damit sein Stichwort gefallen, tauchte John Forester oben wieder auf. Er machte sich an den Abstieg. Dann erblickte er die Leute unten, erblickte mich und hielt inne.

»Geben Sie es auf, Forester!«, rief ich ihn an. »Sie sind umstellt.«

Er schien nicht zu hören, sondern sprang weiter von Felsen zu Felsen. Er befand sich etwas rechts von mir und ein ganzes Stück höher.

»Nehmen Sie Vernunft an!«, brüllte ich und dachte gleichzeitig, dass es lächerlich sei, zu ihm von Vernunft zu sprechen, aber er hob die Arme hoch.

Ich wunderte mich. Ich hatte diese Bereitschaft nicht erwartet.

»Kommen Sie herunter«, befahl ich.

Er stieg in schräger Linie abwärts, genau auf mich zu, und es sah merkwürdig und ein wenig lächerlich aus, dass er dabei die Arme weiterhin hochhielt. Einige Mal wäre er beinahe gefallen.

Ich ging ihm einige Yard entgegen. Ich fühlte so etwas wie Mitleid mit ihm, obwohl er es kaum verdiente.

Noch zwei, drei Sprünge, und wir standen uns gegenüber. Er sah völlig erschöpft aus. Sein Anzug war grau überpudert vom Staub der Halde. Noch befand er sich ein paar Fuß über mir.

»Gehen Sie weiter«, sagte ich. Seine Augen waren auf mich gerichtet, immer noch glasgrau, kalt und blicklos.

Er kam, verlor den Tritt, rutschte, fiel und schlitterte in einer Staubwolke genau vor meine Füße.

Ich hielt den Revolver noch in der Rechten. Unwillkürlich streckte ich ihm die linke Hand hin, um ihm aufzuhelfen. Er nahm sie und zog sich hoch.

Und in diesem Augenblick brach das stumpfe Glas über den Augen des Mannes auf, und der Funke, der immer schon darunter geglommen hatte, schlug hoch in einem Feuer voll tierischer Wildheit. Der harte Mund des »Schweigsamen« öffnete sich zu einem lauten, gellenden, irren Gelächter.

Und in dieser Sekunde warf er sich auf mich. Er benutzte den Zug meiner helfenden Hand, warf sich hinein und verstärkte ihn zu gefährlichem Schwung.

Der Aufschrei der Männer unten, harter, dreimal gesottener Polizisten, drang wie aus weiter Ferne an mein Ohr. Ich stürzte, stürzte – und nur der Gewandtheit eines gründlichen Trainings verdankte ich es, dass ich nicht ins Bodenlose fiel. Im Sturz warf ich mich zur Seite, breitete Arme und Beine aus, überschlug mich mehrmals, rollte ein Stück, aber dann bremsten meine Glieder den Fall. Ich lag auf dem Gesicht, an die schräge Halde gepresst, blutend aus vielen Schrammen und Rissen von den hunderten von kleinen Steinen, über die die Fahrt gegangen war.

»Achtung, Jerry!«, hörte ich Phils Stimme voller Verzweiflung von unten. Ich richtete mich instinktiv auf. Forester kam in einer Wolke von Staub. Er stieß wilde tierische Schreie des Triumphes aus. Ich konnte mich bis auf die Knie erheben, bevor er gegen mich anprallte. Zusammen rutschten wir noch ein Stück abwärts, knallten gegen einen runden Felsbrocken von halber Manneshöhe. Ich fühlte, wie der Stein unter der Wucht des Anpralls wackelte und aus seiner Lage zu gleiten drohte, aber noch hielt er sich.

Forester presste mich gegen den Fels. Sein Oberkörper lag über mir. Mir sackten die Knie weg, und es wurde mir schwarz vor den Augen.

Er ging einen Schritt zurück, ich taumelte nach vorn, und er schlug mit aller Kraft zu.

Er schlug zu hastig und nicht genau. Ich bekam den Hieb vor die Brust, wurde erneut gegen das Felsstück geschleudert, das wieder erbebte, aber gleichzeitig bewirkte der Schlag, dass ich wach wurde.

Den nächsten Hieb Foresters blockte ich ab, und während er rechts ausholte, schlug ich links zu. Er bekam meine Faust in die Magengrube und wurde zurückgeschleudert.

Ich begann die Situation wieder zu übersehen. Ich musste höher als er stehen, wenn ich mit Erfolg kämpfen wollte, aber noch ließ er mir keine Zeit dazu. Er griff sofort wieder an. Das war nicht mehr der kalt kämpfende Mann, das war eine Bestie, die mich mit Schaum vor dem Mund anfiel. Ich schlug links und rechts, aber es war, als spürte er die

Schläge überhaupt nicht. Ein Haken warf seinen Kopf zurück, und doch griff er nach mir und riss mich wieder zu Boden.

Zum dritten Mal taumelten wir gegen den Felsen, und zum dritten Mal fühlte ich dieses unheimliche Erbeben. Wenn dieser Klotz ins Rollen oder Rutschen kam, dann geriet die ganze Halde mit ihm in Bewegung. Ich musste Forester endlich schaffen.

Er lag halb über mir und tastete nach meinem Hals. Ich schützte mich, indem ich die Arme anzog, und griff gleichzeitig nach seinem Kopf. Ich war jetzt so ruhig und kalt, als läge ich auf der Matte in unserer Sporthalle.

Mit beiden Händen packte ich seine Haare, zerrte seinen Kopf zurück. Ihm gelang es unterdessen, meinen Hals zu fassen, und er drückte zu, aber ich ballte eine Hand zur Faust und schlug zweimal zu, auf die Schlagader und auf die Kinnspitze. Meine Fingerknöchel krachten. Er stöhnte, sein Griff lockerte sich, er wurde schlaff.

Ich schob ihn zur Seite und stand auf. Er blieb auf dem Gesicht liegen. Wie Ameisen krabbelten von unten die Kameraden hoch, allen voran Phil. »Alles in Ordnung!«, rief ich ihnen zu. Sie hielten inne und winkten. Ich sah Phils lachendes Gesicht.

Forester kam zu sich. Er stützte sich auf den Armen hoch und schüttelte den Kopf.

Schwankend stand er auf den Füßen. »Geh hinunter«, sagte ich. »Dreh dich um!«

Er tat das Wahnsinnigste, was er tun konnte. Er griff mich noch einmal an. Ich fing ihn mit einem Haken ab, und ich schlug nicht mit aller Kraft zu.

Trotzdem fiel er rückwärts. Er taumelte gegen den runden Felsblock, aber nur an dessen äußersten Rand, rutschte an ihm entlang, fiel auf den Rücken und schlitterte abwärts.

Meiner Kehle entrang sich ein halb erstickter, gurgelnder Laut. Ich sah, wie der Riesenstein erbebte, schwankte, in seine alte Lage zurückzuschwingen schien und sich dann doch mit unendlicher Langsamkeit zu drehen begann. Erschüttert durch den dreifachen Anprall unserer kämpfenden Körper, genügte diese letzte, nicht einmal heftige Berührung, ihn in Bewegung zu setzen.

Ich sprang hinzu mit ausgestreckten Armen. Meine Finger berührten den glatten Stein, ein lächerlicher Gedanke, diesen Klotz von Tonnengewicht halten zu wollen. Schon bewegte er sich schneller, halb drehend, halb rutschend.

Und dann stand spitz und gellend der unmenschliche Schrei John Foresters in der Luft, der das Ungetüm auf sich zukommen sah. Sekunden später geriet der untere Teil der Halde in Bewegung, und der Schrei des ehemaligen G-man John Forester, des »Schweigsamen«, ging unter in dem Donnern einer Lawine von Steinen.

Wir suchten unter den Steinen nach John Forester. Es war nicht mehr viel, was wir von ihm fanden.

Als ich blutig, von Kopf bis Fuß bestaubt, mit zerrissener Hose und Jacke unten bei Mr. High ankam, klopfte er mir auf die Schulter.

»Gott sei Dank, Jerry!«, sagte er. »Ich hatte schreckliche Angst.« Und ich wusste, dass er um mich Angst gehabt hatte.

Auch Phil schlug mir auf die Schulter, kräftig, wie es seine Art war. Eine dicke Staubwolke wallte hoch.

»Ich glaube, ich benötige dringend einen Staubsauger«, sagte ich, und damit war ich wieder im Lot.

Es gab noch einiges zu tun. Als wir auf dem Platz vor dem weißen Haus ankamen, stand dort alles zusammen, was mit der Geschichte zu tun hatte.

Die Handgelenke bereits mit Stahlschmuck versehen, bewacht von zwei Cops, drängten sich die drei angeheuerten Ex-Gangster aus Lucky Greens Bande in einem Winkel. Es stellte sich heraus, dass ausgerechnet Will Ullman der Unglücksschütze gewesen war, der Lilian Green anschoss, als er John Forester zu treffen versuchte.

Um Lucky Green stand es nicht schlimm. Meine Kugel hatte ihm eine Schultersehne zerschlagen. Er litt ziemliche Schmerzen und fluchte ununterbrochen. Als er mich erblickte, geiferte er einen Sturzbach von Beschimpfungen hervor.

Schlechter ging es seiner Tochter. Soweit der Arzt es in der Eile feststellen konnte, saß ihr die Kugel in der Lunge. Sehr vorsichtig wurde sie abtransportiert.

Das letzte Wort sprach das Gericht.

Lucky Green wurde wegen seiner vielen zurückliegenden Verbrechen zu zwanzig Jahren Haft verurteilt, und da er ein Mann von über fünfzig war, bedeutete dieser Spruch, dass er den Rest seines Lebens hinter Gittern verbringen musste.

Gegen Lilian Green wurde keine Anklage erhoben. Die Frau, die Ursache manchen Unglücks war, hatte sich im Sinne des Gesetzes nicht strafbar gemacht. Sie lag lange im Krankenhaus und genas nur schwer und langsam. Erst Jahre später hörten wir, dass sie bei einem Flugzeugunglück ums Leben gekommen war.

Nicht die Rede war in all diesen Prozessen von dem Mann John Forester.

ENDE

Jerry Cotton ist die erfolgreichste Kriminalromanserie der Welt. Die Gesamtauflage der Serie liegt bei über 850 Millionen Exemplaren und wird in über fünfzig Ländern der Erde gelesen.
BASTEI-LÜBBE präsentiert für alle Freunde des Kriminalromans drei lange vergriffene Ausgaben der Jerry-Cotton-Taschenbücher in einer Sonderausgabe.

Dieser Band enthält die Romane:

Diamanten satt
Winternacht – Todesnacht
Der Ripper von Manhattan

ISBN 3-404-31953-2

Jerry Cotton ist die erfolgreichste Kriminalromanserie der Welt. Die Gesamtauflage der Serie liegt bei über 850 Millionen Exemplaren und wird in über fünfzig Ländern der Erde gelesen.

BASTEI-LÜBBE präsentiert für alle Freunde des Kriminalromans drei lange vergriffene Ausgaben der Jerry-Cotton-Taschenbücher in einer Sonderausgabe.

Dieser Band enthält die Romane:

Der Sündenbock
Vails Rache
Blutiger Wahnsinn

ISBN 3-404-31954-0

BASTEI LÜBBE

Die Angst in ihren Augen

Nackt und blutverschmiert kniete der Mann vor dem Altar und betete zu seinem finsteren Gott.

»Wo ist das Opfer, das du mir versprochen hast?«, hallte die Stimme seines Herrn in seinem Kopf.

»Du wirst es bald bekommen, Meister. Sie weiß jetzt, dass sie nicht mehr lange zu leben hat. Von nun an wird Angst in ihren Adern kreisen. Die Furcht wird ihren Körper vergiften und für dich genießbar machen. O großer Escalinam, ich bin so froh, dir dienen zu dürfen. Ich werde alles – alles! – tun, was du von mir verlangst!«

Der Mann legte sich flach auf den Bauch, breitete die Arme aus und stimmte ein grässliches Lied an, das jeden Zuhörer bis ins Knochenmark hätte erschauern lassen.

Schließlich richtete er sich wieder auf. Grauen erregend sah er aus. Hass, Mordlust und Irrsinn brannten in seinen Augen. Er würde töten. Für Escalinam. Und für sich selbst ...

ISBN 3–404–31519–7